*Pour Jason,
sans qui le Torrent ne luirait pas.*
JPD

*Pour mon père,
qui a favorisé mon imagination.*
CR

Ouvrage initialement publié par Little, Brown and Company,
un département de Hachette Book Group,
sous le titre *The Map To Everywhere*
© 2014, Carrie Ryan et John Parke Davis
© 2014, Todd Harris pour l'illustration de couverture

© 2016, Bayard Éditions pour la traduction française
18, rue Barbès, 92128 Montrouge
ISBN : 978-2-7470-4953-5
Dépôt légal : février 2016
Première édition

Loi n° 49-956 du 16 juillet 1949 sur les publications destinées à la jeunesse.
Tous droits réservés. Reproduction, même partielle, interdite.

Carrie Ryan & John Parke Davis

Traduit de l'anglais (États-Unis)
par Natalie Zimmermann

bayard jeunesse

RÉSERVE D'ORPHELINS

NOM DE L'ORPHELIN : *FIL INC*

ÂGE : *QUATRE ANS (ENVIRON)*

GENRE : ☒ MASCULIN ☐ FÉMININ ☐ VÉGÉNIMAL
☐ INDESCRIPTIBLE

CHEVEUX / POILS / ÉCAILLES : *BRUNS*

YEUX : *2*

ESPÈCE (JOINDRE DES PAGES SUPPLÉMENTAIRES SI NÉCESSAIRE) : *HUMAINE*

L'ORPHELIN A-T-IL DES GRIFFES, DES CORNES, UNE CRÊTE OU TOUTE AUTRE EXCROISSANCE DANGEREUSE ? ☐ OUI ☒ NON

L'ORPHELIN A-T-IL DES CARACTÈRES MAGIQUES INNÉS OU A-T-IL ÉTÉ CONTAMINÉ PAR LA MAGIE ?
☒ OUI ☐ NON

SI OUI, DÉCRIRE :

Enfant dont on se souvient difficilement et que l'on a du mal à repérer. Pas seulement du genre « qui ne se remarque pas dans une foule », mais, plus grave, du style « c'est de la sorcellerie ». Ce garçon vous sort de la tête dès qu'il n'est plus devant vous. J'ai déjà oublié trois fois pourquoi j'écrivais ce rapport – et ce n'est que parce qu'il est juste en face de moi que je peux terminer cette mordiou fiche sans perdre le fil. Origine du mal inconnue.

DES QUAIS LÉTEMANK

DOSSIER PERSONNEL – NE PAS MANGER !

HISTORIQUE DE L'ORPHELIN :

Il y a deux jours, la réserve a reçu une étrange visite. Notre registre porte la signature d'une certaine Mme Pasin Vrénon, originaire du port de Trélouindissi – soit un nom à consonance étrangère. Elle est arrivée à 10 heures tapantes en compagnie d'un enfant et est repartie sans lui une heure et trois minutes plus tard. Il est noté que Mme Vrénon a visité les lieux pendant très exactement une heure. M. Gibbens, le gardien en chef de la Réserve, assure avoir passé cette heure à faire seul le tour de la propriété, et il ne s'explique pas pourquoi il a récité à voix haute le règlement de la Réserve alors qu'il n'y avait personne pour l'écouter. Il manque trois minutes dans la reconstitution de la visite de Mme Vrénon.

Peu après son départ, on a découvert une tenue en trop dans le dortoir des garçons. Une enquête a été ouverte au sujet d'un fantôme affamé qui aurait dérobé de la nourriture dans la cuisine et se serait pelotonné dans un lit pendant la nuit, et on a fini par trouver un enfant que Mme Canaly Parsnickle, responsable des trois-six ans, a amené pour le faire enregistrer.

L'enfant a été confié aux bons soins de Mme Parsnickle, qui semble être la seule personne à se souvenir un certain temps de lui. Tant qu'elle ne l'oubliera pas, je suis certain que l'enfant se portera très bien.

1
Le fantôme du passage de la Gouttière-qui-coule

Finn s'accroupit derrière un rayon d'arômes de contrebande et s'efforça de ne pas prêter attention aux relents de poils de rat et de jus de brocoli qui filtraient des flacons poisseux. Moins de dix minutes auparavant, le propriétaire de la petite boutique miteuse, une espèce de vieille carne couverte d'écailles grises qui s'appelait Dent de Requin, l'avait laissé entrer pour un rapide coup d'œil avant la fermeture, puis avait aussitôt oublié son existence.

Ils étaient nombreux à projeter d'entrer quelque part par effraction, songea Finn avec un petit sourire. Nettement moins à envisager de *sortir* par effraction...

Finn resta tapi dans l'ombre – on oubliait sa présence, mais il n'était pas invisible – tandis que le vieil escroc verrouillait la porte de la boutique et, il regarda Dent de Requin se rendre d'un pas pesant dans la pièce voisine pour se coucher. Puis il attendit que l'obscurité tombe pour de bon sur les ruelles tortueuses des Quais Létemank et que les vents d'altitude en provenance de la montagne s'abattent comme tous les soirs en hurlant sur le port.

L'heure d'agir arriva enfin.

Finn se déplia avec précaution et massa ses jambes engourdies avant de dépasser les rayonnages remplis de tout un bric-à-brac d'objets usagés pour se glisser jusqu'à la vieille vitrine, derrière le comptoir. Le butin visé se remarquait de l'autre côté de la vitre malpropre : une broche d'émeraude taillée sertie d'or qui avait l'éclat du soleil. Finn se lécha les babines d'un air gourmand.

Il trouva d'un doigt prudent les fils dissimulés le long des portes de la vitrine et les suivit jusqu'aux pièges installés pour sa protection : un seul attrape-mains et quelques giclettes d'acide. Le dispositif de base – le désarmer ne comptait même pas comme un exercice.

– On se ramollit, Dent de Requin, marmonna Finn à mi-voix alors qu'il désamorçait les pièges et forçait la serrure. La prochaine fois, donne-moi au moins l'occasion de m'entraîner un peu.

Il sourit et saisit le bouton de la porte. Il en aurait terminé avant même que le forban ait posé sa tête sur l'oreiller.

Mais le garçon déchanta dès qu'il ouvrit les portes : elles émirent un crissement si aigu qu'il sembla déchirer l'air. Finn frissonna. Le crime parfait fichu en l'air par un gond rouillé !

Le vieux Dent de Requin surgit de sa chambre.

– Qui va mourir, ce soir ? rugit-il en brandissant une grosse canne.

– Merci bien ! cria Finn, qui s'empara de la broche.

Dent de Requin plongea. Mais un bon voleur suit son instinct, et Finn était le meilleur des voleurs. La canne fouetta l'air à l'instant où il bondissait sur le comptoir. Elle s'écrasa contre la vitrine et fit voler le verre en éclats. Le garçon et la bête se dévisagèrent un long moment, chacun attendant de voir qui bougerait le premier. Finn se ramassa légèrement sur lui-même, bras écartés, bien d'aplomb et prêt à courir. Dent de Requin l'étudiait avec des yeux pareils à des puits sans fond, exhibant juste en dessous une double rangée de crocs aiguisés.

C'est alors que Dent de Requin chargea en grondant. Finn feinta vers la gauche, puis sauta par terre et fila vers la sortie.

– Trop lent ! glapit-il tandis que le vieux monstre s'élançait bruyamment à ses trousses, renversant au passage une étagère de flûtes à oreilles esquintées et d'entonnoirs solaires rouillés.

Finn ne regarda pas en arrière. Il ouvrit la porte à la volée et fonça dans l'obscurité du dehors. La boutique de Dent de Requin était tapie dans une sorte de petit tunnel formé par deux bâtisses en vis-à-vis qui avaient apparemment décidé de s'abattre en même temps dans la ruelle, et il n'y avait que deux issues. Finn en choisit une au hasard et fila.

– Sale petit bourbichiendent ! s'écria Dent de Requin en courant après lui.

Le bruit de leurs pas claqua en rythme contre le mugissement du vent. Finn sentit sa gorge se serrer. Il savait qu'il pouvait distancer la plupart de ses poursuivants ; c'était le fruit d'une longue pratique. Mais, pour arriver à ce niveau de crapulerie, Dent de Requin avait dû lui aussi semer pas mal d'ennemis, et, tôt ou tard, Finn risquait de passer de l'état d'appât à celui de repas.

Heureusement, il avait une solution pour ce genre de situation. Le fait d'être aussitôt oublié présentait un avantage certain pour un voleur. Évidemment, il s'effaçait un peu moins vite de la mémoire des gens lorsqu'ils le prenaient sur le fait – en train, par exemple, de chaparder des bijoux dans leur vitrine verrouillée. Mais Finn pouvait être sûr d'une chose : ils finissaient *toujours* par l'oublier.

Il s'engouffra dans une ruelle et s'aplatit dans la première encoignure de porte. Dent de Requin ne tarda pas à apparaître et passa devant sa cachette avec un rugissement. Mais, au bout de quelques mètres sans plus aucun signe de sa proie, le trafiquant ralentit et s'arrêta en humant l'air.

Finn adopta son attitude la plus décontractée, se glissa derrière lui et le tira par la manche.

– Vous cherchez la fille qui vient de passer en courant, un collier à la main ?

Dent de Requin fit volte-face.

– Quoi ? Une fille ? Non...

Sa voix se perdit alors qu'il se plongeait dans ses réflexions en frottant son menton couvert d'écailles. Les vents d'altitude sifflaient au-dessus d'eux et faisaient danser la lumière des lampes dans ses yeux d'un noir de jais.

– J'aurais juré que c'était un garçon... Je l'ai bien regardé... Mais, maintenant que j'y pense, je n'arrive pas à bien me rappeler...

Finn haussa les épaules et se coula dans son rôle habituel.

– En tout cas, c'est une fille qui est passée par ici. Des cheveux brun roux, un peu plus petite que moi ?

– Des cheveux bruns, oui, ça me parle, confirma Dent de Requin en penchant la tête de côté. Et elle était effectivement *petite*...

– C'est bien elle ! s'exclama Finn. Elle filait comme le vent et elle a détalé par là, assura-t-il en désignant une rangée d'immeubles en face de lui. M'est avis qu'elle allait vers le Dédale des Docks.

– Merci, gamin, grogna Dent de Requin en hochant la tête.

Un sourire cruel étira ses lèvres, puis il ajouta d'un air menaçant :

– Et ne compte pas la revoir un jour.

Sa canne fendit l'air, et il s'éloigna au petit trot dans la direction indiquée par Finn.

– Ça ne risque pas, murmura le garçon en ricanant dès que Dent de Requin fut hors de vue.

Il attendit quelques minutes afin de s'assurer d'avoir été complètement oublié, puis il sortit la main de sa poche. En plus de la broche d'émeraude taillée rutilante, il tenait une bourse en velours, qu'il venait de subtiliser à la ceinture de Dent de Requin.

Il caressa du pouce la surface de la broche. Encore un joli coup pour le maître-voleur des Quais Létemank. Il remonta la rue d'un pas nonchalant tout en sifflotant et en comptant les pièces de sa toute nouvelle bourse. Dent de Requin avait bien travaillé, aujourd'hui !

Quand Finn atteignit le mont du Nez-qui-saigne, où les maisons des pauvres s'accrochaient aux pentes les plus raides, il emprunta les chemins les plus abrupts et écartés, et finit par arriver dans une petite rue de traverse détrempée appelée le passage de la Gouttière-qui-coule. Sa destination était la dix-septième maison sur la droite : une construction étroite et délabrée, cramponnée au bord d'une falaise. Coiffant les deux niveaux habitables, une haute tour mansardée oscillait dans le vent et menaçait à tout moment de basculer dans la baie en contrebas.

Finn ralentit le pas, et son sifflotement mourut sur ses lèvres. Nul n'avait pensé à lui laisser de la lumière ou une porte ouverte. Non qu'il en fût étonné. C'était le seul foyer qu'il connaissait depuis qu'il avait quitté la Réserve d'Orphelins, cinq ans plus tôt, alors qu'il en avait tout juste sept. Or personne ne savait qu'il habitait là, pas même M. et Mme Parsnickle, qui y vivaient aussi.

Mais il ne leur en tenait pas rigueur.

Avec l'aisance donnée par des années de pratique, il sauta sur le toit de la véranda, puis s'accrocha à la gouttière pour gagner la fenêtre de la cuisine. Finn veillait à en huiler régulièrement les gonds, aussi put-il l'ouvrir sans un bruit. La vieille boîte à pain où les Parsnickle gardaient leur monnaie se trouvait juste à côté.

Il en souleva le couvercle avec précaution et regarda à l'intérieur. Il secoua la tête. Vide. Les Parsnickle étaient trop généreux ; sans lui, ils seraient déjà morts de faim à force de donner tout ce qu'ils avaient pour empêcher qu'un parfait étranger ait à sauter un repas.

Finn vida le contenu de la bourse dans la boîte, puis plaça la broche sur le dessus avant de la refermer. Mme Parsnickle l'avait laissée en gage le matin même chez Dent de Requin, pour une somme scandaleusement dérisoire, même en considérant les tarifs habituels pratiqués par l'escroc. Puis elle s'était empressée d'acheter des chaussures pour les enfants de moins de six ans de la Réserve d'Orphelins.

Le garçon ne trouvait nullement honteux d'avoir récupéré le bijou, pas le moins du monde. Pour

Mme Parsnickle, il aurait volé la lune s'il l'avait pu. Tant qu'il avait eu moins de six ans, elle lui avait tout donné. À part sa mère, Mme Parsnickle avait été la seule personne à se souvenir de lui, à l'orphelinat, et, du coup, elle avait redoublé d'attention à son égard. Ce n'était pas de sa faute si elle avait fini par l'oublier elle aussi. Tout le monde en arrivait là.

Il savait en outre qu'elle n'avait d'yeux que pour les moins de six ans. D'ailleurs, si elle s'était souvenue de lui à son arrivée, c'était justement parce qu'elle se préoccupait autant des tout-petits. Mais ensuite il était devenu trop vieux, tout simplement.

Finn se répéta avec un sourire que le fait d'être oublié de tous avait ses avantages. C'était la troisième fois qu'il volait cette broche à Dent de Requin ce mois-ci ! L'inconvénient, c'était que la pauvre Mme Parsnickle croyait perdre la tête chaque fois qu'elle la retrouvait dans sa boîte en fer-blanc.

Finn sentit une vague de chaleur envahir sa poitrine pendant qu'il rangeait la boîte à pain. Puis il sortit, referma la fenêtre et se hissa le long de la gouttière pour gagner les combles de la tour. Il montait en prenant garde aux moulures pourrissantes et devait s'accrocher fermement quand les rafales de vent devenaient trop fortes. Lorsqu'il arriva au sommet, il se glissa à l'intérieur par une fenêtre cassée et poussa un soupir de soulagement. Cela faisait du bien de rentrer chez soi.

Plié en deux de façon inconfortable, le garçon trouva à tâtons son chemin dans le fouillis qui jonchait le sol. Des tas de filets attrape-nuages se mêlaient aux balles-boomerangs, aux vieilles cartes et à tout un fatras de choses chapardées au fil des ans et jamais utilisées. Tout cela témoignait de ses talents de voleur, et la preuve la plus impressionnante de son habileté était son lit.

Bien qu'il n'y eût personne pour le voir, Finn sortit cérémonieusement de sa poche la bourse de velours dérobée à Dent de Requin.

– Et voici la dernière ! annonça-t-il en la jetant sur la montagne de bourses vides qui lui servait de matelas avant de se laisser tomber dessus à plat ventre, savourant le triomphe du chef-d'œuvre accompli.

Il ne lui avait fallu que trois ans et 462 poches vidées. Le velours lui chatouilla les paumes, et il en éprouva des frissons jusqu'en haut des bras. Il ne frémit même pas en voyant un cafard jaillir d'une des bourses. Il en était venu à aimer les insectes à force de vivre dans un grenier. Et au moins les cafards ne mordaient pas, contrairement aux grignopiques qui s'étaient installés dans les bourses de cuir sur lesquelles il dormait *avant*.

– Ça a été une bonne journée, chuchota-t-il en se tournant sur le dos.

Puis il sombra dans le sommeil en imaginant l'expression de joyeuse surprise sur le visage de Mme Parsnickle lorsqu'elle découvrirait sa broche, le lendemain matin.

*
* *

– MORDIOU FANTÔÔÔÔÔÔÔÔÔME !

Les cris de M. Parsnickle filtrèrent par les planches disjointes du grenier et heurtèrent les tympans de Finn. Dehors, le vent du matin hurlait, comme d'habitude, mais ce n'était rien comparé aux rugissements de M. Parsnickle, qui faisaient pour Finn office de réveil. Le vieux avait probablement remarqué la disparition du fromage que Finn avait subtilisé pour son dîner, la veille au soir.

Le garçon roula avec précaution hors de son lit de fortune et remit en place les bourses éparpillées. Il se faufila jusqu'à l'autre bout du grenier, courbé en deux pour éviter de se cogner la tête contre les poutres, et déplaça la statue de saphir et d'opale qui bloquait la trappe permettant d'accéder à l'étage du dessous. Avec un petit bruit sourd, il se laissa tomber au fond d'un vieux placard que les Parsnickle n'avaient jamais pris la peine de réparer (du moins, pas depuis que le « fantôme » avait caché la boîte à outils de M. Parsnickle), et descendit silencieusement l'escalier.

– Bonté divine, Arler, disait Mme Parsnickle quand Finn déboucha dans le couloir menant à la cuisine. Je n'ai pas de temps à perdre avec tes histoires de fantôme ! Je suis déjà en retard, et les six ans sont bien capables de fourrer les cinq ans dans les paniers de linge près du bassin si je n'y vais pas tout de suite.

Finn fit la grimace au souvenir de la puanteur de ce bassin. Cela au moins ne le concernait plus.

— Le fromage, madame, le fromage ! glapit M. Parsnickle, au bout du couloir. Ce mordiou fantôme a pris le fromage !

Finn s'approcha. Il aperçut dans un miroir tout proche la frêle silhouette de Mme Parsnickle qui remettait en place une mèche de cheveux gris bleu, l'énorme visage rougeaud de son mari tout près du sien. Les grosses joues flasques de M. Parsnickle tremblotaient sous ses défenses blanchies.

— Oh, mon orque impossible ! s'écria Mme Parsnickle en riant.

Vint ensuite le baiser. Finn réprima un haut-le-cœur. Les adultes étaient tellement dégoûtants.

Il passa la tête par la porte. M. Parsnickle écumait le garde-manger tout proche. Il en sortit une miche de pain et du beurre de crapaud, un truc que Finn détestait. Mme Parsnickle saisit une tranche de pain, esquiva lestement la cuillerée de pâte grisâtre que M. Parsnickle essayait d'étaler dessus et fila vers la porte d'entrée. Finn s'apprêtait à entrer en douce pour s'emparer du croûton quand il vit Mme Parsnickle hésiter sur le seuil.

— Arler ? appela-t-elle en se baissant pour ramasser quelque chose sur le plancher moisi de la véranda.

Lorsqu'elle se redressa, elle tenait un bout de papier blanc soigneusement plié entre ses doigts fins.

– Quésaco ? demanda son mari en tartinant une nouvelle tranche de pain de gadoue gluante.

Il en enfourna la moitié dans sa bouche et regarda par-dessus son épaule.

– On dirait une lettre, articula son épouse.

Finn avança la tête dans la cuisine, bien plus qu'il ne le faisait d'ordinaire. En temps normal, les habitants des Quais du genre des Parsnickle *ne recevaient pas* de lettres. Il pouvait arriver que la Réserve leur fasse parvenir une note par grenouillage, ou qu'un jeune perroquet leur transmette un message de la famille de Mme Parsnickle, qui vivait sur la Côte À-ne-pas-voir. Mais jamais une vraie *lettre*.

– Voyons cela, dit Mme Parsnickle, qui plissa le front tout en lisant. Elle semble adressée à un certain « M. Voleur ».

– Maître-voleur ! laissa échapper Finn sans réfléchir. C'était tout lui, ça !

M. Parsnickle fit un tel bond qu'il se cogna au plafond, d'où dégringola une pluie de plâtre et de bois pourri. Mme Parsnickle pressa la lettre contre sa poitrine, les yeux aussi ronds que des lunes d'été.

Pendant un instant, nul ne proféra un son. Finn aurait voulu ravaler ses paroles. Il se demanda quelle allure il avait, à moitié engagé dans l'encadrement de la porte, ses cheveux noirs en bataille sur sa peau olivâtre, ses vêtements sales d'avoir été portés depuis des jours sans même une trempette dans une fontaine.

– Un vagabond! s'écria M. Parsnickle, pour qui le mystère s'éclaircissait soudain.

Il s'empara d'un solide balai et l'agita comme une massue au-dessus de sa tête.

Finn déglutit et essaya la seule chose qui n'avait aucune chance de marcher. Il chuchota:

– Madame Parsnickle? C'est moi, Finn!

Mme Parsnickle inclina la tête vers lui. Elle plissa imperceptiblement les yeux. Il scruta désespérément son visage, en quête d'une étincelle de reconnaissance. Elle entrouvrit la bouche, et il sentit une pointe d'espoir lui percer le cœur.

– P-pardon, jeune homme, bredouilla-t-elle. Nous connaissons-nous?

L'espoir se dissipa aussitôt. Finn poussa un soupir. Non, bien sûr que non. M. Parsnickle lui indiqua la porte d'un ample mouvement des crins de son balai.

Il était temps de partir. Encore.

Les épaules voûtées, Finn traversa la cuisine. Pas de petit déjeuner pour lui ce matin. Mais il lui manquait bien davantage qu'une tartine de beurre de crapaud. Arrivé sur le seuil, il se tourna vers Mme Parsnickle. Elle le contemplait avec ce même regard vide, tout juste teinté d'une nuance de crainte.

– Pardon, murmura-t-il.

Le coin de ses yeux se contracta fugitivement avant qu'elle fronce les sourcils.

– Ça ne se fait pas, d'entrer ainsi chez les gens, dit-elle.

– Oh, pas pour ça. Pour ça ! répliqua-t-il en bondissant pour lui prendre le mot des mains.

M. Parsnickle poussa un rugissement et lança le balai, lequel le manqua de peu et s'écrasa par terre.

– Merci bien ! lança Finn, qui s'enfuyait déjà.

Ses jambes lancées à toute allure lui firent franchir la porte et descendre la ruelle, les pavés lui blessant les pieds. Il s'en était fallu de peu.

Les Parsnickle finiraient tôt ou tard par l'oublier, et aucune serrure ne pouvait l'empêcher d'entrer. Et, plus important que tout, dans sa main il serrait la lettre. *Sa* lettre.

2
Le bateau pirate du parking

— Ça ne vient pas d'un dinosaure, décréta Marrill.

Elle retourna le vieil os rongé dans sa main et essuya son front moite d'un revers de poignet. Trois garçons âgés de sept ans la dévisageaient avec impatience. Au-dessus d'eux, le soleil d'Arizona chauffait assez pour faire fondre à moitié la semelle de ses tennis.

— Je dirais que c'est vraisemblablement une vache, ajouta-t-elle.

Les trois sourires se muèrent presque simultanément en plis amers.

— Mais comment tu le sais ? questionna le plus grand, Tim (ou était-ce Ted ?).

Ils se trouvaient dans le célèbre site de fouilles archéologiques des triplés Hatch, plus connu comme étant le terrain vague tout au bout de leur trou perdu.

Les triplés s'étaient sûrement adressés à Marrill en raison de son expérience. L'année dernière, elle avait passé trois mois sur un site de fouilles au Pérou avec ses parents, à courir après les restes d'un oiseau si gigantesque qu'il dévorait des chevaux pour son quatre-heures. Son père avait écrit un livre sur cette expédition, et sa mère avait pris une photo d'elle tenant un bec aussi gros que sa tête, qui avait fini à l'institut Smithsonian de Washington.

– Parce que c'est un os, expliqua-t-elle. Si ça avait appartenu à un dinosaure, ce serait un fossile, maintenant.

Elle surprit le regard du plus petit des Hatch, Tom (ou était-ce Tim ?) fixé sur elle. Il avait la lèvre inférieure boudeuse, et son visage était l'image même de la déception. Ses frères faisaient la même tête.

Marrill éprouva une pointe de remords. Ils s'étaient imaginé avoir fait une grande découverte, et elle avait tout gâché en les ramenant à une ennuyeuse réalité. C'était un sentiment qu'elle ne connaissait que trop bien. Mais, grâce à la profession de ses parents, elle vivait régulièrement des aventures passionnantes – elle n'allait d'ailleurs pas tarder à repartir avec eux. Les seules aventures que connaîtraient les enfants Hatch étaient celles qu'ils inventaient. Et voilà qu'elle les privait même de celles-là.

Elle examina l'os plus attentivement et fit la moue.

– Bien sûr, maintenant que j'y pense...

Elle ne termina pas sa phrase et secoua la tête.

– Mais non, c'est impossible.

– Quoi ? la pressa le plus petit, soudain rasséréné.

– Eh bien..., commença Marrill en s'accroupissant pour gratter le sol. L'année dernière, quand j'étais au Pérou, j'ai entendu parler de restes de dragons qui apparaissaient dans toutes sortes d'endroits. Un os aussi petit ne pourrait appartenir qu'à un bébé dragon, mais...

Celui du milieu (Tim, elle en était à peu près sûre) fronça les sourcils.

– Les dragons n'existent pas.

– Ce n'est pourtant pas ce qu'on pense au Centre péruvien de recherches sur les dragons, rétorqua Marrill avec un haussement d'épaules. De toute façon, comment savoir tant qu'on n'a pas vu le reste du squelette...

Elle rendit l'os à Ted (Tom ?) et partit vers la maison de sa grand-tante. Lorsqu'elle regarda par-dessus son épaule, le trio était penché au-dessus de l'os et discutait avec animation.

Elle souriait encore en arrivant dans sa rue. Mais ses pas hésitèrent lorsqu'elle aperçut la maison. La pancarte À VENDRE plantée devant depuis des semaines n'y était plus.

Les battements de son cœur s'accélérèrent. Ses parents et elle étaient coincés à Phoenix depuis la mort de sa grand-tante, quelques mois plus tôt. Ils avaient dû abréger leur dernière expédition pour venir s'occuper de la succession. Et la maison était tout ce qui restait. Chaque jour, Marrill espérait trouver la pancarte barrée par la mention VENDUE, et, chaque jour, elle était déçue.

Jusqu'à aujourd'hui.

Poussée par l'excitation, elle s'engouffra dans la maison. Elle ne s'arrêta même pas pour savourer la fraîcheur de l'air conditionné et se précipita dans sa chambre, où elle plongea sous son lit et écarta les crayons et blocs à dessin à demi remplis pour atteindre la vieille boîte à chaussures dissimulée là. Elle avait rêvé à cet instant tout l'été. Ils allaient enfin se remettre en route, et elle avait repéré l'endroit parfait pour leur prochaine destination !

– On part enfin ! piailla-t-elle en faisant irruption dans la cuisine, sa boîte entre les mains.

Ses parents étaient assis devant l'ancien billot de boucher qui servait de table, des tas de papiers étalés devant eux. Le chat borgne de Marrill, Karnelius, était couché sur l'une des piles, une patte orangée jouant paresseusement avec une enveloppe froissée.

– Quand on est arrivés ici, vous m'avez demandé de réfléchir à une destination pour votre prochain bouquin, débita Marrill avant que ses parents aient le temps de réagir. Eh bien, devinez quoi ? J'ai trouvé l'endroit parfait !

Elle renversa la boîte. Des photos colorées, des cartes et des prospectus inondèrent la table. Puis elle baissa le ton, tel un animateur de jeu télévisé :

– Madame, monsieur, et le chat, je vous présente...

Elle s'interrompit afin d'obtenir un effet théâtral, puis déroula brusquement une affiche représentant une fillette serrant contre elle un bébé chimpanzé au bras blessé.

– La Réserve Hôpital pour Animaux Malades du Parc Banton ! clama-t-elle.

Ses parents semblaient abasourdis. Ils parvenaient à peine à émettre un son. Elle s'interrompit pour savourer leur émerveillement. Elle comprenait ce qu'ils ressentaient – elle-même n'aurait pu concevoir meilleure destination. Marrill attirait toujours les créatures perdues et abandonnées (c'est ainsi qu'elle s'était retrouvée à s'occuper d'un furet à deux pattes en France, d'un crapaud arboricole sourd au Costa Rica, et aussi d'un perroquet sans queue au Paraguay). La Réserve était en fait une île entièrement consacrée aux soins à des animaux en difficulté. La petite fille souriait si fort qu'elle avait l'impression que son visage allait se fendre.

Son père lança un regard à sa mère, qui baissa les yeux vers ses mains crispées sur ses genoux. Ils paraissaient tous deux préoccupés. Marrill sentit son ventre se serrer. Son père s'éclaircit la gorge.

– Marrill..., commença-t-il.

Elle connaissait ce ton. Il annonçait des excuses, des explications sérieuses, et tout un tas de choses qu'elle n'avait pas envie d'entendre.

– Ah, mais attendez ! s'écria-t-elle avec l'espoir que, si elle poursuivait coûte que coûte, ce qui devait arriver n'arriverait pas. Remarquez que tous les logements se situent à l'intérieur du parc afin que chacun puisse, suivant sa préférence, trouver facilement et au plus vite un éléphant, un kangourou, un paresseux ou une girafe, tous avides de recevoir l'amour et l'attention que seule une fille de douze ans peut leur donner. Et n'oublions pas tous les équipements genre distributeurs de glaces, toboggans aquatiques et...

Sa voix trembla et s'éteignit peu à peu. Ses parents affichaient une expression si douloureuse. Elle s'efforça de se préparer à ce qui allait venir.

– Marrill, reprit son père, qui se racla de nouveau la gorge tout en rajustant les lunettes cerclées de métal qu'il avait dégottées aux puces en Roumanie. Il faut qu'on te dise quelque chose.

Il se leva et passa le bras autour des épaules de sa fille. Puis il prononça les mots qu'elle redoutait d'entendre depuis cinq ans. Depuis la dernière fois qu'elle s'était tenue près d'un lit d'hôpital, en pleurs et totalement impuissante.

– Mon poussin, ta mère est retombée malade.

Elle eut l'impression de sortir dans le four du soleil d'Arizona, brûlant et étouffant. Le silence envahit la pièce. Marrill dévisagea son père, puis se tourna vers sa mère et attendit qu'elle le contredise. Mais sa mère ne dit rien.

La panique se mit à bouillonner dans le ventre de Marrill. Ça n'était pas possible. Sa mère était sa meilleure amie, celle avec qui elle partageait tout.

Elle ne pourrait pas supporter que celle-ci retombe malade.

– Non, murmura Marrill en secouant la tête.

Elle s'écarta de son père, et le bras de celui-ci glissa de ses épaules et pendit mollement contre son flanc.

Mais, en examinant sa mère, Marrill comprit que c'était vrai. Un peu moins de couleur sur les joues, les lèvres un peu plus minces. Ses mouvements étaient plus retenus, plus prudents. Ce matin, sa mère n'avait même pas touché à son bol de céréales, qui était posé, intact, au bord de l'évier. Tous les signes étaient là, mais Marrill n'avait rien remarqué, n'avait rien voulu remarquer.

Elle se détourna et pressa les mains sur son visage, comme si cela pouvait empêcher sa peur et sa douleur de se répandre. Elle détestait se sentir ainsi. Elle détestait ne savoir que dire ni que faire.

– Ça va aller, mon pétale.

Sa mère se leva et fit le tour de la table pour la serrer dans ses bras. Et Marrill fut aussitôt enveloppée par tout ce que sa mère avait d'unique : le son de sa voix, son odeur, le rythme de sa respiration. Toutes les choses que Marrill connaissait depuis l'instant de sa naissance, ces choses qui faisaient partie d'elle au même titre que son ADN.

– Ce n'est qu'une crise passagère, expliqua Mme Aesterwest en effleurant des lèvres les cheveux de sa fille. Nous allons avoir besoin d'un médecin à proximité pendant quelque temps, c'est tout.

Elle recula et regarda Marrill dans les yeux.

– Je vais me rétablir et nous pourrons reprendre la route, je te le promets.

– Mais je ne comprends pas, protesta Marrill. Il n'y a plus la pancarte à VENDRE. Ça veut dire qu'on s'en va, non ?

Son père dut encore s'éclaircir la voix.

– Ça veut dire que nous restons. Nous gardons la maison. Elle est à nous maintenant.

Quelque chose se contracta dans la poitrine de Marrill. Elle fit un effort pour contrôler sa respiration, mais cela lui fut difficile avec son cœur qui cognait contre ses côtes. Sa mère avait déjà eu des rechutes, depuis son hospitalisation, cinq ans plus tôt. Mais elles n'avaient eu pour effet que de ralentir un peu la cadence, pas de tout arrêter.

– J'ai pris un travail en ville, poursuivit son père. Et nous avons envoyé tous les papiers pour t'inscrire au collège du bout de la rue. Comme tu as toujours travaillé à la maison, ils vont te faire passer un test pour s'assurer que tu as le niveau, mais ne t'en fais pas, tu t'en sortiras très bien. Il y a une bonne clinique ici, et selon le médecin, ta mère reprendra du poil de la bête dès qu'elle aura un peu plus de stabilité. Il faut juste éviter toute excitation et toute montée de stress, ce qui implique de ne pas bouger pendant un petit moment.

Les paroles de son père la submergèrent.
– Une maison ? Une école ? Mais...
Ils n'avaient jamais eu de maison. Aussi loin que remontaient les souvenirs de Marrill, ils n'avaient jamais vécu plus de six mois au même endroit. Et ces six mois, c'était quand sa mère était tombée malade, la première fois. Ses parents répétaient toujours qu'une maison était un « frein ». Marrill comprit soudain ce qu'ils ne disaient pas.

Une maison, cela signifiait la permanence. Cela signifiait rester au même endroit. Fini, l'aventure.

Cela signifiait que sa maman était vraiment malade.

Sans rien ajouter, Marrill fit volte-face et se précipita hors de la cuisine en refoulant ses larmes. Karnelius sauta de la table, bousculant au passage une pile de papiers, et la suivit au petit trot.

Marrill ne s'arrêta que dans la chambre qu'elle occupait, et contempla les dessins et les photos, qu'elle avait scotchés au mur. Il y avait des souvenirs de tous les coins du monde : son papa qui faisait semblant de retenir la Tour de Pise ; elle-même à sept ans, qui chevauchait une chèvre sur le flanc d'une montagne en pleine forêt vierge indonésienne ; un croquis exécuté en Australie d'une maman wombat avec son petit...

Mais la photo qu'elle préférait était celle de sa mère et d'elle suspendues dans les airs, main dans la main en sautant d'une falaise dans une eau bleue et transparente. Elle se souvenait aussi clairement de cette scène que si elle avait eu lieu la veille. Terrifiée, Marrill gardait les yeux fixés sur l'eau qui paraissait si loin, tout en bas. Et sa mère lui chuchotait à l'oreille, apaisait ses craintes et lui assurait que tout irait bien, que ce serait super. Et sa mère avait eu raison – ça avait été génial.

Elle sentit une main se poser sur son épaule.

– L'eau était glaciale, ce jour-là.

Sa mère rit doucement, sachant exactement quelle photo Marrill regardait.

Comme elle savait toujours ce que sa fille pensait, et quels étaient les paroles justes et les bons gestes.

Marrill lutta contre les larmes qu'elle venait de ravaler.

– J'avais tellement peur.

– Mais tu as sauté, dit sa mère en lui serrant l'épaule. Il y a des choses qui font peur au début. Et ce sont souvent celles-là qui se révèlent au bout du compte les plus enrichissantes.

Marrill se tourna vers sa mère sans lever les yeux de ses propres mains qui tortillaient le bas de sa chemise. Toutes ses angoisses la submergèrent.

– Mais ça veut dire que tout va changer. Ça ne sera plus jamais comme avant – on ne pourra plus faire ce genre de truc...

Sa mère s'accroupit devant elle et plaça ses paumes sur les joues de sa fille afin de la regarder bien en face. De chaudes larmes montèrent aux yeux de Marrill, mais sa mère les écrasa du pouce.

– Ça veut dire qu'on va devoir faire attention pendant quelque temps, mon cœur, c'est tout. Je te promets que tu vivras encore des tas d'aventures. Avec ou sans moi.

Le ventre de Marrill se serra.

– Mais je ne veux pas en vivre sans toi. Et puis pourquoi, d'abord ? Papa et toi, vous avez dit que tu te rétablirais vite !

– Je vais me rétablir, assura sa mère en lui plantant un baiser sur le front. Je prévois de m'incruster encore un moment, ajouta-t-elle avant de lui adresser ce sourire qui lui réchauffait toujours le cœur. En attendant, il faudra que tu vives quelques aventures pour pouvoir me les raconter ensuite. D'accord ?

Marrill hocha la tête en reniflant. Sa mère l'attira contre elle pour la serrer dans ses bras puis se releva.

– Ce ne sera peut-être pas si mal d'habiter à Phoenix, lança-t-elle depuis la porte. Rappelle-toi : quand tu te trouves confrontée à une situation nouvelle, tu as le choix entre deux options. Tu peux t'enfuir, ou bien tu peux sauter à pieds joints.

Elle sourit encore, mais plus rêveusement.

– Ça pourrait être amusant, pour toi, d'avoir une vie normale, si tu te donnes la peine d'essayer.

Puis elle s'en alla.

Restée seule, Marrill regarda Karnelius, perché au bord du lit.

– J'ai pas envie d'avoir une vie normale, marmonna-t-elle.

Une sensation de brûlure lui monta à la gorge, et elle déglutit pour la chasser. Elle ne savait pas comment elle devait se sentir : terrifiée pour sa mère, inquiète pour son propre avenir, déçue d'avoir à renoncer à leur prochaine aventure, coupable de penser à cela alors qu'elle aurait dû concentrer son attention sur sa mère.

Sa chambre lui fit soudain l'effet d'être une cage. Il fallait qu'elle sorte. Elle mit rapidement son harnais à son chat, lança un bref au revoir à ses parents et fila sans attendre de réponse. Karnelius trottait à ses côtés, clignant son œil unique dans le soleil du désert.

Ils eurent tôt fait de traverser le carré de terre pelée qui faisait office de jardin, et de prendre la route conduisant hors de ce quartier désert. Du sable se glissa dans les chaussures de Marrill et se colla à l'arrière de ses genoux pendant qu'ils marchaient. Le temps s'égrenait, et elle ne parvenait à penser à rien d'autre qu'à sa mère. Avant même qu'elle s'en rende compte, ils avaient parcouru les deux kilomètres qui séparaient la maison du petit centre commercial abandonné marquant autrefois la limite d'une ville devenue morte.

Marrill était si absorbée par ses soucis qu'elle ne remarqua pas le bout de papier qui tourbillonnait par terre, tout près d'elle. Ce ne fut pas le cas de Karnelius. Il bondit pour l'attraper, se défaisant de son harnais avec autant de facilité que s'il était Houdini[1] en personne.

– Chat, reviens ici ! appela Marrill. Si tu me fais courir par cette chaleur, je te jure que je te réduis en moufles !

La queue orange disparut derrière une barrière en bois déglinguée. Marrill lâcha la laisse et se mit à courir. Elle avait trouvé Karnelius tout petit. C'était le premier animal auquel elle avait porté secours, celui qui lui avait révélé l'amour qui peut naître lorsqu'on sauve une créature d'un avenir incertain. C'était le seul animal qu'elle avait eu le droit d'emmener avec elle.

Et c'était son seul ami.

Une rafale de vent souffla dans son dos, ramenant ses cheveux par-dessus son épaule tandis qu'elle se glissait entre deux planches disjointes. De l'autre côté, le parking désolé du centre commercial s'étirait vers le lointain. La chaleur dessinait des vaguelettes au-dessus de l'asphalte, ce qui donnait l'impression d'une étendue d'eau à perte de vue.

Elle n'avait pas fait un pas que la feuille de papier repérée par Karnelius passait devant elle en voltigeant, portée par le vent. Le chat la pourchassait, sa queue hérissée comme un goupillon, puis il bondit et la plaqua contre le trottoir. Marrill saisit son chat qui

---

1. Harry Houdini, prestidigitateur célèbre pour ses tours d'évasion de malles fermées par des chaînes et immergées dans l'eau (NDT).

lui griffa la paume en se débattant pour rattraper le papier. Elle grimaça de douleur.

Tout en le serrant contre elle pour essayer de le calmer, elle baissa les yeux vers la feuille de papier. Elle était ancienne et épaisse, avec des bords déchiquetés et jaunis par l'âge. Un dessin élaboré était tracé dessus à l'encre, une espèce d'étoile.

Marrill n'avait jamais rien vu de pareil. Elle s'accroupit pour l'observer, dans l'intention de s'en inspirer pour ses propres dessins. Mais la brise souleva de nouveau le parchemin, qui lui fila entre les doigts. Marrill tendit la main et, quittant le trottoir, posa les pieds sur l'asphalte. Le goudron gicla.

Marrill se figea. Elle pataugeait dans de l'eau tiède, qui lava ses souliers du sable collé dessus.

– Qu'est-ce que ça peut bien être ? se demanda-t-elle en fronçant les sourcils.

Alors qu'il était tout sec l'instant d'avant, le parking était à présent complètement inondé. On aurait presque dit un lac paisible. Et, avec le mirage dû à la chaleur, ce lac paraissait sans limites.

Le soleil se reflétait à la surface de l'eau et lui piquait les yeux. Elle scruta le parking pour essayer de comprendre ce qui se passait. Le parchemin en profita pour s'éloigner et disparaître.

À cet instant, comme si les choses n'étaient pas déjà assez bizarres, un gigantesque bateau à voiles surgit de nulle part dans l'espace de stationnement réservé aux handicapés.

– *Bouaaaa !* s'écria Marrill.

Elle recula en trébuchant. Ses pieds pataugeaient dans l'eau peu profonde. Elle cligna les yeux, sûre que sa vue la trompait.

Ça ressemblait à un vaisseau pirate, avec quatre mâts chargés de voiles et un beaupré qui pointait si loin à l'avant du navire qu'il faillit transpercer la vieille enseigne d'un des magasins abandonnés.

– Eh bien, voilà qui est inattendu, fit une voix.

Marrill tourna brusquement la tête et mit la main en visière pour se protéger les yeux du soleil. À plusieurs mètres au-dessus d'elle, une tête de vieillard apparut par-dessus le bastingage de bois sombre. Un petit visage rond et copieusement ridé, auquel s'accrochait une énorme barbe blanche. Un chapeau pointu violet lui retombait sur une oreille.

Le vieil homme arrêta son regard sur Marrill, et se pencha tellement par-dessus le bastingage qu'elle craignit de le voir basculer.

– Vous, là-bas ! héla-t-il. Vous ne sauriez pas par hasard sur quel cours d'eau nous sommes ? Quel affluent ? Quel bras du Torrent ?

C'en était trop. Marrill sentit son esprit vaciller en cherchant à comprendre ce qui se passait. Sa vision se brouilla, et il lui fallut faire un effort considérable pour ne pas tomber tête la première dans le lac tiède. Le lac qui, un instant auparavant, n'était encore qu'un parking dans le désert.

3

Des voleurs dans une tourterie

Finn était installé sur un toit du quartier Vendetou, les pieds se balançant dans le vide. Un labyrinthe de constructions se bousculaient sur la pente escarpée derrière lui, comme si elles cherchaient à regarder par-dessus son épaule.

Il était peut-être le maître-voleur des Quais Létemank, mais nul ne s'en doutait. Nul ne savait même qu'il existait un maître-voleur. Pour la bonne raison que, aussi important que soit le larcin, personne ne parvenait jamais à se souvenir de qui l'avait commis.

Jusqu'à aujourd'hui.

Maître-voleur, était-il indiqué sur la lettre, *Résidence des Parsnickle, 17, passage de la Gouttière-qui-coule.* Elle lui était bien destinée, et il l'ouvrit, les doigts tremblants d'excitation.

Elle commençait ainsi :

Cher maître-voleur. Et Finn se demanda quel genre de personne pouvait avoir des pensées si grandes qu'il lui fallait autant d'espace pour chaque mot. La lettre continuait de la sorte :

*Le chemin de la mère conduit au foyer,
mais quelqu'un doit montrer la voie.
Je fixerai les détails de votre voyage,
mais il y a d'abord un prix à payer.*

*Dans le port, un navire qui ne mouille jamais
attend d'embarquer.*

*Rempli de trésors, dont les plus précieux
au secret sont conservés.*

*Scrutez le ciel étoilé pour trouver la chambre forte,
puis forcez le coffre pour trouver la clef.*

*Apportez-la au repaire des voleurs,
et prenez le reste en paiement,*

*Croyez bien que je suis
Quelqu'un qui se souvient de vous.*

Juste à côté de la signature, une tache noire maculait la page blanche, comme si une goutte d'encre était tombée de la plume de l'auteur.

Le regard de Finn remonta vers le mot qui lui avait coupé le souffle et endolori la poitrine. *Mère.* Il ferma les yeux et revit les derniers moments qu'il avait passés avec elle.

C'était le seul souvenir qu'il avait d'elle.

Il ne devait pas avoir plus de quatre ans. Il se rappelait encore l'éclat doré des vagues que fendait la proue du navire, et les lumières qui dansaient sur la côte et escaladaient une haute montagne ténébreuse jusqu'au ciel nocturne étoilé.

– Les Quais Létemank, avait chuchoté sa mère, mais le bruit de l'eau avait noyé sa voix, de sorte qu'il avait entendu quelque chose comme *la Clef te manque*. C'est ta nouvelle maison.

Évidemment, Finn connaissait maintenant parfaitement les Quais ; il n'en était jamais reparti. Mais cette nuit-là, recroquevillé dans ses bras, blotti contre elle, il avait eu peur. Il ne savait plus précisément à quoi ressemblait sa mère. Il ne se rappelait que ses cheveux noirs lui tombant sur les épaules, le reflet de la lune dans ses yeux et le contour de son petit nez rond.

Et qu'il s'était senti en sécurité dans ses bras.

Il soupira. La toute dernière chose dont il se souvenait était qu'elle lui avait montré une étoile dans le ciel, plus brillante que toutes les autres.

– Quoi qu'il arrive, lui avait-elle dit, tant que cette étoile brillera, tu sauras que quelqu'un la regarde aussi et pense à toi.

Et, même dans sa mémoire, la voix de sa mère était aussi réconfortante et paisible qu'un bon feu par temps glacial.

Finn renifla et s'essuya les yeux pour regarder de nouveau la lettre. Il la lut et la relut, suivant du doigt les courbes étranges de l'écriture. S'introduire en douce sur un bateau, dérober une clef. Et tout ce qu'il prendrait d'autre serait pour lui.

Un cambriolage en bonne et due forme, en fait, même si la personne qui écrivait était un peu avare de détails. Et avait un goût exécrable en matière de poésie.

C'était la signature qui le hantait. *Quelqu'un qui se souvient de vous.* Avant de s'endormir, la veille au soir, il avait regardé l'étoile clignoter par la lucarne du grenier – la promesse que quelqu'un pensait à lui. C'était enfin vrai – il y avait réellement quelqu'un qui se souvenait de lui. Et la récompense promise... le mener chez lui, à sa mère ?

Il n'était pas question de refuser. Même si celui qui lui faisait cette offre semblait si fou qu'il avait dû plonger la tête dans l'eau du Torrent.

Finn se mit debout au bord du toit sans paraître aucunement incommodé par les quatre étages de vide à ses pieds. Ce coup était trop important pour qu'il y aille à l'aveuglette : il avait besoin d'infos. Et pour un voleur des Quais il n'y avait qu'un endroit où apprendre tout sur tout : la Tourterie d'Ad et Tad.

Il se mit en route, caracolant sur les toits de céramique et sautant d'une gouttière branlante à une autre pour gagner le haut du quartier. La vieille boutique était adossée à une falaise, juste au pied des tours en ruine du mont du Nez-qui-saigne. Il ne tarda pas à se laisser glisser au bas d'un enchevêtrement de lianes, dans une ruelle si étroite et si raide qu'il aurait aussi bien pu s'agir d'un escalier, puis il grimpa jusqu'à la petite place en cul-de-sac sur laquelle donnait la Tourterie des Gourmets tenue par Ad et Tad.

C'était un lieu exigu, avec une seule entrée et une seule sortie. Au-dessus de la boutique, les vents furieux des Quais se heurtaient à la falaise et formaient une tornade qui ne permettait qu'aux meilleurs loups de ciel d'approcher. Bref, c'était le dernier endroit où tenir un magasin, mais le lieu parfait pour un repaire de malfaiteurs.

Finn entra, et la cloche tinta au-dessus de la porte. PERSONNE NE SORT LA FAIM AU VENTRE ! assurait la pancarte dans la vitrine, et le garçon aurait difficilement pu dire le contraire.

Au lieu de sentir bon la cannelle et les brioches au beurre, la Tourterie puait le moisi et le brûlé.

Sur les étagères, des montagnes de petits pains nappés d'une substance verte et gluante côtoyaient des piles de biscuits ornés chacun d'un globe oculaire parfaitement opérationnel. Et, bien sûr, il y avait sur le comptoir une assiette de bonbons enveloppés dans du papier alu. Ad et Tad les avaient baptisés les «Célèbres foudroyants parfum chocolat». Sinon tout le monde les appelait les «dégueulitos».

Les voleurs avaient bien réfléchi avant de choisir cet endroit comme repaire. Finn n'avait pas souvenir d'y avoir jamais vu de vrais clients.

Ad et Tad levèrent les yeux quand il entra et, sans le reconnaître le moins du monde, lui adressèrent un sourire tout en dents.

– On peut vous aider, jeune homme ? demanda Ad.

Elle était jeune et gentille, du moins d'après les standards des Quais, ce qui signifiait qu'elle avait presque toutes ses dents et n'était le plus souvent pas armée.

– Pas de vagues aujourd'hui, Ad, répliqua Finn en carrant les épaules pour prononcer le mot de passe d'un air autoritaire. Juste une portion de vos meilleurs filafuroncles.

Tad hocha la tête et désigna le four de briques monumental au fond de la boutique.

– Bien sûr, mon gars, dit-il. On en fait cuire des tout frais juste de l'autre côté.

Voilà ce qui rend cet endroit si super, songea Finn. Au milieu de la faune de la Tourterie, un voleur qui n'attirait pas l'attention était un bon voleur. Pour ces gens, il suffisait que Finn connaisse les codes, et le fait qu'ils ne se souvenaient pas de lui signifiait seulement qu'il était doué dans sa partie.

Il se glissa sous le comptoir, chopant quelques dégueulitos au passage (c'était pratique d'en avoir sous la main en cas d'empoisonnement), et pénétra dans le four obscur. À peine effleuré, le mur du fond s'écarta pour révéler le repaire des bandits.

Quelques marches branlantes plus bas, les malfaiteurs riaient, jouaient et se disputaient dans une vaste salle encombrée de tables en bois, au bout de laquelle ronflait un grand feu. Des brutes épaisses aux bras de gorilles jouaient à Pan-dans-les-dents avec des brigands secs comme des triques. Des voleurs à la tire recouverts d'écailles s'entraînaient à forcer des serrures tandis que des escrocs à la petite semaine débitaient des histoires à des comparses modérément intéressés. Pratiquement tout et tout le monde était saupoudré d'une fine couche de farine.

Finn sourit et se détendit. C'était bon d'être de retour.

Désinvolte, il se dirigea vers une table occupée par des corsaires qui trinquaient avec des bandits de grand chemin. Ils formaient une troupe patibulaire, mais Finn ne s'en inquiéta guère. Si la canaille était presque toujours bienvenue à la Tourterie, Stavik, le roi autoproclamé des pirates des Quais Létemank et chef incontesté du repaire, en interdisait l'entrée aux meurtriers. En outre, voleurs et pirates se respectaient les uns les autres.

– Salut à vous, les frangins ! lança Finn, qui attira brièvement leur attention pour exécuter le signe de reconnaissance traditionnel des pirates.

Dix mains gantées lui répondirent de même.

– Bienvenue à toi, camarade de crapulerie. Faites de la place, les gars.

Finn réprima sa joie d'être inclus dans un cercle ; cela ne durerait pas, évidemment. Il eut à peine le temps de s'asseoir avant que la place qu'ils lui ménageaient se referme. Néanmoins, un instant de chaleur était déjà plus que ce que Finn pouvait obtenir partout ailleurs. En général, il s'asseyait et se fondait dans le décor, mais, cette fois, il était là pour recueillir des informations.

– Alooooors, commença-t-il, c'est quoi, ce bateau qui ne mouille pas au mouillage dans le port, hein ?

Neuf paires d'yeux se tournèrent vers lui et se plissèrent. Finn connut quelques secondes de malaise, puis le dixième homme prit la parole :

– Sacrebleu de sacrebleu, c'est p'têt bien le Vaisseau de Fer qui l'a envoyé dinguer dans le port, celui-là !

Un pirate partit d'un gros rire.

– Tu parles, vieux forban, ce Vaisseau de Fer, c'est rien que des histoires.

– Ris pas ! C'est vrai ! protesta un troisième. Sinon qu'est-ce qui pourrait esquinter un bateau comme ça ?

Il se pencha en avant, l'œil affolé, et poursuivit :

– On dit que le Vaisseau de Fer apparaît par les plus terribles tempêtes, quand les éclairs virent au rouge. Le navire est en fonte, avec des ombres pour équipage. On dit qu'il est commandé par le fantôme d'un grand roi-capitaine-pirate-démon-sorcier assoiffé de sang.

Comme toujours dans un rassemblement de voleurs, la moitié du groupe ricana d'un air moqueur, pendant que l'autre moitié soutenait mordicus que c'était la vérité.

– Un roi-capitaine-pirate-démon-sorcier, rien que ça ! commenta Finn. Mais au sujet du bateau qui ne mouille jamais dans le *port*... celui qui n'est pas en fer ?

Un contrebandier à grosse barbe reposa bruyamment sa tasse.

– Oh, ça, c'est aut' chose. Sa cargaison doit être sacrément précieuse parce qu'il entre jamais au port. Y navigue non stop sur le Torrent, là où on ne peut pas l'aborder. Stavik a bien essayé de le courser, une fois, mais même *lui* n'a pas réussi à le coincer...

Il s'interrompit et secoua la tête avant de reprendre :

– Pourtant, m'est avis qu'il a dû essuyer une tempête parce qu'il a fait escale pour réparer, et m'est avis que les Quais Létemank devaient être le mouillage le plus proche. Sûr que le maître du Vaisseau de Fer s'en est pris à lui, pour qu'un bateau comme ça se retrouve dans un coin pareil.

Finn acquiesça :

— Des réparations, c'est une bonne chose. Comment il est ? Bien gardé ? Si je demande ça, c'est seulement pour un ami, ajouta-t-il en se raclant la gorge.

— Oh, impossible de le rater, répliqua le premier pirate. C'est le bâtiment le plus bizarre que j'aie jamais vu de ma vie. Mais pour ce qui est de savoir qui se trouve à bord, eh bien...

Il se pencha et baissa la voix :

— Faudrait demander à Stavik.

Ses voisins de table déglutirent avec peine.

— Sans moi, chuchota l'un d'eux.

— Ne vous en faites pas pour moi..., dit Finn en se levant avec un grand sourire.

Cela ne risquait pas, parce qu'avant même qu'il eût terminé sa phrase, écumeurs des mers et bandits de grand chemin avaient déjà oublié sa présence.

— Je me charge de Stavik, poursuivit-il pour lui-même.

Il redressa le dos et gagna d'une démarche assurée le fond de la salle, où le roi des pirates se tenait assis sur son trône, un siège de bois poli fabriqué avec les têtes de proue des navires qu'il avait capturés. Stavik était maigre et anguleux, tendu comme du fil de fer. Il présentait plus de cicatrices que de peau intacte et ne faisait rien pour les cacher.

Il était simplement vêtu d'un débardeur en peau de dragon et d'un pantalon assorti, le tout très ajusté. On prétendait que Stavik était un voleur si habile qu'il avait découpé la peau de dragon nécessaire sur la bête vivante sans que celle-ci s'aperçoive de rien. Pas étonnant qu'il fût craint par l'ensemble des voleurs.

Mais, en fait, Finn *aimait* bien Stavik. Le roi des pirates ne s'en souvenait pas, mais c'était lui qui avait appris au garçon pratiquement tout ce qu'il savait sur le vol à la tire comme sur le cambriolage.

Âgé de sept ans à peine, Finn avait mis des mois à trouver le juste équilibre entre bravade et déférence pour obtenir une audience auprès de Stavik. Il devait avoir encore des bleus sur les épaules à force d'avoir été jeté dehors sur le pavé. Mais, chaque jour, il était revenu, et avait été redécouvert par les voleurs. Et il comprenait un peu mieux à chaque fois comment se comporter. Jusqu'au jour où Stavik avait fini par dire:

– Laissez-le. Il me plaît bien, ce môme.

Et il avait accepté de montrer à Finn quelques-uns de ses tours.

Finn n'avait ensuite cessé de revenir, jusqu'à ce qu'il sache tout ce que Stavik avait à lui apprendre.

Il lui arrivait encore de recommencer, et de réécouter les mêmes leçons sues sur le bout des doigts, mais c'était parce qu'il aimait passer du temps avec le vieux briscard.

Gonflant la poitrine, mais gardant les yeux baissés, Finn se dirigea droit vers le trône de bois poli et s'arrêta précisément à la seconde où une main épaisse s'apprêtait à s'abattre sur son épaule.

– Laissez-le, intervint Stavik d'une voix aussi éraillée qu'une vieille lame de rasoir rouillée. Ce gamin me plaît bien. Sûr de lui, mais il connaît sa place. Et il sait se fondre dans la masse. Je l'avais à peine remarqué avant qu'il s'avance. Gros potentiel chez ce gosse.

Il l'examina avec attention.

– Bon, alors, qui t'es ?

– Juste un apprenti, répondit Finn.

L'expérience lui avait appris qu'il était difficile de convaincre quiconque qu'on pouvait être maître-voleur à son âge.

– Mon patron m'a demandé de mentionner le casse de la Banque de la Blatte Bigleuse, et le pillage de la Soucoupe Riante.

Il fouilla rapidement dans ses poches et en sortit une pièce rouge à l'effigie d'une blatte afin de prouver ses dires.

Le visage de Stavik resta impassible, mais une vilaine cicatrice rouge se contracta sur son menton, signe indubitable qu'il réfléchissait.

– Mouais, lâcha-t-il enfin. C'est bon. Qu'est-ce qu'il cherche, ton patron ?

– Je... euh... Je veux dire, *il* a besoin de renseignements sur le bateau bizarre dans le port.

– C'est bien, décréta Stavik. Il faut quand même que *quelqu'un* s'attaque à ce truc.

Évidemment, le chef des pirates attendait une part du butin en retour. Finn hocha la tête avec empressement : si la lettre disait vrai, l'affaire rapporterait largement de quoi partager.

Stavik jeta un regard d'un côté puis de l'autre, et baissa la voix :

– Le navire appartient à l'Ordre méressien. T'en as entendu parler ?

Finn secoua la tête.

– M'aurait étonné, reprit Stavik. Il y a deux siècles de ça, on a lancé un genre de culte. Et puis on a passé des dizaines d'années à écrire tout ce qui sortait de la bouche d'une espèce de devin appelé l'Oracle, quelque chose au sujet d'une prophétie, de l'avenir et je sais pas quoi encore. Des trucs style fin du monde.

Il haussa les épaules.

– Bref, à l'époque, il y a eu une embrouille avec l'Oracle. Il s'est retiré et tout le culte s'est effondré. Mais il paraîtrait que les durs de durs ont décidé d'empêcher la prophétie du dingo de se réaliser. Ils n'ont jamais arrêté de rassembler tout ce qui pouvait être lié à ses prédictions. Des reliques, des antiquités et toutes sortes d'objets de valeur.

Il se fendit d'un sourire.

– Ça fait dans les deux cents ans de butin accumulé, si t'as des problèmes de calcul. Et tout est sur ce bateau – c'est pour ça qu'il ne quitte jamais le Torrent ni ne jette jamais l'ancre nulle part.

– Mais maintenant qu'il est ici..., intervint Finn en reproduisant le sourire de Stavik.

– Fais pas le bravache, conseilla le pirate. Ces types savent protéger leur camelote. J'ai essayé une fois, et ça s'est pas bien passé. C'était au large, pour sûr, mais y seront encore plus nerveux d'être au port. D'après ce que j'ai entendu, les gardes qu'ils ont mis sur les quais sont des pros, impossibles à distraire. Et, si tu les dépasses, y en a encore toute une troupe qui patrouille sur le bateau. Et de vilains pièges aussi. Ton boss a intérêt à être bon.

– Il l'est, assura Finn avec fierté alors que des plans lui venaient déjà à l'esprit.

– Vaudrait mieux, insista Stavik. Il sera pas le premier à essayer.

Il se redressa contre le dossier à figure de proue de son trône et croisa les mains.

– C'est tout ce que j'ai.

Finn hocha la tête et s'apprêta à partir. C'était l'heure de se mettre au travail.

– Hé, frangin, lança encore Stavik, et Finn se retourna.

– Si ton boss arrive à cambrioler ce bateau, dis-lui de m'apporter quelque chose de beau. Et je te montrerai comment forcer une serrure avec la pointe d'un couteau.

Bien entendu, Stavik lui avait déjà enseigné cette technique. Trois ans plus tôt. Et il l'avait refait cinq fois depuis.

– Ça me plairait beaucoup, assura Fin.

4

Pas touche aux bernacles!

Le bateau du parking était si gigantesque que Marrill se sentait minuscule à côté. Elle avait à la fois envie de s'avancer dans l'eau, de toucher la coque pour vérifier si elle était réelle, et de s'enfuir le plus loin possible.

Elle regarda autour d'elle. Si seulement son père était là, ou sa mère, ils sauraient quoi faire. Même les frères Hatch pourraient au moins lui dire si elle avait des hallucinations ou pas. Mais il n'y avait personne. Juste Karnelius, l'eau fraîche contre sa peau et le vaisseau pirate. Elle repéra une rangée de fenêtres de chaque côté de la coque, mais elles étaient toutes occultées soit par des volets, soit par une croûte de sel. Le seul être humain visible était le vieux monsieur penché par-dessus le bastingage, qui l'observait avec espoir.

— Je crois bien qu'elle est sourde, confia-t-il à quelqu'un que Marrill ne pouvait voir. À moins que ce ne soit un double parfait fabriqué à partir des fibres de son nombril. Si c'est ça, on a de la chance ; je suis à peu près sûr d'avoir déjà vu ça.

Marrill cligna les yeux en s'apercevant qu'ils parlaient d'elle. Il fallait qu'elle dise quelque chose, mais elle ne savait pas quoi.

– Euh... bonjour ? lança-t-elle avant de déglutir, mal à l'aise. Je n'ai pas bien compris ce que vous me demandiez. Ou ce qui se passe... ou tout ça, en fait.

Le vieux monsieur à barbe blanche se tourna vers elle, un sourcil levé.

– Pas sourde, et c'est pas de la fibre de nombril non plus, déclara-t-il à son compagnon invisible sur un ton légèrement déçu. Mais tant mieux pour vous, évidemment, ajouta-t-il à l'intention de Marrill, qui ne le quittait pas des yeux et essayait de suivre. Comme vous pouvez vous en rendre compte, nous sommes un peu perdus. Alors auriez-vous l'amabilité de nous indiquer sur quel affluent du Torrent nous nous trouvons ?

Marrill n'avait pas la moindre idée de ce dont il parlait. Ils étaient en plein désert – il n'y avait pas de cours d'eau à des kilomètres à la ronde. À moins de compter ce lac surprise, ce qu'elle se refusait à faire parce que... enfin, parce qu'il n'aurait absolument pas dû se trouver là.

Sauf qu'il *était* là, puisqu'elle pataugeait dedans. Des vaguelettes lui léchaient les chevilles, et, en inclinant la tête d'une certaine façon, elle distinguait encore les lignes du parking sous la surface de l'eau.

Elle cligna de nouveau les yeux en cherchant à se rappeler la question.

– Quel affluent de quoi ? demanda-t-elle.

– Elle ne sait pas où on est, lança le vieillard par-dessus son épaule.

– Ça m'aurait étonné, répondit une voix.

Marrill ouvrit la bouche. Les questions se bousculaient dans sa tête, et elle ne savait pas par laquelle commencer. Avant qu'elle puisse proférer un son, le vieil homme disparut.

Elle secoua la tête.

– J'imagine que tu ne sais pas ce qui se passe, toi non plus ? interrogea-t-elle Karnelius.

Le chat lui adressa un regard furieux de son œil valide, le reste de son corps encore tout hérissé et frémissant.

Marrill ne savait pas comment réagir. Elle se rappela sa mère lui conseillant de sauter à pieds joints, même si cela paraissait effrayant. Alors elle prit une profonde inspiration, s'efforça de se calmer et s'approcha du navire. Elle tendit le cou et appela :

– Monsieur... euh... Monsieur du bateau ?

Le vieil homme réapparut brusquement.

– Ah, ben vous êtes encore là ? s'exclama-t-il avant de froncer les sourcils. Ou plutôt nous sommes encore là. Humm. Étonnant.

Il tapota la rambarde du bout des doigts.

– Alors, insista Marrill, c'est fort de faire surgir un bateau de nulle part, comme ça. Vous êtes des sorciers ou quoi ?

– Des magiciens, plus exactement. Mais c'est une bonne question. À moi : Vous n'auriez pas aperçu un fragment de carte qui traînait dans le coin ?

Marrill ne comprit pas du tout de quoi il parlait.

– Hein ?

– Dis-lui que c'est un bout de papier, tonna l'interlocuteur invisible.

Le visage du vieillard exprima une exaspération fugitive avant de se tourner de nouveau vers elle.

– Un bout de parchemin, peut-être ? Par ici. Vous l'avez vu ?

Marrill se servit des orteils de son pied gauche pour se gratter le mollet droit, là où l'eau la chatouillait.

– Je... – son esprit la ramena en arrière – Hé, attendez ! Vous avez dit magicien ?

Le rire du bonhomme évoquait un goût de nuage, léger, moelleux et légèrement humide à la fois. C'était bizarre, dans la mesure où Marril n'avait jamais songé jusque-là au goût que pouvait avoir un nuage. Tout cela semblait, elle devait bien l'admettre, un peu magique, et un frisson lui parcourut l'échine.

– Oui, absolument, répondit le vieil homme. Et maintenant, revenons à ma question au sujet de la carte – vous ne l'auriez pas aperçue ?

– Euh...

Marrill changea la position de Karnelius dans ses bras et esquissa une grimace de douleur en sentant la griffure du chat sur sa paume. Peut-être que, si elle se prêtait au jeu, elle apprendrait le fin mot de l'histoire. Et elle aurait au moins quelque chose à raconter à sa mère au dîner.

Elle n'avait pas encore pu soutirer grand-chose du magicien. Elle réfléchit un instant à la façon de procéder. Une idée lui vint.

– J'ai un marché à vous proposer, lança-t-elle. Si j'accepte de répondre à une de vos questions, répondrez-vous à une des miennes ?

– Oui ! accepta le vieil homme. Ça y est, j'ai fait ma part. À vous de répondre.

– Attendez... quoi ? s'écria Marrill.

Elle frotta sa nuque un peu ankylosée à force de regarder en l'air. Puis elle comprit soudain ce qui venait de se passer. Il avait effectivement répondu à sa question. Elle tapa du pied, mais ne réussit qu'à s'asperger d'eau.

– Mais ce n'est pas juste ! s'écria-t-elle.

– Juste ? répéta-t-il d'une voix songeuse. Non, sans doute pas, mais c'est vous qui avez fixé les règles. En outre, quand on parle avec un magicien, il convient d'être précis. Vous ne voudriez pas vous retrouver avec le crâne couvert de poneys alors que vous souhaitiez soigner une calvitie. Ça peut être un vrai cauchemar pour les nourrir, des chevaux plein la tête, vous savez.

Sa voix se perdit un instant, puis il secoua sa barbe et reporta son attention sur Marrill.

– Alors, avez-vous vu un bout de papier dans les parages ?

Marrill plissa les yeux. Son tort avait été d'abord cet échange comme une conversation normale alors que rien ne se passait de façon normale. Elle réfléchit brièvement et sourit.

– Oui, j'ai vu un bout de papier, se contenta-t-elle de répondre.

Le vieil homme la regardait avec impatience.

– Une réponse pour une réponse, ajouta-t-elle sur un ton triomphal. Alors, si vous voulez continuer comme ça, je suis sûre que je peux vous trouver une autre question.

Un rire retentit derrière le vieux monsieur.

– Elle t'a bien eu, Ardent, commenta l'homme invisible.

Marrill réprima son envie de rire.

– C'est vrai ! convint le vieil homme – Ardent, apparemment. J'accepte vos conditions, jeune demoiselle, mais cette fois c'est moi qui commence. Sauriez-vous par où est partie la feuille ?

– La dernière fois que je l'ai vue, le vent l'emportait par là, indiqua-t-elle en désignant du menton la direction où, derrière le navire, le lac se perdait dans le lointain.

Le vieillard suivit son regard. Puis, soudain, il se mit à crier à son partenaire :

– Coll ! Fais demi-tour. Ou bien pare à virer ou je ne sais pas comment vous appelez ça, maintenant, vous les marins.

Un grondement sourd monta des entrailles du navire, presque un gémissement, alors qu'il se mettait à tourner, essayant de manœuvrer sur les hauts-fonds. Des vagues se soulevèrent le long de la coque et heurtèrent Marrill au point de la déséquilibrer. Le bateau pataugea péniblement, et elle entendit l'interlocuteur invisible – Coll – hurler :

– Excuses ! Le Torrent manque de fond, l'eau stagne et on risque d'être encalminés un moment.

Marrill fit passer Karnelius sur son bras gauche et agita le bras droit pour attirer l'attention du vieil homme.

– Vous n'avez pas répondu à ma question ! D'où venez-vous ?

L'enchanteur la contempla avec un sourire.

– Eh bien, du Torrent Pirate, bien sûr !

Puis il disparut.

– Attendez ! insista Marrill. Qu'est-ce que ça veut dire, d'abord ?

Le vaisseau oscilla de nouveau, soulevant des vagues qui aspergèrent son short et allèrent s'écraser derrière elle, contre la façade du centre commercial.

– Ohé ? lança-t-elle en direction du bastingage désert.

Elle s'avança en suivant le bord du trottoir pour être sûre de ne pas s'enfoncer. Mais il n'y avait aucun risque. Même tout près du navire, l'eau ne lui arrivait qu'aux genoux.

Elle examina la coque en essayant de comprendre comment un bateau aussi énorme pouvait naviguer sur si peu d'eau. Des bernacles s'accrochaient au bois mouillé jusqu'à la hauteur de son nez, et Marrill se rendit soudain compte qu'elles la *regardaient*.

Elle se pencha un peu plus près. De petites créatures vertes l'observaient du fond de coquillages turquoise irisés aussi brillants que s'ils étaient tapissés de paillettes. Elles avaient des yeux. Et des plumes. Surprise, Marrill battit des paupières. Les petites créatures émirent alors de minuscules couinements et s'enfoncèrent dans leur coquille, ne laissant apparente qu'une collerette de plumes miniatures dressées.

Marrill avait lu des dizaines de livres sur les animaux les plus étranges. Elle n'avait jamais rien vu de pareil.

Karnelius sortit rapidement ses griffes pour tenter d'en attraper une. Sa maîtresse eut à peine le temps de reculer avant qu'il leur fasse du mal.

– Méchant chat ! gronda-t-elle à mi-voix.

Mais elle se dit alors, en examinant les minuscules bêtes irisées, qu'il *était* impossible de ne pas les toucher.

Elle s'efforça de serrer les poings pour résister à la tentation. Mais c'était trop difficile. Tout était juste trop étrange. Avec précaution, elle tendit un doigt et le maintint au-dessus d'une collerette jusqu'à ce que la créature émette un petit cri et sorte de sa coquille.

– Salut, petit bonhomme, chuchota Marrill d'une voix caressante.

Elle rit en sentant les plumes lui chatouiller le bout du doigt.

– Oh, saperlotte, retentit une voix au-dessus d'elle, la faisant sursauter. Vous ne l'avez pas laissée vous toucher, si ?

Le vieil homme se pencha dangereusement par-dessus la rambarde pour regarder Marrill.

– Je...

Elle glissa la main derrière son dos et envisagea un instant de mentir. Mais l'expression du magicien l'alerta.

– Un tout petit peu, avoua-t-elle.

– Oh, saperlotte, répéta Ardent, le front terriblement plissé.

Marrill sentit son cœur s'emballer. Elle avait le sentiment pénible d'avoir fait une très grosse bêtise.

– Pourquoi ? Quel mal y a-t-il à les toucher ?

Ardent se racla la gorge avant de répondre, avec un sourire crispé :

– Oh, rien. Au fait, vous ne seriez pas allergique au poison, par hasard ?

5
Surveillance et autres tâches inutiles

La plupart des gens trouvaient le métier de garde ennuyeux. Pas Ghatz. Il avait ça dans le sang. Cela remontait aux temps les plus anciens, lorsque son ancêtre, Ghatz le Premier, avait protégé l'ultime pot de miel de l'empire de Khesterech d'une armée d'abeilles furieuses. Son paternel, Ghatz Père, avait noblement gardé le pont Saint-Praisquela, qui séparait l'empire de hordes de végénimaux montés sur des lézards affluant des royaumes de Longcroc. Et Ghatz lui-même avait un temps gardé le trésor impérial de Khesterech jusqu'à ce qu'il fût raflé par ces mêmes végénimaux. À présent, même si l'empire de Khesterech n'était plus qu'un tas de ruines infestées de lézards, Ghatz continuait de monter la garde.

Seulement, maintenant, il travaillait pour le compte de l'Ordre méressien, qui était arrivé juste à temps pour arracher les plus belles reliques de l'empire de Khesterech aux manucules des végénimaux. Ghatz avait beau lui en être reconnaissant, rien n'était plus comme au bon vieux temps. Le Vaisseau Temple naviguait dans des zones reculées du Torrent, et, même si Ghatz faisait de son mieux pour arpenter le pont et scruter toute forme suspecte à l'horizon, il ne s'agissait plus de surveillance à proprement parler. Enfin, jusqu'à récemment.

Le soleil brillait sur le port, et Ghatz dut plisser les yeux. Son collègue, Hersch, se tenait près de lui, au garde-à-vous de rigueur. Devant eux, les bâtiments délabrés des Quais Létemank s'inclinaient vers le port, telle une bande de criminels prêts à fondre sur leur proie. C'était le paradis des voleurs, un repaire d'escrocs et de pirates sans morale ni conscience. Bref, c'était tout ce dont il fallait se protéger, et Ghatz était sur le qui-vive.

– Bonjour ! pépia une voix tout à côté.

Ghatz sursauta et baissa les yeux. Il s'agissait d'un gamin maigrichon, à la peau olivâtre et aux cheveux noirs. Comment avait-il pu s'approcher sans se faire remarquer ? Ghatz s'éclaircit la gorge pour masquer son embarras.

– Qui va là ? demanda-t-il en gratifiant le gosse de son regard de garde le plus terrible.

L'enfant haussa les épaules.

– Un garçon, c'est tout. Je parie que vous ne vous souvenez pas de moi, hein ?

Ghatz se tourna vers Hersch, qui eut un mouvement d'impuissance.

– Pourquoi on se souviendrait de toi ? dit-il.
– Pas de souci, répliqua l'enfant.

Et il leur adressa un grand sourire innocent qui mit Ghatz en confiance. Pas assez pour qu'il baissât sa garde, bien sûr, mais en confiance quand même.

– Vous avez déjà vu un papillon de mer ? s'enquit le gosse.

Ghatz trouva la question curieuse. Il scruta le ciel et se frotta le menton. Au-dessus d'eux, des mâts du Vaisseau Temple partaient un million d'espars entrelacés, chacun surmonté de toutes petites voiles semblables à des feuilles. Ces petites voiles lui faisaient toujours penser à des ailes de papillon. Et en particulier à celles des papillons de mer de Khesterech. Au fond de lui, curieusement, il avait l'impression d'avoir confié cela à quelqu'un récemment.

– C'est drôle que tu en parles, lâcha-t-il. J'adorais ces bestioles quand j'étais gamin. Et toi, t'en as déjà vu ? demanda-t-il en touchant le bras de Hersch.

Celui-ci le regarda vivement, puis détourna les yeux.

– On est de service, chuchota-t-il. Mais non, ajouta-t-il d'un air penaud, pourtant, j'en ai toujours eu envie.

– Vous avez de la chance, dit le gosse avec un sourire.

Il sortit un petit bocal d'un sac accroché à sa ceinture et le brandit bien haut. À l'intérieur clapotait un liquide bleu vif.

– Ils en déchargeaient tout un tas un peu plus bas sur les quais, et j'ai pu en chaparder un.

– On vient pas juste de parler de ça à quelqu'un ? questionna Hersch.

– Chut, intima Ghatz, qui se pencha en avant avec impatience tandis que le gamin dévissait le couvercle.

L'enfant procédait avec la lenteur étudiée et la grâce d'un prestidigitateur. Il serra le bocal avec force, et le couvercle finit par s'ouvrir avec un *pop!* sonore.

Ghatz et Hersch retinrent leur souffle en même temps. Rien ne se passa.

– Il fait son timide, commenta le gosse avec un sourire nerveux.

À cet instant, le liquide se figea et se rassembla. Une longue patte émergea du bocal, puis une deuxième et une troisième. Ghatz tremblait presque d'excitation – c'était vraiment un papillon de mer ! La créature sortit complètement, déplia ses ailes bleu vif en se posant sur le bord du pot et frissonna dans la brise.

– C'est incroyable ! souffla Hersch en se courbant. Qu'est-ce que c'est joli...

Il tendit un doigt pour caresser l'aile translucide du papillon. Ghatz l'arrêta de la main.

– Fais attention, Hersch, lança-t-il. Ils prennent vite peur. Il se réduira en eau salée si tu ne le touches pas comme il faut !

Il remarqua à peine que le gosse acquiesçait d'un signe de tête tout en laissant tomber le pot.

Surpris, le papillon battit des ailes, en quête d'un autre perchoir. Ghatz s'écarta vivement. Hersch, non. Le papillon se posa sur son nez, lui caressant les cils du bout des ailes.

– Ne... bouge pas..., murmura Ghatz.

Hersch frissonnait à chaque battement d'ailes. Son visage se crispa. Ses yeux s'affolèrent. Il allait se passer quelque chose. Ghatz retint sa respiration.

Hersch paraissait sur le point de pleurer. Il ne put résister plus longtemps. Il éternua.

Ghatz poussa un cri perçant alors que le papillon de mer terrifié explosait en une gerbe d'eau salée sur le visage de Hersch.

– Je t'avais dit de ne pas le toucher ! s'écria-t-il en empêchant son compagnon de s'essuyer la figure. Si tu l'embêtes, il ne se reformera jamais !

– J'ai rien fait ! protesta Hersch, les yeux larmoyants et rougis par le sel.

Ghatz s'affairait autour de lui, entièrement concentré sur le sauvetage du papillon. Pendant quelques instants, aucun des deux gardes ne prêta la moindre attention à sa tâche.

Ce fut le moment que choisit Finn pour leur passer devant et sortir à tout jamais de leur mémoire en montant sur le Vaisseau Temple.

*
* *

Finn ne put s'empêcher de sourire. Il lui avait fallu discuter avec ces deux-là une bonne partie de la matinée pour trouver leur point faible, mais cela en valait la peine, rien que pour voir leur tête !

Tout en remontant la passerelle, il examina le Vaisseau Temple. Bien entendu, le bâtiment était principalement constitué de boismorne, car c'était la seule matière existante trop ennuyeuse pour que les eaux magiques du Torrent Pirate puissent la transformer en quoi que ce soit de délirant. Le boismorne était donc essentiel pour tout écumeur du Torrent qui se respectait. « On peut quand même pas naviguer sur un poulet », avaient coutume de dire les marins du port, propos vigoureusement soutenu par quiconque s'était déjà aventuré trop loin sur un bateau de bois ordinaire et avait vu des plumes jaillir de la coque.

Mais le boismorne était bien tout ce qu'il y avait de morne sur ce navire. Habitant le premier port de contrebande du Torrent Pirate, Finn avait déjà vu beaucoup d'embarcations étranges. Cependant, la plupart ressemblaient tout de même à des bateaux. Alors que celui-ci évoquait presque, eh bien, une forêt.

Tout d'abord, il était circulaire, et sa coque faisait davantage penser à un saladier qu'à un bateau. Ensuite, ses mâts semblaient plantés au hasard sur le pont, comme s'ils avaient poussé là tout seuls, et chacun d'eux se ramifiait en une multitude de branches qui s'entrelaçaient pour former un dais épais de petite voiles pareilles à des feuilles. De la ligne de flottaison à la mâture, les bords du navire étaient ornés de bas-reliefs représentant des lieux étranges ainsi que des personnages et des objets singuliers dont Finn n'avait jamais entendu parler.

Ces sculptures étaient certes un peu effrayantes, mais elles étaient géniales pour grimper. Et Finn préférait encore escalader de sinistres sculptures plutôt que d'affronter les gardes en service sur le pont. Il ne lui fallut qu'un instant pour franchir un poisson gigantesque, se hisser sur un cheval à queue de paon et plonger à travers un hublot tout proche.

À l'intérieur, il fut assailli par une odeur puissante et épicée. Il était apparemment tombé sur la coquerie du vaisseau. La salle était remplie de tables basses, et des étagères couvertes de flacons d'aromates longeaient les cloisons. Un énorme chaudron de métal trônait au milieu. Une pancarte accrochée au-dessus indiquait **RAGOÛT DE VOLEUR**.

Finn étrangla une exclamation. *Très drôle*, se dit-il. Puis une idée mauvaise lui vint à l'esprit. Quoi qu'il puisse y avoir dans ce ragoût de voleur, c'était à coup sûr le dîner de l'équipage. Il fouilla les poches de son manteau et finit par trouver les dégueulitos d'Ad et Tad. Il en déballa quelques-uns et les jeta dans le bouillon.

— *Maintenant*, c'est du ragoût de voleur, murmura-t-il en ricanant.

Il s'apprêtait à passer la porte quand il entendit une voix à l'extérieur :

– Faites descendre les ouvriers.

Finn s'aplatit contre la cloison et retint sa respiration.

– Les réparations ne sont pas terminées, répliqua une autre voix. Et comme c'est presque l'heure du déjeuner...

– On n'a pas le choix, coupa la première voix, dont le timbre rocailleux fit à l'oreille de Finn l'effet d'une râpe à fromage. On dit que l'Oracle serait déjà aux Quais, et on ne peut pas prendre le risque qu'il monte à bord. On met les voiles maintenant.

Finn réprima de nouveau une exclamation et se déplaça de manière à voir le reflet des deux interlocuteurs dans une rangée de casseroles pendues au mur du fond. La première voix était celle d'une créature grande et maigre, au corps couvert d'épines menaçantes. *Ça m'étonnerait qu'il fasse beaucoup de batailles de chatouilles*, songea Finn.

– Pour commencer, on n'aurait jamais dû faire escale ici, reprit le garde aux épines. Ça fait des jours que tous les truands de la ville nous observent en se léchant les babines.

– En tout cas, le temps est au beau, remarqua l'autre garde, personnage massif surmonté d'une tête qui évoquait davantage un taureau qu'un humain.

Exaspéré, son collègue épineux secoua la tête.

– Tu m'excuseras, mais ça m'étonnerait que l'Oracle soit tenté par un petit pique-nique. Allez, on se bouge, ordonna-t-il avant de s'éloigner.

Le type à tête de taureau s'apprêtait à le suivre, mais se ravisa et revint vers la cantine.

– Peut-être juste un petit miam-miam pour mon bidon, dit-il à haute voix en se précipitant sur la pointe des pieds vers la marmite de ragoût de voleur.

Finn se plaqua encore plus contre la cloison, figeant chacun de ses muscles. Face de Taureau porta une louche pleine de soupe fumante à sa bouche et aspira avec un long *sluuuurrrrrrrpppppp* sonore. Puis il claqua des lèvres à plusieurs reprises et se retourna. Lorsqu'il atteignit la porte, il poussa un énorme rot satisfait et poursuivit son chemin.

Moins une, pensa Finn, qui s'affaissa contre la cloison. Il attendit que son pouls ait ralenti avant de suivre Face de Taureau hors de la coquerie, puis il franchit une porte étroite au bout d'une coursive.

Il se retrouva sur un passavant qui surplombait une salle ouverte si gigantesque qu'elle s'étendait sur la plus grande partie du bateau. En bas, des feux brûlaient un peu partout dans des lanternes, projetant une lueur orangée sur les mâts énormes qui partaient du fond de la cale et traversaient le pont.

Au centre de cette salle, s'élançait la statue d'un homme drapé d'une toge blanche et qui brandissait un grand calice doré. Tout en bas, sous le calice, un miroir d'eau dans le plancher réfléchissait la lumière des flammes.

Mais ce ne fut même pas cela qui attira le regard de Finn. Il y avait, éparpillées dans la salle, des centaines de vitrines remplies de richesses indescriptibles. Jamais Finn n'avait contemplé un tel butin.

Il en salivait presque, et il lui fallut un moment pour fixer son regard. C'étaient très certainement les « trésors » mentionnés dans la lettre. Mais il devait à présent trouver la clef. Or, d'après la lettre, elle était cachée avec les trésors « les plus précieux » dans une sorte de « chambre forte ».

Il scruta la grande salle, guettant la moindre trace de la chambre forte ou du « ciel étoilé » dont parlait la lettre. Rien. Il n'en fut pas surpris – s'il avait pu les voir aussi facilement de là où il était, la cachette n'aurait pas été très sûre. Et, s'il voulait savoir où se trouvait sa mère, il allait devoir descendre là-dedans et dénicher la clef. Il chercha le moyen le plus rapide de rejoindre la salle.

Tout un ensemble de passerelles et d'échelles en garnissait les parois, créant un véritable labyrinthe de chemins verticaux, horizontaux et obliques. Et Finn ne tarda pas à remarquer que chacun d'eux grouillait de gardes vêtus de violet, qui tous venaient vers lui. C'était l'heure du déjeuner, et il se tenait entre les Méressiens et la coquerie.

Il n'y avait pas de temps à perdre, et nulle part où fuir. Puisqu'il n'avait pas d'autre possibilité, il sauta par-dessus la rampe de corde et se fondit dans l'obscurité.

S'il y avait trois choses que tout orphelin des Quais Létemank savait faire, la première était de grimper. Finn s'était souvent retrouvé accroché tête en bas à des supports improbables, les muscles des bras et des jambes tétanisés et endoloris, à attendre qu'un attroupement (ou une sentinelle ou une victime en colère) se soit éloigné. Il remercia en silence tous ces mauvais souvenirs alors que les gardes impatients de goûter à leur ragoût de voleur défilaient devant son perchoir.

Finn sourit. Ils ne se doutaient pas de ce qui les attendait.

Lorsque la voie fut libre, Finn passa prudemment d'une passerelle à une autre pour atteindre le plancher. Il se laissa enfin tomber par terre, juste à côté d'une superbe vitrine en verre. Il ne put résister à l'envie de regarder dedans.

Une paire de coutelas vraiment tentants n'attendait que lui, tout en lame d'argent et manche de nacre. Ils paraissaient parfaits pour grimper, se frayer des passages et pratiquer des cambriolages en tout genre. Il savait qu'il n'aurait pas dû. Il avait une clef à découvrir, des trésors plus *précieux* à piller, mais il lui fallait un cadeau pour Stavik...

– Je les prends, murmura-t-il.

Un bref coup d'œil lui révéla un fil d'une extrême finesse qui passait par un trou minuscule à la base d'une fiole de bruine violette. De la Bruine à Éternuer.

Stavik avait raison. Il n'avait pas affaire à des plaisantins. L'un des voleurs de la Tourterie s'était fait asperger de Bruine à Éternuer un jour. Jusque-là, tout le monde l'appelait Jack Gros-Nez. À présent, on le surnommait Jack Sans-Nez.

Finn décrocha tout doucement le fil, le laissa glisser au sol et ouvrit la vitrine. À lui les coutelas. Il sourit avec satisfaction en les glissant dans sa ceinture, appréciant son savoir-faire de maître-voleur. *Et maintenant, direction les trésors les plus précieux*, pensa-t-il.

Il fit volte-face et se cogna contre la cloison.

– Ouille ! s'exclama-t-il en titubant en arrière.

– Je t'ai eu, grogna la cloison.

6

Marrill a des plumes

– Allergique au poison ? répéta Marrill, la bouche soudain sèche.

Un mauvais pressentiment l'assaillit tandis qu'elle examinait sa main. Le bout de ses doigts luisait d'une curieuse teinte verte là où elle avait touché la petite créature. Le vert se répandait déjà dans sa paume et remontait vers le poignet. Ses jambes se mirent à trembler, faisant frémir l'eau à la surface du lac.

– Oh, pas de quoi s'inquiéter, assura le vieillard depuis le pont du bateau.

Du point de vue de Marrill, il était difficile de *ne pas* s'inquiéter. Elle tendit la main alors que le vert commençait à envahir son avant-bras. Ses doigts la picotaient un peu, et semblaient même bourdonner. Karnelius cracha.

– Mais, au cas où, poursuivit Ardent, ne bougez pas.

Il émit un grognement et passa une jambe par-dessus la rambarde. Le bas de sa robe violette voleta lorsqu'il se pencha pour saisir une échelle de corde.

– Et, quoi que vous fassiez, ne pensez surtout pas à des mots qui contiennent la lettre X.

Immédiatement, l'esprit de Marrill fut assailli par des mots contenant tous la lette X. *Relax*, se dit-elle, et le vert remonta brusquement vers son coude.

Elle se mordit la lèvre et se força à respirer.

– Inspire, murmura-t-elle. Expire !

Elle poussa un cri en voyant le vert gagner encore du terrain. Elle ressentait aussi une lourdeur bizarre sur sa peau et comme une légère brûlure qui palpitait dans ses os.

– Qu'est-ce qui se passe ? cria-t-elle.

– Tout dépend à quel point vous êtes humaine, répondit le vieil enchanteur, qui atterrit devant elle dans une gerbe d'éclaboussures. Je peux ? demanda-t-il en tendant la main vers le bras de Marrill.

Ne sachant quoi faire d'autre, celle-ci cligna les yeux et hocha la tête. Elle avait les doigts qui vibraient, le bras qui luisait, et elle devait rassembler toutes ses forces pour tenir debout sans lâcher Karnelius. Karny détestait l'eau, et, si jamais il se mouillait, cela ne ferait qu'empirer les choses.

La main d'Ardent eut un effet apaisant alors qu'il émettait de petits *tss tss* au-dessus de l'invasion verte. Les griffures de Karnelius sur la paume de sa maîtresse avaient pris une inquiétante couleur noire et une épaisse substance violacée s'en écoulait. Marrill se sentit mal et dut détourner le regard.

– À en juger par la réaction, il est certain que vous êtes au moins principalement humaine, avança Ardent. C'est déjà bon à savoir, non ? dit-il avec un sourire doux et attentionné.

– Qu'est-ce qui va m'arriver ? pleurnicha-t-elle en osant un coup d'œil sur son bras.

Elle crut voir des plumes jaillir de son poignet et serra bien vite les paupières. Son père avait dit qu'il fallait éviter tout stress à sa mère. Or, Marrill était certaine que la vision de sa fille couverte d'un plumage ne la détendrait pas vraiment.

En admettant que Marrill vive assez longtemps pour pouvoir rentrer chez elle.

Le magicien lui saisit le bras fermement et, pendant une fraction de seconde, une vague de chaleur passa sur sa peau. Cela lui rappela ce qu'on ressent juste avant la foudre, quand on a les cheveux qui se dressent sur la nuque et un goût de métal dans la gorge. Karnelius se débattit avec force.

Elle-même se tortilla un peu en sentant un chatouillis à l'intérieur de son coude. Et puis… plus rien. La lourdeur, le bourdonnement, la douleur – tout avait disparu.

– C'est nickel, déclara Ardent en lui tâtant les doigts.

Marrill ouvrit les yeux et regarda son bras ; elle constata avec un cri étouffé que sa peau avait repris son aspect normal – plus un centimètre de vert nulle part. Les plumes aussi avaient disparu de son poignet.

Plus curieux encore, il en allait de même des griffures laissées par Karnelius.

Elle ouvrit et referma plusieurs fois la main. On aurait dit qu'il ne s'était rien passé du tout. Et pourtant... elle aperçut quelque chose qui flottait au milieu des vaguelettes. Elle se baissa pour le repêcher et l'examina. Une plume détrempée qui provenait de son poignet pendait mollement entre ses doigts.

Ardent retournait déjà à grands bruits d'eau vers son échelle. Marrill trottina derrière lui.

– Comment vous y êtes-vous pris ? questionna-t-elle, les yeux écarquillés.

– Je vous l'ai dit, lança-t-il par-dessus son épaule. Je suis un magicien.

Il entreprit de gravir le flanc du bateau.

– Coll, je n'ai pas l'impression qu'on bouge !

Marrill fronça les sourcils. Cela n'expliquait rien du tout. Parce que les magiciens n'existaient pas. Elle l'interpella :

– Je ne comprends toujours pas.

– Mais quoi, je vous ai soignée, répliqua-t-il sur le même ton. Avec de la magie, bien sûr ! C'est ce que je fais. La magie, pas soigner les gens. Mais quelquefois, les deux.

Il atteignit la rambarde et disparut de l'autre côté.

Marrill examinait toujours la plume dans sa main. C'*était* de la magie. De la *vraie* magie. S'il n'y avait eu qu'un peu de vert sur sa peau, un petit bourdonnement et une sensation de chaleur, elle aurait pu croire à une illusion, y voir une réaction à une quelconque substance animale ou végétale, ou une insolation.

Mais il y avait aussi les griffures de chat. Karny ne l'avait pas ratée, et les entailles avaient existé. Elles étaient même profondes, et Marrill distinguait encore des taches de sang dans les plis de sa paume. Cependant, il ne subsistait plus la moindre trace d'égratignure.

D'une façon ou d'une autre, Ardent l'avait guérie. Même si cela n'avait aucun sens, c'était la seule explication qui lui venait. Et s'il avait pu la guérir... Si Ardent était vraiment magicien – et sa main n'en était-elle pas la preuve ? – alors peut-être qu'il était capable de guérir les gens, et pas seulement elle.

Il saurait guérir sa mère ! Ou lui enseigner comment le faire ! Et alors ils n'auraient plus à rester à Phoenix, tout le monde serait heureux et en bonne santé, ils se remettraient en route à trois, comme avant. Marrill en sautait presque de joie. Elle allait retrouver son ancienne vie. Et, surtout, sa mère serait à ses côtés !

Elle attrapa l'échelle.

– Hé ! appela-t-elle. Attendez ! J'ai une question à vous poser !

Elle s'aperçut très vite que ce n'était pas facile de grimper avec un seul bras, surtout en portant un chat qui avait le vertige et craignait l'eau. Elle lutta pour ne pas lâcher prise, et, lorsqu'elle arriva enfin en haut, légèrement essoufflée, elle bascula par-dessus la rambarde.

Un grand pont s'étendait devant elle, surélevé à l'avant et à l'arrière comme sur les maquettes de bateaux anciens, avec une cabine tout au bout. Ardent se dirigeait vivement vers cette cabine, et Marrill se lança à sa poursuite.

– Vous dites que vous pouvez guérir les gens? cria-t-elle.

Le magicien pivota sur lui-même alors qu'il montait déjà les marches de la dunette et, surpris, poussa un cri aigu. Au moins, elle n'était pas la seule à se sentir un peu déstabilisée.

– Oh! Eh bien. Oh, fit-il avant de se racler la gorge. Oh! C'est vous. De tout à l'heure. Comme c'est... inattendu! Coll?

Il se retourna, laissant voir un garçon à peine plus âgé que Marrill, les mains agrippées à la roue de gouvernail géante du navire. Il était grand et maigre, comme si on l'avait étiré – tout en coudes, genoux et peau sombre, très sombre. Marrill cligna plusieurs fois les yeux – d'après ce qu'elle avait entendu plus tôt, elle avait imaginé Coll beaucoup plus vieux.

– Nous n'avions pas vraiment prévu de prendre des passagers clandestins, commenta Ardent d'un ton songeur tout en tirant sur sa longue barbe blanche. Y a-t-il une marche à suivre pour cela?

La réponse de Coll tenait davantage du grognement:

– Le brick ?

Avant que l'un ou l'autre puisse ajouter quoi que ce soit, Marrill s'avança pour venir se planter juste devant l'enchanteur.

– Vous guérissez les gens ?

Elle se sentait un peu stupide de croire que c'était possible et elle s'attendait à ce qu'ils éclatent de rire tous les deux. Mais ils n'en firent rien.

Ardent plissa le front.

– La *magie* peut guérir les gens, répondit-il. Quand ça lui chante, ajouta-t-il avec un petit rire.

– Quelles sont les limites ? Enfin, je veux dire, vous pouvez tout guérir ? Seriez-vous capable de soigner quelqu'un de vraiment très malade ?

Elle essaya de penser à la pire blessure imaginable en se disant que, s'il pouvait guérir ça, il pourrait guérir n'importe quoi.

– Si j'avais le bras coupé, est-ce que vous sauriez me le recoller ?

– Hum, dit-il en la regardant des pieds à la tête. Bras droit ou bras gauche ?

Elle cligna les yeux.

– Quelle différence ?

Un bras était un bras, non ?

– Eh bien, je crois que ce serait différent pour *vous*, rétorqua-t-il.

– Mais vous *pourriez* le remettre ? insista-t-elle, osant à peine respirer.

— C'est possible, admit Ardent. Mais il nous faudrait le bras, bien sûr. Et cela dépend toujours des marées du Torrent, de comment la magie se sent ce jour-là et de la pression hémi-mésosphérique de...

Marrill cessa d'écouter parce qu'elle ne comprenait plus rien, mais cela n'avait aucune importance. Elle avait sa réponse : il pouvait peut-être guérir sa mère.

— Il faut que je rentre, le coupa-t-elle. Maintenant. Et j'ai besoin que vous veniez avec moi.

Le vieil homme la dévisagea comme si c'était elle qui tenait des propos incompréhensibles.

— Rentrer où ?

— Chez moi.

Elle pivota pour montrer, au-delà du parking abandonné, la route qui conduisait à la maison de sa grand-tante. Sauf que cette route n'était plus là. Marrill en eut le souffle coupé et, le cœur affolé, se précipita à la rambarde pour mieux voir.

Disparues, les devantures des magasins désaffectés, avec leurs vitrines et leurs portes condamnées. Disparu, le parking à l'asphalte défoncé. Aussi loin qu'elle pouvait voir, il n'y avait plus qu'une étendue d'eau infinie. Une eau dorée et étincelante.

Karnelius gronda, et elle prit conscience qu'elle le serrait bien trop fort. Pour la première fois, la sensation de ce corps pelucheux pelotonné dans ses bras ne la rassura pas le moins du monde.

– Comment c'est possible ? murmura-t-elle. Qu'est-ce que c'est ? lâcha-t-elle avant de déglutir. Où sommes-nous ?

Un coup de tonnerre retentit derrière elle, la poussant à se retourner. Des nuages sombres bouillonnaient à l'horizon et se précipitaient droit sur eux. Ardent ne parut pas s'en soucier. Il gardait les pieds solidement ancrés sur le pont pour lutter contre les mouvements du navire, sa robe violette mouillée lui fouettant les chevilles, la pointe de son chapeau claquant au vent comme une manche à air.

Le magicien – car elle ne doutait plus à présent qu'il en était un – ouvrit grand les bras et sourit.

– Bienvenue, cria-t-il pour couvrir le fracas de l'orage, dans le Torrent Pirate !

7

Quand on est mort, on est mort

Finn leva les yeux vers une paire de naseaux palpitants. Juste en dessous, des dents pareilles à des pierres tombales brillaient à l'intérieur d'une gueule sombre et velue. Sous cet angle, Face de Taureau donnait l'impression de pouvoir manger trois Finn au petit déjeuner, tout en gardant une place pour un copieux déjeuner.

– Tu es une sacrée petite fouine, grogna Face de Taureau en faisant craquer ses jointures monstrueuses. J'ai vu la vitrine s'ouvrir alors que je ne t'avais même pas remarqué.

Finn leva les mains.

– En fait, je suis plutôt difficile à remar...

Sans même terminer son mot, il se laissa tomber à genoux et se faufila entre les jambes grosses comme des troncs. Le garde, abasourdi, eut à peine le temps d'avancer la main vers l'endroit où venait de se tenir Finn.

– Au voleur ! tonna la voix profonde de Face de Taureau. Au voleur, tout le monde ! Attrapez-le !

Finn savait reconnaître le moment où il fallait courir. Il fila à travers la grande salle, zigzaguant entre les vitrines, en renversant certaines derrière lui pour ralentir ses poursuivants. Des objets d'une valeur inestimable tournoyaient sur le sol, dans des éclats de verre brisé et de bois fracassé.

L'énorme statue se dressait devant lui. Face de Taureau vociférait et galopait à ses trousses. Chacune de ses foulées pesantes faisait vibrer le pont sous les pieds de Finn et réduisait l'espace qui les séparait. Pis encore, il semblait qu'on avait entendu le vacarme depuis la coquerie car les gardes affluaient sur les passavants pour se joindre à la chasse.

Finn devait absolument trouver cette clef et sortir de là. Il regarda à gauche, mais ne découvrit là qu'une foule de Méressiens furieux. Il se tourna vers la droite, mais ne vit qu'une autre troupe de gardes brandissant tous une épée.

Des Méressiens des deux côtés, Face de Taureau derrière et la statue devant. Il ne restait nulle part où aller. Aucun recoin dans lequel se dissimuler en attendant d'être oublié, cette fois. Il était temps d'arrêter de courir.

Finn pivota imperceptiblement et fonça sur la vitrine la plus proche, juste au pied de la statue. Face de Taureau lui emboîta le pas en rugissant, son souffle brûlant déjà la nuque du garçon. Finn heurta la vitrine de plein fouet avec un grand *ouille!* et passa par-dessus. Puis, à l'instant où Face de Taureau tendait le bras pour le saisir, il souleva d'un coup le couvercle de verre, lui ouvrant la vitrine à la figure. Un brouillard mauve se répandit en plein dans les naseaux palpitants de son gros mufle. Le garde tituba en arrière en se tapant sur le nez. Il y eut d'abord un reniflement. Puis un autre. Ensuite un ronflement assourdissant et enfin un éternuement monumental, si puissant qu'il envoya Finn valdinguer contre le socle de la statue.

Le garçon ferma les yeux sous le choc. Quelque chose de chaud, d'épais et de collant lui maculait la poitrine. « Beurk ! », gémit-il avec un frisson. Lorsqu'il rouvrit les yeux, Finn vit les Méressiens battre vivement en retraite pour tenter d'esquiver la brute qui s'agitait parmi eux en éternuant furieusement.

— **ATCHOUM** ! lâcha Face de Taureau avant de renifler, projetant sur les gardes une pluie de morve qui les fit encore reculer.

— Bien fait, gros bœuf ! s'exclama Finn en riant.

Le monstre soufflant se tenait entre lui et la horde de Méressiens en colère, ce qui, pour l'instant, le mettait à l'abri.

— La Bruine à Éternuer ne... **ATCHOUM**... durera pas... **ATCHIII**... indéfiniment, hoqueta Face de Taureau.

Peu importe, pensa Finn. Il suffisait qu'elle fasse effet juste assez longtemps pour qu'il trouve une cachette. Une fois que tout le monde l'aurait oublié, il reprendrait ses recherches, dénicherait la clef et ramasserait tous les trésors qu'il pourrait emporter pour lui et les Parsnickle.

Le dos plaqué contre la statue géante, avec Face de Taureau qui s'agitait devant lui, il n'avait pas beaucoup d'options. En fait, la seule qui lui restait était de grimper.

Il tira ses deux tout nouveaux poignards de sa ceinture, se retourna, en ficha un dans la toge blanche qui drapait l'immense statue et entama son ascension.

– Il escalade l'Oracle ! souffla quelqu'un.
– Il ne peut pas faire ça ! cria une autre voix.
– On dirait bien que si ! rétorqua Finn sans cesser de monter.

La toge était glissante, mais les lames s'enfonçaient profondément et lui fournissaient une bonne prise.

Au moment où il atteignait les épaules de la statue, le navire trembla et fit une embardée. Puis un mouvement de roulis s'installa, lui donnant mal au cœur. Ils quittaient le port !

Finn sentit la sueur perler à son front. Ils ne tarderaient pas à gagner le large. Et, là, il n'aurait plus nulle part où se réfugier.

Il était monté si haut qu'il se trouvait au niveau des passavants supérieurs, peuplés de Méressiens hurlant et gesticulant. Finn rampa sur le bras tendu de la statue. Peut-être pourrait-il se glisser dans la coupe du calice doré, tout au bout, et s'y dissimuler jusqu'à ce qu'on l'oublie. Mais, lorsqu'il atteignit le calice, il s'aperçut que celui-ci n'était pas creux. Il ne restait donc plus aucune cachette possible.

Il était coincé.

Résigné, Finn baissa la tête et contempla le plan d'eau en contrebas. Le reflet de la statue lui rendit son regard.

Surpris, Finn vit que quelque chose clochait avec ce reflet. Il exprimait une angoisse étrange, très éloignée de la sérénité affichée par la statue de marbre sur laquelle il se tenait. D'énormes larmes noires coulaient sur le visage de porcelaine, qui ressortait contre le noir de sa toge.

Finn cilla et vérifia derrière lui. La statue qu'il venait d'escalader portait une toge blanche, pas noire. Il baissa de nouveau les yeux. Le reflet était le contraire exact de la réalité, drapé de noir et éclaboussé de blanc, tel un ciel étoilé.

Quelque chose bourdonna tout au fond de son crâne, et Finn fouilla sa poche pour en extirper la lettre qu'il y avait cachée. *Scrutez le ciel étoilé pour trouver la chambre forte*, était-il écrit.

– Merci bien, murmura-t-il.

Le garçon reporta son attention sur le miroir d'eau. Il ressemblait effectivement à un ciel étoilé, mais il se trouvait à une dizaine de mètres en contrebas et ne devait pas être profond de plus de la longueur d'un bras. Finn se briserait le cou s'il essayait de sauter dedans.

Une flèche lui siffla aux oreilles. Il retint sa respiration. Les Méressiens ne perdaient pas de temps. Il ne pouvait pas se permettre d'en perdre non plus. Et, jusque-là, la lettre ne l'avait pas trompé.

Finn replia soigneusement le mot et le rangea dans sa poche. Des cris et des éternuements résonnaient tout autour de lui. En bas, l'un des gardes en violet inséra une nouvelle flèche dans son arc.

Avant de se trouver toutes les raisons de ne pas le faire, Finn prit une longue, une profonde inspiration, puis il se pinça le nez et sauta.

Il heurta violemment l'eau froide du miroir d'eau. Celui-ci était heureusement plus profond qu'il y paraissait. Le garçon nagea de toutes ses forces, s'aidant des pieds pour atteindre le fond. Et quand il l'eut atteint, et traversé, il se retrouva à l'air libre, en train de tomber.

Finn atterrit brutalement sur une surface dure et roula sur lui-même pour amortir le choc. S'il y avait trois choses que tout orphelin des Quais savait faire, la deuxième était de se recevoir convenablement. Les vents de la montagne y soufflaient fort et sans relâche ; une bourrasque pouvait à tout moment vous faire décoller du sol, et il ne fallait pas se montrer trop exigeant sur l'endroit où elle vous larguait ni sur la façon dont elle s'y prenait.

Lorsqu'il s'immobilisa, il se retrouva nez à nez avec un... enfin, avec un visage. Il s'agissait en fait d'une autre statue, semblable à celle d'où il venait de sauter. Sauf qu'elle était vêtue de noir et était accrochée la tête en bas, comme une chauve-souris, les pieds fixés au plafond tandis que le crâne touchait presque le sol.

– Flippant, murmura Finn en tendant un doigt pour suivre le parcours des larmes noires entre les yeux de la statue et son menton.

Avec un frisson, il tendit le cou pour regarder en l'air. Au-dessus de lui, un disque d'eau miroitait au plafond, soutenu par rien d'autre que de l'air. C'était le miroir d'eau qu'il venait de traverser. Il éclata de rire. La statue qui lui faisait face était conçue pour donner l'impression d'être un reflet.

Sa bonne humeur fut de courte durée. Il distingua du mouvement de l'autre côté de l'eau. Les Méressiens pouvaient plonger à sa suite à tout moment. Et il lui restait encore à trouver la clef, à s'emparer des merveilles qui devaient être dissimulées de ce côté-ci et à filer.

Il parcourut la salle des yeux. À part la lumière ténue qui filtrait par le miroir d'eau, ce pont-ci était tout entier plongé dans l'obscurité. Mais cette difficulté-là, au moins, il pouvait la surmonter.

– Allez, les petites, on y va, dit-il à mi-voix en sortant une fiole d'une bourse accrochée à sa ceinture.

Il dévissa le bouchon. Vingt minuscules têtes jaunes se massèrent sur le bord du flacon. Les bestioles s'envolèrent l'une après l'autre et se déployèrent en spirale.

Il y avait certains avantages à vivre avec des insectes. Comme de connaître les luminopaillettes. En fait, les luminopaillettes mangeaient l'obscurité, ce qui en faisait les meilleures amies de Finn. Elles croquaient les ombres devant lui, creusant dans le noir comme un tunnel irrégulier qui laissait filtrer la lumière.

Quelques instants plus tard, il découvrait ce qui l'entourait. Cette salle-ci était nettement plus petite que celle du dessus. Les parois étaient tapissées de curieux étendards et ornées de statues. Une même phrase se répétait encore et encore, d'une écriture serrée, sur chacun des étendards :

S'EN PROTÉGER ET L'EMPÊCHER

Tout cela était très bizarre. Ces statues ne semblaient pas être là pour protéger de quoi que ce soit. Elles étaient effrayantes et évoquaient plus une menace qu'une protection. Chacune était la réplique de la statue située sous le miroir d'eau – celle de l'homme qui pleurait. L'Oracle, comme il avait entendu les Méressiens l'appeler.

Il se remémora ce que Stavik lui avait dit : d'après lui, l'Oracle et les Méressiens auraient eu un désaccord au sujet d'une prophétie. C'est alors que la vérité s'imposa : c'était *de* l'Oracle que les Méressiens se protégeaient.

– Très étrange, murmura-t-il pour lui-même.

Les statues le contemplaient, bouche ouverte en un cri assez grand pour l'engloutir tout entier. Cette pensée le fit frissonner. Mais tout cela ne le regardait pas, en fait : il était là pour voler. Et ce qui l'effrayait vraiment, c'est qu'il n'y avait dans cet endroit rien qui vaille la peine d'être dérobé. Cette mission avait tout l'air d'un coup fourré.

Incrédule, Finn secoua la tête. Ce n'était pas possible. Il se trouvait là où la lettre lui avait dit d'aller. Là où auraient dû être cachés « les trésors les plus précieux ».

Les luminopaillettes, qui grignotaient joyeusement l'obscurité près de la cloison du fond, révélèrent alors le coin d'une boîte métallique assez trapue. Finn fut si soulagé qu'il se détendit presque. Un coffre ! Il s'en approcha d'un pas vif et passa les doigts sur sa surface encore plongée dans l'ombre, en quête d'une serrure.

Il heurta du bord de la paume quelque chose de dur et secoua sa main sous le coup de la douleur.

– Allez, les luminos, marmonna-t-il en pensant à l'armée de Méressiens furieux qui n'allait pas tarder à fondre sur lui.

Puis une luminopaillette curieuse finit par tomber sur la poignée du coffre et entreprit de grignoter tout autour. Finn lui asséna une pichenette sur le derrière pour essayer de l'orienter. Il devait déterminer à quoi il avait affaire. Du cristal, visiblement. Un genre de pierre précieuse. Taillée. Il poussa de nouveau la petite bête, qui s'arrêta, agacée, puis se remit à manger.

Finn garda les yeux sur la poignée pendant que l'obscurité s'effaçait. Il décela une sorte de tige sinueuse et pointue. Puis une autre et encore une autre. Six en tout, qui partaient d'une boule en or. Un soleil sculpté ! Il le saisit et put juste passer les doigts entre les rayons. Mais, lorsqu'il essaya de la faire tourner, la poignée ne bougea pas d'un centimètre.

– Pas le temps pour ces histoires, grommela Finn.

Il saisit l'un des couteaux qu'il avait dérobés pour Stavik et le planta contre la base du soleil. Puis il força, le cœur battant, jusqu'à ce que la poignée cède et que le coffre s'ouvre brusquement.

Le navire fit une soudaine embardée.

– Ça n'est sûrement pas bon signe, souffla Finn.

Il glissa rapidement les mains dans le coffre. Mais ses espoirs de fuir avec les poches pleines de trésors s'évanouirent – le coffre était quasiment vide ! Il s'empara des deux seuls objets qu'il contenait et les examina : une fiole en cristal remplie d'eau et une clef taillée dans du rubis.

La clef ! Il l'avait trouvée !

Il la fourra avec la fiole dans sa sacoche de voleur. Il prit même la poignée en forme de soleil. Au point où il en était, autant emporter tout ce qu'il trouverait. Et, après tout, ça n'avait pas l'air *sans* valeur.

Les statues alignées le long des parois grognèrent. Une eau brun sale jaillit de la bouche de l'une d'elles, puis d'une seconde, à l'autre bout de la salle.

– Merci bien ! s'écria Finn.

Le coffre était piégé !

L'eau grasse de la baie de Létemank se déversait dans la cale par la bouche des statues, éclaboussant les pieds du garçon. Et la peur montait avec elle. Finn sentit sa gorge se serrer en imaginant ce qu'impliquait exactement ce piège.

Parce que, dans le port, l'eau du Torrent était principalement de l'eau. Mais au large, là où la magie coulait à plein, et où naviguait ce navire en temps normal... eh bien, l'eau avait peut-être déjà transformé ses jambes en pattes de grenouille. S'il avait de la chance.

C'était le piège mortel par excellence.

Mais une fois encore, comme disait Stavik, quand on est mort, on est mort. Et, eau normale ou pas, s'il ne trouvait pas très vite un moyen de sortir, c'était exactement ce qu'il allait être.

8

Ardent explique tout (mal)

*L*e *Torrent Pirate* ? Marrill sentit les poils de ses bras se hérisser, et des picotements lui parcourir le dos.

Où qu'elle regarde, elle était entourée d'eau... de l'eau à perte de vue.

– Mais ça n'a pas de sens, dit-elle en serrant Karnelius contre elle.

Quelques instants plus tôt, elle se trouvait au milieu du désert, et les déserts n'avaient pas la réputation d'abriter de grandes étendues d'eau.

Elle se retourna vers l'enchanteur, qui n'avait toujours pas baissé les bras et l'observait avec impatience. Marrill n'avait pas la moindre idée de ce dans quoi elle s'était fourrée.

Elle se mordit la lèvre pour ne pas montrer que son menton tremblait. Elle avait vécu d'innombrables aventures avec sa famille et s'était retrouvée dans beaucoup de situations étranges qu'elle avait appris à affronter. Mais son père, sa mère ou un autre adulte responsable s'était toujours trouvé à proximité.

Et elle n'avait jamais rien connu de semblable.

— Qui êtes-vous vraiment ? demanda-t-elle.

— Je suis Ardent, le Grand Magicien, répondit le vieux monsieur avec une révérence, le bas de sa tunique violette battant ses chevilles osseuses. Vous avez peut-être entendu parler de moi ?

Marrill le fixait d'un regard vide.

— Ou pas, ajouta-t-il, déçu.

Ardent repoussa du pied les plis de sa robe et fit signe au garçon, dont la main reposait paresseusement sur la barre. Marrill remarqua que celui-ci arborait autour de ses doigts le tatouage d'une corde entrelacée de façon compliquée.

— Et voici le capitaine de ce superbe vaisseau, mon grand ami et compagnon de voyage, Coll.

Marrill s'étrangla. Capitaine ? Il était à peine plus vieux qu'elle ; comment pouvait-il être capitaine ? Elle pensa à la façon dont le navire avait pataugé sur le parking. Peut-être ce garçon n'était-il pas un très bon capitaine, en fait.

Coll parut sur le point de dire quelque chose, mais Ardent ne lui en laissa pas le temps.

— Et ceci, déclara-t-il, embrassant d'un geste les divers mâts dont le vent de la tempête toute proche faisait gonfler les voiles, est le *Hardi Kraken*, soit le plus grand voilier que le Torrent ait jamais connu !

Au-dessus d'eux, les gréements du navire poussèrent tous ensemble un cri perçant. Marrill leva la tête et ouvrit de grands yeux. Les cordages qui s'élevaient de part et d'autre du pont se réunissaient presque comme de longues jambes, des poulies formant la taille et les genoux. Des gréements tout aussi insolites partaient des mâts avant et arrière pour figurer des bras de cordages et de poulies. Le tout se rassemblait au milieu, évoquant un géant de cordes entrelacées.

Marrill plissa les yeux. En fait, on aurait dit que quelqu'un avait peint un visage sur une assiette en papier puis l'avait maintenu en place sur un filin qui partait du « corps » et montait jusqu'au sommet de la grand-voile. Le sourire peint sautilla joyeusement dans un grincement de drisses et d'écoutes.

— Excuse-moi, dit Ardent en adressant un salut poli à la silhouette de cordages. Et je vous présente l'Homme Os-de-Corde, ajouta-t-il en désignant d'un geste l'étrange personnage. Le plus souvent responsable des gréements et de tout ce qui va avec. Il serait difficile de faire naviguer un bateau de cette taille sans lui.

Marrill ne savait pas trop quoi répondre. Ardent dut remarquer sa confusion.

— Je veux dire, avec un seul marin, précisa-t-il, comme si c'était *la* question qu'elle se posait. Et maintenant, reprit-il, cela nous amène à vous deux.

Marrill hésita. Tout était tellement bizarre et absurde que cela ne paraissait pas réel. Sauf que tous ses sens lui indiquaient le contraire : le claquement des voiles au-dessus de sa tête, l'odeur de l'orage qui approchait, la piqûre vive des griffes de son chat dans son épaule, et son bras endolori à force de le porter.

– Je m'appelle Marrill, dit-elle en s'éclaircissant la gorge. Marrill Aesterwest. Et voici Karnelius.

Elle agita l'une des pattes du chat dans leur direction en un salut récalcitrant. Le matou scruta le magicien de son œil unique et cracha.

– Eh bien, fit Ardent, nous ne nous attendions pas à agrandir notre équipage. Mais, comme vous êtes là et que nous ne sommes plus là où nous étions, bienvenue à bord !

Il fallut un moment à Marrill pour décoder ce qu'il venait de dire. Dès qu'elle eut compris, ses yeux s'écarquillèrent.

– Karny et moi, on ne fait absolument pas partie de l'équipage, protesta-t-elle. Et je suis tout à fait désolée, mais je veux – non, je *dois* rentrer chez moi... Avec vous, ajouta-t-elle enfin.

Ardent sourit, mais d'un sourire crispé. Cette seule vision suffit à redoubler l'inquiétude de sa passagère.

– Oui, dit-il. Chez vous. Bien. Voilà un casse-tête intéressant, n'est-ce pas ? poursuivit-il, visiblement gêné, en tirant sur sa barbe tout en coulant un regard vers Coll.

Le malaise de Marrill s'intensifia. Elle ne voyait pas en quoi rentrer chez elle serait un casse-tête, mais cela n'annonçait rien de bon.

Coll pencha la tête en direction d'Ardent.

– Il fait référence aux marées. La navigation peut s'avérer très délicate sur le Torrent.

– Le Torrent ? répéta Marrill en regardant autour d'elle l'eau qui s'étendait à perte de vue et les vagues toutes proches qui formaient des crêtes d'écume blanche. Ça ne ressemble pas du tout aux torrents que je connais.

– Oui, eh bien, je laisse le magicien expliquer ça, répliqua Coll.

– Oui, s'il vous plaît ! fit Marrill, non sans un certain soulagement.

Une vague frappa la proue du bateau, aussi Marrill posa-t-elle Karnelius afin de pouvoir se retenir au mât le plus proche. Le chat décampa aussitôt et se tapit contre la porte de la cabine.

– Eh bien, bon. Hmmm, bredouilla Ardent, le front plissé par la concentration. Ce serait plus simple si j'avais mes traités, murmura-t-il en se tapotant plusieurs fois le menton, nullement déstabilisé par les mouvements du navire. Tant pis, dit-il enfin en secouant tristement la tête, je ferai de mon mieux. Imaginez un fleuve de la création, commença-t-il, qui partirait du commencement de toute chose et coulerait jusqu'à la fin des temps.

Il fit voler sa main dans les airs, et de ses doigts, filtra un filet de liquide argenté, qui s'élargit et s'épaissit jusqu'à former une rivière miniature entre l'enchanteur et son auditrice.

– Des mondes entiers, et même des univers, surgissent comme autant de villes le long de ses rives.

Des maisons, des villes et des planètes jaillirent sur les bords de la rivière argentée. Ébahie, Marrill ne put réprimer une exclamation. Elle tendit la main vers l'image, se demandant si c'était aussi tangible que cela le paraissait.

Ardent l'écarta d'un geste.

– La première règle, et la plus importante, est de ne jamais toucher le Torrent Pirate, prévint-il. Ses eaux sont du pur concentré de magie. Vous ne voudriez pas vous couvrir d'écailles ou exploser, n'est-ce pas ?

Bouche bée, Marrill ouvrait des yeux démesurés. Le vieil homme ne semblait pas plaisanter. Puis elle se rappela les plumes qui avaient poussé un peu plus tôt sur son poignet, et ne douta plus de sa sincérité.

– Non, en général, je ne suis pas trop d'accord pour exploser, répliqua-t-elle très sérieusement.

Il haussa un sourcil.

– On l'est rarement, commenta-t-il d'un air rêveur, comme s'il repensait à une expérience personnelle.

Il se racla de nouveau la gorge.

– Maintenant, comme je le disais, la plupart des rivières se jettent les unes dans les autres – l'eau se plaît à rejoindre l'eau tandis qu'elle s'écoule vers la mer, vous savez. Mais, parfois – très rarement mais parfois quand même –, un cours d'eau décide de se séparer de son fleuve et de partir dans une autre direction pour des raisons connues de lui seul. Et lorsque cela se produit, on parle de « capture » et de « torrent pirate ».

Afin d'illustrer son propos, il passa un doigt en travers de la rivière d'argent, et un petit filet d'eau s'écarta en sinuant pour suivre son propre cours.

— C'est dans les livres, assura le magicien, comme si cela expliquait tout.

Marrill, sourcils froncés, examinait l'image qui flottait devant elle en essayant de comprendre. Elle avait déjà entendu l'expression de « cours d'eau pirate » dans la bouche de son père, quand elle avait huit ans et qu'ils suivaient à pied le bas Colorado dans le Grand Canyon. Mais, pour ce qu'elle en savait, l'eau de ces cours d'eau n'était pas du genre à vous faire exploser ni à vous recouvrir d'écailles.

— Et, ma chère enfant, continuait Ardent, vous vous trouvez ici sur le plus pirate des cours d'eau pirates !

Il écarta largement les bras pour indiquer l'étendue d'eau infinie qui bouillonnait dans la tempête.

— Ceci est LE Torrent Pirate, la seule et unique ramification du Fleuve de la Création !

Marrill regarda de nouveau autour d'elle, s'efforçant de faire correspondre ce qu'elle voyait avec ce que son interlocuteur venait d'expliquer.

— Ça ne ressemble toujours pas à un torrent, finit-elle par dire.

— Le Torrent Pirate est un rapide agité et imprévisible, comparé au Fleuve de la Création, répliqua

Ardent avec un haussement d'épaules, un ruisseau de montagne comparé à un lent fleuve côtier. Mais, quelque part et à un moment donné, le Torrent touche néanmoins tous les mondes. Sans parler des innombrables mondes limités à de simples îles au milieu du Torrent lui-même. Alors oui, c'est vrai, il est plutôt vaste pour un torrent.

Marrill se rembrunit au moment où le *Hardi Kraken* percuta une grosse vague. Les questions affluaient dans sa tête.

– Si on ne peut pas toucher l'eau, dit-elle, comment ça se fait que j'aie pu patauger dedans sur le parking ? Et que des embruns nous arrosent ?

– Les embruns sont trop occupés à se demander s'ils sont de l'air ou de l'eau pour nous embêter, répondit Ardent en agitant la main comme si cela n'avait aucune importance. Il faut vraiment se faire tremper un bon coup ou plonger dedans pour que les choses deviennent problématiques. Quant à l'eau dans laquelle vous pataugiez, eh bien, c'était juste de l'eau. C'est généralement le cas, là où le Torrent est en contact avec un monde. Généralement.

Un éclair déchira le ciel et fit rouler le tonnerre sur les vagues.

– La pluie arrive, annonça Coll, toujours vautré sur la barre comme s'il n'avait aucun souci en tête. Ne t'en fais pas, dit-il en surprenant le regard de Marrill, on contourne la tempête sans entrer dedans.

Le magicien acquiesça. Il sortit tout de même un bout de ficelle, qu'il enroula autour de sa tête pour empêcher son chapeau de s'envoler.

– J'ai plus ou moins répondu à toutes vos questions. Tout est clair, n'est-ce pas ?

Marrill le fixait du regard.

– Pas le moins du monde, avoua-t-elle, découragée. Et vous ne m'avez toujours pas expliqué comment je suis censée rentrer chez moi. Parce que je *dois* rentrer chez moi.

Ardent se racla la gorge. Puis il se la racla de nouveau avant d'adresser un regard à Coll, qui se contenta de hausser un sourcil.

– Eh bien, en fait, dit le vieil homme, ça n'en a peut-être pas l'air, mais votre monde est très éloigné de là où nous sommes – le Torrent Pirate proprement dit. Il ne serait déjà pas facile d'y retourner dans les circonstances les plus favorables. Mais, depuis quelque temps, le Torrent nous joue des tours, et je dois avouer que je ne sais pas vraiment comment nous avons échoué dans votre monde. Ce n'est pas le genre d'endroit où vont les gens du Torrent.

Le magicien s'avança et lui posa doucement la main sur l'épaule. Ce fut ce contact, plus que toute autre chose, qui émut profondément Marrill. Elle le trouva rassurant, et cela lui fit penser à son père. Sa vue se brouilla, mais elle s'interdit de laisser couler ses larmes.

Le sourire d'Ardent s'effaça avec sollicitude. Il se tourna de nouveau vers Coll, le pressant visiblement de dire quelque chose. À contrecœur, le capitaine hocha la tête.

— Il a raison. Les marées sont imprévisibles dans cette partie du Torrent et elles suivent un cycle assez long. Je navigue sur le Torrent Pirate depuis... (Il égrena un, deux, trois sur ses doigts puis haussa les épaules.) Enfin, depuis assez longtemps pour bien le connaître, et je n'étais jamais venu sur cet affluent – en fait, on est peut-être les premiers à s'y être aventurés.

Il indiqua l'horizon d'un mouvement du menton.

— On essayait d'attraper ce petit bout de carte quand on a été emportés par une espèce de courant inconnu, sans doute causé par la tempête.

En entendant parler de la tempête, Marrill jeta un coup d'œil vers les nuages noirs qui bouillonnaient derrière eux. Ils lui parurent si menaçants que sa respiration chancela, mais ni Ardent ni Coll ne semblaient s'en soucier le moins du monde.

— En plus de ça, il y avait la marée de printemps et les vents en provenance du Détroit Essoufflé, poursuivit Coll, et toutes ces conditions pourraient bien ne plus être réunies avant... enfin, plus jamais.

Cette fois, Marrill saisit parfaitement. Ses yeux s'écarquillèrent, et elle trébucha en arrière, se sentant près de défaillir. Le roulis du bateau ne faisait qu'aggraver son étourdissement. Elle dut se forcer à parler, comme si le simple fait de prononcer les mots risquait de les rendre vrais.

– Jamais ? Comme dans « Je ne rentrerai jamais chez moi » ?

Coll se tourna vers Ardent, qui se mordilla la lèvre en contemplant le ciel pendant un long moment. Le vieil homme finit par poser une main ferme sur l'épaule de Marrill, et, passant au tutoiement comme pour la mettre en confiance, lui assura :

– Nous te ramènerons chez toi, mon enfant. Je te le promets. Simplement, je ne sais pas *quand*.

9

Le maître-voleur vole en maître

Finn siffla pour rappeler ses luminopaillettes tandis que l'eau se déversait dans le Vaisseau Temple méressien.

– Allez, allez, marmonna-t-il alors qu'elles revenaient en voletant vers leur flacon. C'est pas qu'on soit pressés, mais...

Si elles saisirent le sarcasme, elles n'en montrèrent rien.

Il regarda anxieusement autour de lui. S'il ne voulait pas se noyer, il fallait qu'il trouve une sortie, et vite. Peut-être pourrait-il se laisser porter par l'eau montante jusqu'au miroir d'eau ? Mais il n'avait pas fait trois pas dans cette direction qu'un personnage familier passa à travers et atterrit dans une gerbe d'éclaboussures.

C'était Face de Taureau. D'une main, il tenait une lame particulièrement vicieuse et, de l'autre, il essuyait son nez qui coulait.

– Rends-moi la Clef, grogna-t-il d'une voix épaisse et encombrée.

– Ça va pas, la tête ? s'écria Finn. On va mourir, là-dedans !

Pour toute réponse, Face de Taureau chargea. Finn parvint à s'écarter juste avant que la lame rutilante s'abatte sur lui. Il fila aussi vite que possible dans soixante centimètres d'eau, et se réfugia derrière une statue cracheuse.

– Tout le navire va couler, maintenant, imbécile de voleur ! avertit Face de Taureau, dont le teint avait viré au vert franc tandis que ses lèvres étaient d'une pâleur mortelle. C'est conçu pour protéger la Clef à tout prix. Oh, Bœuf-Épic va me tuer...

Pendant un instant, rien qu'un instant, Finn se dit : *Rends la Clef et rentre chez toi. Laisse-toi enfermer, fais-toi oublier et meurs peut-être un peu de faim jusqu'à ce que quelqu'un décide de nettoyer ta prison.* Au moins, il serait en vie.

En vie, mais pas plus près de retrouver sa mère. Il ne pouvait pas se permettre de renoncer à cette piste. En plus, songea Finn, il n'était pas devenu maître-voleur en rendant son butin.

– On se dépêche ou on coule tous les deux ? grogna Face de Taureau.

Finn haussa les épaules.

– Vous me donnez l'impression d'être un champion de natation, répliqua-t-il.

Face de Taureau frappa de nouveau. Finn bondit. Cette fois, la lame vola haut, les réflexes du Méressien se révélant presque aussi rapides que ceux de Finn.

Presque.

Le coup ne manqua Finn que de quelques centimètres, mais s'abattit en plein sur la statue contre laquelle il s'était réfugié. À la place de la bouche de pierre, un énorme trou béait à présent dans la coque, par lequel l'eau s'engouffrait encore plus vite.

Finn eut un hoquet. Ils seraient submergés dans quelques minutes. Il parcourut rapidement la cale du regard. Pas d'issue. Aucune. Pas la moindre ouverture, sinon ce trou stupide au plafond et celui dans la coque qui crachait l'eau de la baie.

Face de Taureau leva son épée. Finn remarqua le tremblement de ses mains et les contractions de son ventre.

– S'en... protéger, prononça avec peine le garde, qui frissonna. Et... l'em... pê... CHEURK !

Finn s'écarta vivement, sachant ce qui allait venir. Le dégueulito faisait enfin effet. Face de Taureau se pencha en avant et vomit avec force dans l'eau.

C'était le signal qu'attendait Finn. En faisant de son mieux pour éviter l'eau maintenant répugnante, il dépassa d'un saut le Méressien toujours plié en deux et escalada la statue brisée derrière lui.

– J'espère que le ragoût de voleur vous a plu ! lança-t-il sur un ton triomphal.

Puis il enfonça les mains dans le trou qui remplaçait la bouche de la statue et plongea dans le courant.

Il eut l'impression d'être avalé tout cru.

Son élan lui suffit pour passer de l'autre côté, mais le flot qui se précipitait dans le navire était énorme, et il fut plaqué avec violence contre la coque. L'eau lui entrait dans le nez et les oreilles. Il chercha en vain à s'écarter du bateau à coups de pied et de poing. Alors, dans un mouvement désespéré, il prit un couteau à sa ceinture et le planta dans le bois, puis fit de même avec l'autre, et parvint ainsi à s'écarter du trou.

Inlassablement, il plantait ses couteaux et se hissait à leur suite en s'aidant avec ses pieds. À l'instant où ses poumons allaient exploser et alors qu'il faisait une petite prière pour avoir un peu de sang de sirène dans les veines, sa main creva la surface de l'eau, et sa tête suivit aussitôt.

Il aspira l'air à grandes goulées. Des cris lui remplirent les oreilles. Le bateau méressien coulait à toute vitesse !

Finn regarda autour de lui. Ils avaient quitté le port. Les Quais étaient trop loin pour qu'il puisse nager jusque-là. D'ailleurs il se souvint, le ventre noué, qu'il ne savait pas nager.

– Merci bien, toussa-t-il en s'agrippant aux coutelas.

La seule option était de grimper. Il s'accrocha aux sculptures du navire comme un lézard à une gouttière, calant ses pieds sur les épaules de rois aux visages figés et trouvant des appuis dans la gueule de monstres peu amènes.

Il s'accroupit sous la rambarde décorée qui cernait le pont supérieur. C'était le chaos : les Méressiens couraient en tous sens pour remonter les trésors de la grande salle et en remplir les canots de sauvetage avant d'abandonner le bateau. Espérant qu'il passerait inaperçu dans la confusion ambiante, Finn enjamba la rambarde et se faufila vers un canot de sauvetage vide.

Mais la malchance semblait lui coller à la peau.

– Attendez, c'est qui, ce gosse ? tonna une voix familière. Il n'est pas des nôtres ! C'est sûrement le voleur !

Des pas lourds retentirent sur le pont alors que Face de Taureau, trempé, reniflant et visiblement encore nauséeux, surgissait par l'une des écoutilles.

Le garçon poussa un soupir. Si près d'être oublié ! Apparemment, on sortait moins vite de l'esprit des gens quand on faisait couler un bateau que quand on leur montrait un papillon.

Finn devait cependant reconnaître qu'il n'était pas mécontent de revoir cette sale bête. Il aurait eu du mal à supporter l'idée d'avoir provoqué la noyade du Méressien, même si celui-ci avait bel et bien cherché à le tuer.

Cette satisfaction fut de courte durée. Face de Taureau dégaina son épée et la pointa sur Finn.

– Ne le laissez pas s'enfuir, rugit-il.

Finn n'avait que deux options : en haut ou par-dessus bord. Et, comme il n'était pas envisageable de nager, il bondit sur un entrelacs de cordages et entreprit d'y grimper. Il n'était pas monté très haut lorsqu'il sentit les haubans vaciller et fléchir sous le poids de quelqu'un de beaucoup plus lourd que lui.

Finn avala sa salive et accéléra le mouvement. Il atteignit rapidement la mâture, les petites voiles bruissant autour de lui, tel un feuillage dans la brise qui commençait à forcir. Le bateau fit une brusque embardée et le secoua comme un prunier.

– Allez, mon garçon, tu ne pourras pas t'échapper ! cria Face de Taureau.

Même s'il était moins rapide que Finn, il se hissait malgré tout beaucoup plus vite que le garçon l'aurait cru.

Finn atteignit le bas des cordages qui reliaient les mâts et se faufila à travers. Les espaces entre les filins étaient trop étroits pour que son adversaire puisse le suivre, mais cela ne le ralentit pas long-temps. À l'aide d'un couteau à lame dentelée, le Méressien entreprit de scier les cordes, qui cédèrent en claquant.

– Merci bien ! s'écria Finn en sautant sur le mât le plus proche.

– T'es pris maintenant, gamin, lança Face de Taureau en continuant de grimper. T'as nulle part où aller. Donne-moi la Clef et on aura juste le temps de partir avant que le bateau sombre.

– C'est gentil, mais non ! répondit Finn sans cesser de grimper au mât.

Celui-ci s'affinait très vite au point de n'être plus qu'une longue aiguille de bois qui maintenait les huniers en place. Encore un instant et il n'y aurait plus nulle part où se réfugier.

Une rafale de vent balaya le bateau et fit vibrer les voiles. Finn sentit son cœur manquer un battement. Il serra fortement le mât malgré les fibres du bois qui lui râpaient les paumes. La journée, qui avait été calme aux Quais Létemank, touchait à sa fin. Le vent forcissait de nouveau et hurlait depuis le sommet du mont Létemank.

– Où tu vas comme ça, gamin ? demanda Face de Taureau.

Il était trop massif pour rejoindre Finn, mais la lame de son épée étincelait sous le soleil, et sa seule vue donna la nausée au garçon.

– T'as pas d'autre choix que de descendre, poursuivit le Méressien avec un sourire tout en dents énormes.

Il fit tournoyer son épée, et l'enfonça dans le bois.

Le mât tout entier en fut secoué. Finn monta encore plus haut. Quelque part au loin se fit entendre un rugissement pareil à celui d'un lion qui vient de terrasser sa proie. Finn connaissait bien ce bruit. Il s'agissait des grands vents qui descendaient de la montagne pour souffler sur la baie. Il se prépara et tendit l'oreille.

Tchak! Le mât trembla sous ses mains. Combien de coups pourrait-il recevoir avant de céder et de le précipiter sur le pont, plusieurs dizaines de mètres plus bas ?

— C'est fini, maintenant, gamin ! lança le Méressien alors que le bateau faisait une nouvelle embardée et gîtait dangereusement. Rends-toi !

Finn respira profondément.

— Allez, allez, implora-t-il à l'intention du vent.

Il tripota les manches de son manteau, jouant nerveusement avec des bouts de ficelle cachés à l'intérieur.

Juste après le *tchak!* suivant provoqué par l'épée de Face de Taureau, par-dessus le fracas du navire et les cris de l'équipage, le rugissement fondit sur eux. Monstrueux, énorme et musical.

Finn chercha le regard du Méressien furieux et sourit.

— Excuse, mon pote, dit-il. On s'est bien marrés, mais, là, c'est l'heure de mon vol.

Face de Taureau s'immobilisa avant d'abattre une nouvelle fois son épée, le regard troublé. Il renifla.

Puis le vent fondit sur eux, glacial sur la peau découverte de Finn. Le garçon se jeta du haut du mât, en direction de l'eau.

Parce que, s'il y avait trois choses que tout orphelin des Quais se devait de savoir faire, la meilleure et la plus impressionnante était sans doute de planer. Finn tira fort sur les cordelettes à l'intérieur de ses manches, et son manteau se gonfla sur son dos comme une voile. Juste avant qu'il s'abîme dans les eaux tumultueuses de la baie, la rafale le souleva et l'emporta.

Finn tournoya joyeusement et éclata de rire. Face de Taureau agita le poing et jura. En bas, sur le pont, ses compagnons continuaient de charger le dernier canot tandis que le navire tanguait doucement. Ils avaient largement le temps de se sauver. Finn se dit qu'ils se souviendraient toujours du maître-voleur qui les avait fait couler, même s'ils auraient oublié son visage au bout d'une heure.

Il poussa un dernier soupir de soulagement et se dirigea vers le rivage. Il sentait son sac de voleur peser contre sa hanche. Il n'avait peut-être pas les poches pleines de trésors, mais il avait récupéré la Clef. Et l'espoir de retrouver sa mère valait pour Finn bien plus que toute une cargaison de richesses.

10
Qu'est-ce que *tu* fais ici ?

Marrill sentit ses genoux vaciller en imaginant ce qui se passerait si elle ne parvenait jamais à rentrer. Combien de temps ses parents l'attendraient-ils avant de faire une croix sur elle ? L'état de sa mère s'aggraverait-il ? Si oui, ce serait entièrement de sa faute. Elle respira profondément et se força à rester debout, à ne pas perdre pied alors qu'elle avait envie de s'effondrer.

— Ne panique pas déjà, dit Ardent en levant la main. Tu ne pourras pas rentrer chez toi par le chemin par lequel tu es venue, c'est tout.

Un semblant d'espoir allégea le poids qui lui comprimait la poitrine. Marrill se moquait du chemin qu'elle prendrait, pourvu qu'il la conduise chez elle.

— Et si tu lui faisais faire le tour du navire ? suggéra Coll. Ça pourrait t'aider à te sentir moins perdue, ajouta-t-il à l'intention de Marrill, avec un clin d'œil entendu, comme s'il comprenait ce que c'était d'être précipité dans une situation aussi radicalement nouvelle.

Elle lui sourit avec reconnaissance, et il hocha la tête.

– Excellente idée ! commenta Ardent, qui redescendit sur le pont et le traversa.

Il arriva à l'écoutille située à l'avant du navire et l'ouvrit.

Marrill renifla et le suivit. Karnelius se leva et leur emboîta le pas.

Lorsqu'elle eut franchi la porte, elle se retrouva en haut d'un vaste escalier tournant. Elle n'en avait jamais vu d'aussi beau. Elle ralentit le pas pour contempler l'élégante rampe à volutes et les contre-marches dorées. Les cloisons elles-mêmes étaient impressionnantes, recouvertes de fresques qui avaient l'air animées.

Ardent ne semblait rien remarquer et ne paraissait nullement impressionné. Il descendit l'escalier d'un pas décidé sans cesser de parler. Marrill devait se presser pour ne pas se laisser distancer.

– Le Torrent Pirate, expliquait Ardent, touche tous les cours d'eau, partout, à un moment ou à un autre. Même les plus infimes et reculés.

– Mais il n'y avait pas de cours d'eau, dans le parking, commenta Marrill en regardant par-dessus la rampe.

L'escalier semblait interminable. Elle estima qu'il devait y avoir au moins huit niveaux, peut-être davantage, en tout cas bien plus que ce qui semblait possible de l'extérieur du bateau. Et de chaque palier partaient des couloirs et des passages, tels les tentacules d'une énorme pieuvre.

– Enfin, poursuivit-elle, la chaleur donnait l'*impression* qu'il y avait de l'eau, mais c'était un mirage...

– Exactement ! commenta Ardent, qui continuait de descendre. En fait, quand je dis que le Torrent Pirate est un fleuve, c'est plutôt plein de fleuves en même temps, chacun poussant ses méandres dans des contrées nouvelles et excitantes. Le Torrent Profond, la partie qui ressemble à un océan, correspond à l'endroit où une multitude de ces fleuves se recoupent. On dirait une seule masse d'eau, mais il s'agit en fait, je te le certifie, de milliards de cours d'eau qui coulent vers des milliards de mondes qui se superposent ou se juxtaposent. C'est pour cela qu'il est essentiel d'avoir un pilote expérimenté comme Coll pour aller où que ce soit sur le Torrent.

Il s'arrêta au premier palier et scruta un couloir obscur.

– Qu'est-ce que *tu* fais ici ? marmonna-t-il.

– Euh, c'est vous qui m'avez demandé de venir..., rétorqua Marrill.

– Pas toi, fit l'enchanteur avec un petit rire et en reprenant sa descente. Je parlais du Pont Promenade, précisa-t-il, et il agita la main par-dessus son épaule pour désigner le palier qu'ils venaient de franchir. Il faudra faire attention à lui : il a tendance à filer.

Mieux vaut ne pas s'en approcher. On ne sait jamais où on peut se retrouver ; il lui arrive de partir sur un autre navire.

– Euh…, commença-t-elle, cherchant ses mots. Et comment je fais pour reconnaître le Pont Promenade ?

Il leva vers elle son front ridé.

– C'est celui qui se déplace.

Avant même qu'elle puisse réagir, il avait atteint le palier suivant. Celui-ci débouchait sur un vaste et long couloir dont chaque centimètre était occupé par des portes. Collées les unes contre les autres, elles affichaient toutes, poignées dorées, gonds argentés et heurtoirs de cuivre en forme de visages dont les yeux semblaient pivoter pour suivre les visiteurs. Il y avait de grandes portes, qui montaient du sol au plafond ; de toutes petites, à peine assez grandes pour laisser passer une souris ; des portes qui ne descendaient pas jusqu'en bas, et d'autres qui s'ouvraient dans le plancher, sous leurs pieds.

– Ici, c'est le Porte-à-Porte, annonça Ardent.

Il s'engagea d'un pas décidé dans le couloir, le bas de sa robe lui battant les chevilles. Il finit par arriver à une porte isolée ménagée dans le mur du fond. Elle était dotée d'un heurtoir presque aussi gros que la tête du magicien, et d'un cadre présentant une superbe moulure d'ébène finement sculptée en forme de dragon.

– Et ceci est la Salle des Cartes.

Marrill s'empressa de le rattraper, à l'instant où il tournait la grosse poignée de laiton.

– Après toi, dit-il en lui tenant la porte.

Marrill s'avança, certaine que ce qu'elle allait découvrir ne pourrait être plus bizarre que ce qu'elle avait déjà vu. Mais ses certitudes s'évanouirent instantanément.

La salle était en effet remplie de cartes. C'était une pièce hexagonale, et, sur la paroi qui faisait face à Marrill, une grande fenêtre s'ouvrait à l'avant du navire. Des instruments visiblement liés à la navigation occupaient tous les autres murs, encadrés de cartes portant des noms comme *Îles des Brisants dorés*, *Blocabulle occidental* et *Terres de la Perplexité*.

Au centre de la salle, une grande table ronde était jonchée de cartes. Sur l'une d'elles, trois gros rats semblaient occupés à tracer une route à l'aide d'instruments presque aussi grands qu'eux. Chaque rat était doté de deux queues, d'une collerette, et de bien trop de pattes.

Karnelius dépassa Marrill d'un bond et sauta sur la table avant que sa maîtresse puisse le retenir. Les petites bêtes poussèrent en chœur un piaillement et dégringolèrent sur le plancher. Douées d'une grâce surprenante, elles zigzaguèrent et se dérobèrent tant et si bien que le matou ne put même pas approcher une griffe de l'une d'elles.

C'est donc indemnes qu'elles disparurent dans des recoins de mur, laissant Karny faire le guet en agitant la queue. Marrill observa la scène avec de grands yeux.

Puis elle comprit ce que devaient être ces créatures et sourit pour la première fois depuis qu'elle était montée à bord.

– Laissez-moi deviner, dit-elle. Des pirat's ?

– Eh bien, on les appelle aussi des souris de cale, répliqua Ardent. Mais pirat's me paraît plus judicieux. Évidemment, Coll parle juste d'« erreurs de commande », mais comment pouvais-je savoir que des queues de rat à collet étaient des bouts de cordage ? On a ce qu'on demande !

Marrill était à nouveau complètement perdue. Mais Ardent se tourna vers elle et lui sourit avec douceur.

– Je crois que nous les appellerons désormais des pirat's, assura-t-il.

Et elle se sentit tout de suite mieux.

– Alors, de quelle carte avons-nous besoin ? demanda-t-elle en déchiffrant une étiquette sur le tiroir d'un vieux meuble défraîchi. « Atlas des Gales inférieures », lut-elle.

– Certainement pas celles-là, protesta l'enchanteur. En fait, ne parlons plus jamais d'elles. Non. Je crains, reprit-il en tapotant le bout de ses doigts les uns contre les autres, que la carte du retour vers ton monde ne se trouve pas ici. Il ne s'agissait que d'une courte halte dans un long périple. Une erreur de minutage, à mon avis.

Marrill sentit son soulagement tout neuf chanceler.

– Comme je le disais tout à l'heure, ton monde est un endroit très peu fréquenté par le Torrent Pirate. Je ne vois qu'une seule carte susceptible de nous servir. Et elle est tout à fait unique. Mais il y a un premier problème, ajouta-t-il avant de se racler la gorge, manifestement mal à l'aise. Je ne l'ai pas. Deuxièmement, il se peut, mais pas forcément, qu'elle soit en plusieurs morceaux. Et que ces morceaux soient disséminés dans diverses contrées tout au long du Torrent, ce que l'on peut voir comme un troisième problème. Le quatrième étant qu'il sera plus facile de déterminer où se trouvent les morceaux, que de les récupérer une fois qu'on les aura localisés. Et il y a aussi la possibilité que d'autres soient à leur recherche, ce qui fait un cinquième problème, et...

– On dirait qu'il y a beaucoup de problèmes, fit remarquer Marrill lorsqu'il dut s'interrompre pour respirer.

– Oui, mais il y a tout de même une bonne nouvelle ! s'exclama Ardent, dont le visage s'éclaira. Il se trouve que je suis moi-même à la recherche de cette carte. J'en ai besoin pour rejoindre quelqu'un... quelqu'un qui pourrait avoir besoin de moi...

Sa voix s'éteignit. Il avait toujours les yeux posés sur elle, mais son regard semblait la traverser et se perdre dans un lointain visible de lui seul. Les contours de son sourire vacillèrent et, pendant une fraction de seconde, il parut très, très fatigué.

Puis il secoua la tête et redevint un magicien insouciant et un peu toqué.

– Bref, je serais ravi que tu la cherches avec moi !

L'espoir submergea de nouveau Marrill. Elle se mit à sauter de joie et faillit tomber contre la table de la Salle des Cartes.

– Donc, si on trouve les fragments de cette carte et qu'on les rassemble, ça nous indiquera comment rentrer chez moi et retrouver mes parents ?

– Absolument, répondit Ardent en hochant la tête. On dit que la Carte des mille mondes conduit celui qui la détient là où il doit se rendre.

Marrill laissa échapper le souffle qu'elle retenait. Pour la première fois depuis le début de cette conversation très perturbante, elle avait enfin quelque chose de concret à quoi se raccrocher. Elle se redressa et rassembla toute sa volonté.

– Alors, comment on la trouve ?

Le magicien toussota. Le vaisseau gémit tout autour d'eux en partant à l'assaut des vagues.

– Eh bien, en vérité, c'est là que j'espérais que *tu* nous aiderais, avoua-t-il.

– Moi ?

Le pont se souleva sous leurs pieds au moment où le bateau abordait une grosse déferlante, et Marrill fut déséquilibrée. Elle vit par la fenêtre une forte houle couronnée d'écume.

– Oh, elle était belle, celle-là ! commenta Ardent. Terminons la visite pendant que nous pouvons encore emprunter l'escalier, hmm ?

Et il quitta la salle sans attendre sa réponse.

– Mais comment je suis censée trouver cette carte ? cria-t-elle en se lançant à sa poursuite.

– Les couchettes sont au niveau en dessous, indiqua-t-il en montrant l'escalier qui descendait. Prends celle que tu veux. Tu sauras que tu es au bon étage quand tu verras plein de poux vertures. Et encore plus bas il y a la coquerie, la cellule et toutes ces cabines que Coll veut absolument que nous ayons.

Il se mit à remonter vers le pont.

– Le dernier niveau est le Fond de Cale. Il y a des pancartes sur la porte. Je te conseille de les regarder. Et, conclut-il en ouvrant l'écoutille et en sortant sur le pont, c'est la fin de la visite. Comment ça se passe, ici, Coll ?

– Ça mouille, marmonna Coll au moment où Marrill surgissait à son tour en trébuchant.

Il pleuvait à verse et elle fut instantanément trempée. Karnelius s'immobilisa juste derrière la porte, vit la pluie et s'empressa de redescendre. Marrill ne pouvait pas le lui reprocher.

– Tu es la dernière à avoir vu la Rose des Vents, lui dit Ardent.

Marrill mit un moment à comprendre qu'il répondait enfin à la question qu'elle lui avait posée à propos de la carte.

– Vraiment ? répliqua-t-elle.

Curieusement, alors que la pluie tombait dru et que Marrill avait été mouillée en une seconde, le magicien restait parfaitement sec. C'était comme si aucune goutte ne le touchait.

– Bien sûr ! dit-il. Le bout de papier dont je t'ai parlé. C'est la Rose des Vents. Le premier fragment de la Carte.

– Ça ne ressemblait pas à une carte, assura Marrill en fronçant les sourcils.

– Parce que ça n'en est pas une, expliqua Ardent. Comme je te l'ai dit, ce n'est qu'un fragment de carte. Mais pour nous, c'est le plus intéressant, car, si tu arrives à la retrouver, la Rose des Vents devrait nous mener à tous les autres fragments.

– D'accord, mais comment je fais pour la retrouver ? questionna Marrill. Je ne l'ai vue qu'une seconde. Et je ne sais même pas où je suis !

– C'est exactement pour cela que je compte sur toi, répliqua Ardent, rayonnant. Je suis certain que tu seras beaucoup plus rapide que moi. Il m'a fallu *cent trente* ans pour la repérer !

11
Un tentalo, cadeau de la maison

À mi-chemin du rivage, le vent qui avait porté Finn depuis le vaisseau méressien émit quelques ultimes hoquets, puis tomba tout à fait. Cela vint par à-coups, chaque hoquet faisant chuter le garçon un peu plus et lui donnant des haut-le-cœur. Finn ravalait sa salive et tenait bon. Il était toujours champion de vol plané après tout, même s'il était un peu plus lourd maintenant que lorsqu'il était petit.

Un instant plus tard, les vilaines vagues brunes de la baie de Létemank crachaient leur écume à ses pieds, et Finn se retrouva le visage au niveau d'un gros appontement de bois. Luttant contre l'envie instinctive de se redresser, il se rapprocha encore de l'eau et s'enfonça dans l'ombre de la jetée. Il se faufila entre les poutres et les brisants qui émergeaient des vagues, plana encore quelques mètres et atterrit en courant juste au-delà du sable mouillé.

Le garçon se laissa tomber sur le sable sale, s'accorda une minute pour calmer les battements de son cœur puis examina ce qu'il avait réussi à chiper sur le Vaisseau Temple. Les beaux couteaux tout neufs pour Stavik, toujours bien aiguisés malgré l'escalade, étaient glissés dans son dos, dans son vieux pantalon de toile. La poignée sculptée et la fiole d'eau pesaient dans le sac de voleur fixé à sa ceinture, en compagnie du flacon de luminopaillettes. Ce n'était pas un butin formidable, il fallait bien l'admettre. Mais les autres trésors du bateau méressien gisaient à présent au fond de la baie et faisaient ami-ami avec les requins-crasseux et les anguilles de vase.

Il sortit la pièce maîtresse – la Clef de rubis – et l'examina. Elle était lourde dans sa main. Qu'avait-elle de si important pour que les Méressiens fassent couler leur bateau ?

Il haussa les épaules et fourra la Clef dans la poche de sa chemise. Quoi que ce soit, Finn était prêt à y renoncer pour retrouver sa mère.

Il quitta le rivage en sifflotant et emprunta l'une des ruelles les plus étroites et les plus raides de la ville, qui zigzaguait du Dédale des Quais vers le sommet de la montagne. Le vent reprenait de la vigueur. À plusieurs reprises, Finn dut s'arrêter au passage d'une rafale puissante, et se retenir aux chaînes de sécurité qui bordaient les rues. Alors qu'il luttait, épaule en avant, contre une bise particulièrement vive, il estima qu'il n'était pas plus de deux heures de l'après-midi. À ce rythme-là, à quatre heures le vent serait assez puissant pour emporter un enfant dans les airs.

Il passa près de la place du marché, et son ventre gargouilla, lui rappelant qu'il avait sauté le petit déjeuner *et* le déjeuner. Il fit donc un détour par l'étal de Jenny Bigleuse pour lui soutirer un fruit. En le voyant approcher, elle se pencha vers lui et plissa les paupières.

– Je ne t'ai pas déjà vu quelque part, jeune homme ? demanda-t-elle, ainsi qu'elle le faisait toujours.

– Non, m'dame, répondit Finn de sa voix d'orphelin la plus triste en inclinant la tête d'un air pathétique. Tout juste débarqué en ville, m'dame, et j'ai tellement faim.

– Oh, le pauvre petit ! s'écria-t-elle. Prends un tentalo, cadeau de la maison.

Elle passa la main au-dessus de son éventaire et finit par la poser sur un gros fruit jaune pourvu de six excroissances tortueuses qui lui donnaient un peu l'aspect d'une étoile de mer. Finn se retint de rire ; ce fruit lui rappelait la poignée sculptée qu'il venait de dérober.

– Vous êtes trop bonne ! assura-t-il en fourrant le fruit dans son sac de voleur pour le laisser mûrir. Et maintenant, ajouta-t-il en prenant de nouveau un regard malheureux, si seulement je pouvais trouver quelqu'un d'aussi généreux que vous pour le dîner...

Une minute plus tard, tout en suçotant bruyamment un viscodoux vert vif, et avec trois prunomiels,

« cadeaux de la maison » en poche, Finn se fondit dans l'agitation du marché des Quais Létemank. Le tumulte l'engloutit tout entier.

– Hop, hop !

– **Œufs de trog !**
Plumettes de fée !
Orties flamboyantes !
Prenez vos œufs de trog !

– **Je te dis que c'était un papillon de mer, aussi sûr que je suis là devant toi !**

– C'est arrivé de nulle part.
On a vu l'éclair rouge et on a mis
toutes les voiles pour filer.

– Arrête de pousser,
vieux forban !

– Le bateau le plus étrange que j'aie jamais vu. L'est parti vite fait par le fond.

– **Dix chids,**
Et pas un drillet de plus !

– Si je vivais dans cette espèce de trou pourri,
p'têt bien que j'en pincerais pour une
cigogne, moi aussi.

– Œufs de trog ! Vous allez bien m'acheter ces œufs de trog pourris, quand même !

Finn se faufila entre des jambes, rebondit contre un étal branlant, grimpa sur un mur et le suivit en mode rase-mottes. Avec les rafales qui s'intensifiaient, il préférait éviter les ruelles au vent (ce n'était plus le moment de planer) et surveillait le ciel en cas de chute d'orphelins.

Les Quais Létemank grouillaient de vie, et Finn adorait ça. Il y régnait une odeur de fraîchin et de corps mal lavés, mais, pour lui, un doux parfum de cannelle et de fruits rouges filtrait à travers la puanteur.

Un bruit nouveau lui parvint alors qu'il gravissait l'escalier humide et moussu qui conduisait à la petite place en cul-de-sac de la Tourterie. Le bruit de quelqu'un qui pleure. Plus il avançait, plus le bruit se précisait. Pas juste des pleurs – de vrais braillements. Finn accéléra le pas.

La porte de la boutique était grande ouverte, ce qui laissait les mouches entrer. Quelque chose n'allait pas ici.

Il pénétra avec précaution à l'intérieur. Ad et Tad se tenaient au comptoir, comme d'habitude. Mais ils ne bougeaient pas et avaient le regard perdu dans le vide. Tad avait encore les doigts dans la caisse, et Ad les mains dans la pâte. Ils avaient les joues trempées de larmes, et leur poitrine se soulevait sans un bruit.

– Que se passe-t-il ? lança Finn. Qu'est-il arrivé ?

Mais ils ne semblèrent pas l'entendre. Il aurait tout aussi bien pu être un fantôme, tandis qu'eux suivaient son cercueil et pleuraient en silence.

Le duvet qui garnissait les bras et les jambes de Finn se hérissa. Ce n'était pas les poils qui se dressaient pour dire « Attention à la hache ! » ou « Gardes en vue ! Cours ! », mais les autres, ceux qui se soulevaient quand il était couché sur son lit de bourses, au milieu de la nuit, alors que le grenier craquait et oscillait et que les ombres devenaient des silhouettes sur les murs. Il avait beau savoir qu'elles n'étaient pas réelles, il ne pouvait s'empêcher de sentir la présence de monstres.

C'était donc ce qu'éprouvait Finn en cet instant. Parce que, aussi inquiétant que fût l'état d'Ad et de Tad, les sanglots qu'il avait entendus venaient d'ailleurs. Ils émanaient du four monumental, derrière eux, celui qui donnait accès à la salle des voleurs.

Le mur amovible du fond était ouvert, lui aussi, et Finn s'en approcha prudemment. Les marches grincèrent sous son poids lorsqu'il descendit l'escalier pour pénétrer dans ce qui ressemblait à une chambre mortuaire.

Voleurs et pirates étaient comme de coutume rassemblés de chaque côté de la salle, appuyés contre les murs, occupés à jouer aux cartes au-dessus d'une tourte entamée, à aiguiser leurs couteaux ou poncer leurs crochets à serrure sur les bancs. Mais les rires, les conversations et les messes basses s'étaient tus. Seuls des sanglots se faisaient entendre. Chacun des clients était semblable à Ad et Tad. Le visage défait, les yeux perdus dans le vague, pleurant comme un bébé.

Et il en allait de même pour Stavik, assis sur son trône en figures de proue, au fond de la pièce. Le chagrin qui se lisait sur son visage couturé alarma Finn plus encore que tout le reste réuni.

Quand le basilézard que Stavik avait nourri au biberon depuis sa sortie de l'œuf était passé à la casserole pour être mangé, le roi des pirates avait haussé les épaules. Lorsqu'il avait appris que son frère et son meilleur ami étaient tous les deux emprisonnés à vie dans l'une des pires geôles de la Côte de Marmar, il avait ricané.

Stavik a découpé la peau d'un dragon vivant, pensa Finn. *Stavik ne pleure pas*. Mais voilà que le roi des pirates sanglotait comme si le monde entier était mort.

Cette affliction était sans commune mesure avec tout ce qu'une potion à pleurer ou un gaz déprimant pouvaient déclencher, Finn le savait. Il s'agissait là de *vraie* sorcellerie, de celle que seuls pratiquaient des magiciens ou des créatures extraordinairement puissantes. Des gens que l'on ne voyait que rarement aux Quais Létemank.

Finn se força à quitter des yeux le visage couturé et tremblant de Stavik pour scruter la forme sombre tapie près de lui. C'était un homme. Et, comme tous les autres, lui aussi était secoué de sanglots. Mais, contrairement à celui des voleurs, son regard était clair et perçant, fixé juste sur l'endroit où se tenait le garçon comme s'il attendait depuis des heures que quelqu'un arrive et se tienne là précisément.

Il était revêtu d'une longue toge noire. Une toge noire parsemée d'étoiles.

Des larmes noires striaient son pâle visage de porcelaine.

12

Plein de pirates, d'aventures et d'autres trucs de ce genre (très sous-estimés)

Marrill était accoudée à la rambarde du navire, le menton dans les mains. Dans son dos, Ardent et Coll s'affairaient autour d'une carte marine, le son de leurs voix se perdant dans le vacarme des voiles qui claquaient au vent et des gréements qui ne cessaient de bouger et de se régler. Ils avaient laissé la pluie derrière eux, et les eaux dorées du Torrent Pirate luisaient à présent comme du métal liquide à la lumière du soleil.

Mais le caractère fantastique de ce qui entourait Marrill ne parvenait pas à lui faire oublier sa famille. Une douleur sourde lui étreignait la poitrine, et elle avait la gorge en feu. L'image de ses parents en train de faire les cent pas en l'attendant l'obsédait. Au bout de combien de temps perdraient-ils espoir et prendraient-ils conscience qu'elle ne rentrerait pas ?

Elle imaginait son père qui devait courir, affolé, d'une maison à l'autre comme il l'avait fait d'une tente à l'autre en Alaska, le jour où elle s'était attardée un peu trop en allant ramasser des baies. Ses parents l'aimaient, mais en plus ils avaient besoin d'elle, surtout avec la rechute de sa mère.

Et elle n'était pas là.

Les yeux de Marrill s'embuèrent tandis qu'elle regardait le sillage créé par le safran du *Kraken*. Elle ne pouvait s'empêcher de penser à la maigreur de sa mère. Et au fait que celle-ci ne dormirait pas cette nuit, ni la nuit suivante, ni celle d'encore après, parce que sa fille avait disparu.

Il fallait absolument qu'elle rentre à la maison, et elle devait amener Ardent le guérisseur avec elle. Elle ne pouvait pas abandonner sa mère.

Ses pensées s'agitaient si fiévreusement dans sa tête qu'elle sursauta en sentant quelque chose lui chatouiller l'arrière de la cheville. Elle poussa un petit cri et découvrit Karnelius qui s'enroulait autour de ses jambes. C'était exactement ce dont elle avait besoin. Elle sourit et le prit dans ses bras pour presser son visage contre la fourrure du chat et l'écouter ronronner. Son meilleur ami.

– Je suis désolée de t'avoir entraîné là-dedans, murmura-t-elle.

Elle entendit quelqu'un approcher et releva la tête. Coll s'appuya contre la rambarde à côté d'elle.

Il contemplait l'horizon avec l'air de connaître tout cela par cœur, alors qu'il ne devait pas avoir plus de seize ans.

– Tu peux faire confiance à Ardent, assura-t-il. S'il te dit qu'il peut te ramener chez toi, il le fera. Il a une sorte de sixième sens pour trouver les gens qui ont besoin de lui.

Il suivit machinalement le dessin d'un tatouage de corde, qui entourait son poignet gauche.

Quelque chose dans sa façon de s'exprimer poussa Marrill à le croire. Peut-être parce qu'elle voulait désespérément qu'il dise la vérité.

– Merci, souffla-t-elle. Est-ce que c'est comme ça que tu l'as rencontré ? Il t'a aidé quand tu en as eu besoin ?

Coll émit un rire bref.

– D'une certaine façon, on peut dire ça.

Marrill attendit qu'il développe, mais il n'en fit rien.

– Depuis combien de temps connais-tu Ardent ?

Il la dévisagea en haussant un sourcil.

– Ça, c'est une autre histoire et ce sera pour une autre fois.

Puis il s'accrocha à la rambarde, se pencha en arrière et s'étira, un peu comme Karnelius.

Marrill examina la main droite du garçon. Elle fronça les sourcils et regarda alors son poignet gauche.

– J'aurais juré que tu avais un tatouage sur la main droite, quand je suis arrivée, le même que celui-ci, mais autour des doigts.

Coll tendit la main et plia les doigts.

– C'est bien possible.

Exaspérée, Marrill leva les yeux au ciel.

– Possible ? Mais c'est insensé.

– Bienvenue sur le Torrent Pirate, répliqua-t-il avec un grand sourire. Si tu cherches quelque chose de sensé, tu n'es pas tombée au bon endroit.

– Merci bien, j'ai remarqué. Je te rappelle que j'ai vu des plumes pousser sur mon poignet et qu'un magicien m'a fait visiter son bateau magique, râla Marrill.

– Ce bateau n'est pas magique, corrigea Coll. C'est ce qui est dedans qui l'est.

Il s'interrompit.

– Mais enfin, reprit-il, je comprends que tout ça puisse paraître assez troublant.

Karnelius commença à s'agiter, et Marrill dut le faire changer de position dans ses bras.

– Alors, insista-t-elle, ton tatouage ?

Ils regardèrent tous les deux le poignet de Coll. Le tatouage semblait s'être modifié, et le nœud paraissait plus compliqué. Marrill écarquilla les yeux ; elle n'avait jamais rien vu de pareil. Son chat secoua nerveusement la queue, et elle lui caressa machinalement le dos pour le calmer.

– Ça bouge en fonction de la partie du Torrent où l'on se trouve, répondit Coll en haussant les épaules. C'est très utile pour la navigation. Par exemple, là, tout de suite, on approche des Quais Létemank.

À cet instant, Karnelius chercha à bondir des bras de sa maîtresse et planta les griffes dans son omoplate comme s'il voulait sauter par-dessus bord. Marrill glissa un doigt sous son collier et chercha du regard ce qui avait pu le mettre dans cet état.

Des dizaines d'étages plus bas, un bout de papier frappé d'une étoile flottait sur l'eau. Marrill plissa les yeux, ne sachant trop si elle devait y croire.

– La Carte, souffla-t-elle, incrédule. Regarde ! C'est la…

Elle s'efforça de se souvenir du nom qu'avait employé Ardent.

– La Rose des Vents ! s'écria-t-elle en tendant la main.

Mais, au même instant, un remous emporta le parchemin vers une pancarte qui, Marrill l'aurait juré, ne se trouvait pas là une seconde plus tôt.

Le panneau était tenu contre le métal rouillé par une main géante aux ongles noircis et ébréchés. On pouvait y lire les mots suivants, tracés à gros traits blancs :

LES QUAIS LÉTEMANK

L'eau tout autour avait un aspect huileux, et la teinte dorée du Torrent Pirate s'était muée en brun rouge. Une mince pellicule aux couleurs de l'arc-en-ciel flottait à la surface, rappelant une flaque d'eau sur l'asphalte après une pluie d'été. Le ciel au-dessus d'eux menaçait de prendre le même aspect, et une puanteur de vieille chaussette trempée dans du lait caillé força Marrill à plisser le nez en se tenant le ventre.

Une mouette passa tout près et poussa un cri si aigu que Marrill eut la sensation qu'il lui raclait les os. Elle ferma les yeux et s'ébroua, comme pour chasser l'horrible impression.

Lorsqu'elle rouvrit les yeux, le bout de parchemin n'était plus là.

– Il a disparu, bredouilla-t-elle.

Ils étaient passés si près, et maintenant... qu'arriverait-il s'il avait coulé ?

Ardent vint se poster près d'elle et sourit. Il désigna de la main un point situé derrière elle.

– Bien, bien..., commença-t-il avec une lueur de malice dans les yeux. Même si tu as cru voir la Carte disparaître, elle a en réalité simplement quitté les profondeurs du Torrent pour entrer dans la baie...

Il esquissa un geste alors qu'ils dépassaient la vieille pancarte.

– Les Quais Létemank !

À son mouvement, des formes surgirent de l'eau et s'étirèrent autour d'eux, tel un fer à cheval. Des quais et des débarcadères semblèrent couler vers eux, et, pour parfaire le tout, une haute montagne partit à l'assaut du ciel. Des immeubles décrépits couvrirent ses flancs, s'effondrant plus ou moins les uns sur les autres, voire les uns devant les autres en une sorte d'éboulement bigarré. Ici, une tour chancelante aux fondations de briques s'appuyait contre une falaise pierreuse, là, des rangées de maisons bricolées à grand renfort de bois et de plâtre serpentaient entre les égouts pour s'insinuer dans une vallée basse et plate.

On aurait dit qu'un géant avait semé ses Lego du haut d'une colline, pensa Marrill. Et qu'il n'avait cessé de lancer de nouvelles briquettes sur les anciennes, sans se préoccuper de l'endroit où elles tombaient ni de l'allure qu'elles avaient, et cela pendant des siècles. Chaque centimètre carré de sol était occupé par un amas de ruines ou de la roche nue.

Karnelius cracha et bondit vers l'écoutille. Étourdie, Marrill s'écarta de la rambarde. Chaque fois qu'elle croyait commencer à comprendre de quelle façon se manifestait la magie, quelque chose de nouveau venait renverser toutes ses certitudes.

– Est-ce que tout ça est sorti de nulle part ?
Ardent gloussa.
– Oh, ce serait drôlement fort, non ? Vraiment, vraiment très habile. Non, non, mon petit, cela n'a pas surgi de nulle part – c'est là depuis toujours. C'est *nous* qui avons surgi de nulle part.

Marrill repensa au parking en Arizona – un désert aride à un moment, un port abritant un gigantesque navire l'instant d'après. Avait-on la même impression quand on se trouvait sur le bateau ?

– Certains lieux sont plus faciles à aborder que d'autres, ajouta Ardent, comme s'il lisait la question sur son visage. Si tu t'approches assez près, tu peux saluer ses habitants d'un signe de la main. D'autres endroits demeurent cachés et n'apparaissent qu'une fois qu'on navigue déjà dans leurs eaux. Quelques-uns exigent des passe-partout, mais tu n'as pas à t'en soucier. Je suis magicien depuis très, très longtemps, et je vais où je veux.

Marrill s'interrogea sur sa dernière phrase, alors qu'ils voguaient vers la ville. Elle avait deviné qu'Ardent était puissant, et elle s'imaginait que ce devait être le cas de tous les magiciens.

– Comment ça fonctionne ? demanda-t-elle. La magie, je veux dire. Vous pourriez m'apprendre ?

Il se mit à marcher pour réfléchir à la question.

– Eh bien, c'est différent pour chacun, expliqua-t-il. Tu comprends, la magie est une discipline délicate et très personnelle, et il faut des siècles d'expérimentation et d'études ardues pour la convaincre de faire ce que tu veux qu'elle fasse. Je crois pouvoir dire que j'ai consacré ma vie à son apprentissage, et que, même ainsi, je ne parviens à exploiter qu'une fraction de son potentiel. Pour ce qui est de te l'enseigner...

Il s'interrompit pour la jauger du regard.

– Peut-être que je pourrais t'enseigner une chose ou deux, pour de tout petits sorts. Mais, pour ce qui réclame un réel pouvoir, ce qui fonctionne avec moi ne marchera certainement pas avec toi. Chacun doit construire un rapport personnel avec la magie, tu sais.

– Oh, fit Marrill, déçue, avant de réfléchir un instant. Est-ce que c'est grâce à la magie que vous avez su que la Rose des Vents atterrirait ici ?

– Pas du tout, répondit l'enchanteur, dont le visage s'éclaira.

– Ah... mais comment, alors... ?

– Nous avons suivi les indications que tu nous as données, dit Ardent. Bravo à toi.

Marrill fut encore plus perdue qu'auparavant.

– Mais je ne vous ai donné aucune indication.

– Mais si, bien sûr. Quand je t'ai demandé si tu avais vu un bout de papier, tu m'as répondu oui. Et quand je t'ai demandé par où il était parti, tu nous as indiqué une direction. Et maintenant nous voilà ici ! La bonne nouvelle, c'est que la Rose des Vents a sûrement échoué sur le rivage à présent. Je ne doute pas que nous la trouverons rapidement, cette fois !

Il sourit et lui posa la main sur l'épaule. Ce geste apaisa un peu Marrill. Elle voyait Ardent comme une sorte de grand-père, mais elle n'avait jamais vraiment connu les siens.

– Les Quais sont un endroit intéressant, lui dit-il. On peut y trouver à peu près n'importe quoi. Je crois que ça va te plaire. Il y a plein de pirates, d'aventures et d'autres trucs de ce genre. Les jeunes filles adorent ces choses-là, n'est-ce pas ?

– Plutôt les jeunes garçons, corrigea Marrill.

Une sorte de grand-père bizarre et déroutant.

– Oh, eh bien, c'est très dommage, alors...

Ardent ne termina pas sa phrase, car quelque chose au loin avait attiré son attention. Il serra les lèvres au point que sa bouche disparut tout entière dans sa barbe et sa moustache.

Marrill suivit son regard. Quelques centaines de mètres plus loin, un bateau sombrait, soulevant des remous blancs à mesure qu'il s'enfonçait. Marrill n'avait jamais vu pareil bateau : arrondi, et hérissé de tout un tas de mâts qui évoquaient une forêt.

– Qu'est-ce que c'était, d'après vous ? demanda-t-elle.

La dernière partie du bateau à couler fut la figure de proue, qui brandissait une représentation en bronze du soleil.

Ardent se détourna alors que l'astre de bronze s'abîmait à tout jamais dans l'eau et le crépuscule.

– Je suis certain que ce n'est rien, assura Ardent. Ce genre de chose arrive, tu sais. Ici, le fond de l'eau est jonché d'épaves ; et, sans le talent de Coll, notre bateau les aurait déjà rejointes.

À cet instant, Coll lança :

– Vent arrière !

Le *Kraken* vira en direction de l'un des plus grands débarcadères, si haut qu'il arrivait pratiquement au niveau du pont.

— On ne va pas s'attarder trop longtemps, déclara le magicien tandis que le *Hardi Kraken* se rangeait contre l'appontement. C'est un endroit dangereux, en fin de compte.

Il sauta sans effort par-dessus la rambarde et se retrouva sur le quai avant même que le navire soit immobilisé.

Marrill regarda vers l'écoutille ouverte par laquelle Karnelius avait disparu et se tordit les mains. Karny avait horreur de l'eau, et, tant que le bateau ne toucherait pas tout à fait l'appontement, le chat ne risquait pas de partir à terre. Mais il était tout ce qui lui restait de son foyer, et elle n'aimait pas l'idée de le laisser seul.

— Les souris de cale – pardon, les pirat's – vont le surveiller, assura Coll, qui avait surpris le regard de Marrill. Vous faites partie de l'équipage maintenant et vous êtes sous la protection du *Kraken* – les souris ne permettront pas qu'il arrive quoi que ce soit à ton chat.

— C'est bien le problème, répliqua Marrill. Karny a tendance à manger les souris.

Coll éclata de rire et lui tendit la main. Elle la prit et il l'aida à débarquer.

— Elles ont déjà vu pire, certifia Coll. Allez, viens. Récupérons cette Carte.

13

Quelqu'un qui se souvient de vous

Finn sentit son cœur se figer dans sa poitrine. Il connaissait ce visage et avait déjà vu ces larmes. Il les avait découverts moins d'une heure plus tôt, à travers le miroir d'eau du vaisseau méressien. Et sur les statues qui crachaient de l'eau pour transformer le bateau en un piège mortel. Mais il ne s'agissait pas d'une statue, cette fois. C'était le modèle original.

L'*Oracle*. Celui-là même dont les Méressiens cherchaient à protéger la Clef.

L'homme se pencha en avant, grand et maigre dans l'obscurité. Il avait les joues maculées de larmes. Il renifla bruyamment et se moucha avec vigueur sans cesser d'émettre de petits sanglots d'enfant.

– Tu es venu, constata-t-il. Je savais que tu viendrais.

Sa voix se brisa sans qu'on sache si c'était sous l'effet du rire ou des larmes, ou des deux à la fois. Finn regarda une larme noire tomber du menton de l'Oracle pour s'écraser sur le sol couvert de farine. Comme une goutte d'encre sur une feuille de papier.

– C'était vous, souffla Finn. Vous qui avez écrit la lettre.

– Oui, répondit l'Oracle.

Ses lèvres rouge vif s'étirèrent en un sourire frémissant.

– J'ai écrit ta lettre, petit garçon perdu, reprit-il.

Tout près de Finn, un artiste de l'escroquerie connu sous le nom de P'tit Bidou laissa échapper un cri étranglé, puis un autre voleur éclata en sanglots, et encore un autre.

– Je t'ai guidé sur le chemin que tu devais suivre. Je te guiderai... – l'Oracle fit voler une main devant son visage en la suivant des yeux – ... bien plus loin.

– Jusqu'à ma mère ? questionna Finn, le souffle court.

L'Oracle émit un petit rire pleurnichard entrecoupé de reniflements.

– Laquelle ? La vraie que tu as inventée, ou la fausse qui existe mais qui te prend pour un fantôme ?

La référence à Mme Parsnickle heurta le garçon comme une gifle. Il vacilla. Tout lui dictait de s'enfuir. Mais, au lieu de cela, sa gorge se serra. Sans prévenir, les années qu'il venait de passer à être oublié de tous et à faire comme si cela n'avait pas d'importance l'assaillirent. Il n'aurait su dire pourquoi elles se manifestaient justement maintenant, alors qu'il aurait dû être terrifié. Mais elles étaient là, à lui brûler le ventre et à lui griffer les yeux.

Le front plissé, l'Oracle esquissa un mouvement dédaigneux.

– La première, bien sûr, bien sûr. Ne t'en fais pas pour ceux du passage de la Gouttière-qui-coule. Tu as ma parole qu'ils iront aussi bien que possible, et ma parole est porteuse d'avenir.

L'Oracle s'avança. La farine s'envola devant le bas de sa toge, comme si elle avait peur de se poser sur l'étoffe noire.

Finn ouvrit la bouche, cherchant ses mots. Mais les seuls qui lui vinrent furent :

– Pourquoi pleurez-vous ?

– Oh, Finn.

Finn chancela en entendant prononcer son prénom à voix haute. Cela ne lui était pas arrivé depuis des années.

– Tu ne le sais pas ? reprit l'Oracle, presque comme s'il s'excusait.

Le garçon secoua la tête.

– Je pleure pour les malheureux qui sont ici.

L'Oracle fit un autre pas hésitant. Il agita une main diaphane vers les hommes qui sanglotaient tout autour. À peine ses doigts pâles les eurent-ils frôlés que chacun d'eux fut secoué par des pleurs redoublés.

– Je pleure, ajouta-t-il, pour moi-même. (Encore un pas.) Je pleure pour *tout* le monde, partout.

Il parut gagner en grandeur alors qu'il trouvait la force d'articuler :

– Parce que, tu sais, le Soleil perdu de Dzannin entamera bientôt son ascension à travers le ciel, et sa lumière, sa lumière froide et cinglante, brillera sur la fin de toute création !

Ses larmes coulèrent encore plus abondamment, creusant de profonds sillons noirs sur le blanc parfait de ses joues.

– Mais là, tout de suite, Finn, dit-il d'une voix basse et vibrante, je pleure pour toi !

Finn éprouva une profonde douleur au creux de l'estomac. Les mots de l'Oracle n'avaient pas de sens pour lui, mais il les *ressentait* en un tourbillon d'images, de pensées et d'émotions qui lui étreignait les entrailles et lui donnait mal à la tête. En un chagrin pareil à un serpent qui menaçait de l'étouffer.

On aurait dit que le désespoir irradiait de l'Oracle et affectait tous ceux qui l'entouraient. Finn n'avait jamais vu une magie aussi puissante – il n'en avait même jamais entendu parler.

– Que voulez-vous ? hoqueta-t-il.

La tristesse faisait monter les larmes au coin de ses yeux et menaçait de les faire jaillir. Tout semblait tellement affligeant.

– La Clef, bien sûr, répondit l'Oracle d'un ton sec. La Clef qui ouvre le Portail. La Carte qui montre la voie.

Il regarda Finn comme si tout était parfaitement clair. Mais, avant que le garçon puisse réagir, il leva une main.

– Attends, dit-il, je ne dois pas me précipiter.

Il paraissait s'adresser davantage à lui-même qu'à Finn.

– Chaque chose en son temps, chaque vers à son emplacement. Ordre, ordre et patience. D'abord, la Clef.

Il secoua la tête puis avança d'un autre pas. Sans cesser de pleurer, les voleurs avancèrent eux aussi.

Finn porta les doigts à la poche de sa chemise afin de sentir le poids de la Clef de rubis à l'intérieur. Une part de lui-même lui hurlait de ne pas la donner, que cet homme était le mal incarné. La folie. Mais une autre l'implorait de remplir sa part du contrat, de remettre à l'Oracle ce qu'il réclamait afin qu'il le guide.

– Vous n'avez déclenché tout ça que pour avoir la Clef, dit le garçon.

Il repensa à ce que lui avaient raconté les pirates sur un mystérieux Vaisseau de Fer qui aurait attaqué les Méressiens lors d'une tempête pour les forcer à mouiller au port, où ils seraient plus vulnérables.

– Ce Vaisseau de Fer, c'était le vôtre ?

L'Oracle poussa un cri en l'entendant mentionner le Vaisseau de Fer.

– Non, non, non !

Il agita la main devant lui si violemment que Finn recula d'un pas.

— Le fer tue les dragons, et le fuir je me dois ! Je crains le Vaisseau de Fer. Garde-toi d'approcher le Vaisseau de Fer !

Il se martela les tempes du bout des doigts et secoua la tête en débitant des propos de pure démence :

— Les fous restent calmes quand les sages s'enfuient. Je me dois d'être sage aujourd'hui, car fou je deviendrai. Garder les choses en ordre, rime après rime. La fuite au feu choisis, de la peur défie-toi... Le fer tue les dragons par-delà les rives de la nuit glacée...

Il prit une profonde inspiration et se ressaisit pour ajouter :

— Le prophète est baigné de lumière dorée.

À ces derniers mots, les bandits autour d'eux poussèrent une longue plainte. L'Oracle se redressa. Il semblait s'être calmé, mais Finn remarqua qu'il avait encore les doigts tremblants.

— Rappelle-toi ma promesse, Finn, souffla-t-il. Quand le Soleil perdu se lèvera, on se souviendra à tout jamais de toi.

L'Oracle tendit la main, paume en l'air. Dans l'attente.

— Ce sera fini quand tu m'auras donné la Clef.

Finn en eut le corps tout secoué. La solitude exprimée par ces mots le frappa avec la force d'un coup. Il se sentit perdu, abandonné, impuissant. Quoi que l'Oracle lui ait promis, ce n'était pas ainsi qu'il aurait voulu qu'on se souvienne de lui. Mais il n'aurait jamais la reconnaissance à laquelle il aspirait. À quoi cela servirait-il de résister?

Une larme frémit au coin de son œil tandis qu'il portait la main à la bosse, sous sa veste.

– Prenez-la, alors, dit-il.

14

Aux Quais Létemank, oh, tu en verras, des choses !

Marrill ralentit le pas lorsqu'ils arrivèrent au bout de l'appontement. Elle avait visité plus de villes étrangères, grandes et petites, qu'elle n'en pouvait compter, mais aucune ne ressemblait aux Quais Létemank. Des bâtiments délabrés plantés au-delà de la jetée et, derrière eux, des rues qui partaient dans les directions les plus saugrenues, comme si un géant explorateur de la jungle s'était frayé au hasard un chemin à coups de machette à travers les immeubles.

Un vent puissant qui descendait de la montagne balayait la ville, et s'engouffrait en mugissant dans ses rues tortueuses. Marrill crut voir quelqu'un planer à mi-pente sur une bourrasque.

Ses compagnons et elle se mêlèrent à la foule. Il y avait des gens partout, et aussi des êtres qui ressemblaient à des gens mais n'en étaient pas vraiment, et d'autres qui n'avaient pas du tout l'air humain mais semblaient tout de même marcher, parler et être habillés. L'un d'eux lui frôla la jambe : une femme courbée en deux avec des yeux de pierre sombres et brillants, et un bec très semblable à celui d'un oiseau. Elle gratifia Marrill d'un grognement aigu et la poussa de côté.

— Pardon, bredouilla la fillette, mais la femme-oiseau poursuivit son chemin.

Coll annonça qu'il allait chercher des provisions pour le bateau et se glissa dans la foule. Marrill le regarda disparaître instantanément.

— Il a l'air très jeune pour être capitaine, fit-elle remarquer.

— C'est le meilleur navigateur du Torrent, répliqua Ardent avec un mouvement fataliste. Maintenant, ce qu'il faut que tu saches à propos des Quais Létemank, ajouta-t-il en changeant de sujet tandis qu'ils s'engageaient dans une ruelle, c'est que cet endroit peut être dangereux. Il est peuplé de voleurs, de pirates, d'assassins et pis encore, alors ne me quitte pas d'une semelle.

Marrill déglutit et s'efforça d'afficher un air intrépide, tout en prenant garde de rester assez près de l'enchanteur pour saisir sa robe violette en cas de besoin.

— Et aussi, poursuivit Ardent, le vent peut devenir très violent. Si tu entends ou sens venir une grosse rafale, n'hésite pas à t'accrocher, conseilla-t-il en désignant les chaînes fixées aux murs de part et d'autre de la rue. C'est un bon moyen de rencontrer les autochtones, de faire connaissance avec la ville, et aussi de ne pas être emporté dans les airs puis précipité vers une mort certaine depuis des hauteurs vertigineuses.

Marrill se raidit, mais le magicien se contenta de lui tapoter la tête.

– Il n'y a pas de quoi s'inquiéter. Le pire, c'est les ruelles, et nous les éviterons. Ça n'a rien à voir avec les bas quartiers de Slurpviss Ville. Là-bas, il y a des créatures vraiment mauvaises. Une fois, j'ai vu un homme s'écarter pour laisser passer un chariot, et se faire engloutir tout entier, y compris les lunettes. On a retrouvé les lunettes plus tard, bien entendu, précisa-t-il avec un frisson.

Marrill ne put réprimer une grimace d'horreur.

– Au cas où on se perde, que dirais-tu de se retrouver au *Kraken*? ajouta rapidement le magicien.

Marrill ravala la boule de peur qui obstruait sa gorge et hocha la tête en se demandant si elle n'aurait pas mieux fait de rester avec Karnelius.

Heureusement pour elle, le chapeau violet ridicule d'Ardent se repérait au-dessus de la foule et rendait le magicien facile à suivre. Alors qu'ils parcouraient les rues étroites en guettant le moindre signe de la Carte, Marrill se rendit compte qu'il fallait une grande expérience pour distinguer une voie principale d'un coupe-gorge. Chaque rue lui paraissait étroite, miteuse et mal famée.

Images et odeurs l'agressaient et l'étourdissaient. Des éventaires de toutes formes et de toutes tailles s'entassaient dans les espaces vides entre les bâtiments. Les marchands faisaient les cent pas devant, en vantant leurs produits à tue-tête : des bougies qui sentaient bon l'été et les genoux écorchés, des paniers de neige tissée, des charmes d'argent qui émettaient des notes perçantes à leur passage.

Marrill était tellement occupée à tout regarder qu'elle faillit manquer le vieux bout de parchemin coincé dans le caniveau, derrière une rangée d'étals. Par chance, le motif familier en forme d'étoile attira son regard à l'instant où elle le dépassait. La Rose des Vents !

– Ardent ! appela-t-elle.

Mais le marché était très bruyant, et le magicien s'enfonçait déjà dans la foule. Le regard de Marrill se porta alternativement sur lui et sur le caniveau, cherchant à ne perdre de vue ni l'un ni l'autre.

Elle décida qu'elle ne pouvait pas laisser échapper la Carte. Elle finirait bien par retrouver Ardent. Elle plongea entre deux carrioles, et souhaita de tout son cœur que le chapeau violet soit encore là lorsqu'elle se relèverait.

Un homme maigre à la barbe crasseuse se précipita devant elle pour lui bloquer le passage.

– *Psst*, fit-il en lui présentant un bout de tissu sale rempli de minuscules boules orangées. Quelqu'un comme vous ne peut qu'être tenté par des œufs de trog, pas vrai ?

Quelque chose de sombre se tortillait et tressautait dans les coquilles. Marrill eut à peine le temps d'avoir un haut-le-cœur qu'une femme trapue aux gros bras velus – et n'était-ce pas de vraies cornes qui lui sortaient des tempes ? – vint s'interposer entre elle et le barbu.

– En voilà, une arnaque ! dit-elle en agitant l'index sous le nez de l'homme maigre. Tout le monde sait que, quand l'œuf vire au rouge, c'est que la fin n'est pas loin. Hein, mon brave ?

Marrill ressentit un vague malaise. Elle coula un regard vers la Rose des Vents, toujours plaquée au fond du caniveau. Mais, quand elle voulut s'éloigner poliment, la femme déplaça son corps massif pour lui bloquer le passage.

– Une fille..., commença la femme, qui regarda autour d'elle avant de poursuivre. Non, une *dame* de vot' classe a du goût. Je l'ai su tout de suite. Vous, ce qu'il vous faut, c'est du grand luxe, et j'ai exactement ça ici.

– Oh, excusez-moi, mais...

La voix de Marrill se perdit dans un couinement lorsqu'elle sentit une poigne de fer lui saisir le bras. Elle essaya de lutter, mais elle ne faisait pas le poids. La femme la poussa au coin de la rue, loin de la Rose des Vents, et désespérément loin du chapeau violet qui disparaissait dans la foule.

Marrill se retrouva coincée dans une impasse étroite, l'énorme masse de la femme lui barrant la seule issue. Effrayée, elle chercha à se faufiler quand même contre le mur, mais la femme continuait d'avancer sans se soucier des efforts de sa victime pour s'échapper.

– Vous connaissez les soies de mer que tissent les sirènes Boisankor ? demanda-t-elle. Jetez-moi un de ces foulards sur vot' tête, et vous aurez n'importe quel homme à vos pieds. En un clin d'œil, il sera à genoux et fera vos quatre volontés.

La respiration sifflante, elle se pencha à l'oreille de Marrill pour lui glisser :

– Faites-moi confiance. Je me suis trouvé quinze maris, et je parle que de ceux qui valaient le coup qu'on les garde, ajouta la femme.

– Oh, bredouilla Marrill, qui pensa que ce ne serait peut-être pas une bonne idée de mettre en colère une femme avec des cornes. C'est formidable, mais...

– Prenez ça, décréta la femme en fourrant quelque chose dans les mains de la jeune fille avant de frapper deux fois dans les siennes. Marché conclu ! s'exclama-t-elle. Pas de reprises ! On aboule les sous, maintenant. ToudeWanda fait toujours un bon prix, tout le monde vous le dira.

Marrill s'affola.

– J'ai bien peur de ne pas avoir d'argent, avoua-t-elle nerveusement.

La femme se rapprocha, plaquant Marrill contre le mur sale. La petite eut un mouvement de recul, les yeux fixés sur les cornes de la femme.

– Encore nouvelle ici, hein ? fit celle-ci avec un gros rire. Les Quais, c'est le commerce, mon chou. Et on a toujours quelque chose à vendre.

Elle brandit alors un couteau menaçant qui semblait bien plus acéré que ses cornes. Marrill retint son souffle, prête à hurler.

– Oh, mon chou, si vous voyiez la tête que vous faites.

ToucéWanda émit un petit *tss-tss* en tendant la main vers la tête de Marrill. Elle se révéla beaucoup plus vive qu'elle le paraissait. Sans l'ombre d'une hésitation, elle lui attrapa une grosse mèche de cheveux.

– Beaux comme un clair de lune, ronronna-t-elle.

Et alors, *clac*. Marrill perçut un tiraillement sur son crâne puis sentit qu'on la tirait et se retrouva dans la rue, un bout de tissu sale serré entre les doigts.

Elle le fourra dans la poche arrière de son short, aspira une grande goulée d'air frais, et s'étrangla en s'apercevant qu'il n'était pas si frais que ça. Elle regarda vers le caniveau où se trouvait la Carte un instant plus tôt. Il était vide ; la Rose des Vents avait disparu. Encore. Et il n'y avait plus la moindre trace d'Ardent. Un sentiment de terreur nauséeuse monta en elle, et atteignit son comble quand elle aperçut

Touce Wanda en train de caresser tendrement une mèche de cheveux bruns. *Ses* cheveux.

Se préparant au pire, elle porta la main à son front et fit la grimace. Super. Elle avait perdu la Rose des Vents, elle avait perdu son magicien, et maintenant elle avait une frange. Une frange courte et irrégulière. Elle gémit. Elle était *affreuse* avec une frange.

Accablée, Marrill s'enfonça dans la foule en se disant qu'elle ferait mieux de retourner au *Kraken* avant de *se* perdre à son tour et pour toujours. Elle n'avait pas fait deux pas que quelqu'un grommela :

– Fais gaffe !

Et la poussa sans ménagement de côté.

– Hé, gamine, t'avances ou tu campes ici ? lança quelqu'un d'autre en la poussant dans le sens inverse.

Marrill s'écarta vivement du chemin d'une impressionnante créature sphérique couverte d'épines pointues. Elle était tellement paniquée qu'elle n'entendit pas assez vite l'avertissement d'un marchand. Elle pivota dans sa direction et n'eut que le temps d'apercevoir d'énormes yeux noirs et une bouche remplie de dents méchamment acérées avant de s'effondrer sur son étal.

À l'instant où elle heurta le sol, du verre explosa en tous sens. Marrill eut soudain dans la bouche un goût de chaussures qui auraient marché dans de la mayonnaise vieille de trois semaines. Elle se frappa furieusement les lèvres pour se débarrasser de ce goût épouvantable.

— Pas les arômes ! s'écria le marchand d'une voix sinistre.

Il bondit vers la maladroite, les écailles grises qui recouvraient son visage triangulaire virant au rouge alors qu'il poussait un hurlement de rage.

Marrill se releva précipitamment et se mit à courir. Cette fois, la foule s'écartait devant elle, chaque passant étant secoué par un haut-le-cœur dès qu'elle approchait. Elle fonça avec l'énergie du désespoir, et mit entre elle et le marchand à dents de requin le plus de distance possible.

Lorsqu'elle ralentit enfin, Marrill se trouvait au milieu d'un marché, sans trop savoir par où elle était venue. Rien ne lui était familier. Ni l'aspect, ni les odeurs, ni les bruits et encore moins les goûts. Les carrioles étaient couvertes de viandes et de légumes bizarres pourvus d'yeux. Des hommes s'interpellaient en employant des mots qu'elle n'avait jamais entendus. Les couleurs elles-mêmes semblaient différentes : les roses, plus proches de l'orange que la normale, les violets, tirant sur un bleu si éclatant qu'elle en eut mal aux yeux.

Jamais de sa vie Marrill ne s'était sentie aussi isolée et perdue. Ni au cours des aventures qu'elle avait vécues avec sa famille ni même le jour où elle était descendue seule de voiture et avait découvert sa nouvelle maison en plein désert. Au moins, en Arizona, elle aurait pu trouver un téléphone et appeler chez elle, ou bien composer le numéro de police secours.

Mais ici... Partout où elle regardait, elle voyait des couteaux fourrés dans des ceintures, des poignards fixés à des mollets. Même les boucles d'oreilles arborées par les femmes semblaient pointues et acérées. Elle se mordit la lèvre inférieure pour l'empêcher de trembler.

Au moment où le désespoir menaçait de la submerger, quelque chose attira son regard : un fragment de papier, un peu déchiré sur les bords, porté par le vent. Il sautilla à travers la rue et s'engouffra dans un passage étroit. Elle commençait à bien le connaître : la Rose des Vents !

Sa frange courte ébouriffée par la bise, Marrill se lança à la poursuite du bout de papier, bientôt contrainte de se tourner de côté pour se faufiler entre deux immeubles penchés. Le parchemin semblait presque luire dans la pénombre, plaqué contre un mur décrépit.

Marrill essaya d'imiter Karnelius pour l'attraper. Elle se ramassa contre le sol, recroquevilla les doigts et se prépara à sauter.

Mais, au moment de le saisir, elle entendit un rugissement derrière elle. Elle comprit trop tard ce que c'était : le vent. Qui fondait sur elle à toute vitesse, plus sonore que tous les vents qu'elle avait entendus jusque-là.

Marrill bondit. Le vent l'enveloppa et gagna en puissance. Elle referma les doigts sur le bout de parchemin. Elle le tenait !

Mais elle s'aperçut qu'elle montait toujours, alors qu'elle aurait dû retomber. Elle tâtonna le mur de sa main libre, cherchant à se retenir. Mais bientôt elle toucha le toit, puis ne toucha plus rien du tout.

Elle planait littéralement.

Le vent la hissait de plus en plus haut, la retournant comme une crêpe une fois, puis une fois encore. Elle sentit son estomac se soulever alors que les rues et les maisons défilaient sous elle de plus en plus vite. Elle ne se contentait pas de planer un peu, elle volait ! C'était exactement comme dans ses rêves, avec le vent dans ses cheveux et le bonheur de pouvoir tourner sur elle-même, zigzaguer ou plonger en toute liberté. Elle poussa un cri de ravissement et fit des moulinets avec ses bras, comme si elle nageait dans l'eau.

Pendant un instant merveilleux, son cœur bondit de joie dans sa poitrine. Pendant un instant seulement. Parce qu'elle ne savait pas voler. Elle n'avait aucun moyen de contrôler ses mouvements. Et là, juste devant elle, arrivant à toute vitesse, il y avait un mur de pierre très grand, très haut et très solide.

15

C'est le moment de courir

La détresse descendit dans la poitrine de Finn comme de l'eau dans un égout. C'était sans espoir. Il resterait à tout jamais seul. Inutile de lutter. Il enfonça la main dans son manteau, serrant les doigts sur la Clef de rubis.

Puis il s'immobilisa. Il connaissait cette sensation. Il l'éprouvait à chaque fois qu'il poursuivait l'ombre d'un gosse des Quais sur un mur, souhaitant désespérément que l'autre garçon s'arrête pour l'attendre. Elle le submergeait à chaque fois qu'il se présentait à Stavik comme s'ils ne s'étaient jamais vus auparavant. Il en avait fait l'expérience le matin même, quand Mme Parsnickle l'avait regardé droit dans les yeux en lui demandant s'ils se connaissaient.

Combien de fois Finn avait-il constaté qu'il était seul au monde ? Que personne ne pouvait l'aider, s'occuper de lui, être là pour lui ? Chaque nuit, au moment de s'endormir, il fermait les yeux et rêvait qu'il revoyait sa mère, ou qu'il apprenait d'où il venait, ou qu'il descendait de son grenier pour rejoindre les Parsnickle, qui le serraient dans leurs bras, l'emmenaient se promener et le traitaient comme un enfant normal dans une famille normale.

Ce désespoir n'avait rien de neuf. Il n'y avait pas un jour où il n'avait pas dû affronter la peur qu'il en irait toujours ainsi et que rien ne changerait jamais, et il n'y avait pas un jour où il ne l'avait pas vaincue. Il avait déjà surmonté la tristesse, et il le ferait encore. Chaque jour jusqu'à ce qu'il retrouve sa mère, et alors il deviendrait un enfant normal. C'était *obligé*.

Et, tout au fond de lui, il savait que ce n'était pas en restant ici avec ce dément qu'il la retrouverait. Il ne ferait que pleurer à tout jamais toutes les larmes de son corps.

Finn comprit alors que c'était exactement ce que voulait l'Oracle. C'était *lui*, le responsable de toutes ces larmes, c'était *lui* qui faisait remonter à la surface les sentiments que Finn parvenait habituellement à étouffer. Il faisait à Finn ce qu'il avait déjà fait subir aux autres voleurs, un sortilège jusque-là inconnu du garçon.

Il secoua la tête et écarta la main de la poche qui contenait la Clef de rubis. Qu'avait-il failli faire ? Que ferait l'homme aux larmes une fois que Finn lui aurait donné ce qu'il voulait ?

— Vous n'allez pas m'aider à retrouver ma mère, déclara le garçon d'un ton convaincu.

Finn regarda autour de lui. Tous les voleurs avaient sorti leurs couteaux à présent, et ils firent ensemble un pas hésitant dans sa direction.

– C'est le moment de courir, lui dit l'Oracle.

Une décharge d'adrénaline chassa les dernières traces de tristesse qui le freinaient encore et lui éclaircit l'esprit. Il fallait qu'il quitte cet endroit, et vite !

– Pas la peine de me le dire deux fois ! répliqua-t-il en fonçant vers la porte.

Il arrivait presque à l'escalier quand Ad et Tad surgirent, bloquant l'accès au four. Tad tourna un bouton, et des flammes surgirent du sol. La chaleur heurta Finn de plein fouet. Il grimaça et battit en retraite dans la salle.

Tous les bandits avaient à présent les yeux fixés sur lui. Ils étaient pour Finn ce qui ressemblait le plus à des amis, et il avait toujours espéré qu'ils le voient. Eh bien, ils le voyaient maintenant. Et Finn souhaitait par-dessus tout qu'ils détournent les yeux.

Le plus costaud des voleurs – un tas de muscles ramassé et de poils frisés blancs que Finn connaissait sous le nom de Coton Scotton – chargea en premier. Finn esquiva le poignard qui visait son cou et se réfugia derrière le large dos de son agresseur. Un autre plongea et fit une entaille cuisante dans l'épaule du garçon.

Finn poussa un rugissement et s'écarta vivement, la main plaquée sur la blessure. Il lui accorda un coup d'œil rapide. Une simple égratignure. Mais, si les larmes n'avaient pas ralenti les mouvements de ce type, il se serait fait embrocher.

Finn fonça dans une direction, puis dans une autre. Comme tout bon repaire de brigands, la Tourterie regorgeait de portes dérobées, de fausses colonnes et de passages secrets. Malheureusement, chacun d'eux était bloqué par une foule de voleurs en pleurs. Il n'arriverait jamais à passer.

– Abandonne, petit garçon perdu, lança l'Oracle par-dessus les braillements des voleurs. Laisse-toi aller à ta douleur. Pleure avec moi.

– Non, merci ! rétorqua Finn.

Il ne restait plus qu'une issue, un passage que les autres n'auraient même pas l'idée d'approcher. C'était la dernière et la meilleure sortie de secours possible, réservée à Stavik lui-même. Dans la cheminée du fond, au-dessus d'un feu de braises, une échelle cachée conduisait au toit. C'était sa seule chance.

Le garçon ne s'embarrassa pas de chercher à faire des feintes ou des tours. Il cala le menton contre sa poitrine et chargea. L'un des avantages d'être le plus jeune voleur du coin était d'être assez petit pour se glisser entre les jambes de ses aînés sans avoir à ralentir l'allure.

Évidemment, et Finn s'en aperçut trop tard, le problème avec l'issue de secours de Stavik, c'était Stavik lui-même. Finn lui rentra dedans. Des bras se refermèrent sur lui comme une pince et le soulevèrent du sol. L'homme et le garçon se retrouvèrent face à face, les yeux dans les yeux. Ceux du roi des pirates étaient rouges à force d'avoir pleuré, et la balafre de sa joue virait au violacé.

– Désolé, petit frère, lui chuchota Stavik à l'oreille.
– Moi aussi, soupira Finn.

Et les larmes lui montèrent aux yeux. Même si c'était de la magie – de la magie malfaisante –, il était tout près de croire que Stavik se souvenait de lui.

Puis il lui donna le plus grand coup de genou possible dans l'entrejambe.

– *Urfhk!* glapit Stavik, qui le lâcha aussitôt.

Finn bondit par-dessus le corps plié en deux et le poussa violemment dans le dos en direction de l'Oracle. Stavik valdingua, cueillant plusieurs de ses congénères au passage.

L'Oracle recula vivement, mais certains eurent tout de même le temps de se raccrocher à sa toge en tombant. Tous hurlèrent à l'instant où ils touchèrent l'étoffe noire et s'effondrèrent sur le sol en pressant leurs mains bleues et gelées.

L'Oracle, pour sa part, contemplait Finn de ses yeux morts.

– Je te connais, Finn, fit-il d'une voix rauque. Penses-y. Je te promets que je ne t'oublierai pas.

Finn hésita juste devant la cheminée, assailli par une vague d'inquiétude. Et si l'Oracle savait réellement où se cachait sa mère ? Ne renonçait-il pas à son unique chance de la retrouver ? Et si c'était sa seule chance qu'on se souvienne un jour de lui ?

Il se força à se détourner et laissa le danger immédiat l'emporter sur les peurs plus enfouies. Il avait fait son choix, et personne n'échappait longtemps aux pirates de la Tourerie. Il s'accrocha prestement à l'échelle de la cheminée et grimpa sans même chercher à savoir qui le suivait.

Lorsqu'il arriva en haut, à l'instant même où le vent se mettait à mugir, il était imprégné de suie et de l'odeur de centaines de feux. Finn courut jusqu'au bord du toit et s'arrêta brusquement. S'il sautait de cette hauteur, il pourrait se casser une jambe ou, pire encore, être happé par une rafale de vent.

Habituellement, Finn préférait planer sur les courants aériens que marcher, mais pas aujourd'hui. Le vent fonçait directement sur la falaise, et cela créait un tourbillon vicieux qui pouvait précipiter un enfant contre la paroi rocheuse. Il fallait être sacrément habile pour planer dessus ; peut-être qu'avec un peu d'élan il aurait pu tenter le coup. Mais il n'en avait pas, et il était à peu près sûr de s'écraser.

Il avala sa salive. De toute évidence, Stavik avait, pour quitter ce toit, une solution dont il ne lui avait jamais parlé. Des falaises et d'autres immeubles, trop hauts pour qu'il puisse en atteindre le sommet d'un bond, le coinçaient des deux côtés. La cheminée grouillante de voleurs se trouvait dans son dos. Se laisser porter par le vent risquait de le conduire à sa perte. Mais, s'il se contentait de sauter, il aurait les jambes brisées. Des options plus pourries l'une que l'autre.

Le vent rugit de nouveau : une belle rafale arrivait. Finn s'arma de courage. Il devait tenter sa chance en espérant que le tourbillon ne serait pas trop puissant.

Des sanglots retentirent derrière lui. Une main sale sortit de la cheminée. Le premier de ses poursuivants bascula par-dessus le toit et ne s'arrêta qu'une seconde pour se repérer.

C'était maintenant ou jamais. Finn ferma les yeux et attendit que le vent vienne le cueillir.

À cet instant, un bruit nouveau se fit entendre malgré les rugissements du vent. Quelqu'un criait. Mais ce n'était pas quelqu'un de la Tourterie. Finn regarda par-dessus le toit, juste à temps pour voir une petite silhouette arriver droit sur lui en faisant des roulés-boulés sur la bourrasque.

– Coup de bol, les mecs ! lança-t-il aux voleurs qui avançaient déjà vers lui, poignards dressés pour tuer.

Alors Finn s'élança du toit en priant pour avoir choisi le bon moment. Sa main saisit quelque chose : une cheville ou un genou osseux ? N'était-ce pas du beurre de crapaud qu'il sentait soudain sur sa langue ?

Et puis, lui aussi se retrouva à tournoyer dans la bourrasque, qui l'emporta dans les airs.

16

Un guide très curieux

Marrill hurla en battant frénétiquement des bras. Mais la paroi rocheuse approchait de plus en plus vite. Elle ferma les yeux et se prépara à la collision.

Soudain, quelque chose attrapa sa jambe, et l'envoya de tout son poids voler sur le côté, la faisant dévier de sa trajectoire. Elle se risqua à ouvrir un œil. Un garçon d'à peu près son âge lui serrait la cheville, et ils filaient ensemble dans les airs.

– Qu'est-ce que tu fais ? lui cria-t-elle.

Le vent les propulsait de plus en plus haut, au-dessus des grands immeubles et dans l'immensité du ciel bleu.

– Je te sauve la vie ! répondit-il sur le même ton.

En bas – bien trop bas au goût de Marrill –, les rues tortueuses des Quais Létemank attendaient qu'ils s'écrasent.

– Eh bien, ce n'est pas une réussite !

Le vent les expédia dans un sens, puis les fit brusquement virer dans un autre. Des bâtiments, des rues et des rochers escarpés défilaient sous eux tandis qu'ils ne cessaient de culbuter l'un sur l'autre. Un instant, le garçon se trouvait au-dessus d'elle, l'instant d'après, il était en dessous. Elle songea qu'elle allait avoir la nausée et serra encore plus fort la Rose des Vents dans son poing.

– Faut pas pousser, protesta le garçon. Donne-moi une sec...

Ils se remirent à tomber, et Marrill eut l'impression que son estomac se retournait. Le garçon, de son côté, en profita pour lui attraper les genoux. Puis il coinça un orteil dans une des poches de Marrill et entreprit de grimper comme à une échelle.

– Mais qu'est-ce... *oumf!* que tu... *ouf!* fais ? questionna-t-elle.

– Arrête de gigoter ! cria-t-il.

Son visage surgit au niveau de celui de Marrill. Il était sale et couvert de traînées noirâtres.

– C'est bon, fit-il en levant les yeux.

Elle l'imita. Seulement, le haut n'était plus le haut. À en juger par le pavé qui se précipitait vers eux, le haut était devenu le bas !

– Fais quelque chose ! hurla-t-elle en enfonçant les doigts de sa main libre dans l'épaule du garçon.

– Accroche-toi ! lui cria-t-il. Et fort !

Le sol approchait à toute vitesse. Marrill se recroquevilla. Le garçon écarta les bras, tira sur quelque chose avec ses pouces, et Marrill eut soudain la sensation que son cerveau basculait dans son crâne. Ils remontaient, et cette fois c'était vraiment vers le haut ! Des voiles de tissu avaient jailli sous les bras du garçon, et se gonflaient dans le vent.

Ils volaient, ils volaient vraiment ! Plus exactement, ils rasaient les toits, mais ils ne tombaient plus !

– C'est incroyable ! s'écria-t-elle en riant.

– Ce n'est pas conçu pour deux ! répliqua-t-il. Prépare-toi !

Il tira un petit coup sec et s'arrangea pour prendre un nouveau souffle de vent, mais c'est alors que la jambe de Marrill accrocha le toit d'un immeuble. La douleur fusa dans sa cuisse.

– Ouille ! Aïe ! *Outch !*

Elle n'aurait su dire ce qui sortait de sa bouche ou de celle du garçon alors qu'elle s'écorchait sur l'ardoise dure.

– *Gnan !* *Argh !* Ouh là !

Ils rebondirent, roulèrent, se séparèrent brusquement, et Marrill s'immobilisa enfin, la tête tout au bord du toit.

Elle se redressa lentement en position assise et vérifia si elle n'avait rien de cassé. Elle repéra quelques écorchures sur son mollet et ses avant-bras, et elle aurait un vilain bleu sur la cuisse, là où elle avait heurté le toit, sinon elle paraissait en un seul morceau. Elle examina le bout de papier. Il était froissé, mais il avait survécu au crash. Marrill poussa un soupir de soulagement et le fourra dans sa poche.

Le garçon se tenait accroupi un peu plus loin, et rentrait les voiles dans la couture de son manteau. Il fit claquer ses lèvres et tira la langue comme s'il venait de manger quelque chose de dégoûtant.

Sans lui, Marrill serait à présent une tache en forme de fille contre la paroi d'une falaise.

– Merci, dit-elle, en tortillant les bords inégaux de sa toute nouvelle frange. De m'avoir sauvée et tout ça.

Le garçon haussa les sourcils d'un air surpris.

– J-je t'en prie.

Il ne ressemblait plus du tout au garçon qui maîtrisait tout – enfin, « maîtriser » n'était peut-être pas le terme exact – un instant plus tôt. Il paraissait surtout perdu et vulnérable, pareil à un animal abandonné.

Elle sentit instantanément son cœur fondre comme à la pensée de la Réserve Hôpital pour Animaux Malades du Parc Banton, d'où elle voulait ramener des chouettes aveugles et des paresseux manchots à la maison.

Il était un peu loqueteux sur les bords. Les coutures de son pantalon étaient effilochées, et ses épais cheveux noirs avaient de toute évidence été coupés par quelqu'un qui n'avait qu'une idée très vague de ce que signifiaient les mots « coupe » et « cheveux », sans parler de l'association des deux termes. Bref, il avait visiblement besoin qu'on s'occupe de lui.

Ne sachant quoi dire d'autre, Marrill regarda autour d'elle. Il n'était pas très difficile de s'orienter. Au pied de la montagne, la côte était en forme de fer à cheval. Ardent lui avait donné pour consigne de retourner au bateau s'ils étaient séparés, c'est donc ce qu'elle décida de faire.

Bien sûr, un labyrinthe de ruelles dangereuses se dressait entre elle et le bateau, et elle savait par expérience qu'il n'était pas si facile de se repérer une fois en bas. Si elle retournait seule dans la ville, elle était presque certaine d'avoir des ennuis. Elle avait besoin d'un coup de main.

– Hum, bon, dit-elle au garçon en tordant les doigts. Je suis censée retrouver mes amis à leur bateau, mais... je ne sais pas vraiment comment aller là-bas. Ce serait possible que... tu me montres le chemin ?

Le garçon haussa un sourcil.

– Un bateau ?

Il réfléchit en se balançant d'avant en arrière, sur les orteils puis sur les talons. Marrill eut le sentiment qu'il était assez doué pour jauger les gens et les situations. Puis toute gaucherie parut d'un coup l'abandonner.

– Le port, tu dis ? Je n'allais pas vraiment par là...

Il fit traîner le dernier mot, et les épaules de Marrill retombèrent.

– Mais, reprit-il – et elle se redressa –, c'est une belle journée pour se balader, vu que le ciel est dégagé et tout. Enfin, tu comprends que ça me met quand même dans une situation délicate, de repousser tout ce que j'ai à faire et tout ça. Parce que j'en ai plein. Des trucs prévus, je veux dire.

Elle saisit l'allusion.

– Il faut que je te prévienne que je n'ai pas d'argent, ni aucun moyen de te payer, d'ailleurs.

– Oh, fit-il en balayant les arguments de Marrill, les Quais, c'est le commerce.

Marrill sentit son ventre se serrer, et elle toucha sa nouvelle frange.

– Alors, je suppose que...

Mais il ne parut pas lui prêter la moindre attention. Il pencha la tête de côté, comme s'il écoutait quelque chose au loin. Marrill, elle, n'entendait que le vacarme du marché – quelqu'un qui criait, quelqu'un qui riait, quelqu'un qui pleurait. Plusieurs personnes qui pleuraient, en fait. Le garçon se rembrunit, mais si fugitivement qu'elle faillit ne pas le remarquer.

Puis il sourit.

– Mais j'imagine qu'une bonne action, ça ne fait pas de mal, une fois de temps en temps. Ça met du baume au cœur, et ce genre de truc.

Il la rejoignit d'un bond, lui prit la main et l'entraîna à travers le toit.

– Au fait, je m'appelle Marrill, l'informa-t-elle alors qu'il la guidait le long d'un tuyau rivé au mur de l'immeuble.

– Très joli nom. Pluredien ?

– Euh..., fit Marrill, qui descendait derrière lui. Non, merci.

Le garçon lui adressa un regard surpris tandis qu'elle se laissait tomber sur le sol à côté de lui.

– Moi, c'est Finn, annonça-t-il. Non, mais écoute-moi ça : je n'arrête pas de jacasser. Parle-moi de toi. D'où est-ce que tu viens, où tu vas, si tu voyages confortablement, ce genre de choses.

Marrill avait du mal à le suivre dans le dédale des Quais, et encore plus de mal à répondre à son feu nourri de questions.

– J'arrive d'Arizona, dit-elle, et je crois que c'est là que j'irai dès que ce sera possible. C'était quoi, ta dernière question ?

– L'Arizona, reprit-il, ça sonne comme un bon endroit, un coin joyeux où on pleure pas.

Elle voulut le contredire, mais ses paroles se perdirent à l'instant où il lui prit la main pour plonger dans une mer de carrioles.

– Alors, parle-moi de ton bateau, continua-t-il.

Il se frayait adroitement un chemin à travers la cohue. Marrill n'avait pas autant d'aisance. Son pied atterrit sur quelque chose de glissant et poisseux à la fois, et elle faillit s'étaler sur un éventaire de sacs de cuir. L'une des sacoches lui claqua au nez à l'instant où elle se redressait.

– Il est... euh... c'est un bateau à voiles et... euh...
– Grand ? Petit ?

Il évita une flaque. Elle atterrit en plein dedans avant même de s'apercevoir de son existence.

– Je n'ai pas beaucoup d'éléments de comparaison, admit-elle.

– Tu n'as qu'à le comparer avec les autres bateaux du port, suggéra Finn.

Marrill fit un effort pour se souvenir. C'était assez difficile de se concentrer tout en essayant de suivre le garçon. Il se déplaçait à travers la foule avec agilité, contournant des jambes, plongeant sous des tables, se faufilant dans des interstices. Personne ne lui hurlait dessus, ne le poussait ni ne cherchait à lui vendre des œufs : on aurait presque dit qu'il ne vivait pas dans le même monde que les autres.

– Je crois qu'il est plutôt gros... Mais je ne m'y connais pas vraiment en bateaux, avoua-t-elle. En fait, je n'avais même jamais entendu parler du Torrent Pirate avant aujourd'hui.

À ces mots, Finn fonça en plein dans le flanc d'une carriole. Un grand tas de fruits jaunes hérissés de piquants s'écroula, et les fruits rebondirent dans tous les sens.

– Mes pointimelons ! s'écria le marchand.

– Par ici !

Finn se précipita dans une ruelle si raide que Marrill dut presque s'asseoir pour la descendre. Il la poussa vers le milieu, où une mince couche gluante nappait un caniveau peu profond.

– Un pied devant l'autre, conseilla-t-il en lui montrant l'exemple.

Marrill l'imita.

– Et comme ça, précisa-t-il.

Il fit passer tout son poids sur ses talons, et il se mit à dévaler la pente, prenant de la vitesse à mesure qu'il avançait. Marrill hésita, respira un bon coup et se lança.

À regarder Finn courir, bras écartés pour garder l'équilibre, cela avait l'air facile. Marrill, elle, évoquait davantage un girafon nouveau-né tentant de comprendre ce qu'étaient ses jambes et comment on s'en servait. Elle cessa de compter ses chutes après dix.

– Alors, j'imagine que sur un bateau de cette taille, ça doit être difficile de repérer les passagers clandestins, dit-il en s'arrêtant juste à temps, avant que la ruelle débouche sur un petit à-pic.

Il rattrapa Marrill par le bras à l'instant où elle allait basculer par-dessus la falaise, et la propulsa dans une autre ruelle.

– Enfin, c'est ce que j'imagine, poursuivit-il. Mais ce que j'en dis, c'est juste comme ça, parce que je n'ai vraiment pas le pied marin et je ne suis pas du genre à m'embarquer en douce. Oh non, je suis un gars des Quais, moi, c'est sûr.

Il s'interrompit et émit un petit rire nerveux. Marrill essaya de se concentrer pour calmer les battements de son cœur – si ça continuait comme ça, il allait finir par éclater avant la fin de la journée.

– Mais tu vois, continua Finn, je me dis que ça ne doit pas être facile. D'attraper les passagers clandestins, je veux dire.

– Je n'en sais rien, répliqua Marrill en prenant une profonde inspiration. Je me suis rendue tout de suite.

Finn s'arrêta net. Marrill aperçut la baie au bout de la ruelle et avança dans cette direction. Ils devaient être assez près du port. Finn lui emboîta le pas.

– Comment tu t'es retrouvée sur ce bateau, exactement ? questionna-t-il.

– Je suis tombée dessus dans un parking, répondit Marrill.

– Jamais entendu parler d'Imparkine, dit-il d'un ton songeur. Est-ce que c'est près des Royaumes de Longcroc ?

Marrill sentit quelque chose lui picoter les narines.

– Tu sens ça ? demanda-t-elle en accélérant le pas.

De la *fumée*. Elle avait respiré beaucoup de choses qui brûlaient depuis qu'elle était aux Quais. Des bougies, de la viande, de l'encens, et d'autres matières qu'elle n'avait pu identifier. Mais ça, elle connaissait – c'était du bois. Et plutôt du bois de construction. Elle prit alors conscience qu'une sorte de brume s'installait.

– Le port est en feu ! cria quelqu'un.

– Oh non ! s'écria Marrill.

Elle se mit à courir. Finn l'appela, mais, lorsqu'elle émergea de la ruelle, elle se retrouva plongée dans une bousculade de gens paniqués qui couraient en tous sens.

Devant elle, le port était embrasé, et la plupart des bateaux amarrés flambaient avec lui. Marrill se précipita, cherchant désespérément le *Kraken* à travers le rideau de flammes.

Elle fendit frénétiquement la foule en s'efforçant de ne pas penser que le *Kraken* pouvait être détruit. Elle ne se rendit même pas compte qu'elle retenait son souffle jusqu'à ce qu'elle aperçoive la pointe familière du chapeau violet.

– Ardent ! s'écria-t-elle.

À son immense soulagement, le magicien se retourna, et son visage se fendit d'un grand sourire. Coll était avec lui, et il parut se détendre un peu en la voyant.

– Dieu merci, mon enfant, tu es saine et sauve ! s'exclama Ardent.

Il lui posa une main sur l'épaule et sourit de nouveau.

– J'ai vu que le vent t'avait emportée, et j'ai essayé de te suivre, mais il paraît que tu as appris à voler.

Marrill regarda autour d'elle et baissa la voix.

– J'ai trouvé ce que nous cherchions, annonça-t-elle en tapotant sa poche.

– Excellent travail ! s'exclama le magicien, qui applaudit des deux mains.

Puis il parut hésiter et fit claquer ses lèvres comme s'il goûtait l'air.

– Mais, si j'étais toi, je me ferais rembourser cet arôme, déclara-t-il. Beaucoup trop de worstedwort pour du beurre de crapaud.

Coll les attrapa tous les deux et les fit avancer parmi la foule des badauds.

– On n'a pas beaucoup de temps. Notre navire s'en va.

Il tendit la main. Au-delà des appontements en flammes, le *Hardi Kraken* avait largué les amarres et dérivait vers le large en traînant son ancre derrière lui.

– Mais l'incendie..., protesta Marrill, qui sentait la fournaise se dresser entre eux et l'eau. C'est impossible de traverser ça !

– Sais-tu faire du patin à glace ? s'enquit Ardent.

– Non, répondit-elle, perplexe.

– Dommage.

Il leva les bras vers la baie. Il agita rapidement les mains puis les ramena vers lui, comme si ses doigts tiraient des fils invisibles. Marrill sentit un air glacé lui toucher les orteils, puis remonter le long de ses jambes et l'envelopper tout entière. Elle poussa une exclamation et vit un nuage de buée hivernale sortir de sa bouche.

– J'imagine, dit le magicien, dont la barbe se parsemait de petits flocons de neige, qu'il n'est jamais trop tard pour apprendre !

Il projeta les bras en avant. Le froid quitta instantanément Marrill tandis qu'une épaisse traînée de givre partait à l'assaut du port et franchissait l'eau en la solidifiant. En un clin d'œil, un pont de glace reliait le rivage au *Kraken*. La foule alentour en eut le souffle coupé. Marrill applaudit.

– Cela ne va pas durer, fit remarquer Ardent.

Ils se dépêchèrent donc de descendre au bord de l'eau pour gagner la glace. C'était glissant, mais Marrill gardait à l'esprit le conseil de Finn. Elle posa un pied devant l'autre, chercha l'équilibre sur les talons et ne vacilla qu'une fois.

Finn ! Elle l'avait carrément laissé tomber. Elle ne l'avait même pas remercié de l'avoir amenée saine et sauve au port. Elle piqua le bout d'un pied dans la glace, s'immobilisa et se retourna vers la ville. La fumée s'épaississait déjà et commençait à lui masquer la foule. Elle plissa les yeux pour essayer de le repérer.

Une seule silhouette se déplaçait au bord de l'eau. Marrill reconnut immédiatement sa façon de se faufiler entre les badauds.

– Finn ! appela-t-elle, les mains en porte-voix.

Le garçon hésita et tourna la tête dans sa direction.

– Merci ! hurla-t-elle avant de faire volte-face et de glisser vers le bateau.

À sa gauche, un ponton étroit s'écroula en envoyant une gerbe d'étincelles très haut dans le ciel. Ardent lui cria de se dépêcher, et Coll grimpait déjà à une échelle de corde qui menait au pont principal. À travers le crépitement des flammes, Marrill n'entendit même pas le son des sanglots qui s'amplifiait sur le rivage.

17

La Rose des Vents

Finn sentit son cœur se figer, et pas seulement parce que le magicien avait fait baisser la température du port de quarante degrés. Il en avait l'estomac tout retourné. Elle l'avait reconnu. Elle l'avait repéré parmi la foule et l'avait reconnu. Elle se souvenait de lui !

Il ne savait pas quoi faire, alors il fit ce qui lui vint naturellement : il se cacha. Il se dissimula derrière un passant, puis derrière un autre, relevant seulement la tête pour vérifier si elle regardait encore. Elle fronça les sourcils pour le retrouver dans la cohue. Au bout d'une seconde, elle secoua la tête et s'éloigna sur la glace.

Mais elle s'était souvenue de lui ! Elle lui avait même fait signe, comme si elle l'avait *cherché*. C'était la chose la plus incroyable de tous les temps qui lui soit jamais arrivée.

Il y avait aussi le fait que le port était en feu, qu'un vieillard avait fait surgir de nulle part un pont de glace, et que la fille et ses amis glissaient dessus pour rejoindre un gigantesque bateau pirate. Tout cela était assez impressionnant aussi. Mais elle l'avait vu ! Il esquissa de petits bonds de joie.

C'est alors qu'il entendit les pleurs. Un frisson glacé lui parcourut le dos. Dans la fièvre du moment, il en avait presque oublié pourquoi il était venu ici : pour se réfugier sur ce bateau. Il devait juste attendre un instant que Marrill finisse par l'oublier – parce qu'elle l'oublierait, c'était forcé –, puis il les suivrait.

– Tout va bien, mon petit, dit alors une voix. C'est horrible, je sais. Là, là. Personne n'a été blessé, mon chou, personne n'a été blessé.

Finn se tourna lentement vers la voix, pas certain du tout de vouloir savoir d'où elle venait. Son regard croisa celui d'une fille d'à peu près son âge, une orpheline qu'il avait vue à la Réserve. Les larmes coulaient à flots sur ses joues.

– Je suis vraiment désolée, mon petit, bredouilla-t-elle à l'adresse de Finn. Vraiment désolée.

Finn recula, trébucha et tomba. Quelqu'un à sa droite se mit à sangloter. Puis à sa gauche aussi. Il s'esquiva à quatre pattes en regardant tout autour de lui. Devant lui, quelqu'un se plia en deux, secoué de sanglots. Derrière, un autre lança une plainte de fin du monde.

L'Oracle approchait.

– Mes petits pâtés, tout s'effondre ! lança une voix effrayée.

Partout où il regardait, ce n'étaient que visages en pleurs qui attendaient visiblement quelque chose. Et chacun de ces visages éplorés lui rendait son regard.

Il se releva en s'aidant de ses mains. Pas le temps d'hésiter; il fallait partir, *maintenant*! Il fonça à travers la foule, courbé en deux, en s'encourageant de la voix: *Vas-y, plonge entre les jambes. Vire sur le côté. Cours, cours.*

Il émergea de la cohue et se précipita vers le chemin de glace qui partait du rivage. Il n'y avait plus trace de la fille ni de ses compagnons – ils étaient déjà à bord du navire. Finn finit par apercevoir un marin, qui s'occupait du gréement. À peine son pied toucha-t-il la glace qu'il la traversa et plongea dans l'eau gelée. Le chemin fondait déjà!

Sans réfléchir, le maître-voleur changea de direction et bondit vers un ponton en feu. Le brasier rugissant l'accueillit avec une pluie de tisons. Les embarcations les plus proches flambaient, ne lui offrant aucune issue.

Tout ce que Finn savait, c'est qu'il devait embarquer sur le bateau de Marrill. Il fonça sur le ponton, le cerveau en ébullition. Il pouvait prendre de l'élan et sauter du bout du ponton en essayant de planer. Le feu provoquait un courant d'air qu'il pourrait saisir, mais qui le précipiterait peut-être dans les flammes. Ou il pouvait réessayer le chemin de glace en croisant les doigts pour qu'à cet endroit, il soit encore assez solide. Mais, s'il avait fondu, c'était la noyade assurée pour un garçon qui ne savait pas nager.

Finn regarda derrière lui. La foule en pleurs s'était déployée et bloquait tous les accès aux Quais. Il sentit son ventre se serrer. Alors, que choisir ? La glace, le feu ou toutes ces larmes ?

– N'en versez pas trop pour moi, vieilles branches ! lança-t-il. Je ne vous manquerai même pas quand je ne serai plus là.

Sur ce, il partit en courant sur le ponton en feu. Lorsqu'il atteignit les flammes, il les contourna et emprunta, toujours au pas de course, l'extrémité des planches calcinées. La chaleur montait de tous côtés comme un mur, et il se mit à transpirer abondamment. Il s'écartait le plus possible des flammes, et seul son élan l'empêchait de tomber. Cela ne durerait pas, et la glace semblait s'éloigner du rivage à chaque seconde. La partie allait être serrée.

À l'instant où il allait basculer dans l'eau, Finn écarta grand les bras et tira sur les cordons à l'intérieur de ses manches pour faire jaillir ses voiles de toile, qui se gonflèrent dans l'air surchauffé. Il fut instantanément soulevé et emporté. Ses pieds quittèrent les planches.

Le temps de quelques battements de cœur affolés, ses pieds rasèrent la surface de l'eau, puis ils touchèrent la glace. Finn se mit à pédaler en priant pour que ses ailes le portent suffisamment pour lui éviter de passer à travers la plaque gelée.

La glace gémit sous ses pieds.

– Allez, allez, souffla-t-il, les veines gorgées d'adrénaline.

Derrière lui, la glace cédait sous le poids des pleureurs qui s'étaient lancés à sa poursuite, et leurs sanglots se muèrent en hoquets et autres bruits de suffocation. Devant lui, le bateau de la fille se précisait. Il levait l'ancre.

– Évidemment, murmura Finn.

Il sentait déjà la brise l'abandonner, et ses pas peser de plus en plus lourd sur la glace. Il bondissait à présent d'un iceberg à un autre, réprimant un cri à chaque fois qu'il manquait de tomber à l'eau. Il n'avait vraiment pas besoin d'alerter l'équipage du bateau. Comment savoir quel sort *ils* réservaient aux voleurs ?

Il atteignit enfin l'extrémité de ce qui restait du chemin de glace. Le navire s'était écarté, et son énorme ancre en forme de calmar sortait tout juste de l'eau. Il s'élança et tira aussi fort qu'il put sur les cordons de ses ailes. Son vol le porta en plein sur la grosse chaîne dégoulinante de l'ancre.

Il poussa un grand *ouille !* qui vida entièrement l'air de ses poumons, mais il s'accrocha de toutes ses forces aux maillons de métal glissants. Il risqua un coup d'œil en arrière tandis que l'ancre remontait vers le pont. Le port grouillait de corps qui se débattaient et cherchaient à regagner le rivage.

Finn étreignit l'un des solides tentacules de l'ancre calmar qui le hissait le long de la coque. L'eau en coulait à flots, trempant sa chemise et son pantalon avant de se précipiter dans les remous en contrebas.

Il parvint à lâcher l'ancre pour s'accrocher à la coque vivement colorée du bateau, évitant de peu le trou sombre dans lequel vint se ranger la chaîne. De là, il attrapa un filet de corde fixé à la rambarde et appuya sa tête contre un gros nœud rugueux. Très, très loin au-dessous de lui, l'eau lui parut un peu moins huileuse, un peu plus dorée que dans son souvenir. Et même un peu rayonnante.

Il déglutit. Ça y était. Il avait beau tout savoir sur le sujet, il avait beau avoir entendu les marins en parler depuis toujours, Finn n'avait jamais navigué sur le Torrent Pirate. Jusqu'à maintenant.

Un frisson d'excitation le parcourut, à peine tempéré par la pensée de ce qui pourrait arriver s'il tombait et touchait l'eau magique. Dans sa tête résonnait le vieux dicton : *On peut quand même pas naviguer sur un poulet.* Cela paraissait beaucoup plus drôle quand on n'était pas le poulet potentiel.

Alors qu'il méditait ainsi, des voix lui parvinrent du pont, un peu au-dessus de sa cachette. Finn tendit l'oreille. Il parvint à saisir quelques mots au passage, mais pas toute la conversation.

Il se hissa sans faire de bruit. Une odeur saumâtre assaillit son nez pressé contre la corde.

– Mais pourquoi brûler tous les pontons ? demanda Marrill, tout près. Pourquoi ne pas se contenter de brûler les bateaux ?

Finn n'oublierait jamais le son de sa voix lorsqu'elle l'avait appelé par son nom. Un sourire lui vint aux lèvres. C'était la fille qui s'était souvenue de lui, ne fût-ce que pendant une minute.

– Ils les ont brûlés aussi, répondit Coll. Tous sauf les long-courriers du Torrent. Le boismorne ne brûle pas. En tout cas, pas très vite. En fait, il ne fait pas grand-chose. Mieux valait donc couper les amarres de ces bateaux-là et laisser la marée les emporter après s'être assuré qu'il n'y avait personne dessus.

– Tout à fait, commenta Ardent, visiblement distrait. Ceux qui ont mis le feu à ces pontons voulaient à tout prix empêcher celui qu'ils pourchassent de quitter les Quais, et toute personne d'un bateau extérieur de venir le chercher. Quelqu'un, me semble-t-il, est très fâché contre quelqu'un d'autre à propos de quelque *chose*.

Finn sentit sa gorge se serrer. Il devinait sans peine que l'Oracle méressien était très fâché. Et il avait le mauvais pressentiment que c'était contre lui.

– Mais c'est pas nos oignons, grogna Coll.

– En effet, convint le magicien. En attendant, notre merveilleuse Mlle Aesterwest a trouvé le premier morceau de la Carte !

Finn se hissa un peu plus haut afin de jeter un coup d'œil par-dessus l'épaisse rambarde de bois. À moins de quatre enjambées, le magicien était assis sur un tabouret, devant une table. Marrill se tenait près de lui, un énorme chat roux dans les bras, et tendait le cou pour examiner un bout de papier par-dessus son épaule. Le marin, bras croisés, était appuyé négligemment contre un mât.

– Alors, comment ça marche ? questionna Marrill en rectifiant la position de son chat dans ses bras.

Le magicien se redressa sur son tabouret, et son chapeau pointu violet s'inclina dans le sens inverse de son corps.

– Je suis ravi que tu le demandes ! s'exclama-t-il avec un gloussement. Regarde !

Il effleura la Carte d'une main tout en agitant l'autre en l'air. Marrill poussa un petit cri. Même le marin s'approcha.

Finn ne voyait toujours rien. Il grimpa un peu plus haut, se glissa par-dessus la rambarde et atterrit sans bruit sur le pont. Un instant plus tard, il se cachait derrière le mât, à moins d'un mètre du trio, les yeux rivés sur le dos de l'enchanteur.

Puis celui-ci bougea, offrant à Finn une pleine vue sur la table et sur le vieux document posé dessus. Le papier en question était ancien, jauni, et tellement froissé qu'on avait l'impression que l'espèce d'étoile dessinée dessus bougeait.

Sauf que ce n'était pas une impression. Sous les yeux de Finn, l'étoile se défit puis se réorganisa en un flot d'encre qui dévalait la page. De petites lignes et des spirales s'entassèrent les unes sur les autres et se mirent à tournoyer. Une sorte de parchemin qui se redessinait tout seul, pensa Finn. C'était vraiment chouette, comme tour.

Puis l'encre se rassembla, se souleva carrément de la page et s'envola.

Finn redressa vivement la tête pour suivre l'encre qui faisait des piqués sur le pont. C'était un dessin, un dessin d'oiseau. Et il était réel. Il volait !

Marrill poussa un petit cri, et son chat cracha. Le magicien ricana. Le marin émit un sifflement admiratif. Finn dut se mordre la langue pour ne pas se joindre à l'émerveillement général.

– Qu'est-ce que c'est ? demanda Marrill en tournant la tête pour regarder le dessin à l'encre, qui évoquait à présent une esquisse très réaliste de merle en trois dimensions, aller se percher sur le mât de misaine.

– Ça, ma chère enfant, fit le magicien en riant, c'est notre guide vers notre prochaine destination ! Notre seule et unique solution pour franchir ces eaux tempétueuses jusqu'à l'endroit où il faut que nous soyons. Marrill, permets-moi de te présenter... la Carte des mille mondes !

Finn colla son dos au mât, seule protection entre lui et l'équipage du bateau.

– C'est une carte ? s'étonna Coll.

– Un fragment de carte, corrigea Ardent. La Rose des Vents, pour être précis. Vous pouvez l'appeler Rose, si vous voulez. Elle nous montrera le chemin jusqu'au deuxième fragment !

– Elle ne pourrait pas simplement me ramener à la maison ? s'enquit Marrill.

– Cette petite chose ? Non, non, non... La Carte complète te mènera partout où tu auras besoin d'aller, mais ce fragment-là ne peut nous conduire que là où *il* a besoin que *nous* allions. Sans doute vers le deuxième fragment.

Finn retint son souffle. Une carte capable de mener à tout ce qu'on souhaitait trouver ? Ça ne pouvait pas être une coïncidence. Après avoir échappé trop de fois à la mort ce matin, il avait atterri sur le bateau qui contenait la seule chose susceptible de le guider vers sa mère. La situation finissait par tourner à son avantage, au bout du compte.

18

Le passager clandestin

Marrill n'était toujours pas revenue de sa surprise lorsque, du haut du mât, Rose poussa un petit cri et plongea vers le pont. L'oiseau descendit en piqué, contourna le magicien et fonça à portée de griffes de Karnelius.

La tentation fut trop forte. Karnelius sauta des bras de Marrill et se lança à la poursuite de l'oiseau. D'un petit coup de ses ailes griffonnées, Rose vira brusquement autour du mât, puis s'éleva rapidement en se frayant un passage parmi les gréements.

Karnelius n'hésita même pas : le poil hérissé, il traversa le pont comme une fusée et sauta vers le mât. Sauf qu'il y avait quelque chose qui bloquait le passage. Un garçon, caché derrière les cordages. Marrill ouvrit de grands yeux.

Sans se laisser démonter, Karnelius enfonça chacune de ses griffes dans l'intrus et lui grimpa dessus comme à un arbre. Le garçon hurla et trébucha sur le pont en essayant de se libérer du chat.

Au-dessus d'eux, Rose poussa un nouveau cri. Ardent ne put réprimer un glapissement de surprise, et Coll lança :

– Passager clandestin !

Marrill ne put qu'articuler :

– Finn ?

Le garçon lançait des regards autour de lui comme pour chercher un endroit où se cacher. Elle répéta son nom, et s'avança vers lui. Il se figea, les yeux écarquillés.

– C'est bien toi, n'est-ce pas ?

Marrill éprouvait un grand soulagement. Elle avait eu tellement peur qu'il soit blessé dans l'incendie, d'autant plus que c'était elle qui l'avait entraîné vers le port. Mais il paraissait indemne, mis à part, peut-être, le bas de son pantalon un peu roussi. Et la lueur de terreur dans ses yeux en se voyant acculé, évidemment.

Elle comprenait ce qu'il ressentait ; elle s'était trouvée à sa place le matin même.

Les sourcils tellement froncés qu'ils n'en formaient plus qu'un, Finn regarda tour à tour Ardent et Coll avant de revenir à Marrill.

– Tu... euh..., commença-t-il avant de se racler la gorge, très différent du garçon sûr de lui qui l'avait guidée dans les rues des Quais. Tu te sou-souviens de moi ?

– Pas du tout, mon garçon, répondit Ardent.

— Je t'ai jamais vu de ma vie, grommela Coll, qui croisa les bras.

— Bien sûr que je me souviens de toi, fit Marrill en levant les yeux au ciel.

Elle se tourna vers ses compagnons et annonça :

— C'est Finn. C'est lui qui m'a sauvée quand la bourrasque m'a emportée, et qui m'a ramenée au port.

— Ah ! s'exclama Ardent. Une aide précieuse ! De celles que l'on n'oublie pas, je parie !

Finn toussa, et Marrill trouva que cela sonnait presque comme un rire. Elle tendit la main vers chacun pour les présentations.

— Finn, voici Coll ; c'est le capitaine. Et là, c'est Ardent, le... hum... magicien.

— Tu as peut-être entendu parler de moi ? demanda Ardent d'un air plein d'espoir.

Finn fit non de la tête, et l'enchanteur soupira.

— Ce n'est pas comme s'il y avait beaucoup de magiciens dans les parages, marmonna-t-il dans sa barbe.

Finn s'agita, enfonça les mains dans ses poches puis les ressortit, son regard faisant le tour du bateau sans se poser sur rien. Puis il désigna du menton Rose, qui volait dans les airs.

— Dites donc, c'est carrément génial, votre truc. Je vous ai bien entendu dire quelque chose à propos d'une carte ? Des mille mondes ? Qui peut trouver n'importe quoi ? Ça a l'air fascinant, ajouta-t-il en se balançant sur ses talons. Dites-m'en plus.

Quand on le priait de faire un cours, Ardent ne pouvait résister.

– Excellente remarque, jeune homme ! L'histoire de la Carte des mille mondes est nimbée de mystère. Certains prétendent qu'elle est aussi ancienne que le Torrent Pirate lui-même, et tout aussi formidable, poursuivit-il alors que Coll levait les yeux au ciel. Nul ne sait qui l'a créée, et, aussi loin que remontent les récits, elle était déjà en plusieurs morceaux. Mais chaque fragment est doté d'un pouvoir qui dépasse le pouvoir qu'il a indépendamment, et chacun ressurgit de temps à autre, à des moments critiques de l'histoire. Par exemple, il y a eu cette tribu de grenouilles arboricoles extrêmement ambitieuses...

– Je vois, je vois. C'est passionnant, l'interrompit Finn avec un sourire enjôleur, ce qui lui valut un regard reconnaissant de Marrill. Et combien de morceaux avez-vous dit qu'il y avait ?

Ardent se mit à compter sur ses doigts pour commencer son énumération.

– Eh bien, il y a d'abord la Rose des Vents, que, bien entendu, nous avons déjà. Ensuite, il va sans dire que nous aurons besoin de la Face – vous savez, la partie qui montre effectivement les choses. De toute évidence, c'est un fragment important. Troisièmement, il y a la Bordure, qui est en fait la ligne noire qui entoure la Carte. La plupart des gens n'y prêtent même pas attention, alors qu'il est primordial de définir la zone dans laquelle chercher, surtout sur une carte de tous les mondes !

Il gloussa encore un peu, puis s'arrêta et se remit à compter sur ses doigts : un, deux, trois.

– Bien, trois. Le quatrième fragment est l'Échelle, qui détermine les proportions, les distances et le reste. Je suis certain que vous comprenez son importance.

Il leva alors le pouce pour conclure :

– Enfin il y a la Légende. Ce fragment-là fournit des explications pour l'ensemble de ce qui figure sur la Carte et en révèle tout le potentiel. D'après les témoignages, ce n'est que grâce à la Légende que tous les secrets de la Carte pourront être dévoilés. C'est sans doute le fragment le plus important. Les autres exceptés.

L'optimisme que Marrill avait éprouvé depuis qu'elle avait trouvé la Rose des Vents retomba. Il restait encore quatre fragments à dénicher – encore quatre obstacles à franchir avant de pouvoir rentrer chez elle. Sans parler du fait qu'il avait fallu cent trente ans à Ardent pour mettre la main sur le premier fragment, ce qui n'augurait rien de bon pour l'avenir. Une inquiétude familière se nicha au creux de son estomac.

– Avez-vous une idée de l'endroit où se cachent les autres morceaux ? demanda-t-elle.

Ardent s'efforça de lui adresser un sourire rassurant, mais sans y parvenir. Ce fut en fin de compte Coll qui répondit.

– On sait pas, dit-il avec un haussement d'épaules. C'est à ça que sert le piaf.

Marrill se laissa tomber contre le mât et suivit Rose du regard tandis que l'oiseau tournoyait devant eux dans les airs et les conduisait de plus en plus loin sur le Torrent. Elle pensa à ses parents, qui l'attendaient à la maison.

– Et une idée du temps que ça va prendre de rassembler tout ça ? ajouta-t-elle.

Ardent tira sur sa barbe.

– Disons entre trois heures et cinq cents ans. Ce qui revient à admettre que non, aucune idée, malheureusement.

Le découragement s'abattit sur Marrill.

Curieusement, la réponse ne parut pas troubler Finn. Il semblait résolument joyeux.

– Eh bien, fit-il gaiement, rien ne vaut une bonne grosse quête à mener entre amis, c'est ce que je dis toujours. La navigation au long cours, la camaraderie, sans mettre personne aux fers – il n'y a rien de mieux.

Le bavardage de Finn tira Marrill de ses pensées. L'enthousiasme du garçon lui parut pour le moins exagéré.

– Et on forme un sacré équipage, pas vrai ? poursuivit-il. Nous tous, ensemble, et rien que pour de nobles raisons.

Marrill plissa les yeux d'un air soupçonneux. Elle repensa à toutes les questions qu'il lui avait posées aux Quais. Ne s'était-il pas servi d'elle pour accéder au *Kraken* ?

– Je croyais que tu n'avais pas du tout le pied marin, dit-elle en levant un sourcil.

Finn émit un semblant de rire tendu et nerveux.
– Oh, ça...

Il n'acheva pas sa phrase. Puis il s'éclaircit la gorge, regarda Coll, Ardent, et de nouveau Marrill.

– Bon, c'est vrai que mon truc, c'est plutôt la terre. Mais je... euh... voulais juste m'assurer que tu étais bien montée à bord et tout ça. Maintenant que je vois que tu vas bien, je peux m'en aller, et tu vas pouvoir m'oublier.

Il lui adressa un sourire incertain et se mit à reculer sur le pont.

– Au fait, ajouta-t-il, c'est pas pour changer de sujet ni détourner ton attention ni rien de ce genre, mais... qu'est-ce que ça peut bien être ?

Bouche bée de surprise, il tendit brusquement le doigt vers un point situé derrière Marrill.

Celle-ci fit volte-face, prête à affronter une nouvelle horreur. Mais elle ne vit qu'une étendue d'eau déserte.

Elle se retourna, les yeux réduits à de simples fentes, et scruta le pont. Il n'y avait plus trace de Finn.

– Où est-il passé ? demanda-t-elle aux autres.

Curieusement, Ardent et Coll semblaient avoir poursuivi leur conversation sans se préoccuper de ce qui venait de se produire. Coll la regarda comme si c'était *elle* qui était bizarre.

– Qui ça ?

– Finn, répondit Marrill avec un grognement énervé. Il était là, à côté de moi.

Ardent et Coll échangèrent des regards perdus.

– Fine ? questionna le magicien, qui semblait parler pour eux deux. Une perle fine ou une fine lame ?

Marrill se demanda, pour la quatre millième fois de la journée, si elle perdait la raison.

– Vous savez bien, le garçon qui était là. Le passager clandestin ? À peu près de ma taille, les cheveux noirs et le pantalon un peu brûlé ?

Ils haussèrent les épaules, comme si cela ne leur rappelait rien. Mais c'était complètement insensé.

– Le garçon qui m'a aidée à traverser les Quais ? Qui m'a ramenée au port saine et sauve ? Celui que je viens *juste* de vous présenter ?

Ardent secoua lentement la tête, et Coll fit de même. Marrill réfléchissait à toute vitesse.

– Vous me faites marcher ? supposa-t-elle, pleine d'espoir.

Mais elle savait déjà à leur expression que ce n'était pas le cas. Elle scruta de nouveau le pont. Rien ne paraissait avoir bougé.

Sauf Rose, qui lissait tranquillement ses plumes sur une corde enroulée n'importe comment. Comme s'il lisait dans ses pensées, l'oiseau la regarda fixement, poussa un cri bref et s'envola.

Marrill traversa le pont d'un pas décidé et les poings serrés. Évidemment, Finn était là, tapi entre la corde enroulée et la rambarde. Il s'était composé une expression de parfaite innocence lorsque l'ombre de Marrill tomba sur lui.

– Bonjour, étrangère que je n'ai jamais rencontrée, dit-il négligemment.

– Ce n'est pas drôle, Finn, répliqua-t-elle, les mains sur les hanches. Rose t'a trahi.

Un mélange d'émotions passa dans les yeux du garçon : de l'excitation, du trouble, puis de la panique.

– J'étais seulement...

Il cherchait visiblement une excuse.

Elle n'avait aucune envie de l'entendre, alors elle le poussa du pied.

– Ils ne vont pas te manger, même si tu t'es embarqué clandestinement, assura-t-elle.

Cela n'empêcha pas Finn de protester lorsqu'elle entreprit de le tirer sur le pont.

– Ils ne se souviendront pas de moi, Marrill, promit-il.

Elle leva les yeux au ciel.

– Je l'ai trouvé, lança-t-elle en poussant l'intrus vers Coll et Ardent.

Finn trébucha et s'immobilisa juste devant eux. Puis il se redressa avec un sourire timide.

– Qui est-ce ? questionnèrent-ils en chœur.

– Je te l'avais dit, glissa Finn à mi-voix.

Marrill poussa un soupir d'impatience.

– Finn ! On vient juste de parler de lui, il y a – quoi ? – trente secondes. Le garçon des Quais. Celui qui m'a aidée.

Ardent s'avança en plissant les yeux pour examiner le garçon et en fit deux fois le tour avant d'esquisser un mouvement d'impuissance.

– Non, conclut-il en dévisageant Marrill avec un air soucieux. Éprouves-tu par hasard le besoin de répéter à l'envers tout ce qu'on te dit ?

La veille, elle aurait trouvé que c'était la question la plus bizarre qu'on lui eût jamais posée. Maintenant, elle n'en était plus très sûre.

– Non ? Ou celui de claquer trois fois des lèvres avant de cligner l'œil gauche ? insista-t-il.

Abasourdie, Marrill ouvrit la bouche. Bon, là, c'était vraiment la question la plus bizarre qu'on lui avait jamais posée. Mais, avant qu'elle puisse répondre, le magicien lui posa un doigt sur le front, comme pour vérifier sa température.

– Hum..., murmura-t-il. Ça ne *ressemble* pas à la fièvre volivelue.

– Euh, c'est quoi, la fièvre volivelue ? s'enquit-elle.

– Tu ne veux *pas* vraiment savoir, lui chuchota Finn.

– Oh, bonjour ! fit Ardent en fronçant les sourcils. Regarde, Coll, un autre passager clandestin. Aurais-je encore oublié de verrouiller la sentine ?

Finn se pencha vers Marrill.

– Tu vois ? Ils ne se souviennent pas de moi.

– Mais tu n'as pas bougé ! protesta-t-elle, si énervée qu'elle serrait les poings. C'est aberrant. *Je* me souviens parfaitement de toi !

L'amusement qui flottait sur les traits de Finn s'évanouit.

– Non, corrigea-t-il sombrement. Ce qui est aberrant, c'est que *tu* te souviennes de moi. Tu ne comprends pas : personne ne se souvient jamais de moi. Ni ne me prête la moindre attention, pour être exact. Ce n'est pas de leur faute. Les gens m'oublient dès qu'ils ne me regardent plus.

– Je ne pige pas, commenta Marrill, qui pressa les doigts contre ses tempes, où une migraine sourde commençait à s'installer. Est-ce que c'est un genre de magie ?

Finn regarda ses pieds et haussa les épaules.

– Probablement. Je me suis toujours dit que ça devait être une sorte de malédiction.

– Non, décréta Ardent.

Pendant un instant, le silence régna sur le bateau, rompu seulement par les craquements du navire et le son des vagues qui se brisaient contre la coque. Finn se figea complètement.

Le magicien le regardait bien en face à présent.

– Non, jeune homme, assura-t-il. Quel que soit ton problème, il n'a absolument rien de magique.

19

Pas même une trace

Les paroles de l'enchanteur heurtèrent Finn en plein cœur. Toute sa vie, il avait supposé qu'on l'oubliait parce que quelqu'un lui avait jeté un sort. Un sort que l'on pourrait lever.

Mais s'il ne s'agissait ni de magie ni d'une malédiction, comment cela pourrait-il s'arranger ?

Un goût amer lui monta à la gorge.

– Comment le savez-vous ?

Il avait la voix qui tremblait mais s'en moquait éperdument. Tout ce qui comptait, c'était que le magicien se trompait.

– La magie laisse des traces, expliqua le vieil homme. Comme un écho. Si l'on t'avait jeté un sort quelconque, j'en verrais la marque. Prends Coll ici, par exemple..., poursuivit-il en désignant le capitaine.

Coll croisa les bras et lui lança un regard noir.

– Ou pas, décréta-t-il.

Ardent se racla la gorge.

– Ou pas. Ce sera peut-être pour une autre fois. Néanmoins…, reprit-il en portant de nouveau le regard sur Finn, l'air un peu perdu. De quoi parlions-nous ?

Marrill s'avança, le front plissé par l'inquiétude.

– Vous expliquiez ce qui est arrivé à Finn et pourquoi les gens l'oublient si facilement.

Finn s'efforça de la remercier d'un sourire, mais il ne doutait pas que son sourire tenait davantage de la grimace. Il avait les lèvres engourdies et des picotements dans les doigts. C'était comme si l'air s'était soudain raréfié.

– Bien, bien, murmura Ardent. Il n'y a pas trace de magie en toi, jeune homme. Même si c'est quelque chose de magique qui t'a rendu ainsi il y a très longtemps, tu n'es plus affecté par aucun sort ni aucune malédiction. Quelle qu'en soit la raison, c'est maintenant ta nature d'être ainsi.

Finn essaya de calmer les rugissements de son cœur.

– Mais, si c'est juste ma nature d'être comme ça – il prit une courte respiration –, ça veut dire qu'on ne peut rien y faire ?

Ardent prit un ton plus grave et posa doucement la main sur le dos du garçon. Finn retint une grimace – il n'était pas habitué à tant d'attention, et certainement pas à une attention aussi bienveillante. Il ne savait pas comment réagir.

– On ne peut pas régler un problème tant qu'on ne connaît pas sa nature, expliqua le magicien avec un air de regret. Donc, pour l'instant, je crains qu'on ne puisse pas grand-chose.

Finn eut l'impression que le bateau sombrait. Ses jambes se dérobaient sous lui. Il avait passé la majeure partie de sa vie à tenter de se convaincre qu'il se moquait d'être oublié de tous. Mais la vérité était qu'il désirait par-dessus tout que quelqu'un sache qu'il existait. Il dut se mordre les lèvres pour empêcher son menton de trembler.

Les larmes lui brûlaient les yeux et sa gorge se serrait. Mais il n'était pas question de pleurer devant des étrangers. Surtout si l'*une* d'entre eux pouvait s'en souvenir.

Il fallait absolument qu'il soit seul.

Sans rien ajouter, Finn leur tourna le dos et courut vers l'écoutille qui menait sous le pont. Marrill l'appela, mais il l'ignora et se précipita dans les entrailles du navire.

Il dévala les marches, regardant à peine où il allait. À n'importe quel autre moment, il aurait vu dans cet énorme bateau un terrain de jeu privilégié pour un voleur. Il l'aurait parcouru en tous sens, l'aurait exploré en quête de trésors dont il aurait pu se remplir les poches. Mais là, tout de suite, cela ne l'intéressait nullement.

Il ne fit une pause qu'en bas de l'escalier, puis il se remit à courir jusqu'au bout de la dernière coursive, et s'arrêta quand il ne resta plus nulle part où aller.

Il ferma alors les yeux et appuya la tête contre la paroi pour essayer de calmer sa respiration.

Tout était tranquille, heureusement, et l'on n'entendait que les craquements du navire et le choc sourd de la coque contre le Torrent. Cela aurait dû être apaisant, mais Finn n'était pas habitué au silence.

Là d'où il venait, le silence signifiait soit que quelque chose n'allait pas du tout, soit qu'une catastrophe était sur le point de se produire.

Et, là, quelque chose n'allait pas : lui.

Il n'avait pas toujours été comme ça, il le savait. Il se revoyait dans les bras de sa mère, à quatre ans, sur le bateau qui les emportait vers les Quais Létemank. Les paroles de sa mère qui le réconfortaient ; ses bras qui le tenaient serré. Elle ne l'ignorait pas. Elle ne l'avait pas oublié. Elle lui avait même donné une étoile et la lui avait montrée dans le ciel afin qu'il *sache* qu'elle ne l'oublierait jamais.

Elle n'était pourtant jamais revenue le chercher. Lui l'avait guettée. Quand il n'était pas occupé à voler de quoi manger ou à se trouver un abri, il avait traqué les indices sur les lieux où elle pouvait se trouver, fouillant chaque maison des Quais, chaque endroit où il arrivait à pénétrer. Mais la seule information qu'il avait découverte était son dossier personnel à la Réserve d'Orphelins des Quais, autant dire rien d'utile.

Plus il grandissait, plus il s'interrogeait sur les raisons qui avaient poussé sa mère à l'amener là et à l'abandonner. Puis il avait fini par ne plus se poser cette question. Il serra les poings et les pressa contre ses yeux pour empêcher les larmes de jaillir.

Mais maintenant quelque chose avait changé. Quelqu'un d'autre se souvenait de lui. Malgré les évènements extraordinaires qu'elle avait vécus – l'incendie du port ou bien le dessin sur un bout de papier qui s'était transformé en oiseau –, Marrill s'était rappelé qui il était. C'était à la fois terrifiant et merveilleux !

Peut-être cela signifiait-il que, même si son état n'était dû à aucun sort ou malédiction susceptible d'être levé, il pouvait tout de même être soigné ! Finn poussa un profond soupir en songeant à ce que cela lui ferait de revoir sa mère. De redevenir normal.

Mais, pour retrouver sa mère, il avait besoin de cette Carte. Un plan s'élabora dans son esprit. Il était simple, direct, comme il les aimait. Tout ce qu'il avait à faire, c'était d'aider les autres à récupérer les fragments manquants. Et puis, lorsqu'ils auraient réuni l'ensemble, Finn ferait ce qu'il savait faire le mieux : il le volerait.

Après tout, il était un voleur – et il excellait à dérober des choses aux autres. Et puis, il leur rendrait la Carte une fois qu'il aurait fini de s'en servir. Ça ne leur plairait peut-être pas d'attendre, mais pour Finn il n'y avait pas d'autre option. Sinon ils oublieraient qu'il en avait besoin aussi. Il avait appris de bonne heure à prendre sa part avant de remettre ses larcins à Stavik. Il y avait des avantages à être toujours oublié, mais obtenir sa part lors du partage du butin n'en faisait pas partie.

La vie était comme ça quand on était un enfant qu'on oublie. Soit on se servait le premier, soit on n'avait rien du tout. Finn ne se posait même plus la question.

Une fois le plan établi, la tempête qui agitait sa poitrine se calma, et sa panique s'apaisa.

Jusqu'à ce qu'il pense à Marrill. La chaleur lui monta alors au visage et il sentit comme une aigreur dans son estomac. Il n'avait pas l'habitude qu'on se souvienne de lui assez longtemps pour le juger. L'un des bons côtés du fait d'être oublié était de ne jamais avoir à s'expliquer, ni à se préoccuper de ce qu'on pensait de vous.

De ne jamais avoir peur de laisser tomber quelqu'un.

Il prit alors conscience que l'idée d'abandonner Marrill le dérangeait. Ça le rendait malade.

À son grand soulagement, il fut dérangé dans ses pensées par un bruit de pas. Il s'éloigna de la paroi et leva les yeux, découvrant Marrill qui s'avançait lentement dans la coursive.

– Hé, Finn, lança-t-elle.

Il s'empourpra. Il ne s'habituait pas à entendre quelqu'un prononcer son nom.

En fait, il ne savait pas comment réagir. Comment les gens entamaient-ils une conversation lorsqu'il n'y avait ni coup ni arnaque en jeu ? Il n'était franchement pas doué pour les relations humaines.

– Euh, salut, dit-il enfin. Marrill, ajouta-t-il.

Cela lui faisait tellement plaisir d'entendre son nom dans la bouche de quelqu'un ; peut-être en allait-il de même pour elle ?

Un petit sourire fit remonter les coins de la bouche de Marrill.

– Salut, rétorqua-t-elle. Alors, j'imagine que tu fais partie de l'équipage, maintenant, hein ?

Finn ne sut déterminer si elle lui posait une question ou énonçait un fait, et son tort fut de ne pas oser répondre, ce qui aboutit à un silence pesant. Il voyait bien que l'affaire était mal engagée, mais ne savait pas non plus comment y remédier. En temps normal, il se serait contenté de trouver une échappatoire et aurait disparu un instant pour reprendre la conversation au début.

Mais avec Marrill... il se racla la gorge.

– Donc, hum... tu te souviens de moi ?

Elle le regarda comme si c'était la question la plus stupide du monde.

– D'après toi ?

– Hum, oui, mais tu dois être la troisième personne que je rencontre qui y arrive.

Il regretta ses paroles dès qu'il les eut prononcées, surtout en voyant la lueur de pitié qui passa dans les yeux de Marrill.

Il ne pouvait pas se faire à l'idée qu'elle se souvenait de tout ce qu'il disait. Impossible de lâcher une bêtise en toute impunité. Cette fille allait le connaître vraiment, et cette idée l'excitait et le terrifiait tout à la fois.

— Ça a l'air horrible, remarqua-t-elle.

— Ouais, bon...

Il se racla de nouveau la gorge sans savoir quoi dire.

— Mais comment ça se fait que je puisse me souvenir de toi ?

Il n'en avait aucune idée. On ne lui avait jamais posé de question sur lui auparavant.

— La seule autre personne qui y soit parvenue, c'était Mme Parsnickle, de la Réserve d'Orphelins des Quais. Mais ça n'a marché que quand j'étais très jeune. Je crois qu'elle s'intéressait tellement aux petits dont elle s'occupait qu'elle ne pouvait pas en manquer un seul. Elle était super, poursuivit-il avec un haussement d'épaules, mais quand j'ai eu sept ans elle m'a oublié, comme tout le monde.

Marrill prit une expression encore plus horrifiée.

— Même tes parents ? demanda-t-elle.

— Maman se souvenait de moi, assura Finn, mais le seul souvenir que j'ai d'*elle*, c'est le jour où elle m'a amené aux Quais Létemank et m'a laissé à la Réserve. J'avais quatre ans, et je n'ai pas arrêté de la chercher depuis.

L'attention dont il faisait l'objet le mettait mal à l'aise. Ça ne lui plaisait pas vraiment d'inspirer de la pitié.

Il comprit alors qu'il allait devoir réfléchir à ce qu'il dévoilerait. La fille s'en souviendrait. Et elle ne verrait peut-être pas d'un bon œil de voyager avec un voleur.

Il choisit donc de changer de sujet. Au bout du compte, il était ici pour obtenir quelque chose, et cela impliquait de se renseigner un peu.

– Cette Carte des mille mondes a l'air géniale, non ?

Marrill s'appuya contre la paroi.

– Oui, j'espère qu'elle l'est vraiment, répliqua-t-elle prudemment. J'en ai besoin pour retrouver ma mère... Elle est malade, précisa-t-elle en baissant les yeux sur ses mains nouées. Je suis censée lui éviter tout stress, mais...

Elle se recroquevilla et releva vers Finn des yeux qui lui parurent humides. Il se mordit la lèvre. Il ne savait pas comment réconforter quelqu'un ; ce n'était pas comme si les gens se confiaient très souvent à lui. Ou comme s'ils se confiaient à lui tout court. Il chercha à se rappeler ce qu'Ardent avait fait pour qu'il se sente mieux. Il tendit une main timide et lui donna une petite tape sur l'épaule, avant de la retirer bien vite au cas où il aurait fait quelque chose de mal.

Marrill sourit, mais sa voix sonna un peu étranglée :

— Je me suis retrouvée coincée sur le *Kraken* parce que j'ai cru qu'Ardent pourrait aider ma mère, et maintenant il ne sait pas comment retourner en Arizona...

— C'est ton monde ? la coupa-t-il.

Elle renifla et s'essuya le coin de l'œil.

— Oh là là, j'espère que non, dit-elle avec un gloussement. Enfin, c'est *dans* mon monde, mais c'est quand même un coin affreux. En tout cas, je suis bloquée ici tant qu'on n'a pas trouvé la Carte, et mes parents ne savent pas où je suis, et ma mère va s'inquiéter, et ça va la rendre encore plus malade, et...

Elle ferma la bouche et détourna les yeux, luttant visiblement pour ne pas éclater en sanglots.

Finn sentit une douleur tout au fond de lui. C'était comme s'il percevait la souffrance de Marrill et qu'elle devenait sienne. Il ne put s'empêcher de penser à Mme Parsnickle. Il aurait fait n'importe quoi pour la faire sourire et la soulager de quelques soucis. Il éprouvait à présent la même chose pour Marrill.

— Hé, lança-t-il soudain, tu sais l'idée que je viens d'avoir ? La Carte me sera peut-être utile à moi aussi pour retrouver ma mère ! Alors on pourrait la chercher ensemble !

Marrill sourit. Elle se doutait probablement que cette idée ne venait pas tout juste de lui traverser l'esprit, mais elle joua cependant le jeu de bon cœur.

— Bonne idée, assura-t-elle.

Et elle gratifia le garçon d'un regard qui lui dilata le cœur. Il y avait si longtemps qu'il n'avait pas vraiment parlé à quelqu'un et que personne ne l'avait réellement entendu, qu'il ne se rappelait même plus comment c'était. Il pouvait bien savourer cela un moment, même s'il savait que Marrill finirait par l'oublier un jour elle aussi.

Il ne lui avait pas menti. Ils trouveraient la Carte. Et leurs mères à tous les deux. C'était juste qu'il devrait l'utiliser en premier, avant que Marrill l'oublie. Mais en attendant, pour la première fois de sa vie, peut-être découvrirait-il enfin ce que c'était que d'avoir un ami.

20
Kraken contre *Kraken*

Au cours des quelques jours qui suivirent, le *Hardi Kraken* sillonna le Torrent. Et, comme Marrill avait déjà pu le constater, celui-ci ne ressemblait pas toujours à un vaste océan. Il se réduisait parfois à un rapide qui s'engouffrait dans des canyons de verre argenté, contraignant Finn et Marrill à descendre sur les ponts inférieurs pour éviter ce qu'Ardent appelait la « démence des miroirs ».

D'autres fois, le Torrent se calmait et s'élargissait pour devenir une rivière aux eaux lentes et boueuses. Les enfants pouvaient alors monter sur le plat-bord et saluer les gentils paresseux à trois doigts dont les villages étaient suspendus à l'envers dans les arbres affaissés. Marrill avait beau vouloir désespérément retourner auprès de ses parents, elle mourait d'envie d'explorer les endroits incroyables qui l'entouraient.

Ils se nourrissaient principalement de probacrabes qu'ils pêchaient dans le Torrent.

— Ce sont en réalité des crabes de probabilité, expliqua Ardent en ouvrant une pince orangée pour en aspirer la chair veloutée. On les appelle ainsi parce que, comme le Torrent lui-même, ils englobent toutes les probabilités. Oooh ! s'exclama-t-il avec un claquement de langue. Celui-ci est au chocolat !

— N'importe quoi, chuchota Coll, qui coupait en deux un corps bleu foncé. On appelle ça des probacrabes parce que ce sont *probablement* des crabes. Mais tout le monde a trop peur d'en savoir plus. Beurk, fit-il avec une grimace. Choucroute.

Il laissa tomber les restes du crabe sur le pont, où Karnelius vint les renifler avant de mordre avec entrain dans la carapace.

Pendant la journée, Finn et Marrill exploraient le navire, jouaient à des jeux de société avec les pirat's, faisaient la sieste au soleil en compagnie de Karnelius ou se balançaient sur une nacelle que l'Homme Os-de-Corde installait pour eux. Ils aidaient Coll à effectuer des réparations : ils recousaient des voiles, reclouaient des planches branlantes, et Finn remplaça même le cacatois tout en haut du mât.

— Le pont surélevé, à l'avant du bateau, c'est le gaillard d'avant, expliqua Coll alors que Marrill l'aidait à faire passer les cordes dans les palans fixés sur le côté (qui s'appelaient, elle le savait maintenant, des caps de mouton). Le pont sur lequel nous

nous trouvons est le pont supérieur, mais on parle aussi d'entre-deux, rapport aux gaillards.

Il désigna sa roue de capitaine.

— Par là, c'est le gaillard d'arrière, et la partie couverte, c'est la dunette (à ne pas confondre avec une dînette).

Il arrivait que le Torrent devienne plus étrange encore. Un brusque coude du cours d'eau les conduisit au cœur d'une ville, et Marrill se rendit bientôt compte qu'ils naviguaient dans un collecteur d'eaux de pluie. Ils poussèrent tous un hurlement lorsque celui-ci se déversa dans un égout, d'où se dégageait la pire odeur imaginable. Des globes oculaires montés sur des pieds de champignons se penchaient avec curiosité pour regarder passer le *Kraken*, jusqu'au moment où l'égout aboutit à une mare d'eau stagnante recouverte d'algues.

— Où allons-nous ? demanda Marrill à Ardent en observant Rose qui battait des ailes devant eux, petit point noir dans le ciel clair.

De temps à autre, l'oiseau faisait demi-tour et tournoyait autour du bateau pour s'assurer, avant de reprendre son vol, qu'il le suivait toujours.

Le magicien secoua la tête.

— Très loin, me semble-t-il.

Ils échangèrent des probacrabes contre des fruits tachetés avec des marchands aux oreilles de chauves-souris qui naviguaient sur une péniche. Ils prirent de l'eau fraîche lorsque le Torrent franchit le fond d'un puits. Les Géants de Teb leur permirent de traverser en toute sécurité. Marrill n'oublierait jamais la vision d'Ardent, debout sur une chaise, sur le gaillard d'avant, qui agitait les bras pour négocier avec un monstre au visage renversé cinq fois plus grand que lui. Elle passait beaucoup de temps à dessiner toutes les choses étonnantes qu'elle voyait, grâce aux crayons et au bloc de papier que Coll lui avait dénichés. Elle pourrait coller les nouvelles images sur le mur de sa chambre, quand elle rentrerait enfin à la maison.

Mais la plupart du temps elle restait avec Finn, Ardent et Coll. Elle leur parlait de sa vie, de son monde, et Finn leur racontait son enfance à la Réserve d'Orphelins et les farces qu'il y faisait. Ardent exposait sa théorie sur le sectionnement des marées interdimensionnelles. Un jour, Coll leur conta d'anciennes légendes de marins concernant un grand vaisseau fantôme en fer qui écumerait le Torrent.

– J'en ai déjà entendu parler, intervint Finn quand Coll eut terminé son histoire. Il n'y a pas longtemps, un grand bateau a mouillé aux Quais Létemank pour des réparations, et on a dit qu'il avait été attaqué par le Vaisseau de Fer. Il y aurait eu une vraie tempête de fin du monde, et puis des éclairs rouges, et le Vaisseau de Fer aurait surgi de nulle part.

Marrill plissa le front et tendit la main vers Karnelius, qui dormait sur le dos à ses pieds, pour se rassurer en lui caressant le ventre. Il remua la queue.

– Sûrement des balivernes servies par des boit-sans-soif et des malades du ciboulot, commenta Coll, visiblement peu impressionné. Ça fait une paye que j'écume le Torrent, et j'en ai jamais vu la queue, de ce navire. Des videurs de crânes, oui. Des tempêtes d'albatros, évidemment. Des invasions de piranhas chauves-souris – comme s'il en pleuvait. Mais rien qui ressemble à un navire de fer.

Il bâilla et s'étira.

– Et là-dessus, faites de beaux rêves, conclut-il avant de se diriger vers l'écoutille conduisant aux ponts inférieurs.

Les yeux écarquillés, Marrill pivota vers Finn et Ardent.

– Des videurs de crânes ?

Ardent lui tapota la tête.

– Inutile de t'inquiéter pour ça. Le *Kraken* est à jour de tous ses vaccins et enchantements. De plus, ajouta-t-il en se levant, beaucoup de choses peuvent te tuer sur le Torrent, mais quelques chatouilles n'ont jamais fait de mal à personne.

Il s'interrompit.

– Enfin, presque personne. Quoi qu'il en soit, bonne nuit !

Puis il demanda à l'Homme Os-de-Corde de prendre le premier quart et se dirigea vers sa cabine.

Marrill ne se sentait pas très rassurée. Elle attrapa Karnelius et suivit Finn dans l'escalier tournant jusqu'au pont où se trouvaient leurs couchettes.

La chambre du garçon était située à l'autre bout du couloir, et il traîna un peu les pieds avant de lâcher :

– À demain matin ?

Comme s'il n'était pas certain qu'elle se souviendrait vraiment de lui.

– Bonne nuit, Finn, répliqua-t-elle en souriant.

Et elle entra dans sa chambre. Lorsqu'elle l'avait quittée, plus tôt dans la journée, la cabine était décorée dans des tons bruns et orangés, avec un troupeau de poneys peint sur les murs. Elle se serait volontiers passée de la terre sur le plancher ou de la selle de cuir posée au pied de son lit.

Mais, ce soir, la cabine s'était métamorphosée en une sorte d'oasis. Les murs s'étaient drapés de fines tentures dans des tons bleus et verts, et, dans un coin de la pièce, un filet d'eau s'écoulait dans un bassin rempli de poissons éclatants. Le lit était moelleux et sentait bon l'herbe. Marrill s'y allongea avec bonheur. Karnelius se roula en boule contre elle, les pattes posées légèrement contre sa hanche. Ils s'endormirent instantanément.

*
* *

Le lendemain, le Torrent s'élargit de nouveau et s'étendit à perte de vue. À midi, Marrill était en proie à un état qu'elle n'aurait jamais cru connaître sur le Torrent Pirate : l'ennui.

– À ton avis ? demanda Finn en montrant une poivrière en argent.

Marrill fronça le nez et examina l'objet.

– Quelque chose de vivant, à coup sûr, décréta-t-elle enfin.

Cela faisait plusieurs heures qu'ils jouaient tous les deux à jeter des choses dans le Torrent Pirate et à deviner en quoi elles allaient se transformer.

Jusqu'à présent, elle avait vu une chaussure se métamorphoser en poisson (ennuyeux), une serviette se muer en un petit radeau de roses bicolores (pas ennuyeux), et une tasse s'évanouir en un cri perçant accompagné d'un bruit de castagnettes et d'un puissant battement de basse (carrément flippant).

– Moi, je dirais mortel, dit Finn.

Marrill haussa les épaules.

– Lâche déjà ce truc.

Finn s'exécuta. La lumière de l'après-midi se refléchit sur les courbes d'argent de la poivrière pendant sa chute. Elle toucha le courant avec un sifflement, puis disparut. Marrill retint son souffle et attendit.

Une vague lueur violacée s'épanouit juste sous la surface et fit bouillonner l'eau.

– Encore raté, soupira Finn, qui se retourna vers le pont pour chercher quelque chose d'autre à balancer à l'eau.

Mais Marrill ne quitta pas le Torrent des yeux. Une tache obscure apparut sous le bateau.

– Finn..., appela-t-elle, mal à l'aise.

Il fouillait ses poches, et ne lui prêta pas attention.

– Sérieux, qu'est-ce qu'il faudrait pour avoir une bonne explosion ?

Plus l'ombre grandissait, plus la surface de l'eau s'agitait, comme si quelque chose remontait des profondeurs.

– Finn..., répéta Marrill, qui commençait à paniquer.

– Enfin, je dis pas que c'était pas cool de voir ta tête se dessiner dans des étincelles multicolores, quand on a lâché la brosse à dents, poursuivit Finn, sans remarquer l'appréhension croissante de Marrill. Mais ce n'était pas vraiment une *explosion*.

Une ombre mince et longue s'allongea à partir du point d'impact de la poivrière dans l'eau, suivie par une autre, et encore une autre. L'eau s'agitait de plus en plus, et des vagues commençaient à se former. Marrill tira sur la veste du garçon.

– Je crois qu'on devrait...

Mais Finn n'écoutait pas. Il sortit de son sac de voleur quelque chose qui ressemblait à une balle de baseball jaunâtre hérissée de bras tortueux. Il la renifla et prit un air rêveur.

– Ça pourrait provoquer une belle réaction, hasarda-t-il. Dommage de gaspiller un bon tentalo alors qu'il est presque mûr...

Pendant ce temps, l'ombre ne cessait de s'étendre sous le bateau...

— Finn ! finit par hurler Marrill en l'attrapant par les épaules.

Il la dévisagea, surpris par cet éclat de voix soudain. À cet instant, un tentacule de la taille d'un poteau télégraphique jaillit de l'eau et s'agita vers le bateau.

Les yeux de Finn s'agrandirent, et ses sourcils ne firent plus qu'un.

— Euh, fit-il, je crois qu'on avait raison tous les deux.

Deux autres tentacules rejoignirent le premier et s'accrochèrent au bastingage. Une tête énorme jaillit du Torrent, poussant un rugissement formidable. Derrière les enfants, Coll cria :

— Kraken !

Le cœur de Marrill cessa de battre. La créature dirigea son œil unique sur elle à guère plus de trois mètres de distance. Sa bouche, qui était presque un bec, s'ouvrit brusquement, et la jeune fille ne vit que des ténèbres insondables à l'intérieur.

Marrill fut parcourue par une sensation de pure terreur. Finn la prit par le bras et l'écarta vivement de la rambarde. Cela ne servait à rien : à tout moment, l'un des gigantesques tentacules pouvait fracasser le navire, les noyant tous d'un seul coup.

Malgré tout, Coll prenait la situation avec un calme ahurissant.

— Ardent, appela-t-il, imperturbable, si vous pouviez nous accorder un moment ?

Le magicien se tenait toujours attablé, jambes croisées, son regard rêveur fixé sur un ensemble de cartes à jouer qui flottaient devant lui. Il leva les yeux, l'esprit toujours ailleurs.

– Oh, dit-il simplement.

Il agita une main vers le monstre. Un sifflement perçant déchira l'air, et la pieuvre géante commença à se ratatiner. Il y eut un claquement sec, et une poivrière d'argent roula sur le pont, à l'endroit même où l'un des tentacules du kraken s'apprêtait à s'abattre.

Marrill regarda Finn. Ils arboraient tous les deux la même expression stupéfiée. Elle sentait encore le sang gronder dans ses oreilles, et ses doigts tremblaient après la brusque décharge d'adrénaline. Elle s'accroupit et ramassa la poivrière. L'objet était un peu ébréché et poisseux.

– On devrait peut-être trouver un autre jeu ? proposa enfin Finn, un coin de sa bouche étiré en un sourire.

– Et pourquoi pas faire une pause ? suggéra Coll, la mine renfrognée. Pas la peine d'être très futé pour savoir que le poivre et le Torrent ne font pas bon ménage, marmonna-t-il.

Quand Finn annonça qu'il allait rassembler les pirat's pour une partie de cache-cache, Marrill déclina d'un geste. Elle était trop épuisée. Elle préféra prendre son bloc et ses crayons pour dessiner le kraken pendant qu'il était encore frais dans sa mémoire. Mais, lorsqu'elle s'assit à côté d'Ardent, elle fut distraite par les cartes à jouer suspendues en l'air devant lui. Chacune d'elles était incroyablement détaillée et représentait un visage différent, finement dessiné. Elle s'aperçut alors qu'il ne s'agissait pas du tout de cartes à jouer, mais de portraits.

– Qui sont-ils ? demanda-t-elle.

Le vieil homme s'écarta pour qu'elle puisse mieux voir.

– De vieux amis, répondit-il. Des magiciens que je connais et avec qui il m'est arrivé d'étudier la magie.

Marrill les examina. Un visage en particulier, celui d'une femme aux traits tirés et au sourire contenu mais séduisant, se détachait. D'autant plus que la carte semblait avoir été manipulée plus souvent que les autres.

– Qui est-ce ?

– Ah, fit Ardent d'une voix éteinte, voire triste. Tu es tombée pile dessus. Tu as un instinct très sûr, jeune Marrill.

Il donna une chiquenaude sur le reste des cartes, qui se rangèrent en pile, ne laissant plus que le portrait de la femme en suspens devant eux.

– Elle, reprit le magicien, c'est Annalessa. Et c'est pour elle que je recherche la Carte des mille mondes.

– C'est vrai ? demanda Marrill.

Voilà qui devenait palpitant ! Elle croisa les mains devant elle pour écouter.

– Dites-m'en davantage !

– Annalessa et moi avons été très proches, raconta-t-il en prenant le portrait pour le retourner.

Marrill eut alors l'impression que la femme ouvrait la bouche et riait. Mais ensuite le sourire contenu était toujours là, et Marrill se demanda si elle avait rêvé.

– Nous avons cherché la réponse à une grande question, tous les deux. Mais j'ai poussé mes recherches à travers les livres et les expériences alors qu'elle a poursuivi sa quête sur le Torrent.

– Donc, elle était géniale et vous, carrément ennuyeux, résuma Marrill. Continuez.

Ardent hocha la tête, ayant peine à réprimer un sourire.

– C'est à peu près ça. Et, quand elle est venue me demander de l'aide, je... j'ai peut-être refusé un peu vite.

– Donc, elle était super, et vous étiez nul, insista Marrill. Continuez.

Ardent haussa un sourcil.

– Le seul fait d'avoir raison ne te protège pas de la colère d'un magicien, tu sais, dit-il.

Marrill fit aussitôt mine de se sceller les lèvres.

– Bref, reprit-il, un jour, elle m'a envoyé une lettre. Une lettre qui contenait quelque chose qu'elle ne m'aurait jamais fait parvenir si elle n'avait pas eu de très graves problèmes. Et c'est pour cela que je dois la retrouver.

– C'est donc pour cela que vous avez besoin de la Carte, ajouta Marrill. Qu'est-ce qu'elle vous a envoyé ? Quel genre de problèmes graves elle a ? Qu'est-ce que vous ferez si vous la retrouvez ?

Ardent se leva et glissa la carte d'Annalessa dans sa poche.

– Les magiciens ont des secrets, tu sais, déclara-t-il. Mais ne crains rien, je te mettrai au courant *à l'instant* où tu seras impliquée.

Cet instant, de toute évidence, n'était pas encore arrivé.

21

Finn parle à un arbre

Finn émergea sur le pont, et l'éclat du soleil lui fit cligner les yeux. Le bateau avait ralenti. Tout autour d'eux, des fleurs vertes formaient comme une croûte sur les eaux dorées du Torrent. Des racines de bois noueuses surgissaient à l'air libre sous des arbres gigantesques, comme si le vaste Torrent se muait soudain en un marécage sans terre. La brise fraîche était tombée, et l'air semblait s'épaissir et s'assombrir à chaque minute qui s'écoulait.

Il aperçut Rose qui volait au-dessus du bateau, se faufilant entre les cimes des arbres. Des insectes bourdonnaient, et d'étranges cris et chuchotements se faisaient entendre dans le lointain. Tout cela était très différent des dangers familiers et inoffensifs des Quais Létemank.

– Enfin ! dit Marrill en sortant à sa suite par l'écoutille. Je commençais à croire qu'on resterait coincés pour toujours sur ce rafiot !

Finn se força à sourire.

— Je te le fais pas dire, ce serait...

Il n'eut pas besoin de terminer sa phrase et laissa Marrill gagner l'avant du navire, où Ardent surveillait l'eau.

Une sourde appréhension lui nouait le ventre. Bien sûr, il était content que leur quête avance. Mais il avait aimé ces derniers jours. C'était génial d'avoir rencontré quelqu'un à qui il n'était pas obligé de se présenter sans arrêt, quelqu'un qui avait *envie* de passer du temps avec lui.

Or dès qu'ils auraient trouvé la Carte, tout cela serait terminé. D'une façon ou d'une autre, ils se sépareraient, et il serait de nouveau seul avec lui-même – Finn, le garçon qu'on oublie.

Il respira profondément et gravit les marches de la dunette, où Coll pilotait avec concentration le navire à travers un labyrinthe d'arbres et de racines.

— Alors, lança Finn, où on a atterri ?

Coll sursauta et fit un brusque écart. Puis il tourna vivement la barre pour ramener le navire dans sa trajectoire avant qu'il heurte quoi que ce soit.

— Nom d'un pavillon noir, moussaillon ! s'écria-t-il. Faut pas débarquer sans prévenir comme ça !

Il considéra longuement Finn.

— Quoi, encore un nouveau ? lança-t-il dans le vide. On fait pousser les clandestins, ou quoi ? Tu ne sors pas du fond de cale, si ?

— Ne t'en fais pas, répliqua Finn en secouant la tête, on a déjà eu cette conversation. Je m'appelle

Finn et on m'oublie facilement. Je fais partie de cet équipage, maintenant. C'est ce qu'on se dit presque à chaque fois qu'on se croise.

Coll reporta son attention sur la barre.

– Ça m'évoque vaguement quelque chose, convint-il. Mais je ne sais pas, porte une cloche ou fais en sorte de t'annoncer autrement.

– Alors, où on a atterri ? répéta Finn.

Sur le gaillard d'avant, Ardent agitait les mains vers la droite puis vers la gauche en expliquant visiblement quelque chose. Marrill, bras croisés, l'écoutait d'un air sceptique. Finn ne semblait manquer ni à l'un ni à l'autre. Cela lui était familier, d'être ainsi oublié, comme si le monde avait repris son cours normal.

Coll haussa les épaules.

– Je n'en sais rien. Rose nous a fait remonter le Torrent bien plus loin que je n'étais jamais allé. Je n'aurais jamais trouvé ce chemin, sans elle. Je me demande si quelqu'un est déjà venu jusqu'ici – en tout cas, cet endroit ne figure sur aucune carte. J'ai demandé aux pirat's de vérifier.

Il envoya dinguer une de ses chaussures et se gratta le petit orteil, où son tatouage s'était enroulé.

– Mais, quelle que soit notre destination, c'est ancien. Très ancien.

Alors que Coll manœuvrait le navire autour d'un bosquet d'arbres qui leur bouchait la vue, une île massive émergea de l'eau, juste devant eux. Elle disparaissait sous une épaisse forêt vierge, incroyablement dense.

De hauts cyprès étiraient leurs ramures vers le ciel et bloquaient la lumière tandis que des palétuviers touffus déployaient leurs racines de tous côtés. Des fougères et des mousses poussaient sur les branches et les lianes qui partaient dans tous les sens.

– Merci bien, murmura Finn.

Le bateau s'immobilisa dans un sursaut. Finn dut se rattraper à la rambarde pour ne pas dévaler l'escalier.

– Eh bien, je crois que nous sommes arrivés, annonça Ardent en retirant précautionneusement une griffe de chat du bas de sa robe.

Le chat en question récupéra sa patte avec une mine offensée.

– Quelqu'un sait où est passée Rose...?

– Cloques de cloaque ! jura Coll.

Finn suivit son regard. Un entrelacs de plantes vertes grimpantes s'enroulait autour du grand mât, et une énorme branche transperçait le hunier de misaine. Voilà qui expliquait l'arrêt brutal.

– On n'ira nulle part tant qu'on ne se sera pas débarrassés de ces trucs, grommela le marin.

– La voilà ! s'exclama Marrill. Rose est dans les arbres !

En effet, l'oiseau était perché sur une grosse liane au-dessus du rivage de l'île. Un sentier envahi par la végétation conduisait vers le cœur de la jungle.

Finn examina tour à tour le mât, l'oiseau et le sentier. Il faudrait que quelqu'un grimpe là-haut et dégage le bateau pour qu'ils puissent débarquer. Et, ensuite, que quelqu'un piste l'oiseau dans tout cet enchevêtrement. Et si ce quelqu'un dénichait la Carte en premier, eh bien, s'en emparer ne serait pas tant du vol que l'exercice du droit du découvreur.

Or, ce droit était parfaitement reconnu aux Quais, presque autant que la règle qui édictait « Je-l'ai-et-pas-toi ». Règle qui profiterait à ce quelqu'un aussi.

Non que Finn veuille soustraire la Carte au reste de l'équipage. Il voulait simplement être le premier à l'utiliser, avant que les autres – y compris Marrill – puissent oublier son existence. On n'était jamais assez prudent.

– J'y vais ! annonça-t-il.

Et il partit sans attendre à l'assaut du mât, qu'il gravit jusqu'à hauteur des arbres.

Grâce aux couteaux qu'il avait pris aux Méressiens, il ne lui fallut pas longtemps pour libérer le navire de la végétation. Pendant qu'il jouait de ses lames, il ne put s'empêcher de remarquer que les feuilles accrochées aux tiges ressemblaient à de grandes oreilles vertes, jusqu'à l'espèce de cire verdâtre qui en nappait l'intérieur. Pis encore, il aurait juré sentir les petites vrilles se tordre contre sa main, et tout cela le fit frissonner.

Quelques instants plus tard, les dernières lianes cédèrent, et le navire glissa vers le rivage. À peine

Finn se fut-il réfugié sur une branche d'arbre, s'essuyant les mains avec satisfaction, que Rose s'envolait de nouveau, et s'enfonçait dans la forêt.

– Hé, attends ! appela-t-il en se lançant à sa poursuite. Elle va sur l'île ! cria-t-il aux autres en montrant la jungle. Je garde un œil sur elle !

Il se jeta d'une cime à l'autre à la suite de l'oiseau. Rose fit un écart pour éviter des frondes de palmier qui battaient au vent, tels des drapeaux, et prit son essor pour franchir des branches entrelacées formant un rempart. Finn rit et la suivit. Une mousse épaisse protégeait ses mains alors qu'il bondissait et grimpait d'arbre en arbre.

C'était comme sur les toits des Quais, là-haut, mais en mille fois plus drôle. Au lieu des pierres et des briques, Finn était entouré de matière vivante ; tout *respirait* la vie et la luxuriance !

Certes, les fleurs magnifiques évoquaient des bouches hérissées de dents, les lianes aux oreilles étaient un brin envahissantes. Et le bois était chaud au toucher, comme de la peau humaine. Mais rien de tout cela ne le dérangeait. Ce n'était pas comme s'il avait connu beaucoup de forêts aux Quais : pour ce qu'il en savait, elles pouvaient toutes ressembler à ça.

Rose se dirigeait vers la cime d'un séquoia penché comme une vieille tour affaissée. Le tronc présentait un creux, et, dès qu'il vit Rose plonger dedans, le garçon l'imita sans hésiter.

L'intérieur du séquoia semblait constitué de vieilles pierres, et donnait l'impression d'être dans une vraie tour ancienne. Des lianes le traversaient et s'entrelaçaient dans les branchages d'un petit arbre qui poussait au milieu. Celui-ci avait un tronc tordu et noueux qui se scindait au milieu pour se reconstituer à quelques mètres du sol. Deux grosses branches s'étiraient vers une autre ouverture dans le tronc du séquoia, et Rose se posa sur l'une d'elles.

Finn s'immobilisa pour prendre ses repères. Cet endroit était très étrange. Plus il regardait autour de lui, plus il lui paraissait évident qu'il s'agissait d'une salle. Il s'avança prudemment entre les plantes rampantes, et, lorsqu'il eut atteint le petit arbre au milieu, il saisit un gros nœud bien saillant sur le tronc et s'en servit comme prise pour se hisser vers l'oiseau.

– Oh... il y a quelqu'un, fit une voix paresseuse sous sa main.

Le garçon poussa un cri et lâcha tout. Puis il plissa les yeux et examina le tronc de plus près, comprenant avec stupéfaction que ce qu'il avait pris pour un nœud avait la forme d'un nez. Juste en dessous, un trou faisait office de bouche agrémentée de dents en bois. Deux yeux d'acajou poli grincèrent dans leurs orbites en se tournant vers lui.

– Je vous... ai pris pour un écureuil.

L'arbre avait une voix rauque et laborieuse, comme si chaque mot n'avait pas servi depuis au moins mille ans.

Finn nota alors que l'étrange division du tronc évoquait presque des jambes, et les branches tendues vers l'ouverture, des bras.

— Je ne suis pas un écureuil, convint-il.

— C'est... ce que je vois, dit l'arbre. J'étais si vigilant autrefois... et maintenant, si vous ne m'aviez pas marché sur la figure, je n'aurais même pas remarqué votre présence.

Finn se força à sourire, mais douta d'être convaincant.

— Ne vous en voulez pas, assura-t-il. Je fais cet effet aux gens... Et aux végétaux, apparemment, ajouta-t-il après un silence.

L'arbre gronda, comme pour s'éclaircir la gorge. Finn attendit qu'il parle mais en vain.

— Euh... si vous me permettez une question, reprit enfin le garçon, qu'est-ce que – hum – vous êtes, exactement ?

— Moi ? rétorqua l'arbre, visiblement perdu. Je suppose que je suis un arbre à présent. Et que cela fait pas mal de temps déjà.

Finn fronça les sourcils sans comprendre.

— Vous avez été quelque chose d'autre ?

— Hmm ? marmonna l'arbre. Oh, oh oui. J'ai été gardien, il y a bien des années. Gardien pour le Conseil. Je récoltais des secrets et veillais sur eux. C'était il y a tellement longtemps. Des secrets... hum... oh oui, dit-il pour lui-même. Oh, il est intéressant, celui-ci, oui.

– Attendez, vous étiez une personne ? demanda Finn. Qu'est-il arrivé ?

L'arbre poussa un soupir pareil à un souffle de vent dans des branches lointaines. Il semblait légèrement distrait. Ce qui retenait son attention paraissait bien plus intéressant que Finn.

– Ce qui est arrivé à tous les autres, bien sûr.

Finn attendit la suite, mais l'arbre se contenta de marmonner quelque chose que le garçon ne parvint pas à entendre. Finn se racla la gorge.

– Et c'est ?

L'arbre souffla avec emportement.

– Eh bien, les murmures, naturellement. Tous ces murmures, ça vous mine. Ça finit par miner tout le monde.

Finn déglutit.

– Quels murmures ?

22

Secrets et rumeurs

– Qu'est-ce que c'est que cet endroit ? demanda Marrill en sautant sur la rive depuis l'échelle de corde.

Les bruits de la forêt vierge flottaient dans l'air, un bourdonnement qu'elle connaissait bien, du fait de ses nombreuses expéditions. Ses pieds trempaient dans une eau tiède, et Marrill fit la grimace. Heureusement que Karnelius avait choisi de rester sur le bateau.

– Ce n'est pas évident, répondit Ardent en tournant lentement sur lui-même, la tête rejetée en arrière. Même s'il existe une obscure légende qui peut nous éclairer un peu. Je l'ai découverte en confrontant les références d'un récit du *Livre des Comment-c'était* de Foldingauvil avec des contes curieusement récurrents dans certains folklores issus de peuplades et de lieux divers voisins du Torrent. L'élément particulier qui revient dans chacun d'eux...

– La version courte, souffla Coll, qui vérifiait l'état du *Kraken*.

Ardent rajusta la ceinture de sa robe et se pencha vers un bosquet d'arbres si dense qu'il formait presque un mur.

– En fait, *c'était* la version courte, dit-il. Mais je suppose que l'essentiel est qu'il existe de nombreuses références à un Conseil des Murmures, qui remonterait au tout début du Torrent Pirate.

Il s'interrompit.

– Par ici, annonça-t-il soudain.

Et Ardent s'enfonça dans la forêt sans attendre. Un enchevêtrement d'épines et de petites boules collantes se prit dans le bas de sa robe, mais il ne parut pas le remarquer.

– Et Finn ? s'enquit Marrill, inquiète.

Elle tendit le cou pour scruter les arbres au-dessus d'eux tout en suivant le magicien d'un pas traînant. Où que Finn ait pu décider de caracoler, il n'était plus visible. Une pensée troublante lui traversa l'esprit : et s'il ne s'était lancé à la poursuite de Rose que pour être le premier à trouver la Carte afin de la garder pour lui ? Elle ne le connaissait pas si bien que ça, en fin de compte...

La précédant de quelques pas, Coll la regarda par-dessus son épaule et plissa le front.

– Qui ça ?

– Non, rien, marmonna Marrill.

De toute évidence, c'était à elle qu'incombait la responsabilité de ne pas perdre la trace de son nouvel ami. Cela ne la dérangeait pas. Il n'était pas la première créature paumée dont elle avait la charge.

Une réflexion l'effleura alors, et elle s'immobilisa brusquement. Elle se remémora ce que lui avait raconté Finn sur Mme Parsnickle, la dame de l'orphelinat qui s'était souvenue de lui, du moins pendant quelque temps. Il croyait que c'était parce qu'elle se souciait des petits enfants plus qu'elle ne se souciait d'elle-même. L'affection qu'elle leur portait était si forte qu'elle avait dépassé le côté « oubliable » de Finn.

Peut-être, se dit Marrill, était-ce pour cela qu'elle-même se rappelait son existence. D'aussi loin qu'elle se souvenait, elle s'était toujours prise d'affection pour les animaux négligés par tout le monde – plus ils étaient délaissés et avaient besoin d'amour, mieux c'était. Et, même si Finn n'était pas un chiot lâché trop jeune dans la rue, il était malgré tout perdu et abandonné.

Elle espérait simplement qu'elle pouvait lui faire confiance.

Tout en s'efforçant de chasser ces doutes de son esprit, elle trotta derrière Ardent, qui se précipitait entre deux gros arbres dont les branches s'entrelaçaient. Ils évoquaient l'arche d'une grande porte flanquée de hautes murailles et tourelles.

– Donc, le Conseil des Murmures, hein ? le relança-t-elle.

Ardent ralentit le pas.

– Oh oui. Une histoire fascinante. D'après les légendes, il a régné sur le Torrent Pirate par secrets.

– J'imagine que vous voulez dire « *en* secret ».

– Oui, cela aussi. Mais *par* secrets également. Tu as sans doute déjà entendu dire que le savoir, c'est le pouvoir ? Eh bien, les membres de ce Conseil avaient des agents partout, dissimulés parmi le peuple, aux aguets. S'ils apprenaient un secret sur toi, alors ils te contactaient. Et, si tu voulais que tes secrets restent des secrets, tu n'avais plus qu'à devenir leur agent à ton tour. Si tu refusais, ils savaient quelles rumeurs faire courir pour te détruire...

Il s'interrompit et la dévisagea avec une étrange intensité.

– Plus on devient puissant, plus on a de secrets à garder. N'oublie jamais ça.

Marrill acquiesça d'un signe de tête bien qu'elle ne comprît pas vraiment ce qu'il entendait par là.

– Et aussi, je crois bien qu'ils avaient de grandes oreilles, reprit Ardent. Cette caractéristique ne cesse d'être mentionnée. Mais il me vient soudain à l'esprit que ce détail est peut-être purement iconographique.

– Ico-no-quoi ? questionna Marrill, qui avait de plus en plus de mal à suivre.

C'était exactement comme s'ils parcouraient les couloirs tortueux d'un très ancien château fort. Ça en avait même l'odeur, un parfum de vieilles pierres usées couvertes de poussière et maintenues par de la mousse.

Coll lui donna un petit coup de coude.

– Ne lance jamais Ardent sur l'étymologie d'un mot si tu n'as pas un bon fauteuil où te poser.

Elle lui sourit avec reconnaissance.

– Bon, mais qu'est-ce que tout ça a à voir avec cet endroit ?

Le bourdonnement s'était amplifié à mesure qu'ils s'enfonçaient dans les bois, et elle dut élever la voix pour se faire entendre.

Le magicien ne ralentit nullement l'allure pour lui répondre.

– Eh bien, c'est justement le problème, non ? Il ne reste pas grand-chose pour déterminer où se tenait le Conseil des Murmures. Mais on trouve des allusions à un lieu situé en amont du Torrent, une cachette à l'écart de tous les chemins habituels. Une forteresse dissimulée au plus profond d'une forêt. Ou peut-être une forteresse qui *serait* une forêt ; c'est difficile à dire.

– Et vous pensez qu'on pourrait y être ?

L'air distrait, Ardent tournait la tête d'un côté puis de l'autre, comme s'il tendait l'oreille.

– Je me demande, dit-il. Je me demande vraiment...

Devant eux, les rayons du soleil filtraient à travers les branches pour tomber sur une clairière tapissée de mousse. Ils crurent d'abord qu'il s'agissait d'une simple trouée dans les bois, peut-être un espace laissé par la chute d'un vieil arbre. Mais, à mesure qu'ils se rapprochaient, Marrill se rendit compte que c'était gigantesque. Bien plus grand que sa maison en Arizona. Plus vaste même que le *Kraken* !

Tout autour, les arbres déployaient leurs branches en hauteur et les entrelaçaient suivant des formes compliquées qui plongeaient les lieux dans une ombre tranquille. Leurs feuilles ne ressemblaient à aucune de celles que Marrill avait vues auparavant : des bleus et des violets éclatants bruissaient contre des roses vifs dignes de néons criards. Des fougères géantes parsemaient le sol, certaines lui arrivant à la taille.

– Waouh ! fit-elle en pénétrant dans la clairière.

Ardent s'était arrêté devant elle et tournait lentement en rond.

– Oui, dit-il sur un ton absent. Ça ressemble à un jardin fermé, n'est-ce pas ?

Marrill hocha la tête et s'autorisa à se détendre. Elle ferma les yeux. L'atmosphère était humide mais agréable ; le bourdonnement de la forêt, cadencé et apaisant. La lumière qui perçait à travers le feuillage formait des traînées rouges au fond de ses paupières. La fillette respira profondément tout en se laissant envahir par l'ambiance de la jungle.

Au moment où elle se sentit parfaitement détendue, quelqu'un murmura son nom. Marrill ouvrit brusquement les yeux et regarda autour d'elle, le cœur battant.

Elle était certaine qu'elle n'avait pas rêvé. Et qu'il ne s'agissait ni d'Ardent ni de Coll. Ni de Finn. Elle en eut la chair de poule. Personne d'autre ne la connaissait sur le Torrent Pirate. Et, de toute façon, il n'y *avait* personne d'autre.

Du moins, personne dont elle eut conscience.

Elle se rapprocha du magicien et écouta plus attentivement. La forêt chantonnait et fredonnait en suivant une sorte de rythme. Presque comme un ensemble de voix humaines. Un frisson remonta l'échine de Marrill.

– Oui, oui, c'est très intéressant, murmura Ardent.

– Qu'est-ce qui est intéressant ?

Le vieil homme s'éloigna vers un bord de la trouée et se pencha sur une liane aussi épaisse qu'un poteau télégraphique. Marrill s'aperçut alors qu'il y en avait une profusion, enroulées autour des arbres ou striant le sol de la forêt, et toutes chargées de ces curieuses feuilles en forme d'oreille.

– Oh, juste... ce que tu viens de dire, répliqua distraitement Ardent.

Marrill déglutit.

– Je n'ai rien dit...

Quelqu'un murmura quelque chose derrière elle, quelque chose sur la jeunesse, la navigation et de vieilles malédictions étranges. Elle fit volte-face, mais ne trouva que Coll en train d'examiner paresseusement une fougère.

– Vous avez entendu ? souffla-t-elle.

– Hein ? fit Ardent.

Il leva les yeux, et Marrill aurait juré avoir perçu un écho derrière lui :

annalessurcheàtrouverannalessaperdueàtoutjamais

– Ardent, reprit Marrill, qu'est-il arrivé au Conseil des Murmures ?

Elle désirait soudain en savoir le plus possible sur cet endroit. Tout de suite.

– Oh, bien, c'est exactement ce que je disais ! Le Conseil des Murmures. Personne ne sait ce qu'il est devenu, ce qui est drôle. Drôle du point de vue d'un magicien en tout cas... comme une blague d'initiés. Bref, selon certains, les membres du Conseil ont trouvé un moyen de rassembler tous les secrets du Torrent, puis ont eux-mêmes disparu du Torrent comme les secrets qu'ils conservaient. Selon d'autres sources, ils sont encore à l'écoute et ne quittent jamais leur forêt forteresse. Peut-être sont-ils tout simplement morts. Cela arrive, si je ne m'abuse.

Il leva vivement les yeux vers la gauche. Marrill saisit la fin d'un chuchotement :

trèsjeunecapitainepiloteunkrakenavecunmagicien

Elle se figea. Ce n'était pas une phrase au hasard ; cela concernait Coll ! Elle se tourna vers le marin. Il paraissait pétrifié, le visage blême.

– Coll ? parvint-elle à appeler. Qu'est-ce qui ne va pas ?

Il ouvrit la bouche.

– Je viens..., commença-t-il, puis il secoua la tête et pressa la main sur son cœur. J'ai cru entendre quelqu'un. Quelqu'un que je n'avais plus entendu depuis un moment.

Marrill décida que cela suffisait : trop, c'était trop.

– On devrait peut-être..., lança-t-elle en se tournant vers Ardent, s'en aller.

Les derniers mots s'échappèrent tout seuls. Là où se tenait le magicien la seconde d'avant ne subsistait plus qu'un océan de feuilles.

Elle sentit ses paumes devenir moites.

– Coll, je crois qu'il est arrivé quelque chose à Ard...

Mais, lorsqu'elle pivota sur elle-même, le marin aussi avait disparu.

– Les gars ? appela-t-elle avec hésitation.

Rien. Elle cria plus fort :

– Ardent ! Coll !

Toujours rien. Elle était seule. Seule avec le murmure vrombissant de la forêt.

La panique la gagna et menaça de l'étouffer. Marrill se força à fermer les yeux. À respirer profondément.

Le bruit autour d'elle devenait presque tangible, comme un pouls qui battait dans toute la jungle. Il lui chatouillait les oreilles et faisait vibrer sa peau.

pèretellementinquietdavoirperdupetitemarrill oùestellepassée

– Qui a dit ça ? s'écria-t-elle en se retournant brusquement, provoquant un souffle d'air qui fit remuer et bruire les fougères. Ohé ? appela-t-elle.

Quelque chose lui chatouilla les orteils. Elle baissa les yeux et découvrit la minuscule vrille d'une plante rampante qui cherchait à grimper sur son pied. Elle se dégagea avec un petit cri, et la vrille recula.

– C'était quoi, ça ? jappa-t-elle.

Mais il n'y avait personne pour lui répondre. Une vague de peur la submergea. Tout autour d'elle, les chuchotements reprirent et lui assaillirent les oreilles :

docteurditimportantrestercalmeetévitertoutstress

La gorge de Marrill se serra. Il était question de sa mère !

maiscommentnepassinquiéter

quandfilleuniqueadisparu

– Finn, arrête de faire le malin, essaya-t-elle sans trop y croire.

Elle savait bien que ce n'était pas lui. C'était quelque chose d'autre, quelque chose dont elle n'avait jamais entendu parler et face à quoi elle ne savait absolument pas comment réagir.

neluiressemblepasdepartir

ellenesaitpastropsedébrouillertouteseule

Impossible de tenir plus longtemps. En désespoir de cause, elle se mit à courir.

Les branchages la fouettaient alors qu'elle filait à travers les sous-bois. Les murmures la suivaient, la devançaient, l'encerclaient, lui parlant de sa famille, de sa mère, de tout ce qu'ils faisaient pour la retrouver.

L'énergie finit par lui manquer et elle ralentit l'allure. Ses poumons palpitaient, et elle souffrait d'un violent point de côté. Elle finit par s'arrêter complètement, au bord de l'asphyxie. Mais le vacarme du sang battant dans ses oreilles ne suffisait pas à couvrir les voix.

Elles venaient à présent de partout autour d'elle. De nouveaux murmures ne cessaient d'intervenir – un colporteur de Marrakech décrivit Marrill pourchassant un singe dans tout le marché ; en France, une petite fille expliquait les règles d'un jeu à son furet, qui n'avait que deux pattes ; en Arizona, un jeune garçon parlait des ossements de dragon qu'il avait récemment découverts.

Mais c'était surtout de sa mère que Marrill avait envie d'entendre parler. Afin de s'assurer qu'elle allait bien. La petite fille s'appuya le dos contre un arbre et se laissa glisser jusqu'au sol. Elle se retrouva assise sur un doux tapis de lianes qui sembla se prêter à la forme de son corps. Elle enfonça les doigts dans la terre humide et ferma les yeux, concentrée, pour écouter.

et alors ce manchot qui n'arrêtait pas de voler toutes les pierres et ne voulait pas laisser marrill toute seule

C'était la voix de sa mère, qui évoquait avec son père la fois où ils s'étaient rendus en famille en Antarctique. Marrill se détendit en entendant cette histoire et laissa la voix la bercer comme lorsque sa mère la bordait le soir dans son lit.

Le rythme de la forêt lui parvenait étouffé, et si régulier qu'il en devenait presque apaisant. Les fils d'autres histoires ne tardèrent pas à se faufiler à l'intérieur du récit que sa mère lui faisait. L'histoire de TouceWanda et de ses nombreux maris perdus. Des récits de navires qui avaient sillonné le Torrent Pirate, de vaisseaux de guerre, de marchands, d'explorateurs et aussi d'étranges peuples nomades.

Marrill ne remarqua même pas les lianes qui s'accrochaient à ses orteils puis remontaient le long de ses jambes. Elle ne vit pas les feuilles de forme étrange s'incliner vers elle ni les fleurs couleur de chair se rapprocher. C'était comme si elles lui murmuraient à l'oreille pour lui emplir la tête de secrets.

Lorsque les feuilles obscurcirent sa vision et que les lianes l'emportèrent dans les airs, les derniers vestiges de sa conscience l'avertirent que quelque chose n'allait pas. Mais elle savait qu'elle ne pouvait pas lutter seule.

– Finn, chuchota-t-elle en rassemblant toute la volonté qui lui restait. Finn, si tu es là, aide-moi !

Puis le battement syncopé de la jungle l'engloutit. Elle se perdit dans un monde de rumeurs, de murmures et de connaissances cachées. Et elle fut enfin heureuse de s'y abandonner.

23

Rumeurs de feu empoisonné

— Quels murmures ? répéta Finn.

Mais les yeux de bois poli de l'arbre s'étaient refermés. Finn regarda autour de lui. La lumière filtrait à travers le couvert de la forêt et dansait sur les feuilles à l'extérieur du gigantesque tronc percé. Finn avait beau tendre l'oreille, il n'entendait que le bourdonnement des insectes, les cris des oiseaux, et le silence.

– Oh, oh ! murmura soudain l'arbre. Il est bien, celui-là !

Finn se retourna juste à temps pour voir un gros bourgeon percer sur l'une des tiges vertes qui enserraient le tronc. Le bourgeon s'ouvrit et laissa apparaître une sorte de gland noir, de la taille de l'ongle du pouce.

Finn saisit la grosse graine avec hésitation. Il eut l'impression de toucher du bois frais. Des couleurs variées tournoyaient sous sa surface sombre. Il la pinça légèrement afin d'en vérifier la dureté. Le fruit se fendit, et une voix assourdie murmura :

priotormudskubbencacheoreillesdéléphantsous sonchapeau

Finn sursauta et le lâcha. Une volute de liquide noirâtre sortit de la coque et disparut dans un interstice entre deux pierres. Le garçon entrevit le reflet fugitif d'un visage dans la volute. Il aurait juré avoir vu un homme doté de dents de lapin, qui s'enfonçait un chapeau sur la tête.

– C'était quoi ?

Une liane surgissait déjà à l'endroit où s'était infiltré le liquide sombre. Finn poussa une exclamation en la voyant sinuer pour s'entortiller dans l'entrelacs qui l'entourait.

– Hmm, quoi ? demanda l'arbre en clignant des yeux. Quoi est quoi ? Qui est là ?

Son regard se posa sur la toute nouvelle liane.

– Oh, ça ? Une bonne rumeur, voilà tout. Un chouette secret.

Les paupières lourdes s'abaissèrent de nouveau.

– Attendez, l'interpella Finn. C'était une graine, pas un secret.

– Mais *si*, bien sûr, fit l'arbre sur un ton agacé, du moins pour un arbre. Ici, les secrets se muent en graines, les bons secrets prennent racine, et les tiges qui en sortent s'épanouissent en rumeurs. C'est ce que font les secrets, vous savez, ajouta-t-il, autant pour lui-même que pour le garçon. Une fois semés, ils grandissent, et ils lancent de nouvelles rumeurs.

Finn croisa les bras.

– Bon, alors, d'où viennent-elles..., demanda-t-il, les rumeurs et tout ça ?

L'arbre bâilla.

– Le Conseil des Murmures les ramasse dans la Jacasseraie, évidemment, et les sème dans la forêt. Certaines proviennent de ce que les oreilles de la forêt ont entendu elles-mêmes, mais cela n'arrive plus souvent. Heureusement, le Conseil voit tout partout et rapporte les secrets ici pour les cultiver.

Finn pencha la tête de côté. Il n'allait pas avaler ça.

– Vraiment ? Comment se fait-il que je n'entende pas tous ces secrets, alors ?

– Ce serait le cas s'ils vous concernaient. Mais si vous n'entendez rien, c'est que personne ne parle de vous nulle part. Absolument personne, répondit l'arbre avant de bâiller encore et de fermer les yeux.

Ces paroles furent douloureuses. D'autant plus que Finn craignait qu'elles ne soient vraies. Il les repoussa. Il ne s'était pas laissé abattre par la tristesse qui avait envahi tout un repaire de voleurs. Ce n'était pas un bout de bois mal planté qui allait le juger.

Il se racla la gorge et souffla un bon coup.

– Alors, cette Jacasseraie, comment je la trouve ?

S'il y avait un Conseil qui connaissait tous les secrets du monde, il saurait sûrement où trouver la Carte.

Les feuilles en forme d'oreille vibrèrent tout près de lui et le firent sursauter. À proximité de sa tête, la liane qui venait de sortir de la graine frémit d'énergie.

Le bruissement se répandit tout le long de ses tiges et s'enfonça dans la forêt. *commentjelatrouve,* semblait-elle dire, répétant les paroles de Finn pour les colporter au loin.

jacasseraietrouvercommentjefaisjacasseraie trouverjacasseraie

— Oh, oh ! Un nouveau ! s'exclama l'arbre d'une voix rauque en ouvrant vivement les yeux. Quelqu'un cherche la Jacasseraie !

— Je sais, dit Finn, l'air incrédule. C'est moi. Je viens de vous demander où elle est.

L'arbre émit un reniflement – c'est du moins ce que supposa Finn, car cela évoquait davantage un craquement de bois pourri.

— Au fait, qui êtes-vous ? Je ne me souviens pas de vous avoir dit quoi que ce soit. En vérité, je ne me souviens pas du tout de vous. Et puis, si la rumeur venait de vous, elle ne serait pas plus sérieuse que vous-même, autant dire qu'on ne pourrait guère s'y fier. Mais je ne connais pas la provenance de *ce* bruit qui court, donc, il doit être vrai.

— Attendez, protesta Finn en levant un sourcil, quand vous ne savez pas d'où vient une rumeur, ça veut dire qu'elle est vraie ?

— Évidemment, fit l'arbre avec un soupir. Puisque *tout le monde* le dit.

Finn ricana.

– C'est que vous avez l'esprit vif, vous les arbres.

Il allait redemander son chemin quand il l'entendit. Une voix dans le bruissement des sons de la forêt. Ténue, à peine audible, à peine reconnaissable, mais là quand même. *finn.* Il pencha la tête de côté. Ça recommençait !

finn. Il s'avança jusqu'à l'entrée de la cavité et sortit la tête au dehors. *finn.* Mais il n'y avait personne dehors. Rien que les feuilles qui s'agitaient dans les branches entrelacées de lianes.

finnsitueslà

– Oh, fit l'arbre, derrière lui. On dirait que quelqu'un parle quand même de vous.

Et alors, Finn l'entendit, haut et clair :

finnaidemoi !

C'était la voix de Marrill !

– C'est mon amie ! cria-t-il à l'adresse de l'arbre. Comment je peux la trouver ?

Mais l'arbre paraissait de nouveau perdu.

– Nouvelles locales, nouvelles locales, marmonnait-il. Comme c'est intéressant...

Finn saisit une grosse graine et la lança. Elle rebondit contre le nez de l'arbre et se fracassa sur la paroi intérieure du séquoia. Une nouvelle tige en jaillit.

– Ouille ! s'écria l'arbre.

ouilleouilleouilleouilleouille

répéta la liane.

– Ce n'est pas comme ça qu'on doit s'en servir !

pascommeçaquonsensertpascommeçaquonsensert

Finn s'empara d'une autre graine et afficha son air de défi le plus convaincant. Tant pis pour la Jacasseraie. Il était plus important de trouver Marrill que de trouver la Carte.

– D'accord, d'accord ! dit l'arbre. Vite, révélez-moi un secret concernant votre amie, un secret qu'elle ne connaît pas mais qu'elle voudrait connaître. Quelque chose de savoureux, ajouta-t-il alors que les lianes se tortillaient avec impatience autour de lui. Approchez-vous et chuchotez-le-moi à l'oreille. De cette façon, cela viendra de moi.

Finn réfléchit longuement et intensément, puis il plaça la main contre l'oreille noueuse de l'arbre et lui murmura son secret.

– Oh, commenta l'arbre, voilà qui est intéressant. Pas surprenant du tout mais intéressant.

Une nouvelle graine s'épanouit sur l'une de ses branches, puis tomba par terre avec un petit bruit sec. Une liane en sortit et passa vivement devant Finn pour s'enfoncer dans la jungle.

Sa propre voix chuchotait tout au long de sa tige, et le garçon cilla en entendant ses propres mots : « Je n'ai jamais eu de vrais amis, disait la voix. Marrill est la première. »

– Suivez-la, recommanda l'arbre. La liane vous mènera à votre amie.

– Merci, répliqua Finn, et... euh... je regrette de vous avoir jeté la graine dessus.

Il saisit la liane et sauta de la cavité, se laissant glisser le long de la tige pour la suivre dans la forêt vierge.

jamaiseudamisjamaiseudamisjamaiseudamis

chuchotaient les feuilles, vers le bas, vers le haut et dans le lointain.

pasdamispasdamispasdamisjamaisjamaisjamais

Finn ferma les yeux, comme pour empêcher le son de l'atteindre. Il avait l'impression de se retrouver devant l'Oracle en pleurs. Seulement, cette fois, ce n'était pas la magie qui l'accablait, mais ses propres paroles.

– J'ai une amie, maintenant, se répétait-il, et cela le raséréna un petit peu.

Il accéléra l'allure, faisant courir ses mains sur la liane pour retrouver Marrill au plus vite.

Enfin, alors qu'il lui semblait avoir traversé l'île au moins deux fois, ses doigts touchèrent quelque chose de volumineux. Il ouvrit les yeux. Juste devant lui, sa liane s'enroulait avec de nombreuses autres tiges autour d'un gros ballot de taille humaine suspendu à un bon mètre au-dessus du sol. Il le poussa d'une chiquenaude, et le paquet émit un piaillement étouffé.

– Marrill ! appela Finn en se laissant tomber sur le doux tapis de la forêt.

Maintenant qu'il n'entendait plus son propre secret, il percevait le rythme sourd et primal de la jungle. Ce rythme palpitait de multiples voix, bruissements et chuchotements. Il semblait faire danser et se balancer jusqu'aux arbres eux-mêmes.

rumeurs… secrets… rumeurs… secrets

martelait le murmure.

unefoissemés, ilsgrandissentunefoissemés, ilsgrandissent

– Il faut te sortir de là, dit Finn au paquet qui s'agitait. Je ne me sens pas vraiment le bienvenu, ici.

Il dégaina ses couteaux et trancha l'une des lianes qui enserraient son amie. Une nouvelle liane se glissa aussitôt par en dessous pour obstruer l'espace. Finn recommença encore, et encore. Mais à peine coupait-il une liane qu'une autre prenait sa place. Et pendant tout ce temps la forêt vierge psalmodiait son sinistre refrain.

rumeurs… secrets… rumeurs… secrets
unefoissemés, ilsgrandissentunefoissemés,
ilsgrandissent

– C'est quoi, ces tiges ? On dirait que ces rumeurs ne s'arrêtent jamais ! s'exclama enfin Finn en reculant. Il doit y avoir un autre moyen !

À cet instant, il remarqua une fougère géante en forme d'oreille qui se tournait vers lui et écoutait.

Finn pensa à la cavité dans le séquoia : quand il avait dit qu'il cherchait la Jacasseraie, ses mots avaient été emportés puis leur étaient revenus, à lui et à l'arbre. Et il se rappela qu'une rumeur sans source – ou, dans son cas, une rumeur dont on avait oublié la source – devenait de notoriété publique, d'autant *plus* sérieuse qu'on ne savait pas d'où elle venait.

– Les rumeurs ne s'arrêtent jamais, se répéta-t-il pour lui-même, tandis qu'un plan commençait à germer au fond de son crâne.

– Tiens bon, glissa-t-il au paquet-Marrill.

Celui-ci émit un faible grognement.

Finn vint se placer au-dessus de l'oreille-fougère et en approcha la bouche le plus possible.

– J'ai entendu dire..., chuchota-t-il prudemment, en surveillant de façon exagérée les alentours comme s'il craignait les espions.

La fougère ne semblait pas avoir d'yeux, mais cet endroit était si dément qu'on n'était jamais trop prudent.

– J'ai entendu dire, reprit-il, que, si les lianes prenaient la fille, ce serait la fin du Conseil des Murmures.

Les feuilles s'agitèrent tout autour de lui, de multiples bouches répétant ses paroles, de multiples oreilles se tournant pour écouter. Il sourit.

— Ouais, poursuivit-il, j'ai entendu dire que ça faisait partie d'un complot. Pour... euh... démolir le Conseil. De s'emparer de la petite et de l'immobiliser pour l'empêcher de repartir. C'est à ce moment-là que le... euh... le poison... ou le feu ! Le feu empoisonné ? Que le feu empoisonné se déclenchera.

Il avala sa salive.

— Et ce sera la fin de la Jacasseraie.

Le bruissement gagna en intensité. Partout les branches s'agitaient. Finn entendit les chuchotements se propager :

petitefillecomplotcontreleconseilfeuempoisonné

Ils avaient mordu à l'hameçon !

Il s'avança vers une autre fougère afin de répandre un peu plus la rumeur.

— J'ai entendu parler de ce... feu empoisonné. C'est un sale truc. Mais, si la forêt laisse partir la petite, le complot sera déjoué. C'est un secret important, alors pas un mot à qui que ce soit.

La vague de murmures enfla encore et couvrit le battement rythmé. La forêt tout entière ne parlait plus que de ça ! Finn perçut derrière lui des frottements et des craquements de bois. Il se retourna juste à temps pour voir la dernière liane lâcher Marrill.

24

Se serrer les coudes

À un moment, un océan de lianes l'avait engloutie. Des secrets et des murmures palpitaient de toutes parts, emplissaient ses oreilles et sa tête. Elle sentait comme une marée de rumeurs qui montait et descendait. Elle faisait partie d'un vaste réseau rythmé par les battements d'un cœur situé en un centre lointain.

L'instant d'après, Marrill se retrouvait assise au milieu d'une petite clairière débarrassée de toute végétation. Finn était agenouillé devant elle, et ses yeux écarquillés exprimaient une légère panique.

– Ça va ? demanda-t-il, le souffle court.

Elle cligna les yeux en essayant de chasser les pensées bizarres de sa tête. Des marques rouges zébraient ses bras et ses jambes, là où les lianes l'avaient enserrée, et des vestiges de la voix de sa mère résonnaient encore dans son esprit. Elle devait faire de gros efforts pour ne pas l'écouter.

– Euh, Marrill ? insista Finn.

La voix du garçon la ramena brusquement à la réalité.

– Oh, lâcha-t-elle. Pardon... J'étais juste...

Il attendait qu'elle termine sa phrase. Mais Marrill pensa soudain à autre chose.

– Tu m'as sauvée.

– Euh, oui, dit-il, comme si c'était évident.

De fait, ça l'était, mais ce n'était pas ce qu'elle voulait dire.

– Tu aurais pu choisir d'aller chercher la Carte. Je sais à quel point ça compte pour toi.

– Oui, convint-il, l'air préoccupé, mais ça compte pour toi aussi. Enfin, on a dit qu'on la chercherait ensemble.

Elle lui prit la main et la serra.

– Merci, assura-t-elle. Tu es un vrai ami.

Une feuille toute proche s'empressa de reprendre ses paroles, et la forêt ne tarda pas à pépier au son de :

unvraituesami

Finn gratta le sol avec un bâton.

– P-pas de problème.

Puis il se racla la gorge avant d'ajouter :

– Tu as une idée d'où sont Ardent et Coll ?

– Ils étaient juste à côté de moi, et puis je me suis retournée, et ils avaient disparu.

Elle se mordit la lèvre en se rappelant à quel point elle avait eu peur quand elle s'était aperçue qu'elle était seule. Elle n'en fut que plus reconnaissante à Finn d'être à ses côtés.

– Heureusement que la forêt n'a pas réussi à te piéger, toi aussi, dit-elle.

– Oui, répliqua-t-il très vite. C'est une bonne chose que je n'écoute pas tous les trucs que les gens racontent sur moi...

Sa voix se perdit dans le vide.

Marrill réfléchit à ce qu'elle avait entendu lorsqu'elle était prisonnière des lianes.

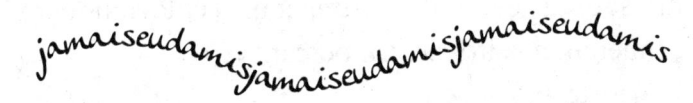

jamaiseudamisjamaiseudamisjamaiseudamis

C'était la voix de Finn, qui ajoutait :

marrillestlapremièremarrillestlapremièremarrill

Cela lui fit mal au cœur pour lui. Marrill comprit que la forêt n'avait rien à répéter sur Finn, puisque personne ne se souvenait suffisamment de lui pour avoir quoi que ce soit à en dire.

Comme s'il sentait le tour que prenaient les pensées de son amie, Finn se leva.

– Bon, je crois qu'on devrait trouver la Carte et filer d'ici.

Marrill n'en était pas certaine, mais l'entrain de Finn lui parut un peu forcé.

Avant qu'elle puisse répondre, un croassement sonore retentit dans la clairière. Un oiseau noir un peu flou surgit alors et vint se poser sur une branche toute proche.

— C'est Rose ! s'écria Marrill. Ça fait plaisir de te voir, ma belle.

Pour toute réponse, Rose battit des ailes et entreprit de lisser ses plumes.

— Pile au bon moment, commenta Finn.

Marrill se dirigea vers l'oiseau. Dès qu'elle s'approcha des lianes enchevêtrées dans les buissons, celles-ci s'écartèrent pour éviter de la toucher. Par curiosité, elle essaya d'en attraper une, et les murmures se muèrent aussitôt en cris perçants.

petitefillefeuempoisonnépetitefillefeuempoisonné- dangerdangerpoisonenflammé

Marrill se tourna vers Finn, haussant un sourcil d'un air interrogateur.

— Poison enflammé ?

Il déglutit, et ses joues rosirent légèrement.

— Plutôt du feu empoisonné, en fait, balbutia-t-il avec un haussement d'épaules étudié. Les… euh… les lianes écoutent et colportent les rumeurs. Et moi, je… euh… il fallait que je te délivre et… hum…

Les feuilles en forme d'oreille alentour se tournèrent dans leur direction. Finn les examina un instant avant de s'éclaircir la gorge.

— Enfin, pardonne-moi. Je ne voulais pas révéler les détails de ton plan.

Il adressa un clin d'œil appuyé à Marrill, qui plaqua la main sur sa bouche pour étouffer un rire.

Rose poussa un nouveau croassement sonore et s'envola dans la forêt.

– Allons-y ! s'écria Marrill, qui s'élança dans l'épaisse forêt vierge à la suite de l'oiseau.

Partout où elle allait, la végétation dense des sous-bois s'écartait, lui dégageant un chemin. Elle entendait Finn se faufiler derrière elle, esquivant les branches, qui se remettaient en place juste après son passage. L'une d'elles le heurta de plein fouet, et il ne put réprimer un cri.

– Pardon, lança Marrill par-dessus son épaule.

– J'aurais dû leur dire que j'avais du feu empoisonné aussi, grommela-t-il pour toute réponse.

Ils ne tardèrent pas à déboucher dans une clairière entourée d'un rideau dense de lianes suspendues. Rose plongea entre elles sans hésiter, mais Marrill s'arrêta, retint son souffle et attendit Finn. C'est ensemble qu'ils franchirent les lianes, qui s'écartaient devant eux, et découvrirent ce qu'il y avait de l'autre côté.

Marrill s'étrangla.

– Bienvenue à la Jacasseraie, annonça Finn à mi-voix.

C'était comme s'ils se trouvaient au bord d'un lac et contemplaient une île. Sauf qu'à la place de l'eau, il y avait des buissons hérissés d'épines de la taille d'un bras. Une profusion de lianes plus grosses qu'eux se mêlaient aux épineux pour relier l'île à la rive.

Cette vision rappela à Marrill la fois où ses parents et elle avaient traversé la Géorgie en voiture lors d'un été particulièrement humide et où elle avait vu des hectares de terre envahis par le kudzu. Cette plante grimpante avait tout englouti : maisons, arbres, lignes électriques.

Mais ces lianes-ci n'étaient pas simplement des plantes – pas au sens où on l'entend habituellement. Elles se tordaient et se contorsionnaient, leurs feuilles en forme d'oreille toujours aux aguets tandis que leurs bouches en forme de fleur vociféraient, créant une véritable cacophonie.

Et, à l'écart, au centre de tout cela, il y avait l'île, semblable au donjon d'une forteresse protégée par ses douves feuillues : un cercle d'arbres imposants, tellement entrelacés qu'il était impossible de les distinguer les uns des autres. C'était à la fois beau, terrible et invraisemblable.

Rose décrivait des cercles juste au-dessus, petite tache noire qui fendait le ciel d'un bleu cristallin. Avec un peu de chance, cela signifiait qu'ils avaient trouvé le deuxième fragment de la Carte !

Incapable de contenir son excitation, Marrill serra spontanément Finn dans ses bras et se mit à faire des bonds. Inquiet, le garçon émit une sorte de gargouillis étranglé.

– Pardon, s'excusa-t-elle timidement en reculant aussitôt.

Il s'éclaircit la gorge alors qu'un rouge profond montait de son cou à ses joues.

– N-non, ça va ! protesta-t-il d'une voix un peu paniquée. C'est j-juste que... euh... On ne devrait pas se réjouir tout de suite parce que... euh...

Découragé, il écarta les bras pour désigner la masse impressionnante de ronces redoutables.

– Il y a toutes ces épines, conclut-il enfin.

– C'est vrai, convint Marrill avec un soupir.

Côte à côte à l'orée de la clairière, ils tentèrent d'envisager la marche à suivre.

– Qu'est-ce que je ne donnerais pas pour un flacon de désherbant, marmonna-t-elle.

Finn poussa un grognement et s'asséna une claque sur le front.

– Mais bien sûr !

Là-dessus, il posa la main à plat au milieu du dos de son amie et la poussa en avant, en plein dans la fosse aux ronces.

– Finn ! fut tout ce que Marrill parvint à dire en tombant.

Des épines acérées pointaient droit sur elle, et... et puis rien. Elle heurta lourdement le sol.

Les ronces et les lianes s'étaient écartées en criant :

feuempoisonnéfeuempoisonnéfeu

Elle se releva et prit tout son temps pour s'épousseter les genoux. Puis elle leva un visage renfrogné vers Finn.

– Tu aurais pu demander, grommela-t-elle.

Il lui renvoya un grand sourire. Mais, à l'instant où il voulut la rejoindre, une liane s'élança et lui enserra la cheville. Déséquilibré, il trébucha, et une autre liane le saisit et entreprit de le traîner vers le roncier.

– Urgl !

À la seconde où une épine particulièrement menaçante prenait son élan, prête à frapper, Marrill se précipita vers elle, et la ronce battit en retraite.

Il paraissait évident que, si la végétation ne voulait surtout pas s'approcher de Marrill, Finn représentait au contraire une proie de choix. Marrill se mordit la lèvre.

– Qu'est-ce qu'on fait ? demanda-t-elle. Tu ne peux pas passer. À moins que je te porte, plaisanta-t-elle.

– Oh non, répliqua-t-il en agitant les mains.

Il avait visiblement pris la suggestion au sérieux. Il recula d'un pas, et une autre liane chercha à l'attraper.

Marrill tendit le bras, et la liane s'écarta. La fillette leva les yeux. Finn la regardait nerveusement.

– Si je te promets de ne pas te lâcher ? dit-elle.

25

La Jacasseraie

Finn s'accrochait désespérément aux épaules de Marrill tandis qu'ils traversaient le lac de ronces.

— Arrête de gigoter ! souffla-t-elle en se tordant pour rééquilibrer le poids du garçon sur son dos. Tu n'es pas un poids plume, tu sais.

De chaque côté, les épines brillaient comme des coutelas. Elles s'élevaient parfois en couches si épaisses que Finn ne voyait plus rien d'autre. D'énormes fourrés de ronces vertes et des ombres tout autour, avec le ciel bleu au-dessus.

— Pardon, marmonna-t-il.

Il avait l'impression d'être un chat posé sur une branche qui se balancerait au-dessus d'une meute de chiens enragés.

— Tu... euh... t'en sors très bien, ajouta-t-il à mi-voix, les yeux rivés sur les lianes, qui s'agitaient comme des cobras tout autour d'eux.

Marrill commençait à s'essouffler – il y avait bientôt un quart d'heure qu'ils avançaient ainsi.

– Pas... sûr...

Finn sentait les épaules de son amie se dérober d'épuisement. Elle n'était pas vraiment taillée comme un cheval de trait.

– ... que je puisse... tenir... longtemps...

Une ortie chercha à saisir la jambe de Finn.

– Oh, vent de bulle, cours ! hurla-t-il en se laissant tomber pour pousser Marrill dans le dos.

Soudain toute légère, celle-ci fut propulsée en avant. Les épines se refermèrent avec un bruit sec comme un piège mortel juste derrière Finn, qui fonçait à sa suite.

– AHHHYAAHAAAHAAAAAAAAA ! hurla-t-il.

– Finn ! appela Marrill, qui l'attrapa par les bras et le força à s'arrêter. Calme-toi : on y est !

Le garçon cligna les yeux et regarda autour de lui. Les fourrés avaient disparu, cédant la place à un cercle d'arbres gigantesques. Ils étaient plus grands que tout ce qu'il avait jamais vu, plus grands même que le séquoia à l'intérieur duquel il était entré peu de temps auparavant. Toutes les lianes qui traversaient le lac de ronces se rassemblaient au pied de ces troncs immenses et grimpaient dans leurs branches. La clairière au milieu des arbres, où se tenaient à présent les deux enfants, était parfaitement dégagée. Ils avaient l'impression de se trouver dans une cathédrale.

Ils avaient réussi. Ils étaient arrivés sur l'île. La Jacasseraie. Finn sentit le soulagement l'envahir.

Et maintenant, alors que le sang battait moins fort à ses oreilles, il entendit un bruit de voix. Cela ressemblait au bourdonnement incessant de la forêt, mais en plus fort et moins rythmé. Comme une conversation, ou plutôt une dispute. Ou des centaines de disputes se déroulant toutes en même temps. Cela venait d'en haut. Ils levèrent ensemble la tête et restèrent muets.

Loin, très loin au-dessus d'eux, les branches des arbres s'entrelaçaient, telle une ronde de personnes se tenant par la main. Mais ces mains tenaient aussi, tendu comme un dais au-dessus de la clairière-cathédrale, un énorme morceau de parchemin.

– On dirait le plafond de la chapelle Sixtine, chuchota Marrill avant de pencher la tête pour regarder le dais sous un angle différent. Ou peut-être, plutôt, un grand écran de cinéma ?

Mais, pendant que Finnn scrutait le parchemin, des silhouettes peintes surgirent de nulle part. Il distingua toutes sortes de visages, des chevaux qui galopaient dans des plaines, des enfants qui riaient, des continents, des îles et des villes. Ils défilaient à la surface du parchemin, puis disparaissaient à ses extrémités en un flot sans fin de lieux, de personnes et de choses bouillonnant de vie qui sombraient en dansant dans l'oubli.

Finn prit alors conscience avec un frisson qu'ils ne sombraient pas dans l'oubli. Non, ils étaient *aspirés* par les branches des arbres et, de là, poursuivaient leur chemin. Ils descendaient le long des troncs, passaient des troncs aux lianes et traversaient ensuite le lac de ronces. Jusqu'à la forêt.

– Ce doit être la Carte, murmura Marrill, à peine audible par-dessus les voix.

Finn secoua la tête en regardant la toile tendue comme un toit au-dessus d'eux.

– C'est un peu grand pour une carte, non ?

Elle haussa les épaules.

– Qu'est-ce que ça pourrait être d'autre ?

– Mais comment veux-tu qu'on emporte ça ? demanda Finn en désignant le parchemin. Et déjà, comment grimper là-haut ?

Pour toute réponse, Marrill bascula tête en bas et s'envola dans les airs, ne laissant qu'un cri dans son sillage.

– Euh, lâcha Finn.

Et, avant qu'il ait le temps de réfléchir, quelque chose le saisit par la cheville et le renversa lui aussi. Alors qu'il voyait le sol s'éloigner à toute vitesse, la seule chose qui lui vint à l'esprit fut de remercier le ciel que ses poches soient bien boutonnées.

Il dépassa le dais de parchemin, et se retrouva plusieurs mètres au-dessus, quand ce qui le tirait s'immobilisa brutalement. À cette hauteur, les bavardages étaient si bruyants que le garçon s'entendait à peine penser. À travers le treillage des branches qui soutenaient la Carte, il apercevait le sol tout en bas, très, très loin.

Il regarda ses pieds et vit qu'une liane noueuse était enroulée autour de sa cheville et le maintenait fermement. Il se tortilla pour chercher Marrill et la découvrit juste en face de lui, qui pendait mollement. Ses cheveux formaient comme un rideau tombant entre ses bras.

– Enfin, nous avons attrapé ces petits saboteurs, siffla une voix rêche de serpent qui couvrit le tumulte.

– Je vois une fille, et pas de feu empoisonné ! répliqua une autre voix, aiguë et féminine, mais tout aussi venimeuse.

– Ha ! Du feu empoisonné ! croassa une troisième voix. Je vous avais bien dit que ça n'existait pas, pauvre ramassis de cloportes crédules !

– Tu mens, Slenefell ! s'écria une quatrième. Tu as dit qu'elle brûlerait l'île si on ne la laissait pas approcher !

Une cinquième voix domina toutes les autres :

– Et toi, Meldonoch, tu as prétendu que c'était une amazone, et qu'elle faisait dix mètres de haut !

Le ton monta encore, et la dispute devint bientôt si vive, une voix couvrant l'autre, que Finn ne comprit plus rien. Il regarda tous les arbres, l'un après l'autre. Chaque tronc présentait un visage, comme celui qu'il avait rencontré plus tôt, mais en plus effrayant. Leurs yeux étaient des trous sombres, et ils avaient la bouche hérissée de dents ébréchées. Les fibres du bois dessinaient le contour de joues tordues, et des nœuds formaient le nez et le menton.

Seules les oreilles de bois démesurées qui saillaient comiquement de part et d'autre des troncs les rendaient un peu moins intimidants.

– Merci bien, marmonna Finn. Marrill, la pressa-t-il, Marrill ! Dis-leur quelque chose ! Ils ne se souviendront pas de moi assez longtemps pour faire attention à ce que je dis !

Marrill hocha faiblement la tête, le visage cramoisi à cause du sang qui s'y accumulait. Elle mit les mains en porte-voix autour de sa bouche et cria :

– Hé ! Hé, les arbres ! Reposez-nous !

La querelle se tut aussitôt.

– S'il vous plaît ? ajouta Marrill.

– *Vous* n'êtes pas en position de réclamer quoi que ce soit, très chère, répliqua la voix du dénommé Slenefell.

Tous les arbres éclatèrent de rire.

– Ça n'a pas fonctionné, murmura Finn.

Marrill le foudroya du regard.

– On pourrait peut-être faire un marché ? essaya-t-elle.

Cela ne fit que renforcer leur hilarité, chaque éclat de rire secouant les deux enfants d'avant en arrière, comme des pendules.

– On a déjà tout, assura l'un des arbres.

– On *sait* tout, dit un autre.

– La Face nous montre tout, ajouta un troisième. *Tous* les secrets de *toute* la création arrivent ici.

– Et maintenant on vous a *vous* aussi, conclut la voix de celui qu'on appelait Meldonoch. Qu'avez-vous à proposer ?

– Que diriez-vous d'un petit engrais, ou d'une bonne brumisation ? suggéra Marrill.

Le tumulte général reprit autour d'eux, jusqu'à atteindre un niveau presque assourdissant. Finn se contorsionna, luttant pour se dégager, mais la liane resserra simplement son étreinte.

Il vit une flotte de galions apparaître à la surface de la Carte et la traverser jusqu'aux branches entrelacées pour se précipiter dans la jungle et gagner l'inlassable fabrique à rumeurs. C'était donc la Face de la Carte. Finn devait reconnaître qu'il y avait de quoi être impressionné.

– Je crois qu'on devrait les garder ici pour toujours, dit la voix haut perchée qui sonnait comme celle d'une dame de la cour autoritaire. Ils sont si décoratifs, accrochés à nos branches.

Les autres arbres poussèrent des rugissements de rire.

– C'est bien vrai, Leferia, siffla la voix de serpent. La petite fille ferait une belle boule de gui. L'autre se répandra en mousse espagnole.

Finn s'étrangla. Il ne savait pas à quoi ressemblait la mousse espagnole, mais il savait qu'il ne voulait se transformer en aucun genre de mousse.

– Finn, chuchota Marrill d'une voix pressante. Finn, des secrets ! Ardent a dit que le Conseil des

Murmures ne s'occupe que de rassembler des secrets !
Tu en connais qu'on pourrait échanger ?

Finn se mordit la lèvre. Des secrets. Quels secrets connaissait-il ? Il était maître-voleur, et le roi des arnaqueurs. Il devait bien en savoir quelques-uns.

Puis, alors qu'il était pris de vertiges, il s'avoua que les gens ne se confiaient pas à lui. Personne ne le connaissait, sans même parler de lui faire assez confiance pour lui confier un secret. Et qu'était un secret, sinon quelque chose qu'on ne voulait pas que les autres sachent ?

C'est à cet instant que l'idée lui vint.

Il prit une profonde inspiration. Et, adoptant la voix la plus haute et claire possible, il lâcha :

– Je connais un secret que vous ignorez.

Tout d'abord, le bosquet continua de discuter comme si Finn n'avait rien dit. Celui-ci retint son souffle. Il s'était retrouvé dans des situations plus épineuses que celle-ci, et il avait toujours réussi à s'en sortir.

Enfin, il l'entendit : un murmure en bruit de fond reprenait ses paroles :

jeconnaisunsecret

– Quoi ? fit l'un des arbres.

Puis un autre murmure :

jeconnaisunsecretquevousneconnaissezpas

Puis encore un autre, se répandant comme un feu de forêt – un feu empoisonné, songea Finn. C'était une des ces rumeurs sans source précise, les meilleures. Comme tout ce qu'il avait prononcé depuis son arrivée ici.

Une rumeur qui était forcément vraie.

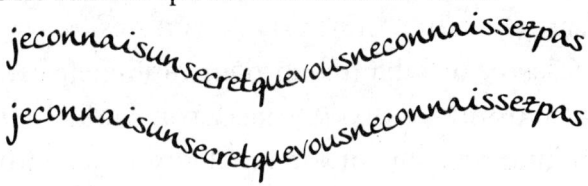

jeconnaisunsecretquevousneconnaissezpas
jeconnaisunsecretquevousneconnaissezpas

Toutes les voix psalmodiaient à présent, délaissant tout autre propos pour ne plus reprendre que ce seul refrain, à l'unisson.

jeconnaisunsecretquevousneconnaissezpas

– C'est impossible ! s'écria Slenefell.
– Comment cela se peut-il ? demanda Leferia.
– C'est un mensonge ! s'exclama Meldonoch.
Finn secoua la tête.
– Ce n'est pas un mensonge.
Soudain, tous les arbres concentrèrent leur attention sur lui. On l'oubliait moins facilement quand il détenait une information importante.

Il eut du mal à chasser toute fanfaronnade de sa voix.

– Je connais un secret que vous ignorez. Un secret que vous ne connaîtrez jamais, au grand jamais, par votre Carte.

— Nous l'apprendrons, croassa la voix de serpent. La Face nous le montrera !

— Oh, vraiment ? les défia Finn. Qu'est-ce que votre Face vous a montré à mon sujet, alors ?

Les arbres se mirent à discuter à voix basse mais inquiète.

— C'est vrai, glapit l'un d'entre eux. Je ne me rappelle pas avoir vu quoi que ce soit sur lui !

— Chuuuut ! lui intimèrent les autres avant de reprendre leurs messes basses.

Finn leva les yeux au ciel.

— La réponse, c'est « rien », néant, lança-t-il. La Face ne vous a rien montré sur moi !

Les arbres grognèrent à contrecœur qu'il avait raison.

— Ce qui signifie..., reprit-il.

— Ce qui signifie qu'il doit réellement avoir un secret que nous ignorons, décréta Slenefell.

L'ensemble du bosquet poussa une plainte angoissée.

— Il faut qu'on sache, crièrent-ils. Dites-nous !

Finn fit mine de se frotter la barbe qu'il n'avait pas. C'était sa façon de montrer qu'il pesait le pour et le contre, et cela lui avait servi bien des fois. Heureusement, cette expression paraissait tout aussi efficace tête en bas.

— Donc, vous dites que vous avez quelque chose à négocier, en fin de compte.

La voix de serpent se mit à siffler, mais la voix de femme, Leferia, le coupa tout de suite.

– La proposition est honnête, Tartrigien. Leur liberté contre le secret. Allons-y !

Avec précaution, les lianes qui les retenaient les posèrent sur une haute branche, au niveau de la Carte. Ils étaient encore très loin du sol, mais c'était un début.

– Vous êtes libres, annonça Leferia.

De là où il se trouvait, Finn repéra un vieux nid de chouette posé sur l'oreille de l'arbre.

– Confiez-nous le secret, maintenant !

Marrill se redressa en s'aidant de ses mains, à côté de son ami.

– Euh, Finn ? demanda-t-elle. Comment on fait pour descendre de là ?

– En varappe, répliqua le visage bulbeux et noueux de Slenefell.

Une centaine de trous de pics-verts piquaient sa figure, semblables à de l'acné sur un adolescent.

– C'est bien ce que je craignais, grommela Marrill en essayant sans succès de coincer ses cheveux derrière ses oreilles.

Finn lui adressa un sourire assuré tandis qu'elle fouillait ses poches et en tirait un bout de tissu qu'elle enroula autour de sa tête à la façon d'un bandeau pour empêcher ses cheveux de lui tomber dans les yeux.

– Et maintenant, pour le secret, un marché est un marché, déclara Finn en se frottant les mains.

C'était exactement le genre de situation qu'il appréciait : de nouveaux poissons au bout de sa ligne, qui suppliaient de se faire gruger.

Les arbres s'inclinèrent. Pour la première fois, le silence s'installa. Une liane s'élança vers Finn, se hissa à la hauteur de sa poitrine et s'épanouit en une fleur en forme d'oreille.

– Confiez le secret à l'oreille afin qu'il puisse se fondre dans notre forêt.

Finn saisit précautionneusement les bords de l'oreille, puis, retenant un sourire, il se pencha jusqu'à ce que ses lèvres frôlent les pétales.

Il attendit, ménageant son effet dramatique avec un sens consommé de la mise en scène. Savourant l'instant. Lorsque Marrill elle-même commença à s'agiter près de lui, il divulgua enfin son secret à voix basse.

L'oreille frémit, puis replia ses pétales. La fleur rétrécit, et, avec un tremblement final, les pétales tombèrent. Finn découvrit alors devant lui, parfaitement formée, la graine la plus grosse qu'il eût jamais vue.

Elle vacilla sur la liane, puis s'en sépara brusquement et dégringola jusqu'au sol. La coque se fracassa sous le choc.

– C'est le moment, chuchota Finn à Marrill.

Il se précipita vers le tronc le plus proche et entreprit de descendre. L'écorce épaisse fournissait d'excellentes prises pour les mains et les pieds.

Il n'était pas descendu très bas quand il perçut les premiers murmures. Là où avait atterri sa graine de secret, des lianes avaient déjà poussé et s'élançaient vers la forêt. Il ne faudrait pas longtemps avant que les arbres découvrent son secret.

Finn ne doutait pas que ce serait l'affolement. Assez en tout cas pour qu'ils oublient le garçon des Quais qui le leur avait dit. Il ricana, réfléchissant déjà à la façon dont Marrill et lui raconteraient cela par la suite.

Il se figea alors qu'une pensée affreuse lui venait. *Marrill.*

Les arbres l'oublieraient sûrement, lui, mais ils n'oublieraient pas Marrill. Il n'avait jamais eu à intégrer quelqu'un d'autre dans ses plans, jusqu'à maintenant.

Les lianes porteuses de rumeurs s'enroulèrent autour des troncs et répétèrent inlassablement son secret au point d'en faire un tapis de mots s'étendant au-dessus de lui. Les arbres entrèrent dans une véritable fureur. Les lianes s'emparèrent de Marrill, s'accrochèrent à ses chevilles et la suspendirent de nouveau par les pieds. Elle poussa un cri d'effroi, le son de son cri se mêlant à l'écho de la voix de Finn :

– Mon secret, c'est que je n'ai pas de secret.

26

Une victoire inattendue

Pour la deuxième fois en quelques minutes, Marrill se retrouva suspendue par les pieds. Le bandeau de fortune qui retenait ses cheveux glissa sur son visage.

– Lâchez-moi ! cria-t-elle en essayant de coincer le bas de sa chemise dans son short pour la maintenir en place.

Les lianes se desserrèrent autour de ses chevilles, et Marrill se mit à tomber ; son estomac descendit quelque part dans sa gorge. Le sol paraissait très, très loin.

– Non, ne me lâchez pas ! cria-t-elle.

Les lianes se resserrèrent et stoppèrent sa chute. Marrill se balança, tête en bas, et poussa un cri. Le sang lui battait aux oreilles.

– Elle papillonne un peu, vous ne trouvez pas ? commenta Slenefell.

– J'ai plutôt l'impression du contraire, fit l'un des arbres. Si elle papillonnait, elle n'aurait pas eu besoin qu'on arrête sa chute.

Les feuilles de Meldonoch bruirent :

– Voyons, Bleblehad, ce qu'il veut dire, c'est qu'elle n'a pas beaucoup de suite dans les idées. C'est bien vrai. Un coup en haut, un coup en bas. Ce sera quoi ensuite ?

Marrill se tortilla et souleva le bandeau de ses yeux pour chercher Finn. Il était remonté vers les branches et se rapprochait tout doucement d'elle, mains levées pour la rattraper si jamais elle tombait encore.

– Vous pourriez peut-être me poser près de mon ami ? proposa Marrill.

S'ensuivit une discussion brève et hargneuse afin de déterminer qui était cet ami et, au bout d'un moment, s'il y avait réellement un ami.

– Il y a un garçon, juste là, et c'est mon ami, cria-t-elle en désignant Finn du doigt. Allez, vous voyez, là ! Posez-moi à côté.

Un instant plus tard, Marrill touchait une branche du bout des doigts. Elle la serra dans ses bras, reconnaissante d'avoir de nouveau quelque chose de solide à quoi se tenir. Même si la terre ferme se trouvait encore plusieurs dizaines de mètres plus bas.

Finn s'accroupit à côté d'elle.

– Ça va ? demanda-t-il.

– J'irais mieux s'ils nous avaient donné la Face, marmonna-t-elle.

– Vous voulez la Face ? demanda Slenefell. Hmm... eh bien... j'imagine que nous *pourrions* vous donner la Face... Qu'en dis-tu, Meldonoch ?

L'arbre le plus grand de la clairière remua ses branches.

– On en a déjà discuté, et je ne préférerais pas. Mais si elle la veut vraiment...

– Attendez ! Quoi ? questionna Leferia, la voix encore plus aiguë que précédemment.

Marrill se redressa en position assise et remonta le bandeau sur son front pour dégager son visage.

– Qu'est-ce qui se passe ? glissa-t-elle à Finn, qui haussa les épaules, visiblement tout aussi surpris et troublé qu'elle.

– Enfin, je n'y avais pas pensé, mais si vous êtes tous d'accord..., reprit Leferia après un silence.

– Alors, pour avoir la Face, il suffisait de la demander ? s'étonna Marrill.

Quelque chose semblait lui échapper.

– Vous nous la donneriez comme ça ? insista-t-elle.

Le feuillage s'agita de façon menaçante au-dessus d'elle, chassant plusieurs oiseaux de leurs nids.

– Attendez, fit Slenefell. Non. Pourquoi vous donnerions-nous la Face ? Je... hum... je plaisantais. C'est cela, je plaisantais.

– Moi aussi ! renchérit Meldonoch.

Bleblehad haussa une branche d'un air interrogateur.

— Pourtant, il y a une minute...
— Tais-toi, Bleblehad, lui crièrent tous les arbres en chœur.

Ses branches s'affaissèrent.

Marrill se pencha vers Finn.

— C'est moi, ou tout ça est vraiment bizarre ?
— C'est vraiment bizarre, assura Finn.
— J'ai pourtant eu l'impression qu'ils allaient me la donner comme ça, il y a une seconde, et maintenant..., constata Marrill sans finir sa phrase. Je n'y comprends rien.
— Il y a eu un moment où tu as été incroyablement persuasive, commenta Finn.

Tout en s'interrogeant sur ce qui se passait, Marrill dénoua machinalement son bandeau pour le refaire. Un bout de tissu arc-en-ciel lui tomba devant les yeux. Elle ne put s'empêcher de rire.

— Maintenant, c'est *toi* qui es bizarre, remarqua Finn.

Elle ôta le foulard. Elle avait du mal à tenir en place tant elle était excitée. C'était la soie des sirènes que TouceWanda lui avait cédée contre une mèche de cheveux. Cette étoffe était censée convaincre tout le monde de faire les quatre volontés de son propriétaire. Marrill avait cru que c'était des bobards, mais ça fonctionnait vraiment !

— C'est ça, chuchota-t-elle. Quand j'ai parlé, tout à l'heure, ce bout de tissu était tombé devant ma figure et j'ai parlé à travers !

Elle se leva et noua le foulard sur son nez et sa bouche comme un bandit de vieux western.

– Euh..., commença-t-elle en réfléchissant, tout le monde colle une liane sur son bois.

Aussitôt, trois arbres plaquèrent une liane contre le nœud qui leur faisait office de nez, le quatrième suivit une seconde plus tard. Bleblehad, lui, plaqua sa liane contre la Face, en plein sur l'image d'un cerf qui défilait dessus. Les autres soupirèrent en chœur.

– Ça marche ! glapit Marrill, qui saisit la main de Finn et se mit à sauter.

Puis elle s'éclaircit la gorge et se tourna vers le Conseil.

– Vous voulez bien me donner la Face ?

Le feuillage tout en haut fit entendre un long et profond soupir.

– Oui, marmonna l'un des arbres.

– Je suppose, grogna un autre.

– S'il le faut, j'imagine que oui, dit un troisième.

Marrill attendit. Rien ne se passa.

– Je crois qu'il faut que tu leur ordonnes carrément de te la remettre, la pressa Finn.

– Oh, fit-elle. D'accord. Ahem... euh..., reprit-elle en se tournant vers les arbres. Mademoiselle et Messieurs du Conseil... euh... si vous voulez bien... enfin, si... il faut absolument que vous... euh..., s'il vous plaît, me donniez la Face.

Il y eut un conciliabule indistinct parmi les arbres.

– Mais nous l'avons depuis si longtemps, protesta Meldonoch.

– Et on s'est tellement battus pour l'avoir, gémit Slenefell.

– Et on a vu tant de *choses*, se lamenta Bleblehad.

– Peut-être, intervint tristement Tartrigien, qu'après tout ce temps, nous en avons vu suffisamment. Peut-être que le moment est venu de lâcher prise.

À contrecœur, chaque arbre donna à mi-voix son accord.

– Donc, la Jacasseraie ne jacassera plus, énonça Meldonoch.

Les feuilles des arbres émirent un bruissement lugubre digne d'une bise soufflant dans les bouleaux d'un vieux cimetière.

Leferia donna d'une voix rauque le cinquième et dernier accord :

– Très bien. Tous en même temps, en comptant jusqu'à trois.

Marrill agrippa le bras de Finn. La Face était pratiquement à eux !

– Un..., commença Meldonoch.

Un frémissement agita la Face alors que les branches la lâchaient une à une, le parchemin rétrécissant un peu plus à chaque fois.

– Deux..., souffla Bleblehad.

Chaque arbre ne tenait plus la Carte que par une branche.

Marrill sentait pratiquement le parfum de leur tension : amertume de légumes verts et douceur sucrée de chèvrefeuille.

– Allez, chuchota-t-elle à travers son bandeau en soie des sirènes. Vous allez y arriver. Vous savez que vous en avez envie...

– Trois ! s'écria Leferia.

Quatre branches lâchèrent ensemble le parchemin. Avec un puissant bruit de ressac, la Face retrouva brusquement la taille d'une feuille de papier et s'enroula autour de la dernière branche. Leferia, à qui appartenait cette branche, tendit immédiatement d'autres branches pour s'en saisir.

– Mes beaux chanteurs, ça a marché ! gloussa-t-elle. Vous l'avez lâchée ! Je n'arrive pas à croire que vous l'ayez tous lâchée !

Un grognement semblable à un ouragan secoua les autres arbres, noyé par les cris d'allégresse de Leferia.

– J'ai la Face, j'ai la Face, chantait-elle.

Et elle s'agita d'avant en arrière en une petite danse triomphale qui fit pleuvoir des feuilles de ses plus hautes branches.

À la fois incrédules et perdus, ses compagnons se mirent à brailler, mais Leferia ne leur prêta aucune attention. Elle déroula la Face devant elle, de sorte à être la seule à pouvoir voir ce qui défilait dessus. Les autres lancèrent lianes et branches vers le parchemin, mais elle les repoussa sans mal.

– *Ta-ta-ta*, les gronda-t-elle. Vous allez la déchirer, vous allez la déchirer !

– Oh, allons, Leferia, gémit Bleblehad. C'est pas juste...

– Tu as triché ! accusa Tartrigien.

Finn regarda Marrill en haussant les sourcils.

– On ne se serait pas fait avoir ? demanda-t-il.

– Ça se pourrait, fit Marrill d'une voix étranglée.

Leferia ramena les deux amis près d'elle, juste devant son visage hilare.

– Oh, mes enfants ! pépia-t-elle. Mes formidables petits !

Marrill vit l'encre de la Face teinter son bois et se répandre dans la jungle à partir de son seul tronc. De près, on décelait une lueur verte bienveillante qui dansait dans les cavités sombres des yeux de l'arbre. Marrill plissa les paupières. Elle ne parvint à distinguer que de petites frondes de fougères qui s'agitaient à l'intérieur.

– Et maintenant, dit Leferia, il *faut* vraiment que tu me dises (je peux te tutoyer, d'accord ?) d'où vient cette étoffe divine !

Marrill abaissa avec hésitation le foulard sur son menton.

– Ça ? demanda-t-elle.

Leferia s'inclina en avant, comme poussée par un vent impalpable.

– C'est de la soie des sirènes. De... euh... – Elle fit un effort pour se rappeler ce que lui avait dit ToukeWanda. – Enkorinkou ?

– Boisankor ? beugla Slenefell derrière eux.

Marrill hocha vigoureusement la tête.

– C'est ça !

– La soie de Boisankor ne vaut rien ! siffla Tartrigien. Elle n'a aucun pouvoir !

L'une de ses branches balaya l'air sans conviction dans leur direction. Leferia s'empressa de la chasser d'une tape.

Finn ricana.

– Elle vous a bien dupés, pour un truc qui n'a aucun pouvoir !

Leferia éclata de rire, et cela sonna comme des craquements de bois sec.

– Oh, pauvres idiots, pauvres vieux imbéciles, dit-elle. Vous devriez peut-être consulter la Face sur le sujet. Oh, mais c'est vrai, vous ne pouvez pas !

Sa gaieté était communicative, et Marrill ne put réprimer un gloussement. Le venin qu'elle percevait dans la voix des autres ne lui faisait qu'apprécier davantage leur nouvelle hôtesse.

– Ne fais pas attention à eux, ma chérie, poursuivit Leferia. S'ils pouvaient utiliser la Face, ils sauraient que *cette* soie des sirènes est véritablement enchantée. N'importe quel objet est susceptible d'acquérir un pouvoir magique, tu sais, comme un vieux pull-over qui se charge d'électricité statique.

Marrill n'en savait rien. Elle regarda Finn, mais il paraissait tout aussi perdu.

– Oh, c'est rare, bien sûr, reprit Leferia. Et cela nécessite un concentré d'actes et d'émotions extrêmes. Mais, si je me souviens bien, la précédente propriétaire de ce carré de soie a pris des centaines d'hommes crédules dans ses filets quand elle le portait sur elle. Et elles les a tous laissés brisés, déprimés et ruinés.

Marrill tâta le bord irrégulier de sa frange.

– Ça ne m'étonnerait pas de la part de Touce Wanda, murmura-t-elle.

– On dirait que tous ces mensonges et ces peines de cœur ont fini par donner du pouvoir à ce bout de tissu. Mais il n'opère que sur des *nigauds*, bien entendu, se moqua Leferia.

Un flot de protestations se firent entendre. Elle ne leur prêta aucune attention.

– Voilà, je suis enfin la reine de la Jacasseraie ! C'est moi qui contrôle la Face. Après tout ce temps, les choses sont enfin comme elles auraient dû être depuis le début. Et ces andouilles n'ont plus qu'à écouter les rumeurs capturées par la forêt. Avec un peu de chance, ils arriveront peut-être à glaner quelques-uns des secrets merveilleux qui transiteront par moi et leur seront murmurés.

En entendant cela, l'un des arbres – Marrill estima que ce devait être Bleblehad – se mit à pleurer, et la jeune fille ne put s'empêcher de se sentir un peu mal.

Leferia paraissait beaucoup plus gentille que les autres. Toutefois Marrill ne savait pas à quel point elle l'était vraiment.

– Donc, hum. À propos de la Face. J'en ai absolument besoin pour rentrer chez moi... Ma maman est malade et...

– Ah oui, l'interrompit Leferia, l'air profondément désolée. Je crois que je l'ai vue passer, sur la Face. Le stress occasionné par ton absence ne lui réussit pas, c'est ça ?

Marrill en eut la gorge serrée.

– C'est pour ça qu'il me faut la Carte.

Derrière elle, un autre arbre fondit en larmes.

– Et mon ami en a besoin aussi pour retrouver sa mère, ajouta-t-elle.

Finn se raidit à côté d'elle. Marrill posa la main sur son bras pour le réconforter.

Leferia émit un grognement dubitatif.

– Pour lui, je ne suis pas sûre, déclara-t-elle.

– Je m'en doutais, dit Finn en regardant ses pieds.

Marrill baissa elle aussi les yeux, puis les releva bien vite. Le sol était encore très, très loin.

– Leferia ! hoqueta Tartrigien, dont le tronc s'agitait curieusement et dont les branches frissonnaient. Leferia, la forêt bavarde !

Puis il éclata en sanglots à son tour. De grosses gouttes de sève jaillirent de ses orbites et commencèrent à couler sur les sillons de son visage.

Marrill se mordit la lèvre. Leferia aussi semblait inquiète à présent. Elle se figea et écouta les voix que seuls les arbres pouvaient entendre. Dans le silence qui régnait soudain, le quatrième arbre du Conseil – Slenefell – se mit à pleurer.

Finn saisit le bras de Marrill. L'horreur se peignait sur son visage. Cela n'annonçait rien de bon, et la jeune fille sentit son ventre se contracter.

– Qu'est-ce qui se passe ?

– Il est ici, souffla Leferia. Comment ai-je pu le manquer ? Comme se fait-il que la Face, cette traîtresse, ne m'ait rien montré ?

Une sonnette d'alarme retentit dans la tête de Marrill. Quelque chose n'allait pas. N'allait vraiment pas du tout.

– Qui ça ? murmura-t-elle. Qui est ici ?

Les lèvres de bois de Leferia frémirent.

– Le messager du Soleil perdu, cracha-t-elle. Le voleur de la Carte !

– L'Oracle, souffla Finn.

En pleine confusion, Marrill fronça les sourcils. Mais elle n'eut même pas le temps de poser une question. À cet instant, le Conseil cria à l'unisson :

Au feu !

27

Les arbres en pleurs

Finn eut l'impression que son ventre se pétrifiait. Les pleurs, le feu – tout cela lui rappelait quelque chose. D'abord les Quais Létemank, et maintenant la Jacasseraie. L'Oracle l'avait suivi !

Leferia se pencha en avant, approchant son visage du garçon.

– Ma forêt brûle ! hurla-t-elle, si fort que Finn dut se boucher les oreilles. Tu dois la sauver !

Marrill saisit le bras de son ami.

– Qu'est-ce qui se passe ? demanda-t-elle. Qui est l'Oracle ?

– Un sale type qui fait de sales trucs, répondit Finn.

– Un magicien de l'ombre ! gémit l'arbre. Il vient chercher la Carte et ne reculera devant rien pour l'obtenir ! Et il brûle ma forêt !

Ses sanglots s'amplifièrent, se joignant aux pleurs des autres arbres.

Marrill serra le bras de Finn plus fort.

– Que se passe-t-il ? répéta-t-elle, les yeux agrandis par l'effroi.

– C'est l'Oracle – c'est lui qui les fait pleurer, expliqua Finn. Tous ceux qu'il approche fondent en larmes.

Elle se rembrunit.

– Mais alors, pourquoi..., commença-t-elle à demander. Oh !

Elle lâcha Finn et se laissa tomber à genoux.

– Leferia ! appela-t-elle en frappant sur la branche pour attirer l'attention de l'arbre. Arrêtez d'écouter les lianes ! Ce sont elles qui apportent le chagrin depuis l'endroit où se trouve l'Oracle.

– Arrêter d'écouter ? s'écria Leferia, horrifiée. Vous voulez dire, ne plus rien entendre ?

Finn hocha la tête et prit le relais.

– Elle a raison, assura-t-il. La magie passe par les lianes, c'est comme ça que l'Oracle a atteint les autres membres du Conseil !

Une grosse larme s'échappa d'une des orbites de Leferia, et son feuillage émit un profond soupir.

– T-très bien, dit-elle. J-je vais essayer...

Tandis que les arbres reniflaient, Finn scruta l'horizon, guettant la fumée.

– Il faut qu'on parte d'ici – hé ! Qu'est-ce que vous faites ?

Des lianes s'enroulèrent autour de sa taille et le soulevèrent. Marrill poussa un petit cri alors qu'elle subissait le même sort.

— Je vous éloigne d'ici, expliqua Leferia. Mais d'abord...

Une petite vrille descendit de la cime et s'immobilisa devant eux. Son extrémité se recroquevillait sur la Face de la Carte, resserrée en un rouleau étroit. La liane la poussa vers eux. Incrédule, Finn cligna les paupières.

— Prenez-la avec vous, dit l'arbre.

Comme Finn ne bougeait pas, la liane agita le parchemin devant lui. Il hésita puis saisit la Face, mais la liane ne lâcha pas prise.

— Vous êtes sûre ? balbutia Marrill, sans conviction.

Finn baissa le regard vers ses pieds puis vers le sol, loin, bien trop loin au-dessous d'eux.

— Non, je ne suis pas sûre ! rétorqua Leferia d'un ton sec.

Partout autour d'eux, les pleurs s'intensifiaient, répercutés par les lianes à rumeurs et mêlés aux sanglots des arbres du Conseil. Leferia soupira.

— Mais la Jacasseraie ne sera pas en sécurité tant que la Face sera ici. Emportez-la avant que toute l'île soit perdue !

La liane lâcha prise, et Finn s'empressa de fourrer la Face dans la poche de sa veste.

— D'accord. Direction le *Kraken*, alors ? demanda-t-il.

Pour toute réponse, les lianes qui les retenaient reculèrent, tel un bras s'apprêtant à lancer une balle.

Finn avala sa salive. Il avait l'affreuse impression d'être la balle en question.

– Attendez, cria Marrill. Et Ardent ? Et Coll ? On ne peut pas partir sans eux !

– C'est vrai, ça ! convint aussitôt Finn, qui tripotait machinalement les ficelles de ses ailes de toile.

Il avait complètement oublié le reste de l'équipage ; il n'était toujours pas habitué à devoir se soucier d'autres que lui.

– Oh, pour..., marmonna Leferia. Bon.

Les lianes se mirent à bruire et à chuchoter tout autour d'eux, charriant la question à travers la Jacasseraie.

– On me dit que les murmures ont eu raison d'eux, dit-elle au bout d'un moment. Je vais vous guider, mais il faudra faire vite !

Les lianes qui retenaient Finn et Marrill commencèrent à se balancer, comme s'ils étaient des poids au bout d'un long, très long pendule. Finn dégringola et sentit son estomac lui remonter dans la gorge. Puis il arriva au bout de la courbe, et ce même estomac se retrouva dans ses genoux alors qu'il décollait brutalement.

– Attendez... On peut en parler une seconde ? couina-t-il à l'instant où la liane desserrait son étreinte.

– Non ! décréta Leferia.

Et Finn s'envola.

Il n'aurait su déterminer où se terminait son hurlement et où commençait celui de Marrill. Ils firent un vol plané qui les propulsa hors de la Jacasseraie. Le lac de ronces fut franchi en un éclair. Des branches et des feuilles vertes formaient un mur devant lui. Il lutta pour se redresser et tirer ses ailes de toile avant qu'il soit trop tard.

Un trait de verdure fendit l'air et s'enroula autour de sa cheville, puis il fut de nouveau emporté, gagnant de la vitesse. La liane le balança puis le lâcha, l'envoyant bouler tête la première par-dessus les arbres de la forêt.

– *Urgh!* s'étrangla Finn, pris d'un haut-le-cœur.

Marrill fit la culbute à ses côtés et poussa un grand cri.

– Je suis le roi de la jungle ! hurla-t-elle quand la liane suivante s'empara d'eux et les propulsa plus loin.

– Pardon pour l'inconfort, fit la voix de Leferia par l'intermédiaire des feuilles qui s'accrochaient le long de chaque liane. Avec l'urgence et tout ça.

– Pas... *ouah!* ... de problème... *zouuu!* répliqua Finn.

– Quelqu'un pourrait... *oups*... s'il vous plaît, m'expliquer... *argh!*... ce qui se passe maintenant ? lança Marrill à côté de lui. Qui est ce type ? L'Oracle ? Pourquoi est-il si puissant ?

Les lianes leur firent suivre une grande courbe avant de les remettre à d'autres lianes. À chaque fois qu'ils s'enfonçaient dans la forêt, Finn entendait des pleurs et des « Au feu ! » transmis par la végétation, tout en bas. Quand ils s'envolaient au-dessus du feuillage, il entrevoyait au loin de la fumée qui se rapprochait de minute en minute.

— C'est l'Oracle méressien, répondit Leferia. Il y a très longtemps, il a voulu obtenir le pouvoir suprême, ne faire plus qu'un avec le Torrent Pirate en buvant son eau. Cela l'a rendu fou.

— Mais... *oungh*... Ardent m'a dit qu'on ne pouvait pas survivre à ça, protesta Marrill.

— C'est vrai, répondit Leferia. Mais, il y a longtemps, un maître magicien du nom de Serth s'est cru assez fort pour y parvenir. Un groupe d'enchanteurs puissants se sont réunis sur l'île de Méres pour l'aider. Accrochez-vous !

Leur liane s'enroula autour d'un tronc d'arbre et les expédia dans une nouvelle direction.

Finn essayait de respirer profondément pour calmer sa nausée grandissante.

— Et alors, qu'est-ce qui s'est passé ? demanda-t-il, tout autant pour distraire son attention que pour savoir.

— Il a réussi, répondit simplement Leferia. Comme ça, ajouta-t-elle tristement. L'eau du Torrent lui a permis de voir l'avenir, mais en même temps elle l'a rendu fou. On y est presque !

L'air s'épaississait, et les lianes les propulsèrent moins haut, s'en tenant à présent aux branches basses et au lierre grimpant.

— Serth fut surnommé l'Oracle, et ses délires devinrent la Prophétie méressienne, expliqua Leferia.

Sa Prophétie condamne l'ensemble du Torrent Pirate. Et maintenant il cherche la Carte pour l'accomplir.

Finn jeta un coup d'œil vers Marrill tandis qu'ils pirouettaient dans les airs, et il se demanda s'il avait le teint aussi verdâtre qu'elle.

– Qu'est-ce qu'elle dit exactement, cette Prophétie? demanda-t-il.

– Oh, ça..., dit Leferia en laissant sa voix se perdre. En fait, c'est très long, vous savez.

– Alors mieux vaudrait nous donner la version courte, conseilla Marrill avant de plaquer la main sur sa bouche pendant qu'une liane lui faisait faire un saut périlleux pour la passer à une autre.

– Oui, évidemment, concéda Leferia, dont les feuilles s'agitèrent avec un soupir. La version courte. La version courte est... aussi... très...

Elle s'interrompit avant d'ajouter:

– Enfin, il va y avoir des trucs... sûrement...

– Vous ne la connaissez pas, n'est-ce pas? demanda Finn.

– C'était *ennuyeux*! se plaignit Leferia. Interminable et ennuyeux. Et il y avait un concours de beauté au même moment!

Avant que Finn puisse ajouter quoi que ce soit, les lianes ralentirent l'allure et s'arrêtèrent, les laissèrent osciller un instant en l'air, puis les posèrent doucement par terre.

Le monde tournoya autour de Finn, et Marrill vacilla avant de tomber à genoux. Le sous-bois résonnait d'un millier de voix criant des avertissements ou sanglotant bruyamment.

Un instant s'écoula, puis Marrill secoua la tête et se releva.

– Regarde ! s'exclama-t-elle en tendant la main.

Finn distingua une lueur orangée parmi le feuillage, devant eux. La chaleur faisait déjà perler la sueur à son front.

– J'entends vos amis, leur dit Leferia. Le magicien est par là...

Une liane partit en direction du feu.

– Et le marin est de ce côté-ci.

Une autre liane plongea dans un épais bosquet. La première conduisait à un danger certain. Suivre la seconde semblait moins risqué, enfin apparemment.

– On doit se séparer, dit Finn, réfléchissant à toute vitesse. Je prends Ardent. Le feu est trop dangereux.

Marrill sursauta.

– Je te demande pardon ? fit-elle en croisant les bras.

Agacé, Finn esquissa un geste d'impuissance.

– Mais je n'en ai pas, moi, de pardon ! On verra ça plus tard, non ?

– Je te demande pourquoi tu ne me crois pas capable de me charger de la mission la plus dangereuse, expliqua Marrill en levant les yeux au ciel.

– Oh, dit Finn, qui décida que ce n'était pas le moment de discuter. D'accord, tu as raison. Je prends la plus facile. Je vous suis, Leferia !

Et il se précipita dans les fourrés.

— Par-dessus ce mur, indiqua Leferia. Traverse ce couloir. De l'autre côté des remparts !

Ses indications semblaient n'avoir aucun sens ; Finn ne voyait autour de lui que des arbres et des monticules de terre.

Il suivit néanmoins la voix du mieux qu'il put. Il escalada des buissons si épais qu'il ne pouvait les traverser. Puis il descendit une allée bordée d'arbres penchés les uns sur les autres et gravit une très haute colline.

Lorsqu'il arriva au sommet, la fumée se dissipa et, devant lui, la forêt s'étendait vers l'intérieur de l'île. Soudain, cela lui parut évident : les clairières formaient comme des cours fermées au sein des sous-bois. Les plus grands arbres étaient des tours. Il regarda derrière lui. Les murs, le couloir, les remparts... il avait tout franchi. Cette forêt était disposée comme une forteresse.

Il comprit aussitôt que *c'était* effectivement une forteresse. Une gigantesque forteresse envahie par les secrets et les rumeurs. Et les hommes s'étaient mués en végétaux qui restaient là, à simplement écouter ce que faisaient les autres, ceux qui *agissaient*.

— Ouah ! (Il en avait le tournis.) Hé, Leferia, ça y est, j'ai compris ! lança-t-il. Où je vais, maintenant ?

Mais rien ne lui répondit, sinon les sanglots et les pleurs des lianes à rumeurs.

— Leferia ? essaya-t-il de nouveau.

Toujours rien. Sans Marrill, Leferia l'avait oublié. Évidemment. Il examina les alentours et finit par repérer une masse en forme de Coll suspendue au loin à l'une des tours. Mais un océan de feuilles gisait entre elle et lui.

– Ohhh, vent de bulle, s'exclama-t-il.

28

Embrouillamini

— Attends ! piailla Marrill.
Mais il était trop tard ; Finn était déjà parti. Elle se tourna d'un côté, puis de l'autre tandis que la fumée lui piquait les yeux et lui brûlait la gorge. Elle ne voulait pas vraiment prendre la voie la plus dangereuse ! Quelle idée avait eue Finn, de l'écouter !

— Tiens bon et suis-moi, lui intima Leferia.

Moitié courant, moitié trébuchant à travers les fourrés, Marrill agrippa d'une main la liane de Leferia.

Elle transpirait comme sous le soleil d'Arizona. Au moment où la chaleur devenait insupportable, Leferia lui ordonna de s'arrêter.

— Il est ici ! annonça-t-elle. Le magicien, à droite !

Marrill plissa les yeux. Le monde autour d'elle vacillait dans un nuage de fumée. À quelques mètres, la lumière orangée éclaira un ballot de lianes de la taille d'un homme, suspendu dans les airs. Une pointe violette dépassait tout en bas, et une barbe blanche repoussait les vrilles qui pourtant se chevauchaient.

– Tire sur les lianes, conseilla Leferia. Sans nouvelles rumeurs pour les alimenter, elles devraient s'affaiblir !

Marrill tira de toutes ses forces. Les tiges se desserraient, découvrant à chaque fois un peu plus du magicien prisonnier.

– Ardent ! hurla-t-elle.

– Je regrette d'avoir dû venir, murmura une nouvelle voix. Mais l'heure est venue.

– Il arrive ! cria Leferia d'une voix stridente. Vite !

Marrill déglutit, la gorge serrée. La voix était si triste. Tellement, tellement triste et désespérée. Elle sentait sa propre volonté faiblir alors qu'elle tirait sur une nouvelle tige.

– Arrière ! Il est fou ! clama Ardent, ce qui la ramena à la réalité.

Puis l'enchanteur cligna les yeux et la dévisagea.

– Marrill, c'est bien toi ?

– Oh, Ardent ! s'écria Marrill en serrant dans ses bras la forme suspendue.

– Je faisais un rêve extrêmement curieux, commença-t-il, la voix étouffée par la chemise de la petite. Zambfant, soi-disant le Grand, mettait en doute mes meilleures théories, comme s'il connaissait quoi que ce soit à la plongée transcendantale dans les eaux du Torrent. Au fait, les pirat's ont-ils encore fait brûler le dîner ?

La voix triste se fit de nouveau entendre, en provenance de l'incendie.

– Les scènes sont parfaitement ordonnées, disait-elle. Il ne faut pas les bousculer.

Ardent ouvrit de grands yeux. Ses sourcils se télescopèrent alors qu'il les fronçait furieusement, et ses lèvres se serrèrent.

– Ce ne peut être que Serth, soupira-t-il. C'est... fâcheux.

En dépit de ses paroles mesurées, il n'avait jamais paru aussi perturbé.

– Alors tout le monde connaît ce type, à part moi ? se demanda Marrill à voix haute.

Elle arracha une dernière liane, et Ardent dégringola par terre.

– Ouille, grogna-t-il. Tu as gagné, pesanteur.

Il se mit debout et vacilla d'un côté, puis de l'autre.

– Éteignez-moi ce feu ! hurla Leferia.

Marrill leva les yeux. Des flammes explosèrent dans la clairière, desséchant la forêt tout autour. Ardent tendit la main vers le feu. Quelques flocons de neige en surgirent et la fournaise recula brièvement avant de se ruer de nouveau en avant.

– Oh là là, fit Ardent en regardant ses doigts d'un air soucieux. On ne peut pas rester ici. Il faut partir. Tout de suite !

Marrill distingua à travers le mur de flammes la silhouette d'un homme portant une longue toge.

Il leva les mains dans leur direction, et du feu en jaillit. Une boule meurtrière orange vif se précipita sur eux.

Tout à coup, Marrill se retrouva propulsée vers le ciel.

– Tiens-toi bien ! lui cria Leferia par les feuilles fanées de la liane qui lui enserrait la taille.

Durant un instant, Marrill n'aurait su dire si elle se balançait ou si elle tombait, puis une nouvelle liane la saisit par le poignet.

Ardent laissa échapper un cri tout en exécutant un saut périlleux derrière elle. En quelques secondes, ils furent loin de la fumée. Puis ils traversèrent l'île à grande vitesse. Malgré toute sa peur, Marrill ne pouvait s'empêcher de sourire. Ils avaient réussi. Et, fugitivement, elle se sentit comme le chimpanzé blessé des brochures de la réserve animalière, volant d'un arbre à un autre dans des bras protecteurs.

– Qu'est-ce qui s'est passé, là-bas, avec la neige ? demanda-t-elle à Ardent, qui était propulsé dans les airs à côté d'elle.

Il plaqua son chapeau pointu sur son crâne.

– Ah oui, répondit-il. Plutôt embarrassant. On dirait bien que la jungle m'a plongé dans un véritable embrouillamini. C'est comme si mes relations avec la magie s'en trouvaient déstabilisées.

– Je ne... *ourf*..., protesta Marrill.

Elle retint son souffle au milieu de sa phrase pendant qu'on la transférait d'une liane à une autre.

— ... parle pas magicien !

— Les lianes à rumeurs ont brisé sa concentration et l'ont laissé trop désorienté pour parler à la magie, expliqua Leferia. C'est un problème courant, avec les rumeurs. Slenefell était autrefois le plus grand magicien du Torrent. Il n'a pas jeté un sort depuis quatre mille ans, et encore le dernier n'était-il qu'un tout petit maléfice lancé contre des capricornes des racines.

— C'est tout à fait ça, confirma Ardent avec un soupir. Sauf pour les capricornes des racines – je n'ai rien à leur reprocher.

— Le feu se propage toujours, dit Leferia, sans écouter Ardent. J'établis des coupe-feu là où je peux, et je l'étouffe dès que c'est possible. Mais je ne pourrai jamais l'éteindre sans l'aide du reste du Conseil.

Ardent émit une petite toux.

— C'est plus que ça, malheureusement. Ce feu brûle d'une intensité toute magique, et c'est Serth qui l'alimente. Tous vos efforts pour l'éteindre demeureront vains tant qu'il sera dans les parages.

La jungle défilait à toute allure.

— Précisément, convint Leferia. Dès que vous serez sur votre navire, les lianes à rumeurs que je contrôle encore l'informeront que vous partez avec la Face. Il retournera à son propre bateau et me laissera remettre de l'ordre sur mon île. Mais je ne prévois pas de l'aider à regagner le rivage, donc, le temps qu'il y arrive, vous aurez l'avance nécessaire pour disparaître.

– Mais où sont Coll et Finn ? demanda Marrill.

– Ne t'en fais pas, répondit Leferia. Mes lianes se sont chargées du marin aussi. Je ne suis pas certaine de connaître l'autre, mais il semble bien que quelqu'un soit accroché au marin.

Marrill ne put s'empêcher de rire en imaginant la scène. Et sa bonne humeur ne fit qu'augmenter quand elle repéra l'eau au-delà des troncs. Les mâts du *Kraken* s'agitaient parmi eux, et elle poussa un cri de joie.

Un instant plus tard, Leferia les posait doucement sur le rivage.

– Terminus, annonça-t-elle. Dépêchez-vous maintenant d'emporter cette Carte loin d'ici avant que l'Oracle vous attrape, ajouta-t-elle d'une voix tremblante.

– Qu'y a-t-il ? s'enquit Marrill, tandis qu'Ardent reprenait son équilibre. Est-ce que vous ressentez de nouveau la tristesse de l'Oracle ?

– Oh non, rien de tel, assura Leferia. C'est juste que ma Carte va me manquer, c'est tout. Elle racontait de si jolies histoires. Ça me permettait de m'évader de toute cette mesquinerie et de ces chamailleries.

Les feuilles de sa liane reniflèrent doucement.

– Tu sais, tout ce que je voulais c'était obliger ce stupide Conseil à me répondre, pour une fois. Ça fait tellement longtemps qu'on est là, à se disputer, à ne rien faire ni rien espérer. Ça aurait été agréable d'être aux commandes, juste pour un petit moment.

Marrill pressa ses mains contre sa poitrine. Elle n'avait pas eu une seconde pour réfléchir à ce qu'était la vie de Leferia. Au fait qu'elle avait passé tout ce temps enracinée au même endroit, souhaitant désespérément s'éloigner des querelles incessantes. C'était dur d'y être arrivée enfin pendant quelques instants seulement, puis de devoir y renoncer à tout jamais.

– Ah, tant pis, dit Leferia avec un soupir. Ils ont beau être affreux, je ne supporterais pas de les perdre après toutes ces années. C'est ma famille, maintenant. Mieux vaut être tous sains et saufs sans pouvoirs que réduits en cendres.

Marrill se sentit submergée par l'émotion. Elle avait envie de serrer Leferia contre elle. Même si c'était un vieil arbre bizarre et potentiellement maléfique, c'était un vieil arbre bizarre et potentiellement maléfique tellement adorable ! Et elle les avait beaucoup aidés. Soudain, la fillette eut une idée.

– Marrill, la pressa Ardent, nous devons y aller. Le vent est bon, et Serth ne tardera pas à nous prendre en chasse.

– Une seconde, répondit-elle.

Elle fouilla rapidement ses poches et en tira le bout de soie des sirènes, qu'elle noua solidement autour de la liane.

– Merci, souffla-t-elle.

La liane de Leferia sursauta, puis vira très légèrement au rose. Elle s'enroula alors autour de Marril et la serra bien fort.

– La Jacasseraie te doit beaucoup, Marrill Aesterwest, chuchota la voix de Leferia à travers une feuille tout contre son oreille. Pars maintenant, et emmène tous ces magiciens loin d'ici. J'ai un feu à éteindre !

Marrill fit au revoir de la main tandis que la liane regagnait la forêt pour porter la soie des sirènes dans l'île protégée par ses douves de ronces.

– Je suis prête ! annonça-t-elle en se retournant vers Ardent.

L'enchanteur avait déjà gravi la moitié de l'échelle. Elle aperçut Coll, qui leur faisait signe du bateau, et l'Homme Os-de-Corde qui tirait sur les cordages. Le *Kraken* était paré à appareiller.

Marrill s'élançait vers le bateau, quand un croassement familier l'arrêta brusquement. Juste derrière un épais fourré, Rose s'était posée sur une souche surmontée de deux branches tordues semblables à des mains aux longs doigts. De petits glands mûrs pendaient à chacun d'eux.

– Allez, ma toute belle, on doit partir, l'encouragea Marrill.

L'oiseau donna un coup de son bec griffonné sur l'un des glands.

– Ce n'est pas le moment de déjeuner, protesta Marrill.

Puis elle agita sans brusquerie mais avec insistance les bras pour que l'oiseau s'envole.

Rose leva vers elle un œil noir et frappa de nouveau le gland.

Marrill soupira. Le *Kraken* se préparait à partir. Ils n'avaient pas le temps ! D'un autre côté, il n'était pas question de laisser une partie de la Carte derrière eux. Énervée, elle tapa du pied.

– Viens, Marrill ! appela Finn.

– Je dois ramener Rose ! cria-t-elle en retour.

Elle attrapa vivement les glands et les fourra dans ses poches.

– C'est bon, ma belle, tu veux des glands ? Alors tu n'as qu'à venir avec moi pour en avoir.

À peine eut-elle cueilli le dernier que Rose émit un *croa* ! satisfait et s'envola en direction du navire.

– Pas trop tôt, marmonna Marrill.

Son premier mouvement en arrivant sur le pont fut d'étreindre farouchement Finn.

– Je suis tellement contente que tu t'en sois sorti ! s'écria-t-elle en souriant. Je suppose que tu n'as pas eu trop de mal à secourir Coll, alors ?

Finn fit la grimace et ôta une brindille de ses cheveux. Marrill l'imagina soudain cramponné à Coll à la façon d'un koala pendant que Leferia les projetait d'une liane à une autre.

– Ouaip, je préfère ne pas en parler, ronchonna-t-il, et Marrill ne put se retenir de pouffer.

Karnelius émergea de la cale du bateau et s'étira langoureusement au soleil. Puis il se dirigea vers sa maîtresse, s'arrêtant pour se frotter la joue contre le mât et bâiller, ce qui découvrit chacune de ses dents. Il donna ensuite un coup de patte vers l'endroit où Rose s'était perchée, mais sans la moindre conviction.

– Arrête d'être aussi désagréable, gronda Marrill en prenant son chat dans ses bras.

Rose poussa un croassement sonore et s'envola pour leur indiquer le chemin. Les pirat's larguèrent la dernière amarre pendant que l'Homme Os-de-Corde hissait la grand-voile. Alors, avançant aussi vite que Coll pouvait le manœuvrer, le *Hardi Kraken* regagna une fois de plus le Torrent Pirate.

Dès qu'ils approchèrent du large, Marrill et le reste de l'équipage se rassemblèrent sur la dunette et regardèrent la Jacasseraie rapetisser derrière eux. Un nuage de fumée s'élevait dans le ciel, juste au-dessus.

Finn désigna par-dessus l'eau rougeoyante une forme sombre qui surgissait de l'autre côté de l'île.

– Le *Dragon noir*, indiqua-t-il d'une voix inquiète. C'est le meilleur bateau de Stavik.

Coll grogna.

– Ça peut bien être le meilleur bateau de qui tu veux, on a trop d'avance pour qu'il nous rattrape avant un bon moment.

Marrill essaya de se rassurer, mais ses émotions se bousculaient. Elle avait affreusement peur que la Jacasseraie soit réduite à un tas de cendres. Et elle craignait tout autant qu'en ayant pris la Face, ils se soient fait un ennemi mortel de Serth.

Mais elle se réjouissait aussi de ce qu'ils aient franchi une étape dans la reconstitution de la Carte. Le moment de rentrer chez elle se rapprochait. Comme pour renforcer ses espoirs, une goutte de pluie s'écrasa sur sa joue, puis une autre sur son épaule. Karnelius siffla et se débattit pour descendre de ses bras et retourner au plus vite dans la cale.

De gros nuages d'orage s'amoncelaient devant eux, et des rafales de vent rabattaient un mur de pluie à travers le Torrent. Droit sur la Jacasseraie. Marrill n'avait jamais été aussi heureuse de voir arriver la pluie.

Elle se tourna vers Finn et lui prit le bras.

– L'orage va peut-être éteindre le feu !

Il la regarda avec un sourire.

– J'espère...

Il ne termina pas sa phrase. Il fixait un point derrière Marrill, et son visage blêmit.

Elle détestait ce genre de situation.

Se préparant au pire, elle se retourna. Là où, un instant auparavant, il n'y avait que l'eau du Torrent naviguait à présent un vaisseau toutes voiles dehors, à moins d'un stade de football du *Kraken*. Il semblait que le *Dragon noir* avait trouvé un moyen de les rattraper, finalement. En un clin d'œil.

Et à la barre se tenait un homme pâle vêtu d'une toge noire, les mains tendues vers le ciel.

29

Le vaisseau par le fond

Finn avait les yeux rivés sur le vaisseau noir et bas qui les poursuivait. *C'est impossible*, se dit-il. Le *Kraken* avait une solide avance – le *Dragon* ne pouvait pas l'avoir rattrapé aussi vite.

Il cligna les yeux et secoua la tête. Pouvait-il s'agir d'une illusion d'optique ? Mais, lorsqu'il regarda de nouveau le Torrent, le *Dragon* était toujours là. Il semblait même s'être encore rapproché.

Nettement.

– Hé, les gars ? appela-t-il.

Il regarda derrière lui. Ardent et Coll le dévisageaient avec la même expression soupçonneuse. Avant qu'ils puissent lui demander qui il était et ce qu'il faisait là, il désigna le *Dragon*.

– Le bateau de l'Oracle est juste derrière nous !

Coll bondit jusqu'au bastingage et se pencha à l'extérieur en se suspendant à une corde.

– C'est impossible, commenta-t-il. Le vent est avec nous, et notre avance est bien trop grande.

Finn reporta son attention sur le Torrent. Il se passait quelque chose d'étrange. Non seulement le bateau les rattrapait, mais c'était comme si la distance qui les séparait s'était évanouie. Il échangea un regard inquiet avec Marrill.

— Il ne nous rattrape pas, cracha Coll. C'est l'espace entre nous qui disparaît. C'est tout bonnement impossible. Dis, Ardent, c'est possible ?

L'enchanteur fit la moue, et réfléchit.

— Avec la magie, tout est possible, répondit-il en observant attentivement le *Dragon*. Mais non, ajouta-t-il en pliant et dépliant les doigts, je n'ai encore jamais vu de magie susceptible de faire *ça*.

Et pourtant c'était bien ce qu'ils venaient de voir. Finn sentit un vent frais lui chatouiller la nuque. Il regarda autour de lui. Des nuages noirs se rassemblaient par tribord avant. Il sentait la pluie venir dans le vent qui forcissait.

Derrière eux, le *Dragon noir* arrivait à portée de voix. Les pirates entonnaient un chant de marins lugubre. La poitrine de Finn se serra en entendant le son porté par les vagues. Même s'ils ne se souvenaient pas de lui, les voleurs étaient ses amis. Cela lui faisait mal d'entendre une telle tristesse dans leurs voix.

Par le fond vont les rats
Par le fond les crapules
Au premier coup de vent, on regarde couler
Le vaisseau.

Par.
Le fond.

Coll sauta sur le pont.

– Bon. Magie ou pas magie, je ne vais quand même pas laisser n'importe qui doubler le *Kraken*! Allez, les pirat's, hissez le foc! commanda-t-il en prenant la barre. Toutes voiles dehors, Homme Os-de-Corde!

Le navire grouilla soudain d'activité, les pirat's se précipitant pour obéir aux ordres de Coll. Ardent agitait les mains en l'air et marmonnait quelque chose à propos de « l'esprit des vents mauvais ». Les voiles se gonflèrent, et Finn se rendit compte qu'il y avait beaucoup plus de vent qu'il ne l'aurait cru. Le *Kraken* vira sous les mains de Coll, afin de s'écarter du centre de la tempête.

Le tonnerre déchira le ciel, juste devant eux. Des éclairs sillonnaient les nuages. Mais au lieu d'être blancs ou jaunes, comme à l'accoutumée, ils projetaient une lueur écarlate.

Tout le monde se figea sur le bateau. Finn sentit les poils se hérisser sur ses bras.

– Cette tempête n'est pas naturelle, entendit-il Ardent glisser à Coll à mi-voix.

– Un temps de Vaisseau de Fer, je sais, marmotta le marin.

Finn s'étrangla. Il se souvenait de ce qu'il avait entendu sur le Vaisseau de Fer : un navire fantôme, avec des ombres pour équipage. *Il apparaît par les plus terribles tempêtes, quand les éclairs virent au rouge.*

Derrière lui, les voix des pirates s'amplifiaient.

> *Par le fond les genoux*
> *Par le fond les épaules*
> *Ensablés sont les bras*
> *Le vaisseau.*
> *Par.*
> *Le fond.*

Quoiqu'il n'eût pas particulièrement envie de découvrir si le Vaisseau de Fer était une légende ou non, Finn pensa que tout serait mieux que de devoir affronter de nouveau Serth.

— Cap sur la tempête ! lança-t-il à Coll.

Le marin le regarda comme s'il n'avait pas toute sa raison. De toute évidence, il ne reconnaissait pas le garçon, et, à plus forte raison, ne lui faisait pas confiance.

Finn saisit Marrill par les épaules alors que la pluie commençait à marteler le pont.

— Il faut convaincre Coll, et il ne m'écoutera pas ! Serth a peur du Vaisseau de Fer, assura-t-il. Il ne nous suivra pas dans la tempête. On peut le semer !

Elle se mordilla la lèvre, ne sachant que décider.

— Fais-moi confiance, insista Finn.

Elle acquiesça d'un signe de tête et se précipita vers Coll, glissant sur le pont mouillé. Elle expliqua à grand renfort de gestes le plan de Finn. La corde entrelacée du tatouage de Coll apparut sur son cou pendant qu'il pesait le pour et le contre. Puis il fit tourner vivement la barre du navire, en grognant sous l'effort.

Marrill leva les pouces à l'intention de Finn, mais, alors qu'ils s'enfonçaient dans la tempête, le garçon se demanda s'il n'était pas un peu tôt pour crier victoire. Ils sèmeraient peut-être Serth, mais comment savoir ce qu'ils trouveraient à la place ?

Un éclair illumina le ciel d'un inquiétant rouge sombre. La tempête s'intensifiait, et la pluie tombait à présent si dru que Finn distinguait à peine le *Dragon* dans leur sillage.

Mais il entendait encore les pirates.

Par le fond, enchaîné
enveloppé dans un suaire
jamais plus ne le reverrons
Puisque le vaisseau.
Par.
Le fond !

Le *Kraken* heurta une vague particulièrement violente, et les planches du pont fléchirent avec un gémissement en signe de protestation. Coll agrippa la roue en jurant et dut lutter pour maintenir le cap du navire. Marrill, elle, luttait pour rester debout.

Un grand bruit de déchirement résonna au-dessus d'eux. Une voile avait cédé et battait furieusement au vent. Ardent se précipita au milieu du navire et fit voleter ses doigts pour la réparer. Mais à peine eut-il terminé de raccommoder cette voile qu'une autre se déchira.

Marrill se tenait à ses côtés et donnait d'une voix forte des indications à Coll tandis que le *Dragon* fonçait sur eux à travers la tempête. Chaque membre de l'équipage avait une tâche assignée, à l'exception de Finn.

Il en eut bientôt assez d'être inutile. Alors il se précipita à l'arrière, glissant sur le pont mouillé alors que le navire fendait les vagues. Lors d'une accalmie entre deux bourrasques de pluie, il aperçut le *Dragon*.

Le bateau était encore plus près qu'il ne l'avait imaginé. Le garçon croisa le regard de l'Oracle, qui n'était plus séparé du *Kraken* que par une longueur de navire.

– Plus vite! cria-t-il à Coll. Allez!

Serth s'avança vers la proue de son bateau. Dans son dos, des voleurs que Finn connaissait depuis des années se préparaient à l'abordage. Ils avaient le visage creusé par le chagrin, mais Finn ne doutait pas un instant que leur peine n'avait rien à voir avec lui. Serth semblait avoir une telle emprise sur eux qu'aucun n'avait ne fût-ce que remarqué la pluie.

Il y eut un nouvel éclair rouge, aveuglant et déchaîné, et Serth eut un mouvement de recul. Ce fut cet unique instant de faiblesse qui raviva le courage de Finn.

– Hé, Serth, c'est le Vaisseau de Fer qui arrive ! cria-t-il en direction du *Dragon*. Tu crois que tu pourras le faire pleurer ? Ou bien c'est le moment de prendre la tangente ?

L'Oracle serra les bras autour de lui en frissonnant. Ses lèvres remuèrent, mais Finn eut du mal à comprendre les mots qu'il prononçait :

– Peur... passer au large... le fer tue les dragons... qui sera le premier, qui sera le premier...

– Finn ! hurla Marrill.

Elle s'avança d'un pas chancelant jusqu'à lui, maladroite et déséquilibrée par le tangage et le roulis du navire en grosse mer.

– Fais attention ! ajouta-t-elle. C'est un magicien, tu te rappelles ? Il pourrait... t'ensorceler, ou je ne sais pas quoi !

– Pas si je l'ensorcelle avant, intervint Ardent, au-dessus d'eux.

Le vieil homme se tenait sur le mât d'artimon, les pieds solidement plantés sur la hune du mât. Une énergie lumineuse courait le long de ses doigts. Il n'avait jamais eu autant l'air d'un magicien.

– Tu es prêt, mon vieil ami ? lança-t-il.

– Ce n'est pas ce qui est prévu ! répliqua l'Oracle. Ça ne doit pas se passer ainsi ! L'ordre, nous devons respecter l'ordre !

Serth leva une main, paume tournée vers eux. Le chant des pirates se tut.

Pendant quelques secondes, Serth et Ardent se firent face. Ni l'un ni l'autre ne bougeait ni ne parlait. Ils s'affrontaient simplement du regard.

Puis le *Dragon noir* vira pour s'éloigner de la tempête.

— Les scènes se dérouleront dans le bon ordre ! leur cria Serth alors que la distance entre les deux navires s'accroissait rapidement. Il y aura une autre tempête !

Puis il disparut avec son bateau derrière les gros nuages et la pluie battante.

Coll se montra plus exubérant que Finn l'en aurait jamais cru capable.

— Oh, béni soit le vent d'ouest, dit-il. Je m'apprêtais justement à nous détourner de ce grain !

Il tira sur la barre, et le *Kraken* vira bâbord toute, s'écartant du cœur de la nuée noire.

— On a réussi ! s'exclama Marrill, rayonnante. Ta stratégie a payé ! ajouta-t-elle en saisissant le bras de Finn sans cesser de faire des bonds.

Finn agita nerveusement les pieds.

— C'est toi qui as convaincu Coll, fit-il remarquer.

— Peut-être, mais c'est toi qui as deviné que ça marcherait, rétorqua-t-elle avec un grand sourire.

Finn sentit son cœur se serrer sous l'effet de la culpabilité. Marrill lui avait fait confiance sans hésiter, et il ne lui avait pas révélé toute la vérité.

— Il reviendra, assura-t-il. Surtout compte tenu du fait qu'il m'a déjà suivi jusqu'ici.

— Hein ? fit Marrill.

De grosses gouttes de pluie éclaboussaient le pont autour d'eux tandis que la tempête se dissipait.

Finn prit son sac de voleur et en sortit la Clef de rubis.

– Cette Clef lui appartient, déclara-t-il. L'Oracle m'a engagé pour la voler sur le Vaisseau Temple méressien. Mais, quand il a voulu la récupérer, je me suis enfui.

Marrill fronça les sourcils. Finn ne savait pas si elle était perdue ou fâchée. Elle l'avait considéré comme un partenaire. Et il lui avait caché une information capitale. Il avala sa salive.

– C'est pour ça...

Il s'interrompit pour s'armer de courage. Il n'avait jamais eu à assumer la responsabilité de ses actes. Personne ne se souvenait de lui assez longtemps pour lui faire des reproches. Il découvrait donc combien cela pouvait être difficile.

– C'est à cause de *moi* qu'il nous a poursuivis au départ. C'est pour lui échapper que je me suis réfugié sur le *Kraken*, quand il y a eu l'incendie du port. Je fuyais Serth.

Il poussa un long soupir.

– Oh, Finn..., commença Marrill, le visage crispé.

– Eh bien, on s'en est plutôt bien sortis, non? intervint Ardent qui, moitié flottant, moitié s'appuyant sur ses bras et ses jambes, descendit de son mât, légèrement aidé par l'Homme Os-de-Corde.

Heureux de pouvoir changer de sujet, Finn se tourna vers le magicien.

– Hé! Vous avez appelé l'Oracle votre « vieil ami »!

Ardent fronça les sourcils.

– Effectivement, dit-il. Très observateur, qui que vous soyez.

Une goutte d'eau s'écrasa sur le nez de Marrill, qui s'essuya aussitôt la figure.

– Bon, là, c'est vraiment trop, dit-elle. Vous et... Serth? Vous êtes amis?

– Nous l'avons été, corrigea-t-il avec un haussement d'épaules.

Il les regarda tous les deux tour à tour.

– Pourquoi ne pas venir vous sécher dans ma cabine? proposa-t-il. Vous êtes trempés. Je vous rejoins tout de suite, et nous pourrons discuter tranquillement de la fin du monde.

30

La Prophétie méressienne

Marrill regarda Finn avec de grands yeux.
– Ça n'annonce *vraiment* rien de bon, marmonna-t-elle.

Le vent tourna dans les voiles, juste au-dessus d'elle, et l'aspergea de gouttes de pluie glacée. Elle croisa les bras et frotta sa peau nue et mouillée pour se réchauffer.

Elle s'était attendue à un sourire peut-être, ou en tout cas à une réaction, mais Finn se contenta de remettre la Clef dans son sac de voleur et se dirigea vers la cabine sans un mot. Cela ne lui ressemblait pas, et elle mit un moment avant de le suivre.

– Hé ! lança-t-elle en le rattrapant alors qu'il atteignait la porte.

Il rougit, son malaise reprenant le dessus. Tout comme la première fois, quand elle l'avait rencontré, sur le toit des Quais Létemank.

– Je regrette de ne pas t'avoir parlé plus tôt de la Clef. Je suis habitué à me débrouiller tout seul. Je...

Il parut avoir du mal à poursuivre, mais se ressaisit aussitôt.

– Je ne sais pas comment faire pour être un ami.

Marrill lui prit la main. Elle repensa au secret que les lianes à rumeurs lui avaient murmuré dans la Jacasseraie – au fait qu'il n'avait jamais eu d'ami de sa vie.

– Finn, lui assura-t-elle, tu es un ami génial. En fait, tu es mon meilleur ami.

Il ouvrit des yeux immenses, et son sourire lui mangea pratiquement tout le visage. Mais Marrill n'attendit pas qu'il répliquât quoi que ce soit. Elle savait déjà ce qu'il éprouvait.

– À part ma mère et Karny, évidemment, ajouta-t-elle avec un petit sourire entendu.

– Évidemment.

Il s'esclaffa. Et, maintenant que tout malaise était dissipé, ils s'engouffrèrent dans la cabine d'Ardent.

– Waouh ! commenta Finn en tendant le cou pour regarder autour de lui. Vise-moi tout ça !

« *Waouh* » *est le mot juste*, songea Marrill, qui se tenait derrière lui. Un grand bureau trônait au centre de la pièce, un lit étroit était poussé contre une paroi, et, juste en face, quelques chaises entouraient une table de salle à manger. Les autres murs de la cabine étaient tapissés de rayonnages et de meubles contenant à peu près tout ce que Marrill pouvait imaginer, et un tas de choses qu'elle n'aurait même jamais imaginées.

Sur une pile d'oreillers coincés dans une alcôve, juste au-dessous d'un hublot, se prélassait Karny, son gros ventre roux à l'air. Il semblait se moquer éperdument de la terrible tempête à laquelle ils venaient d'échapper, et ronronnait déjà lorsque Marrill le prit dans ses bras.

– Alors c'est là que tu te caches, dit-elle tandis qu'il se frottait affectueusement la tête contre son menton.

Une petite troupe de pirat's surgit d'une porte minuscule percée dans le mur et entreprit de regonfler les oreillers que le chat venait de quitter.

– Tu n'imagines pas le fric qu'il y aurait à tirer de tout ça aux Quais, commenta Finn en déambulant à travers la pièce.

Marrill se demanda s'il se rendait compte que ses doigts s'agitaient tout seuls.

– Waouh! Contre ce bouclier, on pourrait récupérer de quoi permettre à Mme Parsnickle d'habiller tous les moins de six ans!

Marrill s'approcha du lit et examina le bouclier géant accroché au-dessus. L'objet avait la forme d'une bouche ouverte hérissée de crocs prête à engloutir quelqu'un tout entier.

– Il dort là-dessous?

– Bien sûr, répondit Finn. Il s'agit d'un bouclier anticauchemar. Et il a l'air plutôt élaboré. Ardent doit bien dormir.

Marrill frissonna. Avoir une chose pareille au-dessus de sa tête lui aurait plutôt donné des cauchemars. Lorsqu'elle se retourna, Finn se trouvait près du bureau d'Ardent, les yeux fixés sur quelque chose. Marrill le rejoignit et tendit le cou pour regarder par-dessus son épaule.

– Qu'est-ce que tu as trouvé ?

Finn montra l'une des cartes à jouer d'Ardent, semblable à celles que le magicien manipulait avant leur arrivée à la Jacasseraie, et dont le dessin était si précis qu'il semblait un instant de vie figé. La carte représentait un magicien vêtu d'une toge d'un blanc éclatant, et elle portait dans sa partie inférieure une inscription rédigée d'une écriture tout en hauteur :

À mon cher ami, la veille du jour
où nous atteindrons notre destinée.
Sans toi, cela n'aurait jamais été possible.

– Qui est-ce ? demanda-t-elle.

La carte n'était pas l'une de celles qu'elle avait vues entre les mains d'Ardent.

Finn approcha une bougie afin d'éclairer le portrait.

– Tu ne le reconnais pas ? s'étonna-t-il.

Marrill examina les traits bien dessinés, les yeux et le menton larges. Elle ne vit pas tout de suite. Puis son souffle se coinça dans sa gorge. Le hâle qui teintait les joues de l'homme et l'ombre du sourire qui étirait ses lèvres étaient comme un déguisement. Si elle ne l'avait pas vu quelques minutes auparavant, elle ne l'aurait sans doute jamais reconnu.

– L'Oracle, hoqueta-t-elle. Il a dû écrire ça juste avant de boire l'eau du Torrent. Et s'il a donné la carte à Ardent...

– C'est qu'Ardent devait être présent, termina Finn.

– En effet, dit Ardent depuis l'entrée de la cabine.

Marrill sursauta, et Karnelius poussa un miaulement de protestation. Finn recula, se ramassant un peu sur lui-même comme pour se préparer à bondir.

– Tu savais qu'il y avait quelqu'un d'autre ici ? demanda Ardent en désignant le garçon.

Marrill hocha la tête, mais sans quitter le magicien des yeux.

– C'est un ami, précisa-t-elle. Alors, vous étiez vraiment présent, ce jour-là ?

Ardent poussa un soupir.

– Oh oui.

Il esquissa un geste machinal, et deux chaises traversèrent vivement la pièce pour s'arrêter à côté de chacun des enfants. Une troisième quitta la table, fit un saut périlleux et atterrit derrière le bureau. Ardent y prit place.

– Je suppose qu'il vous faut un siège à *tous les deux*, commenta-t-il.

Marrill s'assit lentement sur sa chaise en échangeant un regard avec Finn. Karnelius se roula en boule sur ses genoux et lui pétrit distraitement les cuisses.

Ardent tendit le bras pour prendre la carte, et celle-ci quitta la main de Finn pour voler jusqu'à lui. Marrill n'aurait su déterminer si c'était du chagrin ou de la colère qui animait le regard du magicien lorsqu'il examina le portrait. Quel que fût son état d'esprit, cela paraissait compliqué.

— Nous étions comme des frères, à cette époque, commença-t-il. Nous étions huit, tous de grands magiciens, et à nous tous il n'y avait pas grand-chose que nous ne pouvions maîtriser. Au moins une fois par saison, nous nous retrouvions sur l'île de Méres afin d'échanger des connaissances et de mener des expériences importantes. Mais Serth et moi étions particulièrement proches.

Ses lèvres se contractèrent.

— Nous travaillions bien ensemble. Il avait un don inné, et moi, une formidable capacité de travail. Alors, quand Serth a exposé son grand projet de ne plus faire qu'un avec le Torrent, je l'ai soutenu. J'imagine que je n'ai pas besoin de vous dire que ça s'est mal passé ?

— En effet, répliqua Marrill, fière de se rappeler ce que Leferia lui avait confié. Il a bu l'eau, ça lui a révélé l'avenir, et c'est de là que vient la Prophétie méressienne.

— En fait, plutôt que de lui révéler l'avenir, ça lui a fourré d'un coup tout l'avenir dans le crâne, expliqua Ardent, qui tira pensivement sur sa longue barbe. Imaginez qu'on arrache les pages d'une bibliothèque remplie de livres, qu'on mélange l'ensemble et qu'on essaye de tout faire tenir sur une seule étagère. C'est à peu près ce qui est arrivé au cerveau du pauvre Serth.

Marrill en eut le vertige, et elle frissonna en songeant aux multiples bibliothèques qu'elle avait fréquentées dans son monde. Il était impossible pour quiconque de tout intégrer – et encore moins, d'un seul coup.

– Ce n'est pas étonnant qu'il soit devenu fou, dit-elle.

– Oh non, concéda Ardent. Avec toute cette connaissance de l'avenir qui tourbillonne dans sa tête, dès qu'il veut faire quelque chose, il doit d'abord déterminer à quel moment il se trouve et ce qui va se produire juste après. Le simple fait de décider quoi manger au petit déjeuner revient à prendre des pages au hasard sur cette fameuse étagère et à espérer qu'il y en a une marquée « tartine ». Et, quand on passe autant de temps à trier ces pages, il n'en reste plus pour décider si on veut une tartine ou des œufs brouillés.

– Ça a l'air atroce, commenta Marrill.

– Absolument, fit Ardent en hochant la tête. Je suis sûr que vous ne serez pas surpris d'apprendre que nous nous sommes séparés peu après, ajouta Ardent avant d'examiner de nouveau l'image de Serth. Il s'avère que boire l'eau du Torrent Pirate n'est pas la meilleure façon de renforcer une amitié.

Marrill regarda Finn en songeant à la conversation qu'ils venaient d'avoir. Même s'ils ne se connaissaient pas depuis longtemps, elle n'avait pas menti : c'était vraiment son meilleur ami. Elle préférait ne pas imaginer ce que cela lui ferait, de le perdre aussi soudainement.

– Pendant des années, Serth n'a rien pu faire d'autre que raconter ce qu'il avait vu pendant que quelques adeptes fervents – les premiers Méressiens, comme on les a appelés – notaient chaque mot. Puis, un jour, il a disparu, raconta le vieux magicien en posant la carte avec un soupir. Je n'ai appris que très récemment, par une vieille amie, que Serth était réapparu, bien décidé à faire en sorte que sa propre Prophétie s'accomplisse.

Son regard se posa sur la pile de cartes placée sur son bureau. Marrill pensa à la discussion qu'ils avaient eue après leur rencontre avec le kraken, et devina quelle carte retenait l'attention d'Ardent.

– Cette vieille amie, c'était Annalessa, n'est-ce pas ?

L'ombre d'un sourire illumina le visage d'Ardent, malgré la tristesse qui crispait ses lèvres.

– Tout à fait.

Finn les regardait d'un air interrogateur. Marrill éclaira sa lanterne :

– C'était une amie, qui lui a demandé son aide avant de disparaître.

– Annalessa a été la première à comprendre ce qui se passait, expliqua Ardent en hochant la tête. Elle a confirmé ce que je craignais : Serth cherche la Carte des mille mondes pour trouver le Soleil perdu de Dzannin, ainsi que l'a annoncé la Prophétie méressienne. Et il a l'intention de détruire le Torrent Pirate.

Son annonce fut accueillie par un silence. Marrill n'en revenait pas ; Finn semblait pétrifié. La conversation avait pris un tour particulièrement grave.

Marrill jouait nerveusement avec la queue de Karnelius tout en digérant l'information.

– Il cherche donc la même Carte que nous.

– Effectivement, confirma Ardent. J'avais espéré la découvrir bien avant lui, mais on dirait qu'il nous a rattrapés.

– Et que fera-t-il de la Carte, exactement ? demanda Finn.

– Excellente question, commenta Ardent, qui se leva et se mit à faire les cent pas, mains nouées derrière le dos dans l'attitude qu'il affectionnait. Pour comprendre la réponse, il faut que vous en sachiez un peu plus sur l'histoire du Torrent. Le Torrent est source de nombreuses légendes, vous voyez, si nombreuses que, même moi, je n'ai fait qu'effleurer le sujet. Mais il ne subsiste qu'une seule légende datant d'*avant* le Torrent Pirate.

Il fit courir une main à travers les airs, et un ruban argenté jaillit de ses doigts, comme la première fois qu'il avait parlé du Torrent à Marrill.

– D'aussi loin que remontent les souvenirs, le Fleuve de la Création était un cours d'eau lent, large et profond. Mais un jour il s'est emballé, et son flot rapide et furieux a donné naissance à de nouveaux mondes sur son passage.

D'un claquement de doigts, Ardent fit surgir de minuscules points lumineux autour du ruban argenté, points qui rappelèrent à Marrill des grains de poussière dans un rai de lumière.

– On dit qu'à cette époque, une centaine de milliers d'étoiles brillaient sur autant de créations différentes.

Il s'interrompit et désigna l'un des minuscules points lumineux. Celui-ci se mit à enfler en palpitant d'une lueur rouge.

– Mais une seule étoile projetait une lumière destructrice.

Marrill regarda l'étoile avaler tout ce qui l'entourait, anéantir tout ce qu'elle touchait.

– L'étoile de la destruction, ça n'annonce rien de bon.

– J'en conviens sans hésiter – et la plupart des versions de la légende vont dans ce sens, dit le magicien en laissant retomber la main, ce qui fit disparaître la lumière rouge et le torrent argenté avec elle. Les Dzannes, les premiers hommes qui ont façonné ces nouveaux mondes, étaient extrêmement puissants. Ils ont confiné l'étoile de la destruction derrière une sorte de portail afin qu'elle ne puisse plus toucher ni le Fleuve de la Création ni le Torrent Pirate. C'est depuis ce temps-là qu'on appelle cette étoile le Soleil perdu de Dzannin.

« Mais, d'après la Prophétie méressienne, ce Portail se rouvrira, et Serth a l'intention de tout faire pour que cela arrive. Nul ne sait évidemment où se trouve ce Portail ni à quoi il ressemble – d'où le nom de "Soleil perdu" – et c'est pour le trouver qu'il a besoin de la Carte des mille mondes.

– « La Clef qui ouvre le Portail », grogna Finn. « La Carte qui montre la voie ». C'est ce que l'Oracle – Serth – répétait quand je suis tombé sur lui.

Le garçon se prit la tête dans les mains.

– C'est en effet ce que dit la Prophétie, confirma Ardent.

Marrill en eut la chair de poule. Elle attira Karnelius contre elle pour se réconforter. Le chat émit un bref ronronnement.

– Alors d'après vous, s'il ouvre le Portail, tout le Torrent va... disparaître ? questionna-t-elle.

Ardent écarta les mains.

– Peut-être. Je ne sais pas avec certitude comment cela pourrait se passer ; par bonheur, nous n'avons jamais connu d'apocalypse de cette importance auparavant.

– Mais qu'arriverait-il aux mondes que le Torrent touche seulement ? Ils ne risquent rien... si ?

Marrill pensait à son père et à sa mère, assis à la table de la cuisine.

– Il y a de fortes chances pour que tous les mondes où nous sommes allés, tous ceux que nous avons vus, soient détruits, et l'ensemble de leurs habitants, anéantis. Et nous aussi, je suppose.

Marrill s'affaissa sur sa chaise en essayant d'intégrer ce que cela signifiait. Soudain, il n'était plus simplement question de trouver la Carte afin de pouvoir rentrer à la maison. Il s'agissait de faire en sorte qu'il existe encore une maison où rentrer. Et Serth n'avait-il pas déjà prouvé que détruire ne lui posait aucun problème ? Elle pensa à la Jacasseraie et à Leferia. Cet endroit avait beau être effrayant et le Conseil, extrêmement bizarre, c'était un lieu où régnait une magie merveilleuse. Un lieu unique, même selon les critères d'un fleuve de pure magie. Et Serth n'aurait eu aucun scrupule à le réduire à néant.

– Mais cela le tuerait aussi, n'est-ce pas ? S'il ouvrait le Portail ? demanda Marrill.

Ardent acquiesça d'un signe de tête.

– Alors pourquoi ne se contente-t-il pas de ne pas le faire ? Est-ce que ça ne résoudrait pas tout ? Il pourrait continuer à ne pas mourir, et le Torrent Pirate continuerait à ne pas être détruit, non ?

– Je doute qu'il ait même envisagé cette éventualité, répondit Ardent.

– Sérieux ? s'exclama Finn avec un ricanement. Pourquoi ça, je me le demande bien ?

– Pour le comprendre, fit le magicien avec un soupir, il faudrait d'abord comprendre comment fonctionne l'esprit d'un dément.

Il écarta largement les mains et tenta d'expliquer :

– Voilà, disons que la magie, c'est comme l'imagination. Elle contient toutes les possibilités. De la même façon qu'on peut imaginer ce qui se produira dans le futur, la magie du Torrent Pirate peut elle aussi contenir l'avenir. Serth a bu de cette magie, et elle lui a donné l'*un* des futurs possibles. Mais, dans son esprit, ce qu'il a vu, c'était *l'avenir*, le seul et l'unique.

À côté de Marrill, Finn secoua la tête.

– Je ne saisis pas.

– Félicitations, répliqua Ardent. Tu n'es pas fou.

Il se dirigea vers l'une des bibliothèques et y prit un long tube étroit.

– Une expérience vous aidera peut-être à y voir plus clair.

Il ramassa une balle dans un panier à ses pieds et la plaça à un bout du tube. Puis il inclina l'autre extrémité vers la table.

– Regardez cette balle, dit-il, en lâchant l'objet dans le tube. Elle ne peut aller que tout droit, n'est-ce pas ? Et ne peut donc atterrir que sur la table.

La balle dévala bruyamment le tube.

– Mais si elle atterrissait ailleurs ?

Brusquement, Ardent brisa le tube en deux. La balle vola à travers la pièce, et Karnelius bondit des genoux de Marrill pour se lancer à sa poursuite.

– L'esprit de Serth est comme cette balle dans le tube – il ne peut aller que tout droit.

Enfin, Marrill entrevoyait un petit filet d'espoir.

– Donc, Serth considère cette Prophétie comme un mode d'emploi, et il suit ses instructions à la lettre, même si ça implique de détruire le Torrent. Est-ce qu'on ne pourrait pas avoir un exemplaire de ce mode d'emploi, dont on se servirait pour l'arrêter ?

Finn leva la main pour qu'elle frappe dedans en signe de triomphe. Elle allait s'exécuter quand Ardent secoua la tête.

– Malheureusement, ce ne serait pas aussi utile qu'on pourrait le croire.

Il esquissa un geste en l'air. La porte d'une armoire s'ouvrit à la volée, et un énorme livre en jaillit, puis clopina vers eux sur les coins inférieurs de sa reliure. Lorsqu'il arriva au bureau, il battit des pages, cherchant de toute évidence à sauter dessus. Marrill se mit à rire. On aurait dit une grosse dinde essayant de s'envoler.

Le livre parvint péniblement à se hisser sur le meuble et se laissa tomber dessus, grand ouvert. Un nuage de poussière s'échappait de ses pages desséchées.

– Ceci, mes jeunes amis, est la Prophétie méressienne.

– En entier ? demanda Finn, exprimant à voix haute l'incrédulité de Marrill tout autant que la sienne devant la taille gigantesque de l'ouvrage.

– Oh non, répondit Ardent avec un petit rire. Ce n'est que le premier tome. Il y a plusieurs volumes semblables. Malheureusement, de la même façon que l'esprit de Serth est comparable à une étagère pleine de pages, chaque partie de la Prophétie est à peu près aussi utile que quelques pages prises au hasard sur cette étagère. Complètement incohérente, sans lien avec ce qui précède et ce qui suit, ne donnant aucun indice sur ce qui va se produire et à quel moment.

Le magicien feuilleta le livre, faisant défiler les pages dans un flou d'encre et de papier. Il s'arrêta à la fin de l'ouvrage, sur une page où figurait la gravure d'un portail monumental. Dessiné derrière des barreaux ouvragés, il y avait un soleil stylisé dont les rayons étaient noirs.

– La seule chose évidente, c'est la fin, fit remarquer Ardent en touchant le dessin du doigt, ce qui parut assombrir l'encre. C'est le tout premier verset que Serth a prononcé. « Le Soleil perdu. »

31

Le Désert de l'Ombre Cristal

Finn examina le dessin pendant que Marrill lisait à voix haute la dernière strophe de la prophétie :

> Le Soleil perdu de Dzannin est retrouvé.
> Tout se terminera comme tout a commencé.
>
> Dans la baie, le vaisseau sombre.
> Les guides fidèles se muent en traîtres.
>
> Les bateaux se heurtent, la cité s'effondre.
> La tempête lèvera la marée de fer !
> La Clef le Portail ouvrira.
> La Carte la voie montrera.
>
> Quand la Carte rejoindra la Clef dans ma poche,
> le Soleil perdu se lèvera, la fin est proche !

— Plutôt flippant, conclut-elle.

Puis elle se mit à feuilleter l'énorme ouvrage tandis que Finn se creusait la cervelle pour comprendre le sens des versets qu'il venait d'entendre. Karnelius sauta sur le bureau, près de lui, cherchant à attraper les pages avec sa patte.

Finn fronça les sourcils en s'efforçant de ne pas prêter attention à son ventre noué par l'inquiétude.

– Alors c'est tout ? Serth a vu l'avenir, et la fin de l'histoire, c'est ça : lui qui ouvre la porte et détruit le monde entier sans qu'on puisse rien y faire ?

Il se rappela que l'Oracle lui avait promis de faire en sorte qu'on se souvienne à tout jamais de lui. *Ce sera fini quand tu m'auras donné la Clef*, avait-il assuré. Finn secoua la tête. On se souviendrait effectivement de lui : on s'en souviendrait comme de celui qui aurait mis fin au Torrent Pirate ! À supposer qu'il reste quelqu'un pour le raconter...

Le Torrent, c'était *chez lui*. C'était son monde. Il ne ferait jamais rien pour le détruire !

Mais, si..., fit une petite voix dans sa tête. Si c'était vraiment son destin ? S'il n'y avait aucun moyen d'éviter le futur ? Il baissa les yeux. Il avait refusé ce destin dans la Tourterie. Il n'était pas question de céder maintenant.

Ardent lui posa la main sur l'épaule.

– Non, lui dit le magicien. Serth n'a vu qu'un avenir *possible*. Mais il y a beaucoup d'autres possibilités. Elles sont infinies.

D'un claquement de doigts, la balle après laquelle avait couru Karnelius vola à travers la pièce et s'immobilisa devant Finn.

— Si cette balle est ton avenir, il ne s'arrête pas forcément là où le tube l'expédie. Il peut avancer dans la direction que tu choisis de lui faire prendre.

Il fut interrompu par un coup à la porte, et la balle tomba sur la table. Coll entra brusquement dans la cabine, accompagné d'un flot de soleil.

— La tempête est terminée, annonça-t-il en s'appuyant sur une petite portion de cloison entre les étagères. Aucun signe de Serth.

Finn laissa échapper la grande goulée d'air qu'il avait retenue sans s'en apercevoir. Il savait que l'Oracle ne tarderait pas à les retrouver. Mais, pour l'instant, ils étaient sains et saufs.

— Donc, reprit Ardent en se tournant vers eux, pour vaincre Serth, il nous suffit de l'empêcher de trouver le Portail et de l'ouvrir.

— C'est tout ? s'étonna Coll.

Marrill sourit à Finn, qui sentit les coins de ses lèvres remonter.

— Au moins, on s'est rapprochés d'un pas, commenta Marrill. Pas vrai, Finn ?

Coll et Ardent pivotèrent ensemble pour le regarder. L'expression du magicien s'adoucit.

— Marrill, s'exclama le vieil homme, je vois que tu nous as amené un ami de la Jacasseraie. Il semble bien que tu te fasses des amis partout où tu passes – c'est un talent admirable, pour quelqu'un d'aussi jeune !

— Super, grommela Coll. Les pirat's vont encore devoir préparer une nouvelle chambre.

— Oh, je suis sûre qu'on va lui trouver un endroit, dit Marrill en adressant un clin d'œil à Finn. Parce que figurez-vous que cet ami a justement un autre fragment de la Carte en sa possession !

À ce signal, Finn sortit le parchemin roulé de sa chemise.

— *Tadam* ! s'écria-t-il en le brandissant. La Face de la Carte des mille mondes !

— Formidable ! commenta Ardent en applaudissant.

Il claqua des doigts, et le livre de la Prophétie sauta du bureau sur une chaise. Puis le magicien désigna l'espace libéré.

— Voyons cela !

Finn avait le sens du spectacle. Il se délecta de cet instant, et sourit en déroulant le parchemin d'un mouvement sec du poignet.

La Face toucha le bureau avec un *poum* pour le moins théâtral. Elle se couvrit aussitôt de détails ; des îles, des continents et des mondes entiers défilèrent à sa surface.

Puis débordèrent du parchemin. Sans la Jacasseraie pour les absorber, les images qui surgissaient sur la Face se répandirent par terre.

Elles arrivaient de plus en plus vite et se muèrent bientôt en une cascade de dessins à l'encre. Des forêts, des montagnes et des villes se déversaient de la Carte, heurtaient le sol et rebondissaient dans tous les sens.

Ne sachant que faire d'autre, Finn essaya de les ramasser à l'aveuglette. Un continent particulièrement pointu glissa vers Karnelius, qui se jeta aussitôt dessus, lui donna des coups de patte, lui courut après et l'attrapa dans sa gueule.

– Karny ! Non ! cria Marrill en se lançant à sa poursuite. Lâche ce continent tout de suite !

Ardent s'élança pour piétiner le flot et tenter de l'arrêter, mais ses efforts se révélèrent aussi inefficaces que ceux de Finn. Les images de la Carte envahissaient tout l'espace.

– Sortez tous ces... *trucs* de mon bateau ! hurla Coll.

Il bondit, mais ne put qu'atterrir sur une île incontrôlable et s'écraser par terre.

– C'est ce que j'essaye de faire ! répondit Finn en jonglant d'une main avec deux châteaux tout en s'efforçant de l'autre de faire tenir en équilibre une ferme sur un mont enneigé.

De nouvelles formes surgissaient, dont le garçon ne pouvait absolument pas s'occuper. Mais il paraissait terriblement impoli de simplement les laisser tomber. Ces endroits existaient, malgré tout. Ou, en tout cas, c'en était une représentation dessinée.

Marrill passa près de lui comme une tornade en tournant autour du bureau sans cesser de crier :

– Karny, lâche ça ! Lâche ça !

Du côté de la porte, un grand bruit retentit. Finn vit alors un volcan jaillir de la cabine pour cracher sa fumée sur le pont. Une chaîne de montagnes dévala jusque sous le lit.

Le navire allait être complètement envahi ! Finn posa sur une chaise le paysage qu'il tenait, puis se précipita sur la Carte.

— J'y suis presque, assura le magicien, qui se débattait avec un coin du parchemin.

Finn saisit l'autre bout et le roula, envoyant un geyser au visage du vieil homme.

— *Argh !* Sacré coup de vapeur ! s'écria Ardent, qui cligna fort les yeux en se tapotant la barbe.

Il lâcha le coin qu'il tenait, et la Carte claqua à la figure de Finn, crachant un dernier atoll tortueux juste avant de finir de se replier.

Bouche bée, le garçon regarda le rouleau de parchemin dans sa main. Il avait vu beaucoup de choses étonnantes au cours de son existence (dont un nombre impressionnant au cours des dernières vingt-quatre heures), mais jamais rien de pareil. Il avait beau avoir observé la Carte dans la Jacasseraie, cela ne l'avait en rien préparé à cela. Le monde entier avait tenté de sortir d'une feuille de parchemin et d'envahir le *Kraken* !

— Il me semble avoir indiqué que la ligne noire entourant la Carte était importante, dit Ardent.

Tout autour d'eux, le sol et les étagères étaient jonchés de fragments de paysages. Marrill serra son chat dans ses bras alors qu'il finissait de manger les restes d'une ferme minuscule. Coll écarta du pied un tas de lunes à trois anneaux et frotta sa jambe endolorie. Finn s'accroupit près de la porte ouverte de la cabine et essaya d'empêcher un troupeau d'éléphants de courir vers le pont, où le volcan venait de s'éteindre.

— La Bordure serait sans doute très utile, à ce stade, avança Ardent, qui tâta du pied un récif quelque peu bousculé.

Évidemment, nul n'avait la moindre idée du temps qu'il leur faudrait pour trouver ce fragment.

— Vous avez réfléchi à l'endroit où elle pourrait être ? questionna-t-il.

— Demande à l'oiseau, répondit Coll, qui tendit les bras au-dessus de sa tête en bâillant.

Il gratta distraitement un point situé sous sa clavicule, où le col de sa chemise laissait apparaître l'extrémité de son tatouage.

Ardent se racla la gorge, les yeux plissés par la concentration alors qu'il examinait son capitaine. Quelque chose avait de toute évidence attiré son attention, mais Finn ne put déterminer de quoi il s'agissait.

Coll arrêta de se gratter, ses doigts s'attardant au-dessus du tatouage. Les coins de sa bouche se crispèrent.

— Et si vous alliez jouer dehors, tous les deux, pendant que Coll et moi remettons un peu d'ordre ? proposa Ardent d'une voix tendue malgré ses efforts pour conserver un ton léger et enjoué.

Marrill se dirigeait déjà d'un pas lourd vers la porte, réprimant à peine un bâillement elle aussi.

– Je pensais plutôt à une sieste, marmonna-t-elle.

Finn allait protester, mais un regard en direction de Coll l'en empêcha. Celui-ci se tenait appuyé contre la cloison, tout raide, les bras croisés serrés sur sa poitrine.

– Faites de beaux rêves, dit le marin avec insistance, indiquant clairement à Finn qu'il était temps de partir.

Le garçon hocha la tête et suivit Marrill dans l'escalier en colimaçon menant à leurs cabines. Lorsque sa tête toucha l'oreiller, il ne pensait plus depuis longtemps ni à Coll ni à qui que ce soit d'autre. Il dormait déjà.

*
* *

Finn bâilla et se frotta les yeux. Apparemment, il faisait nuit, froid et sombre. Les parois de sa cabine ondulaient ; trois d'entre elles ressemblaient à une étendue d'eau infinie alors que la quatrième évoquait les lumières lointaines des Quais Létemank en pleine nuit, telles qu'il les avait vues la première fois. Une voûte de petits points lumineux recouvrait le plafond, parmi lesquels une étoile brillait avec plus d'intensité que les autres. Il avait encore rêvé de sa mère.

Il s'étira sous les couvertures. Avait-il réellement dormi toute la journée ?

Une lueur étrange et chatoyante entrait par un hublot en hauteur. Ce n'était pas la lueur dorée du Torrent Pirate. Celle-là était verte, à moins qu'elle ne fût bleue ? Ou orange, peut-être ? Il essaya de se concentrer. Où se trouvait-il ?

Le froid l'assaillit dès qu'il eut rejeté la couverture. Ce n'était pas simplement la fraîcheur nocturne, ni même le vent glacial des Quais. C'était un vrai froid, de ceux qui ne préviennent pas. Le genre de froid que le corps ne sent pas, pas tout de suite, parce que ce froid lui-même est comme transi. Finn plia les doigts et s'aperçut qu'ils étaient raides et engourdis.

Il quitta le confort du lit et coinça les mains sous ses aisselles pour les réchauffer. De gros nuages de buée sortaient de sa bouche à chaque respiration. Il crut un instant qu'ils allaient geler et tomber par terre. Il arracha alors la couverture du lit et l'enroula autour de ses épaules.

À l'extérieur de sa cabine, une mince couche de givre blanc recouvrait le bois laqué du couloir, et un curieux cliquetis se faisait entendre. Le givre crissait sous ses semelles tandis qu'il se dirigeait vers l'escalier en colimaçon, sa couverture lui faisant comme une traîne. Finn franchit plusieurs portes et ne tarda pas à comprendre d'où venait le cliquetis : c'étaient les heurtoirs en forme de visage qui claquaient des dents contre l'anneau de cuivre qu'ils tenaient dans la bouche.

Des stalactites s'accrochaient au grand escalier et à ses rampes dorées. Il en tâta une précautionneusement avant de gravir les marches et de soulever la grande écoutille.

Il faisait déjà froid dans la cabine, mais sortir sur le pont fit au garçon l'effet de heurter un mur. Il eut un mouvement de recul et faillit tomber en arrière. Il n'y avait pas que le froid qui l'attendait dehors. Au-dessus de lui, le ciel était en feu.

Il faisait nuit, indubitablement, mais c'était comme si un voile de lumière avait été jeté par-dessus l'obscurité. Finn en oublia presque le froid intense. La lumière dansait, d'un vert vif cédant la place à un violet profond alors que le bleu basculait vers l'orange. Ce devait être la lueur qu'il avait aperçue par le hublot.

— Finn ! appela Marrill.

Il dut faire un effort pour s'arracher à la contemplation des lumières alors que son amie traversait péniblement le pont pour le rejoindre, emmitouflée dans un gros manteau de laine. Elle souriait mais avait les yeux rouges. Une larme de cristal gelé s'accrochait à sa joue.

— Très élégant, commenta-t-elle en désignant la couverture.

— Oh, ça, dit-il en suivant son regard. C'est pour les grandes occasions.

Elle lui sourit de nouveau, avec toutefois une expression douloureuse.

– Qu'est-ce qui se passe ? demanda-t-il.

Marrill se frotta le nez avec une moufle bordée de fourrure.

– Ça va, assura-t-elle. Je m'inquiète juste pour ma mère, c'est tout. Avec... enfin... tu sais, la fin du monde qui arrive, et tout ça.

Elle renifla vigoureusement et essaya de rire, sans y parvenir.

Finn voulut tendre la main, mais la laissa maladroitement retomber. Il n'avait pas encore beaucoup d'expérience pour réconforter les gens.

– Eh bien, tu sais, si ça doit être la fin du monde, il n'y a rien qui nous empêche d'aller jeter un coup d'œil derrière la porte du fond de cale.

Et il remua les sourcils en signe d'invitation.

Les coins de la bouche de Marrill frémirent.

– Et j'ai toujours ce magnifique tentalo, ajouta-t-il en sortant de son sac de voleur le fruit qu'il avait soutiré à l'éventaire de Jenny Bigleuse. Il n'est pas encore mûr, mais je suis certain que, si on le jette par-dessus bord, on aura la plus maousse des explosions.

Cette fois, Marrill éclata de rire, et cela fit chaud au cœur de Finn.

– Ta blague est complètement débile ! Mais, ajouta-t-elle en reprenant son sérieux, merci, Finn.

Il hocha la tête, se sentant sur un petit nuage.

– Ça se passera bien, Marrill, je t'assure.

Il rangea le tentalo dans son sac et attendit une seconde avant d'ajouter :

– Alors, pour cette histoire de fond de cale...

Elle lui donna une petite tape qu'il esquiva sans peine. Ils se mirent à rire et se pourchassèrent ainsi jusqu'au bastingage. Là, ils s'immobilisèrent et contemplèrent l'immensité qui les entourait.

– Waouh! souffla Finn, à court de mots.

De part et d'autre du *Kraken* flottaient d'énormes icebergs, dont certains étaient plus grands que le bateau lui-même. Ils réfléchissaient les couleurs des lumières de minuit et donnaient l'impression que le monde entier luisait dans l'obscurité. De temps à autre, il y en avait un qui émettait un petit craquement aigu, et, un instant plus tard, se rompait et s'abîmait dans les flots.

Cette partie du Torrent Pirate ressemblait davantage à un cours d'eau, une rivière étroite qui fendait la terre gelée. À mesure qu'ils avançaient, les icebergs se muèrent en falaises dominant des plaines enneigées. On entendait de plus en plus souvent le fracas de la glace en train de se briser.

Leur montrant le chemin à une courte distance, Rose exécuta un large virage.

– Au fait, on est où? demanda Finn.

Ardent approcha en bougonnant:

– Il doit s'agir du Désert de l'Ombre Cristal, à moins que je ne me trompe complètement. Ce qui ne risque pas. Les bateaux s'aventurent rarement jusqu'ici; la plupart gèlent, sont pétrifiés et coulent avant, ou encore sont écrasés ou engloutis par les glaces qui se modifient sans cesse.

Il dut remarquer leur expression inquiète, parce qu'il ajouta :

– Inutile de s'en faire : je suis en très bons termes tant avec le chaud qu'avec le froid. Contrairement à *certains* éléments que je pourrais nommer, ceux-ci sont parfaitement aimables. Ils gèrent les choses de manière très différente, naturellement, mais sont tous deux très raisonnables.

– Ce qu'Ardent n'arrive pas à vous expliquer, c'est qu'il peut nous empêcher de geler, intervint Coll, sans quitter la barre.

Finn frissonna. Il avait les doigts gourds et était à peu près certain que son nez était tapissé de glace. Selon lui, ça s'appelait être en train de geler.

– Et Serth ? questionna-t-il. Quelqu'un l'a aperçu ?

– Pas que je sache, le rassura Coll. Les pirat's ont une excellente vue, aussi j'en ai posté pour faire le guet.

– On dirait bien qu'on a quand même fini par reprendre de l'avance, remarqua Ardent.

À cet instant, Coll lança :

– Accrochez-vous !

Finn regarda vers la proue. Juste devant eux, le cours d'eau se rétrécissait encore, de plus en plus mince, jusqu'à n'être plus que de la neige et de la glace. Le Torrent s'arrêtait là ! Finn se prépara au choc, mais l'horrible fracas du bois contre la glace ne se fit pas entendre.

– C'est dingue ! s'exclama Marrill.

Coll poussa un grand cri de victoire. Ardent joignit les mains et se permit un petit sourire de satisfaction. Le navire avançait toujours.

Finn se précipita vers la rambarde et regarda en bas. Marrill tendit le cou aussi. La neige formait de petits tourbillons autour de la coque alors que la proue du navire fendait les congères. Ils naviguaient toujours à la voile. Sur la *neige* !

– Merci bien ! marmonna Finn pour lui-même. Comment c'est possible ?

– Je savais que c'était le bateau qui convenait ! commenta Ardent, rayonnant. Un *vrai* torrentier navigue partout sur le Torrent, qu'il soit gelé ou pas !

32

Je l'ai sur le bout de la langue

Partout autour d'eux, la glace tonnait et se fendait dans la lumière multicolore. Marrill avait la même impression que lorsqu'elle comptait les secondes après un éclair. Là, elle écoutait le bruit, puis comptait les secondes jusqu'à la rupture de la glace. De grandes falaises gelées s'effondraient ; des fissures traçaient à travers toute la plaine des lignes arachnéennes dont il était impossible de connaître la profondeur, de nouvelles falaises surgissaient en revêtant les formes les plus inattendues, en spirale ou en boucle. Le monde entier était en constante et violente mutation.

Marrill songea que c'était un peu comme sa vie. Il n'y avait pas si longtemps, elle espérait fuir l'Arizona avec sa famille pour retourner à leur vie d'aventures insouciantes. Et puis sa mère était tombée malade, et chaque seconde s'était révélée ensuite plus folle que la précédente. Et voilà que, soudain, elle ne cherchait plus simplement un moyen de rentrer chez elle : elle prenait part à une course contre un dément bien décidé à détruire le monde entier.

La glace tonna de nouveau, et Marrill resserra ses bras autour d'elle. Une étendue de neige douce se rompit par le milieu, un côté s'enfonçant alors que l'autre s'élevait curieusement. Un peu plus loin dans la plaine, seul un monticule enneigé semblait épargné par le chaos.

– Tu es mon petit monticule enneigé à moi, murmura Marrill en se penchant pour caresser Karnelius.

Le chat tourna la tête et la frotta contre la joue de sa maîtresse. Cela la réconforta un peu.

C'est alors que la température déjà glaciale chuta brutalement. Marrill eut la sensation qu'on venait de plonger son visage dans de l'eau glacée. Malgré l'épais manteau de laine, elle avait la chair de poule.

– Il f-f-f-fait f-f-froid, bégaya-t-elle.

Mais à peine les mots furent-ils sortis de sa bouche que son souffle se cristallisa et se solidifia, les lettres de glace flottant un instant devant elle avant de tomber en pile à ses pieds. L'un des F glissa sur le pont, et Karnelius sauta pour se lancer à sa poursuite.

Marrill fut tellement surprise qu'elle ne put réprimer un cri.

– *Gahhh!* cria-t-elle.

Seulement, au lieu de retentir, son cri se réduisit à un amas de lettres collées au bout de sa langue.

Ardent s'approcha pendant qu'elle essayait de détacher les lettres de sa bouche. Marrill sursauta. Une fois encore, elle s'était laissé surprendre par la démarche furtive du vieux magicien.

Il lui sourit et brandit une suite de lettres attachées par un lien, à la façon d'un bracelet à breloques. Cela donnait :

DIORFTNORFUDÈHO

Marrill allait lui demander ce que c'était quand elle se rappela qu'elle ne pouvait pas parler. Elle lui adressa un froncement de sourcils interrogateur.

Le sourire du vieil homme s'altéra. Il examina les lettres un instant, puis son regard s'éclaira. Il retourna la suite de lettres. Mises à l'endroit, elles donnaient :

OHÉDUFRONTFROID

Oh, se dit Marrill, *ohé du front froid !* Elle hocha la tête pour montrer qu'elle avait compris. Même si cela n'expliquait rien.

Finn surgit alors du pont inférieur. Marrill ne l'avait pas vu partir. Karnelius en profita pour foncer vers des quartiers plus chauds, fila entre les jambes de Finn et faillit l'envoyer dinguer par terre.

Marrill réprima un rire en voyant un chapelet de lettres de glace sortir de la bouche du garçon.

Il ouvrit de grands yeux, et d'autres lettres suivirent. Ardent fut secoué d'un rire silencieux, puis brandit son message de glace.

Finn regarda autour de lui et tendit prudemment les mains. Il ouvrit rapidement la bouche, et les lettres **QUEST** surgirent. Puis ce fut au tour de **CEQUI**. Il s'interrompit, de toute évidence pour réfléchir. **SE PAS**... et le **S** resta collé contre sa lèvre inférieure. Il tira dessus et grimaça de douleur.

Marrill ne put se retenir de rire. Une seconde plus tard, elle aussi devait décoller un **H** et un **A** du bout de sa langue.

Ardent lâcha sa guirlande de lettres et leva les bras en signe de reddition. Des flammes ne tardèrent pas à jaillir de ses doigts, donnant naissance à une boule de feu rougeoyante. Ils se retrouvèrent bientôt plongés dans la cacophonie de leurs propres voix qui parlaient, riaient et s'exclamaient toutes en même temps tandis que des lettres fondaient à leurs pieds.

– Bon, alors, dit Ardent, nous avons touché un front froid.

Comme si cela expliquait quoi que ce soit.

– Ça, je crois qu'on l'avait compris, répliqua Marrill avec un soupir. Mais quel genre de front froid peut geler les *mots* ?

– Je me pose la même question, la soutint Finn.

Ardent parut désarçonné.

– Eh bien, ce genre-là, de toute évidence. Et je suppose qu'il peut geler bien plus que des mots. Sans les charmes de chaleur que j'ai placés un peu partout sur le bateau, nous serions sans doute tous congelés à l'heure qu'il est. Malgré tout, mieux vaudrait ne pas trop vous concentrer sur un sujet en particulier et éviter les émotions trop fortes. Tout cela finirait par geler aussi, et qui sait ce qu'il faudrait faire pour les décongeler.

– Les émotions ? répéta Marrill, dubitative.

– Oh, certainement, intervint Finn.

Marrill le dévisagea, et il haussa les épaules.

– J'ai entendu dire qu'on en vendait aux Quais, dit-il. Enfin, c'est assez rare, mais il paraîtrait que la peur et ce genre de trucs ne fondent jamais.

– Tout à fait, fit Ardent, qui pencha la tête de côté pour examiner Finn. Nous sommes-nous déjà rencontrés ?

Marrill n'y prêta pas attention. Elle était bien trop absorbée par la bizarrerie de la situation.

– Bon, mais, s'il fait assez froid pour congeler les mots et les sentiments, comment ça se fait qu'on ne soit pas gelés aussi ?

– La magie ! s'exclama Ardent avec enthousiasme. Même si je dois bien admettre que le Désert n'a pas la réputation d'être assez hospitalier pour qu'on puisse... eh bien, y rester vivants. En fait, j'imagine que d'un point de vue purement technique, on n'en sait pas grand-chose, étant donné que très peu d'explorateurs en sont revenus.

Cette idée ne rassura pas Marrill. *Chaque seconde est plus dingue que la précédente*, se dit-elle.

— Quoi qu'il en soit, poursuivit Ardent, je vous conseille de rester près de moi. La chaleur est moins chaude ici, vous savez, et je ne sais pas jusqu'où je pourrai la maintenir.

Là-dessus, il se détourna et s'éloigna, parfaitement décontracté.

Marrill frissonna et regarda la boule de feu diminuer puis disparaître complètement entre eux.

— Je crois qu'on va devoir trouver un langage des signes, proposa-t-elle.

Et elle le dit juste au bon moment, parce que la réponse de Finn, elle, s'écrasa sur le pont et se dispersa dans un fracas de petits glaçons.

*
* *

Pendant les quelques heures qui suivirent, le bateau continua d'avancer à travers la plaine blanche, labourant la neige sous son étrave. Tout autour d'eux, le paysage se soulevait et s'effondrait, le grondement de la glace — trop imposant sans doute pour geler — brisant seul le silence.

Marrill et Finn se tenaient assis en tailleur sur le pont et inventaient à tour de rôle des signes qu'ils enseignaient à l'autre. Pour les expliquer, ils avaient craché un certain nombre de lettres qu'ils disposaient afin de former des mots, puis réorganisaient afin d'en former de nouveaux.

Ils avaient épuisé les gestes les plus évidents et passé en revue tous ceux dont ils pourraient avoir besoin – « Sauve-toi ! » (deux doigts qui couraient comme des jambes) paraissait être une nécessité, et « Il va falloir se battre » (l'annulaire sur le pouce, comme deux épées croisées) était une trouvaille récente – quand Marrill disposa un nouveau mot sur le pont et pressa le pouce sur sa poitrine, contre son cœur.

– Ami, articula-t-elle.

Elle vit Finn déglutir, puis son visage se fendre d'un large sourire tandis qu'il plaçait son propre pouce sur son cœur et hochait la tête. Mais, alors, le garçon regarda un point situé derrière elle et se toucha le coude gauche avec le pouce droit pour lui indiquer de jeter un coup d'œil. Marrill s'exécuta.

Quelque chose de nouveau surgissait de la plaine en perpétuel mouvement. Se détachant du reste du paysage, une tour s'élevait de travers en ondulant vers le ciel. Pas de travers comme la Tour de Pise qui penche et que le père de Marrill avait fait semblant de soutenir sur une photo, quand sa mère faisait un reportage en Italie sur les grandes tours de Toscane. Plutôt comme une tour de Jenga sur le point de s'écrouler. Le bas semblait pencher d'un côté, puis, sur un quart de sa hauteur, l'édifice obliquait de l'autre côté, mais, un peu avant le sommet, il partait brusquement dans une autre direction, s'étirant si loin au-dessus du vide qu'il paraissait impossible qu'il tienne encore debout.

Marrill crut tout d'abord que la tour était constituée de glace, vu qu'elle luisait et réfléchissait les couleurs qui dansaient dans le ciel. Mais, si c'était le cas, alors il ne s'agissait pas de glace pure. En plissant les yeux, Marrill discerna d'autres couleurs, et même des formes sous la surface gelée.

Tandis que le bateau continuait d'avancer, elle constata encore un détail des plus étranges : la tour *ne s'effondrait pas*. Dans ce désert immense, cette tour, et elle seule, paraissait curieusement, invraisemblablement, stable.

Marrill retint sa respiration. Le froid lui brûlait les poumons, et une mince couche de givre lui tapissait la langue. Elle traça un point d'interrogation en l'air, qui signifiait : « Qu'est-ce que c'est ? »

Finn haussa les épaules, geste universel pour déclarer : « Je n'en sais rien. »

Elle scruta de nouveau le bâtiment. Elle parvenait à peine à discerner une tache sombre qui tournoyait très haut au-dessus : Rose. Quoi que cette tour puisse être, cette tour était bien leur destination.

Environ une heure plus tard, alors qu'ils se trouvaient assez près pour s'y rendre à pied, le *Kraken* s'immobilisa. Marrill adressa à Finn le signe qui voulait dire « On y est » (les deux mains tendues, paumes en bas, puis poings serrés). Le garçon mit un instant à comprendre, puis finit par acquiescer de la tête.

Coll sauta sur le pont principal et les rejoignit. L'une des boules de feu d'Ardent flottait près de son visage.

– Je crois qu'on est arrivés, indiqua le marin.

– C'est ce que je viens de dire, annonça triomphalement Marrill.

Coll ne parut guère impressionné.

– Mais oui, dit-il. Bref, préparez-vous à marcher. Et amusez-vous bien. Moi, je vais rester sur le *Kraken*.

– Oh non! décréta Ardent, qui arrivait derrière lui. Si nous devons monter dans cette chose, nous aurons besoin de tout le monde sur le pont et tout ce qui s'ensuit. Enfin, pas littéralement. En fait, il faut plutôt que tout le monde quitte le pont. Pour grimper.

Coll poussa un long soupir sonore et se dirigea vers l'échelle. Finn prit son manteau de voleur. Marrill ne put s'empêcher de rire en le voyant gesticuler, peinant pour l'enfiler par-dessus les couches de vêtements qu'il portait déjà. À contrecœur, il récupéra quelques objets dissimulés dans des poches invisibles et les fourra dans sa plus grosse veste, puis il suspendit le manteau à un crochet fiché dans le mât d'artimon.

Lorsqu'il s'aperçut que Marrill riait toujours, il sourit:

– On n'est jamais assez préparé.

– Je ne vois même pas comment on pourrait l'être sur le Torrent, rétorqua-t-elle avant de descendre l'échelle et de se laisser tomber sur le sol à côté de Coll.

Elle s'enfonça jusqu'aux chevilles dans la neige molle. Finn atterrit à côté d'elle, et Ardent suivit.

Marrill examina les alentours. Aux abords de la tour, la glace était parfaitement immobile – pas un flocon ne remuait au vent. Mais au-delà, tout au contraire, les montagnes s'effondraient en crevasses, puis reformaient aussitôt de gigantesques congères comme partout ailleurs dans le Désert, ce monde en perpétuelle mutation constitué d'éboulements de glace et de masses de neige.

– Je pense que cette ligne indique la limite du domaine de la tour, déclara Ardent en désignant le sol à quelques mètres d'eux.

Une épaisse ligne sombre profondément enfouie dans la glace formait un cercle parfait autour du bâtiment. Marrill remarqua qu'elle était nettement dessinée, et constituait presque une barrière physique.

– Bizarre, marmonna-t-elle.

Mais cela rendait au moins la marche plus facile, et, curieusement, ils n'avaient plus à craindre qu'un gouffre s'ouvre sous leurs pieds pour les engloutir d'un seul coup.

Après une bonne vingtaine de minutes d'avancée pénible, ils atteignirent la base de la tour, qui s'élevait suivant une trajectoire impossible au-dessus d'eux, éclairée par les couleurs miroitantes du ciel de minuit. Vu de près, l'édifice ressemblait davantage à un bric-à-brac empilé et soudé par le gel qu'à une construction de glace à proprement parler, comme si quelqu'un avait mis en tas tout le contenu d'un vide-grenier par un hiver particulièrement rigoureux, puis avait arrosé le tout au jet d'eau. Un escalier extérieur étroit, très raide et interminable, montait en colimaçon tout autour.

Des pancartes étaient fichées sur certaines marches, la plupart enfouies sous la glace, d'autre givrées et bordées de glaçons.

ALLEZ-VOUS-EN, ordonnait la première.
ON NE VEUT PAS DE VOUS ICI, affirmait la suivante.
SÉRIEUSEMENT. VOUS NE SAVEZ PAS LIRE ? déchiffrait-on ensuite.

Marrill parvint tout juste à distinguer celle qui suivait :

RETOURNEZ LIRE LA PREMIÈRE PANCARTE : C'EST TRÈS IMPORTANT.

On ne voulait manifestement pas d'eux ici. Ça ne la dérangeait pas particulièrement ; elle avait mal aux jambes rien qu'à l'idée de gravir toutes ces marches !
– Vous ne pourriez pas, demanda-t-elle à Ardent en agitant les mains en l'air, nous faire monter là-haut par magie ?

Il se redressa et ouvrit la bouche pour répondre. Heureusement, Coll le devança.

– Mieux vaut ne pas trop se fier aux éléments liés au vent, assura-t-il en se penchant vers Marrill. En tout cas, pas tant qu'ils sont sous le contrôle d'Ardent. Disons, pour faire simple, ajouta-t-il en baissant la voix, qu'Ardent et lui sont ennemis jurés.

– Ce n'est pas moi qui ai commencé, protesta Ardent.

Marrill sentit un vague malaise lui étreindre le ventre.

– Je crois qu'on ferait mieux de se mettre à grimper, dit-elle enfin.

33

Le Rabat-joie

DÉFONCE D'ENTRER, disait la pancarte sur la porte. Finn ouvrit la bouche, puis se ravisa. Il avait déjà mal à la langue, là où sa dernière remarque pertinente avait gelé, et il n'avait pas besoin d'en rajouter.

Il se contenta donc de tapoter Marrill sur l'épaule et lui montra la pancarte. Elle plaqua la main sur sa bouche, et des vaguelettes de rire s'échappèrent entre ses doigts. Elle avala sa salive et reprit son sérieux avant de décoller les glaçons de ses gants pour les faire tomber sur les marches gelées.

La pancarte se détachait sur le panneau complètement nu de la porte. Il n'y avait en effet ni poignée, ni serrure, ni aucune indication permettant de l'ouvrir. Coll s'accroupit près du bord et chercha à tâtons des gonds pendant qu'Ardent faisait de grands gestes exagérés. Mais ni l'un ni l'autre ne parvint à grand-chose.

C'était heureusement la fin de l'ascension. L'escalier était passé au-dessus d'espaces vides dans lesquels il aurait logiquement dû s'effondrer, s'était accroché aux flancs de la tour à des endroits où il aurait dû s'en détacher, et avait même suivi l'angle invraisemblable de la tour, là où c'était tout l'ensemble qui défiait les lois de la gravité. Comment ils avaient réussi à atteindre le sommet, Finn ne le savait pas trop, mais, contre toute vraisemblance, le chemin était resté parfaitement stable.

Alors que Marrill rejoignait les autres pour tenter d'ouvrir la porte, Finn contempla le paysage gelé. Le *Kraken* était tout en bas, le pont nimbé par les lueurs bleues et orangées du ciel de minuit. Au-delà, le relief ne cessait de se décomposer.

Au moment où le garçon commençait à se perdre dans la contemplation de l'étrange beauté de ce désert cataclysmique, quelque chose de froid lui heurta l'arrière du crâne. Il sursauta et chassa de la main la glace qui lui dévalait le cou. Une bataille de boules de neige ? Ici ? Le reste de l'équipage avait-il perdu la raison ?

En fait, ce n'était pas de la neige que ses mains chassaient, mais des lettres. Il découvrit une boule formée de AHA gelés. Finn se retourna et vit que Marrill l'observait. De petites spirales de rire s'accrochaient encore à ses lèvres. Derrière elle, la porte s'était entrouverte à côté d'un marin perplexe et d'un magicien qui semblait quelque peu embarrassé.

– Qu'est-ce qu'on a*tllh* ! parvint à prononcer Finn avant qu'un T ne se colle à sa langue.

– tend ! tonna sa propre voix lorsqu'il eut pénétré dans la tour.

La chaleur le submergea, créant des fourmillements sur toute sa peau gelée. Ils se trouvaient dans un couloir bas de plafond, qui évoquait plutôt un tunnel sombre. Ardent et Coll devaient tous les deux se tenir courbés. Dans l'obscurité, le garçon ne pouvait voir la pièce qui s'ouvrait tout au bout, mais il parvint à distinguer la lueur orangée d'un bon feu et à respirer une odeur de sel et de renfermé.

– On peut parler ! s'écria Marrill.

– Mais frapper, ça vous ne savez pas, commenta une voix bourrue à l'intérieur de la pièce.

Coll leva une main pour faire taire ses compagnons et se mit en position de combat.

– Bonjour ? appela Ardent.

– Ni lire, on dirait.

Une ombre massive et bossue apparut sur le mur, au bout du couloir.

– Alors, il se trouve que vous ne vous êtes pris les pieds dans aucun des trois cent quarante-deux *panneaux* du chemin jusqu'ici, c'est ça ?

– Bon-joouuur ? insista Ardent.

Finn déglutit. Contrairement à ce que lui dictait son instinct, il suivit le groupe, qui s'avançait lentement vers la lumière.

Au moment où il se disait que la créature avait dû partir, une énorme tête parcheminée jaillit dans un coin. Elle était d'un bleu violacé profond, plate et ramassée comme celle d'une salamandre. Une mèche de cheveux blonds pendait à l'arrière, poussant davantage sur la nuque que sur le crâne chauve proprement dit. Des yeux ronds et sombres scrutaient les voyageurs. Finn était à peu près sûr que son bras aurait pu tenir tout entier dans la bouche de la créature. Coll lui-même sursauta.

– Oh, bon sang de bonsoir, qu'est-ce que vous attendez ? fit le maître des lieux. Une invitation gravée dans la pierre ? Chui pourtant bien sûr d'en avoir laissé une, vous savez, sur ce tas de *panneaux* !

Puis il disparut de nouveau dans une salle.

– Je crois qu'il veut qu'on entre, dit Marrill.

– Pas du tout, lança la voix revêche. J'aurais cru que c'était assez clair, avec tous ces *panneaux*, marmonna-t-il. Non, mais c'est dingue de venir me geler dans ce coin pourri et complètement paumé, et de voir débarquer les plus crétins de tout le Torrent. Et vous avez pas intérêt à salir mon couloir, alors, si vous vous débrouillez pas pour faire un vol plané comme les je-sais-pas-quoi de civilisés que vous êtes, vous feriez mieux de vous dépêcher de décamper.

Les autres se regardèrent nerveusement. Finn se contenta de hausser les épaules. Aussi bizarre que cela puisse paraître, il avait déjà reçu des menaces de pratiquement tous ceux qui avaient fini par remarquer son existence, et cette fois n'était franchement pas la pire.

En outre, il trouvait pour sa part beaucoup plus simple d'être ignoré par quelqu'un qui, de toute façon, refusait de vous accorder la moindre attention.

Il s'avança dans ce qui semblait la pièce principale.

Finn cligna les yeux. C'était une grande salle circulaire dont les murs étaient tapissés d'étagères du sol au plafond, ne laissant place qu'à une fenêtre ouverte de chaque côté. Un feu rugissait dans une cheminée, tout au fond, projetant une lumière ambrée sur un fouillis indescriptible. Anti-grignopique déjà utilisé, porte-monnaie fatigué, pots à méli-mélo vaguement enchantés, et même un vieux kit de voiles à vol. Ça ressemblait à la fois à la cabine d'Ardent et au grenier de Finn, mais en deux fois plus grand et en beaucoup, beaucoup plus propre.

Près du feu, leur hôte examinait un tas de cristaux bleus lumineux. Quatre longs bras s'agitaient le long d'un corps épais, bossu et court sur pattes agrémenté d'une queue. On aurait dit qu'on avait posé une baleine sur deux vieilles guiboles avant de la pousser hors de l'eau pour qu'elle se débrouille toute seule.

La créature lança l'un des cristaux dans le feu, où il s'enflamma en crépitant. Soudain, Finn éprouva davantage que de la chaleur – il se sentit sûr de lui, décidé et… confiant. Dans la lumière de ce feu, il eut le sentiment que tout pouvait arriver, et que tout se passerait bien.

– Alors, vous êtes quoi, en fait ? demanda-t-il.

La créature fit volte-face, brandissant un autre cristal.

— Oh, alors ça fonctionne sur toi, hein ? commenta-t-il en le jetant au feu. J'me disais bien. Perdu !

Finn ouvrit la bouche, puis la referma. Un vent froid balaya toute sa chaude assurance.

Pendant ce temps, le reste de l'équipage émergea du couloir. Ardent s'avança jusqu'au milieu de la pièce, l'air de se pavaner sous son chapeau de magicien.

— Salutations, très noble hôte. Je suis le grand magicien Ardent. Peut-être avez-vous déjà entendu parler de moi ?

Il posa les mains sur ses hanches et bomba le torse. Il aurait pu avoir l'air héroïque s'il avait pesé plus de cinquante kilos tout mouillé.

La créature haussa ses épaules massives.

— Ardent, hein ? Oui, ça me dit vaguement quelque chose.

Un sourire satisfait passa sur le visage du magicien.

— Vraiment ?

— Non, répliqua la créature, qui se détourna.

Le sourire d'Ardent s'effaça, et ses épaules s'affaissèrent.

Coll se pencha vers Marrill.

— J'ai l'impression que c'est rien de plus qu'un Rabat-joie, chuchota-t-il, juste assez fort pour être entendu de Finn aussi.

Leur hôte rangea quelques bricoles à l'aide de ses bras inférieurs tout en se grattant l'oreille avec l'une de ses mains supérieures.

– Toi, matelot, on dirait bien que papa t'a laissé lui piquer sa plus belle casquette, ronchonna-t-il. Je parie que tu navigues sur un bon vieux gros voilier, pas vrai, capitaine ?

Finn vit Coll grincer des dents tandis que ses narines palpitaient.

– Effectivement, répondit le marin, davantage pour lui-même.

Le Rabat-joie haussa une paire d'épaules, puis l'autre. Il s'adressa ensuite à Marrill :

– Et toi, t'es l'adorable copine. Je parie que tes parents ne savent même pas que t'es sortie après la tombée de la nuit.

Marrill écarquilla les yeux, mais le Rabat-joie continua de ne rien remarquer, ou de s'en moquer complètement.

– Alors, maintenant que les présentations sont faites, ça a été super de vous rencontrer. Je vous raccompagne.

Il s'éloigna lourdement pour tripoter une pile de cubes à rêves à moitié bricolés, artistiquement disposés près de l'âtre.

Lui-même vaurien de première, Finn ne put qu'admirer le sens de la répartie de leur hôte. Il était apparemment le seul. Tous les autres affichaient des regards désapprobateurs et des expressions fâchées.

Il surprit le regard que Marrill adressait à Ardent, qui leva aussitôt les mains en bégayant :

– B-bon, eh bien, vous voyez, gentil monstre étrange...

Le Rabat-joie le fixa d'un œil rond et insondable. Le magicien s'éclaircit la gorge.

– Nous sommes venus chercher une carte, vous comprenez, et nous ne pouvons pas repartir sans elle. Le destin du monde est en jeu.

– J'en ai plein, répliqua le Rabat-joie, s'attirant un regard rempli d'espoir de la part d'Ardent. Mais elles sont pas pour vous, s'empressa-t-il d'ajouter.

Ardent ricana nerveusement.

– En fait, il s'agit d'un fragment de carte, précisa-t-il. Voyons voir, quels fragments nous manque-t-il ?... L'Échelle, évidemment, afin que tout soit à la bonne taille... et la Légende... c'est une partie intéressante, vous savez, une fois assemblée aux autres...

– J'ai rien de tout ça, coupa le Rabat-joie. Vous vous êtes gourés de tour. Essayez celle qui se trouve à six cent mille kilomètres en allant par là.

De chacune de ses quatre mains, il désignait une direction différente.

Finn continua de prêter une oreille à la conversation tout en passant en revue les choses étranges réparties sur les étagères. Des cages pleines de piquegencives étaient accrochées à côté de générateurs de souhaits, de bougeoirs et d'un ensemble de globes en mouvement, qui tournaient autour d'une boule dorée centrale.

À peu près tout ce que Finn pouvait imaginer se trouvait soigneusement classé en piles et en rangs dans les rayonnages. C'était presque *exactement* comme dans son ancien grenier dans la tour mansardée, songea-t-il, et cela penchait presque pareil. Il aperçut même dans un coin un filet attrape-nuages et un tas de balles-boomerangs.

Rose entra par une fenêtre. Elle se mit à tournoyer, comme si elle ne trouvait pas d'endroit où se poser. Elle finit cependant par atterrir sur une pile de lance-pierres. Le garçon s'agenouilla pour en prendre un, dont il testa la résistance.

L'oiseau hérissa les plumes de sa queue et poussa un cri perçant avant de traverser la pièce pour s'installer sur le panier de cristaux bleus à côté du feu.

– Pardon, s'excusa Finn.

Rose l'ignora et entreprit de se lisser les ailes.

– N'oubliez pas la partie qui empêche les choses de tomber n'importe où, intervint Marrill, interrompant l'énumération d'Ardent.

– La Bordure, grommela Coll.

Finn fourra le lance-pierre dans la poche arrière de son pantalon et ramassa un pousse-peur. C'était incroyable : il était complètement automatisé et encore dans son emballage d'origine. Ce type avait vraiment tout !

– Où avez-vous eu tout ça ? questionna Finn, sans se préoccuper du fait qu'il interrompait une conversation.

Le Rabat-joie se tourna vers lui.

– Oh, génial, un autre mioche. Va falloir que je mette des pièges.

Finn réprima un sourire et répéta sa question.

– J'en ai volé la plupart, répondit sans détour le Rabat-joie.

Les autres prirent aussitôt une mine consternée, ce qui ne fit qu'encourager la créature.

– À des bons à rien qui débarquent dans mon désert en se croyant chez eux. Un peu comme vous, ajouta-t-il.

Il se dirigea pesamment vers une pile de bottes fourrées et en saisit une paire.

– Quand la marée vire au gris, y a des petits fouineurs dans vot' genre qui se mettent en tête d'« explorer le désert » ou je sais pas quelle idée à la noix. Alors, je passe à la caisse, si vous voyez ce que je veux dire.

Marrill croisa les bras.

– Vous voulez dire que vous leur prenez ce dont ils ont besoin pour survivre, compléta-t-elle d'une voix empreinte de dégoût.

Le Rabat-joie émit un grognement sourd.

– Elle est même pas invitée et elle se permet de donner des leçons ! dit-il. Je crois pas me souvenir que j'aie accordé des interviews. Barrez-vous.

Finn lui-même éprouvait un certain malaise. Il commençait à bien aimer cette créature, sans parler du fait que c'était un confrère voleur. Avec quelques bras en moins, le Rabat-joie aurait pu être son grand frère !

Seulement, Finn ne pouvait cautionner l'idée d'abandonner des gens dans le froid.

– Vous ne prenez pas vraiment ce dont ils ont besoin pour survivre, si ?

Le Rabat-joie poussa un soupir et lança un autre cristal bleu dans le feu.

– Nan, fit-il avec répugnance. Je ramasse juste ce qui reste quand le désert s'est chargé d'eux. Au bout d'un moment, y a plus que de la glace. Le gros matériel, le bric-à-brac... leurs espoirs.

Les flammes se mirent à crépiter, et Finn ressentit une nouvelle vague de chaleur. Il fut submergé par un sentiment de bien-être, et ses inquiétudes s'évanouirent.

– Sapristi ! s'exclama Ardent. Sapristi de sapristi. C'est ce que vous brûlez pour vous réchauffer, n'est-ce pas ? Des espoirs ?

Le Rabat-joie ricana, et Ardent secoua la tête.

– Tous ces espoirs, figés dans la glace. J'espère que les gens ont gelé de la même façon, souffla Marrill.

Le magicien lui posa une main sur l'épaule et sourit.

– Pas d'inquiétude, mon petit, à ces températures, ils ont dû congeler instantanément et doivent attendre dans la glace, quelque part, que quelqu'un vienne les décongeler.

– Avec ce froid, les trucs qui congèlent... Ouais, je vois bien le côté magique dans tout ça, dit le Rabat-joie. Bon, eh ben, vous êtes tous très malins, pleins de compassion et très doués, et aussi..., poursuivit-il en posant un œil sur Finn, hum... facile à oublier. Ça se voit que vous avez bien préparé votre expédition, et j'imagine que vous feriez mieux d'y aller tout de suite si vous voulez décongeler ces malheureux. Ramenez-les bien tous chez vous, ravi d'avoir pu causer avec vous, et maintenant, salut !

Et il fit mine de les chasser de ses quatre bras.

– Oh, merci beaucoup, répondit Ardent en rougissant. Vous n'étiez pas obligé de nous dire à quel point nous sommes « malins » et « très doués »...

Finn leva les yeux au ciel : il ne croyait pas même à la moitié de ces compliments hypocrites. Il avait encore chaud, mais la sensation de bien-être se dissipait rapidement. Il jeta un regard autour de lui. Aucun doute, l'endroit regorgeait de trucs super. La tour était même *construite* en trucs super. Mais il n'y avait personne, nulle part. Personne ne pouvait arriver jusqu'ici sans geler. Et surtout, le Rabat-joie était vraiment un pauvre type. Il restait là, dans sa tour d'objets volés, à se réchauffer les mains aux ambitions d'inconnus. Soudain, tout ce qui avait plu à Finn dans cet endroit devint moins séduisant.

Mais le lieu n'en restait pas moins familier.

Il jeta à regret le pousse-peur sur l'étagère. L'objet s'écrasa contre les autres, mais, à sa grande surprise, la pile ne s'écroula pas. Au contraire, le pousse-peur reprit très précisément sa place, et la pile retrouva un ordre parfait.

La tour est presque en tous points comme ma chambre, se dit à nouveau Finn. Elle y ressemblait beaucoup, sauf que tout était trop bien rangé.

Une idée lui vint. Il s'approcha de la fenêtre et regarda en bas l'espace de neige molle. Soigneusement séparé des éboulements du désert par un trait noir.

– Dites, lança-t-il, on n'a pas parlé d'une Bordure ? Parce que je crois que j'ai une théorie pour expliquer pourquoi cette tour tient encore debout.

Le Rabat-joie émit un petit rire nerveux aigu et peu naturel.

– Les enfants, c'est vraiment adorable, n'est-ce pas ? Ils ont tellement d'imagination et tout ça...

Le sourire victorieux disparut du visage de Finn. Parce qu'au même instant, il vit un bateau qui attendait dans la neige, non loin du *Kraken*.

Le *Dragon noir*. Il avait réussi à les rattraper.

Il chercha Serth et le trouva, sa toge noire se détachant sur la neige blanche. Le sorcier se tenait dans l'ombre de la proue du *Kraken*, juste derrière la courbe de la Bordure, ses mains tremblantes tournées vers le ciel.

– Les gars, faut qu'on y aille, souffla Finn.

Serth leva les bras en l'air. La glace qui recouvrait la Bordure vola en éclats. Un grondement sourd se fit entendre très loin sous leurs pieds.

Le Rabat-joie s'étrangla.

Puis la tour tout entière s'ébranla et trembla.

34

Les choses s'écroulent (au sens propre)

La tour du Rabat-joie avait beau être bizarre, Marrill l'avait sentie aussi solide que de la pierre sous ses pieds. Et voilà que, maintenant, c'était comme si le monde entier se liguait pour la jeter par terre.

Le sol tremblait. Les murs se déformaient. Le bric-à-brac vibrait sur les étagères. Des flacons se renversèrent, répandant dans toute la pièce de minuscules billes de verre, qui éclatèrent sous le choc. Un bruit qui évoquait des coassements de grenouilles s'éleva soudain, avec une odeur de trottoir chaud après une pluie d'été.

– Regardez ce que vous avez fait ! s'écria le Rabat-joie, qui courait partout pour essayer de rattraper les choses avant qu'elles s'écrasent.

Mais, même avec quatre bras, il n'avait pas assez de mains pour tout sauver.

– Qu'est-ce qui se passe ? cria Marrill.

Quelque chose de très gros et de très cassable explosa sur le sol, tout à côté d'elle, éventrant le plancher. Elle poussa un cri et sauta en arrière. À trois centimètres près, elle aurait été ratatinée !

– C'est la Bordure ! hurla Finn, dont la voix avait du mal à couvrir le vacarme de coassements, de craquements, de grincements et les protestations véhémentes du Rabat-joie. C'est elle qui gardait cette tour en un seul morceau, et Serth est en train de la voler !

– Quoi ? Serth est ici ? demanda Ardent, alarmé. Comment est-ce possible ?

Un hurlement perçant retentit. Soudain, le Rabat-joie cessa d'essayer de tout rattraper frénétiquement.

– Oh, ça n'annonce rien de bon, lâcha-t-il.

Et la pièce se mit à pencher d'un côté.

– Tout le monde dehors ! beugla Coll en les poussant vers la porte.

Le sol était déjà jonché de débris. Marrill louvoyait entre les tas de plus en plus hauts, sautant d'un point à un autre comme dans une course d'obstacles.

Derrière elle, Ardent et le Rabat-joie se disputaient.

– Il faut partir ! vociféra Ardent.

– Il vous en a fallu, du temps, pour comprendre ! rétorqua le Rabat-joie. Partez devant. J'ai des affaires à prendre.

Ses mains s'agitaient tellement vite qu'on les voyait à peine tandis qu'il ramassait des objets par terre et sur les quelques étagères encore intactes.

Marrill regardait le magicien et le Rabat-joie derrière elle quand Finn lui saisit la main et la tira vivement.

– Par ici ! lança-t-il, et il l'entraîna à travers le chaos comme il l'avait fait dans les rues encombrées des Quais Létemank.

Mais Marrill ne pouvait pas partir, pas encore.

– On doit le sauver !

Elle se dégagea et se précipita vers le gros Rabat-joie. Ardent tenait déjà l'un de ses bras couverts d'écailles. Elle s'empara d'un autre en se baissant pour éviter un énorme sphéroprizm multicolore qui tombait du plafond.

Coll et Finn les rejoignirent et, ensemble, ils traînèrent la créature massive, qui ne cessait de lutter pour récupérer ses affaires.

Un nouveau hurlement de métal retentit, et Marrill le ressentit jusque dans ses dents. Le plancher de la tour pencha encore plus dangereusement, et quelque chose qui ressemblait à s'y méprendre à ce que Finn avait décrit comme un « grain de gorgone » roula par terre. Un trio de prédicteurs à prédictions les dépassa en bondissant et sauta par la fenêtre affaissée vers le bas. Marrill eut tout juste le temps de le voir plonger dans l'espace, et se précipiter vers le sol.

– C'est bon, gueula le Rabat-joie. Filons d'ici !

Comme un seul homme, ils quittèrent la salle en courant. Dehors, l'air glacial heurta Marrill, tel un mur, et la gela jusqu'aux os. Le froid, mais aussi la terreur pure lui coupèrent soudain la respiration. La tour noyée dans la glace craquait et gémissait sous leurs pieds. D'énormes morceaux s'en détachaient et s'écrasaient au sol. Si l'escalier lui avait paru précaire en montant, il était devenu carrément meurtrier, maintenant qu'il lui manquait des volées entières de mouches.

Par l'une de ces trouées, Marrill aperçut le gros trait noir de la Bordure, qui, répondant aux injonctions de Serth, remontait à la surface. Soudain, la ligne jaillit d'un seul coup de sous le sol comme une nappe tirée sous un couvert par un prestidigitateur. Elle se précipita vers Serth à la façon d'un élastique étiré qu'on vient de relâcher. Le magicien de l'ombre l'entortilla deux fois, la réduisant suffisamment pour la passer à son poignet.

Marrill hoqueta. La Bordure n'était plus là. La tour ne pourrait plus tenir debout très longtemps. Et leurs chances d'arriver en bas de cet escalier avant que l'édifice s'écroule complètement avoisinaient le zéro. Marrill sentit son cœur se serrer, et la panique lui étreignit le ventre.

C'est l'instant que choisit Finn pour lui fourrer quelque chose dans les mains. C'était grand, plat et familier. Marrill songea alors que cela ressemblait à une plaque de four. Elle jeta au garçon un regard interrogateur, et il lui adressa un sourire espiègle.

Aussitôt, il posa une plaque identique sur l'escalier, s'assit dessus et se mit à dévaler les marches gelées, comme sur une luge. Un chapelet de O et de H glacés s'entrechoquèrent dans son sillage alors qu'il négociait un virage serré.

Marrill n'avait pas le temps de réfléchir ; il était certes dangereux de dévaler ainsi l'escalier, mais rester sur place serait fatal. Elle sauta donc sur la petite plaque métallique et se mit à glisser, son cœur cognant contre sa cage thoracique.

Un instant plus tard, elle volait.

Des débris tombaient de tous côtés tandis que la plaque prenait de la vitesse. Les doigts agrippés à l'avant de sa luge de fortune, Marrill remercia silencieusement sa mère de l'avoir obligée à dévaler ainsi cette montagne, dans les Andes, quelques années plus tôt. Les sensations de l'époque lui revenaient peu à peu.

Elle se rappela
comment se servir
de sa taille pour épouser les virages,
comment garder l'équilibre pour ne pas heurter les bords.
                        Parce qu'ici,
            il n'y avait pas de bords
                auxquels se heurter.
Les marches défilaient sous elle.
La luge   sautait

par-dessus les vides et prenait les virages comme une fusée. Marrill allait si vite qu'elle ne contrôlait presque plus rien ;
>cette sensation la terrifiait et l'excitait.
>>Par une trouée, elle vit Finn
>>>déjà à mi-chemin
>>>>le corps ramassé
>>>>>contre le vent
>>>>>les bras fermes
>>>>>>tête
>>>>>>baissée.

À cet instant, un grand CRAC ! retentit au-dessus d'elle, aussi sonore que la rupture de montagnes de glace, et projeta des vibrations jusqu'en bas de la tour. Malgré ses difficultés à garder l'équilibre, elle risqua un coup d'œil en arrière.

À quelques mètres d'elle, Coll se tenait accroupi sur sa propre luge, une coupe de laiton tout juste assez grande pour lui. Il avait le visage contracté par la concentration, et un filet de signes inintelligibles sortait de sa bouche.

Traînant loin derrière, Ardent et le Rabat-joie partageaient ce qui avait dû être une porte. Le chapeau pointu d'Ardent claquait au vent comme une manche à air, et une pluie d'objets divers s'échappait des bras du Rabat-joie.

Derrière eux, le sommet de la tour,
>le sommet improbable et bizarrement incliné, se brisa

> > et
> s'écrasa dans la plaine en dessous.

Il s'en était fallu de quelques minutes, se dit Marrill, pour qu'ils se soient tous encore trouvés à l'intérieur.

Elle se mordit la lèvre et se concentra. La tour se désagrégeait tout autour d'elle. Elle poussa un cri gelé lorsque l'escalier s'abaissa brusquement. Son pouls s'accéléra au moment où il se stabilisait.

Encore un coude, un autre virage.

> Un piano à queue fendit l'air
> > à côté d'elle, comme l'image
> > > d'un dessin animé d'autrefois.

Un autre coude, une nouvelle glissade.

Le sol parut surgir de nulle part. Marrill passa au-dessus, lancée à grande vitesse, les lèvres serrées pour contenir le cri qui montait de sa gorge.

Son élan la propulsa à travers le champ de glace, sur les traces de Finn. Partout, le paysage se modifiait et se rompait, et, avant qu'elle prenne conscience de ce qui arrivait, une énorme crevasse s'ouvrit dans la glace, juste devant eux. Finn tira de toutes ses forces sur l'avant de sa luge de fortune, et prit juste assez de hauteur pour passer par-dessus le vide.

Mais la crevasse s'élargissait beaucoup trop vite pour que Marrill puisse l'imiter. Elle vira autant qu'elle put vers la gauche, plantant ses talons dans la neige pour ralentir sa course. Puis elle fit un roulé-boulé sur le côté et laissa sa plaque continuer sans elle. Coll parvint à effectuer un dérapage contrôlé et à s'arrêter près d'elle, sa coupe tournant sur elle-même comme une toupie.

Une seconde plus tard, Ardent et le Rabat-joie les dépassèrent à toute vitesse, sans paraître ralentir le moins du monde. La fillette voulut les avertir qu'il y avait une crevasse, mais ses mots se figèrent et se muèrent aussitôt en blocs de glace. Ardent parvint à se jeter dans la neige, mais le Rabat-joie poursuivit sa route vers le gouffre béant. Il heurta le bord et fut catapulté dans les airs, la porte de bois suivant la même trajectoire.

Ce fut sans doute le spectacle le plus disgracieux que Marrill eût jamais vu. La créature se débattait inutilement de ses quatre bras, le bric-à-brac qu'il avait réussi à sauver de sa tour flottant autour lui. Il faisait osciller sa grosse queue d'un côté puis de l'autre, comme Karnelius pour se remettre d'aplomb quand il tombait.

Il n'avait aucune chance d'atteindre l'autre bord. Marrill eut un mouvement de recul, sans pouvoir détacher son regard de la scène. L'extrémité de la falaise semblait hors de portée du Rabat-joie quand la tour tout entière s'effondra dans un fracas rugissant qui étourdit la fillette, telle une rafale de vent.

Le choc se répercuta à travers la glace, secouant suffisamment les bords de la crevasse pour que le Rabat-joie puisse *in extremis* se raccrocher au plus éloigné. Une fois qu'il eut rejoint Finn sur la glace solide, celui-ci adressa à Marrill le signe que tout allait bien. Elle allait lui répondre de même, mais elle suspendit son geste.

Derrière Finn était apparu un cotre effilé amarré près du *Kraken*. Sur le pont de ce navire se tenait un homme vêtu de noir. Il avait le visage aussi pâle que la neige, et, même de là où elle se trouvait, Marrill discernait les traînées de larmes sombres sur ses joues.

Son ventre se serra sous le choc et l'effroi.

– Serth, chuchota-t-elle, le mot se figeant en toutes petites lettres de glace qui s'accrochèrent à ses lèvres engourdies.

Comme pour lui répondre, le magicien noir leva une main et l'agita.

Marrill adressa de grands gestes désespérés à Finn, mais celui-ci ne parut pas comprendre. Elle voulut chercher de l'aide auprès d'Ardent.

Mais le magicien avait ses propres problèmes. Rose tournoyait en cercles serrés au-dessus de lui, et crachait une série de grands **CROA** gelés, les **A** pointus se renversant comme autant de pointes de flèches minuscules qui pleuvaient sur sa tête.

Le magicien la repoussait avec de grands gestes, mais l'oiseau ne faisait que croasser davantage. Tout en balayant frénétiquement l'air de ses mains, Ardent sortit de sa robe le fragment de parchemin d'où était sorti l'oiseau, celui que Marrill avait traqué aux Quais Létemank. Le magicien tentait désespérément de faire revenir l'oiseau sur la page. Mais Rose se contenta de s'agiter davantage et de croasser plus fort que jamais.

Avant que Marrill ou Coll puissent accourir à l'aide d'Ardent, Rose piqua droit sur lui, battant furieusement de ses ailes griffonnées juste devant son visage. Il leva les mains pour se protéger et trébucha, déséquilibré par l'attaque surprise. Il était tellement occupé à se défendre contre les serres acérées que le parchemin lui échappa.

Rapide comme l'éclair, Rose s'en empara. Ardent tendit le bras pour retenir l'oiseau pendant que Marrill et Coll se précipitaient vers lui. Mais Rose fut plus rapide. D'un coup de bec précis, elle déchira la couture de l'épaule gauche de la tunique du magicien, révélant ce qui ressemblait à une poche secrète.

De petites choses se répandirent partout. Dont la Face de la Carte roulée.

Marrill comprit ce qui allait se passer. Elle plongea vers la Face, bras tendus. Mais elle ne réussit qu'à avaler de la neige et à s'étouffer à moitié. Elle examina ses mains.

Elles étaient vides.

Une panique irrépressible lui monta à la gorge alors qu'elle regardait Rose s'éloigner à travers le désert glacé, son billet de retour dans le bec, la Face dans ses serres, et se diriger droit vers le Torrent gelé.

Tout droit vers Serth.

35

Question d'Échelle

Finn secoua la tête, incrédule. Rose les avait trahis. Serth disposait à présent de trois fragments de la Carte et du seul moyen de trouver l'Échelle et la Légende. Et, lorsqu'il aurait mis la main dessus, il détruirait le Torrent. Plus rien ne l'arrêterait.

– Waouh ! ricana le Rabat-joie. J'espère que vous aviez pas besoin de toutes ces saletés.

– Oh, fermez-la, marmonna Finn, qui porta la main à son sac de voleur.

Au moins avait-il encore la Clef. Tant qu'elle était en sûreté, il leur restait un espoir.

Sa main ne trouva que le vide.

– Quoi ?

Son sac de voleur avait disparu ! Il avait dû tomber et glisser à l'atterrissage.

Il scruta l'étendue gelée. Sa besace était bien là, à l'autre bout du champ de glace. Suspendue aux doigts de Stavik.

Une unique larme jaillit des yeux du roi pirate et gela entre deux cicatrices. Stavik ouvrit la bouche et la referma, faisant tomber un tas de lettres dans la neige à ses pieds. Puis il fit demi-tour et se dirigea vers le *Dragon noir*.

— La Clef ! cria Finn en saisissant le Rabat-joie par un bras. Il faut le rattraper !

Ses mots se perdirent en une bouillie à demi gelée.

Le Rabat-joie haussa ses quatre épaules.

— Parlez pour fouh...

Il cracha sur les lettres glacées, puis tira de sa poche une poignée de petits cristaux d'espoir et en ouvrit un, tout en en lançant un autre à Finn. Le garçon sentit aussitôt la chaleur l'envahir, tant à l'extérieur qu'à l'intérieur.

— Vous, reprit le vieux râleur. Moi, je dois rester ici et je me fiche de tout.

Finn lui accorda à peine un regard. Revigoré par le cristal d'espoir, il se tourna vers Marrill. Elle lui faisait signe de l'autre côté de la crevasse qui s'élargissait.

— Je suis sur le coup ! lui cria-t-il.

Puis il se lança sur les traces de Stavik, ne s'arrêtant qu'une seconde pour lire les lettres laissées sur la neige par le roi des pirates.

SALUT, PETIT FRÈRE, disaient-elles. **DÉSOLÉ DE TE TROUVER ICI. VRAIMENT DÉSOLÉ.** Finn ressentit un pincement au cœur. Voilà ce qu'il avait fallu au roi pirate pour se souvenir de lui: de la magie noire dans un monde en train de s'écrouler.

– Pas de problème, marmonna le garçon en s'armant de courage. Je suis sur le coup.

Il fit craquer ses jointures et se prépara à piquer un sprint jusqu'au *Dragon*.

À cet instant, un fracas de glace retentit tout autour de lui. Le sol remua sous ses pieds et le déséquilibra.

– Pas encore! gémit-il.

Non loin de là, une grosse montagne commença à s'écrouler, ouvrant de profondes fissures un peu partout sur la glace. L'une d'elles fit béer un gouffre noir et insondable juste à côté de lui.

– Ah, crevure de crevasse, gémit le Rabat-joie dans son dos.

Finn trébucha et agita les bras pour ne pas tomber. Sans la Bordure pour maintenir la cohésion du petit royaume du Rabat-joie, le Désert de l'Ombre Cristal avait réinstallé son chaos.

Stavik se rapprochait du vaisseau pirate. Il n'y avait pas une seconde à perdre. Finn se mit à courir. Le sol tremblait, ce qui le forçait à esquiver des gouffres et des pics de glace qui surgissaient de nulle part. Au moment où il pensait pouvoir devancer Stavik, une plaque de glace s'éleva sous son pied et l'envoya dinguer. Son cristal d'espoir fut projeté hors d'atteinte.

Finn se mit avec peine à genoux. Stavik arrivait déjà au *Dragon*. Le pirate regarda derrière lui, et leurs regards se croisèrent une fraction de seconde.

– J'ai perdu, murmura Finn.

Les mots se solidifièrent et tombèrent devant lui dans la neige. Il n'arrivait pas à y croire.

Puis, sans qu'il s'y attende, une nouvelle vague d'espoir le submergea.

– Quel genre de bon à rien vous pique une Bordure et vous laisse geler sur place, hein ? grommela le Rabat-joie dans sa barbe.

Un cristal d'espoir bleu brillait dans sa main comme une lanterne.

– Comment m'avez-vous rattrapé ? souffla Finn.

Le Rabat-joie baissa la tête. L'un de ses yeux se crispa légèrement en apercevant le garçon.

– Oh, marmonna-t-il. Formidable, ils me salissent ma belle neige toute propre avec des sales gosses aussi, maintenant ?

Tout près, une montagne se fractura et s'effondra, envoyant une secousse qui fit grincer Finn des dents et tout vibrer autour d'eux. Le grondement ne cessait de s'amplifier. Le sol tremblait avec une violence incroyable. Des fissures strièrent la glace, dessinant comme une toile d'araignée, puis s'élargirent pour devenir de gigantesques crevasses.

Finn se releva d'un bond.

– Sans rire, comment avez-vous fait pour aller si vite ? demanda-t-il.

Le vieux lézard brandit l'énorme planche de bois qu'il traînait derrière lui.

– J'ai retrouvé ma porte-luge, dit-il. Et non, tu ne me l'emprunteras pas.

Puis, avec un RA-OUUUUM ! terrible, le monde entier parut voler en éclats. Derrière eux, la glace se dressa, et devant, elle s'écroula, transformant ce qui avait été un terrain plat en une soudaine colline.

Finn vacilla. Une série de ses propres O et H le heurta en plein visage alors qu'il faisait tout pour ne pas tomber. Le Rabat-joie chancela et battit des bras. La porte toucha le sol et se mit à glisser.

– C'est bon, monte ! lança le Rabat-joie en hissant sa grosse carcasse sur le panneau.

Finn le rejoignit d'un bond, et ils partirent aussitôt. Le garçon attrapa le dos du Rabat-joie et s'y accrocha sans prêter attention à l'odeur musquée qui émanait du vieil animal.

Ils planaient en direction du *Dragon* à une vitesse vertigineuse. Ensemble, ils dévalèrent la montagne à peine sortie de terre, le Rabat-joie se penchant d'un côté, puis de l'autre, afin de se tracer un chemin entre les crevasses de plus en plus larges. La luge de fortune accéléra encore jusqu'à ce que le vent glacial fouette le visage de Finn et transforme ses cheveux en stalactites.

– Eh ben, merci pour la balade, grogna le Rabat-joie. C'est sûr que j'étais bien parti pour vivre vieux avant que vous débarquiez tous ici. Mais bon, qui pourrait vous reprocher ça ? Quand j'y réfléchis, y avait sûrement pas assez de pancartes.

La chaleur du cristal d'espoir filtra vers Finn pendant que le Rabat-joie continuait de grommeler. Soudain, la perte de son sac de voleur, le Désert qui s'écroulait, et même le fait que Rose ait volé les parties de la Carte pour les donner à Serth – rien de tout cela ne lui parut accablant. Il éclata d'un rire joyeux. Ils allaient y arriver quand même !

Devant eux, le *Dragon* s'éloignait déjà, remuant des rubans de gel et de neige dans son sillage. Le bord découpé du champ de glace se soulevait derrière la coque comme une rampe de lancement.

– Tiens bon ! cria le Rabat-joie.

Ils arrivèrent sur cette rampe improvisée à pleine vitesse. La luge décolla et, cette fois, ils s'envolèrent pour de bon. Puis la porte retomba. Le flanc du navire se dressait devant eux. Finn n'aurait su dire où s'achevait son cri, ni où commençait celui du Rabat-joie.

Puis il s'écrasa contre la coque massive et en eut le souffle coupé. Il s'agrippa instinctivement aux planches et chercha des prises. D'une main, il trouva le bord d'un hublot. Son pied écrasa quelque chose de rêche et spongieux à la fois.

– Fais gaffe, mecton ! grogna le Rabat-joie.

– Pardon, marmonna Finn en ôtant son pied de la tête du lézard.

Le Rabat-joie n'était qu'un énorme tas de débris accroché à la coque par trois mains, la quatrième étreignant toujours un cristal d'espoir. Un bric-à-brac hétéroclite tintinnabulait tout autour de lui.

Finn grimpa au flanc du bateau, vérifiant de temps à autre si le Rabat-joie tenait toujours bon derrière lui. Il éprouva soudain une impression familière : il commençait à devenir un spécialiste de l'escalade de bateaux.

Lorsqu'il arriva en haut, il se laissa basculer par-dessus la rambarde et se retrouva sur le pont. Des pirates s'activaient un peu partout pour hisser toutes les voiles du navire. Le garçon chercha Stavik du regard. Ses vêtements en peau de dragon luisaient à l'avant du bateau sous les lumières de minuit.

Finn ne mit pas longtemps à traverser le pont en prenant garde de ne pas attirer l'attention et se glissa juste derrière le roi des pirates. Il respira profondément et assouplit ses doigts de pickpocket. Puis il bondit en avant et arracha son sac de voleur des mains de Stavik.

– Oh, oh non, marmonna Stavik en se retournant. Oh, mon frère, non.

– T'en fais pas, vieux, répliqua Finn avec un sourire. Je m'arrangerai pour que tu aies ta part avant la fin de la journée !

Il s'apprêtait à courir vers l'arrière.

– Excuse, mon poteau, intervint un autre pirate, qui s'avança pour lui couper la route.

C'était ce vieux Gary Globus, dont l'énorme nez rougeoyait à force de se moucher. Tous les autres pirates semblèrent l'entendre en même temps. Ils abandonnèrent ce qu'ils étaient en train de faire et marchèrent d'un seul mouvement vers le garçon.

Pendant une seconde – pas plus d'une seconde –, Finn paniqua. Il chercha autour de lui l'aide de Marrill, d'Ardent, du Rabat-joie, de n'importe qui. Puis il secoua la tête pour se remettre les idées en place. Il pouvait se débrouiller seul.

C'était un coup comme les autres. Et, quand il commençait un travail, il le terminait. Il se força à sourire et plongea, exécutant la roulade qui était sa marque de fabrique.

Il venait de passer la première ligne de pirates quand le chagrin le frappa de plein fouet. C'était une chose physique, comme un roulement de tonnerre ou une rafale de vent. Il avait oublié avec quelle puissance cette tristesse se manifestait, et ce qu'on ressentait. Il faillit s'effondrer. Une larme se forma au coin de son œil.

– Le moment approche.

Finn connaissait cette voix redoutable. Il respira à fond et s'obligea à se tourner vers elle. À la proue du navire, juste derrière Stavik, se tenait l'Oracle méressien. Serth. Le vent effleurait à peine le bord de sa toge.

– Le Soleil perdu n'est plus loin, je le crains.

Tout autour de lui, les pirates se répandirent en gémissements. Les larmes vinrent plus vite et plus fort que jamais auparavant. Finn déglutit.

— Tu es venu me donner ma Clef, murmura Serth avant d'essuyer une larme noire juste sous son œil. Je savais que tu viendrais.

Finn voulut faire non de la tête, mais l'effort lui parut soudain beaucoup trop grand pour qu'il y parvienne.

— Et maintenant, où est la fille avec des ailes ? demanda au ciel le sorcier de l'ombre. Attends, non, pas encore... pas dans l'ordre, pas dans l'ordre ! Pas tout de suite !

Il serra la mâchoire, crispa les lèvres et prit une longue inspiration, comme pour essayer d'apaiser la folie qui prenait visiblement possession de sa tête.

— J'ai réussi ! annonça le Rabat-joie.

Finn fit volte-face et le vit hisser son imposante carcasse sur le pont. Une forêt de sabres pointèrent dans sa direction.

— Oh, rames de rameur, soupira le Rabat-joie en levant les quatre mains.

Les voleurs l'encerclèrent et le dépouillèrent de toutes ses affaires.

Finn se retourna vers Serth.

— Non, articula-t-il. Je ne vous donnerai pas la Clef.

Serth pencha la tête de côté.

— Non ? dit-il en faisant voleter ses mains en l'air. Oh, Finn, Finn, Finn. J'admire ton courage, vraiment. Mais tu n'as pas la force de résister.

Une nouvelle vague de chagrin surgit et fit tomber le garçon à genoux. Il se força à regarder vers le Désert en décomposition. Des tours de glace se fendaient et sombraient dans le néant, des gouffres s'ouvraient et engloutissaient des montagnes entières.

Et, au milieu de cet océan de destruction, le *Kraken* tanguait. Il se trouvait à présent derrière eux, mais Finn vit l'Homme Os-de-Corde osciller. Il repéra des silhouettes qui couraient frénétiquement sur le pont pour hisser toutes les voiles.

— Tu n'iras pas bien loin, Serth, parvint-il à glisser entre ses dents serrées. Le *Kraken* est à tes trousses et, quand il nous rattrapera, tu auras affaire à un magicien furieux. Si tu le trouvais effrayant avant, attends de voir de quoi il a l'air maintenant que tu lui as pris un membre de son équipage.

Serth remua la tête, et sa poitrine fut secouée d'un sanglot.

— Oh, Finn, dit-il. Si seulement il se souvenait de toi aussi bien que moi.

La lame glacée du désespoir plongea dans le cœur du garçon. Cela n'aurait pas fait aussi mal si cela n'avait pas été aussi vrai.

Il s'efforça de garder son calme. Il savait que Marrill ne l'oublierait pas. Et, tant qu'elle était à bord, le *Kraken* le soutiendrait.

— Mais pour reprendre ce que tu disais..., poursuivit l'Oracle.

Il glissa la main dans sa toge et en sortit une sorte de pince de métal rutilant. Finn savait ce que c'était. Il s'agissait d'un compas qui servait à mesurer les distances. Il avait même vu des marins l'utiliser pour leurs cartes marines, aux Quais.

– Tes amis ne nous rattraperont pas ici, assura Serth.

Il leva le compas et en écarta les deux bras juste assez pour prendre la distance entre les deux vaisseaux. Puis il l'ouvrit d'un coup, et le *Kraken* ainsi que tout le Désert de l'Ombre Cristal disparurent au loin.

Finn en resta bouche bée. Ils venaient en un battement de cils de parcourir des milles sur le Torrent. C'était impossible. Alors, soudain, il comprit comment le *Dragon* avait à chaque fois pu les rattraper.

– Tu me croyais incapable de trouver un seul fragment de la Carte par moi-même ? questionna Serth, le visage empreint de sympathie. Non, non, non, j'ai découvert que l'Échelle était la partie la plus utile de la carte. Car à quoi sert de savoir où l'on va si l'on ne peut pas maîtriser la distance ?

La gorge de Finn se serra. Serth possédait bien plus de fragments de la Carte qu'aucun d'eux ne l'aurait imaginé. Et maintenant, alors que la Clef se trouvait dans son sac de voleur, il ne restait plus à l'Oracle méressien qu'une seule pièce à trouver pour compléter la Carte et mettre fin au monde.

36

Un vaisseau en fonte, des ombres pour équipage

Marrill se figea sur le pont du *Kraken*, la bouche et les yeux grands ouverts. Un instant plus tôt, ils se rapprochaient du *Dragon noir* et, maintenant, le bateau de Serth avait disparu, ne laissant à sa place que le Torrent gelé.

Il lui fallut le temps de quelques respirations pour comprendre, mais, quand ce fut le cas, le choc fut rude, et les larmes lui brûlèrent le fond de la gorge. Maintenant, Serth avait tout : Rose, la Bordure, la Face, et même le Rabat-joie.

Et, bien sûr, il avait Finn. Non content de lui avoir pris sa seule chance de rentrer chez elle, l'Oracle lui avait aussi enlevé son ami. Même entourée par le reste de l'équipage, Marrill se sentit soudain très, très seule. C'était comme si le froid intense du Désert s'était immiscé en elle et avait tout engourdi.

À cet instant, la situation paraissait désespérée. C'est alors qu'elle sentit quelque chose de froid et de doux frôler sa joue et flotter autour de ses épaules. Elle leva les yeux et découvrit Karnelius qui la regardait, blotti sur une vergue. Ses ronronnements gelés tombaient comme des flocons de neige, autant de **R**, de **O** et de **N** minuscules emportés par le vent.

Cela paraissait à la fois étrange et merveilleux. Cela paraissait magique. C'*était* magique. Mais, si Serth trouvait le reste de la Carte et ouvrait le Portail, tout cela disparaîtrait. Le Torrent cesserait d'exister. Elle ne reverrait plus jamais ses parents. Elle perdrait Ardent, Coll, et Finn... pour toujours.

Marrill refusait qu'une chose pareille puisse se produire. Avec une nouvelle détermination, elle écarta les lettres gelées d'un coup de pied et se rendit à l'arrière du navire.

Coll se tenait derrière la roue géante du gouvernail, les lèvres serrées en un trait sévère. À côté de lui, Ardent pliait et dépliait les doigts pour les réchauffer.

– Coll, lança-t-il dès qu'il put parler, suis ce bateau !

Il désignait l'endroit où le Torrent se rétrécissait pour serpenter entre deux hautes falaises qui commençaient déjà à s'écrouler. Marrill plissa les yeux. Il n'y avait pas trace du *Dragon*.

– C'est déjà ce qu'on fait, rétorqua le capitaine.

Exaspéré, Ardent agita les mains.

– Eh bien, serre l'ancre, ou foque la voilure d'artimon ou fais tout ce que vous faites, vous, les marins !

– Hein ? fit Coll en haussant les sourcils.

– Accélère ! s'écria le magicien en fendant l'air de ses bras pour attirer le vent. La survie du Torrent est en jeu. Serth a déjà le quatrième fragment de la Carte, et c'est notre dernière chance de le rattraper avant qu'il trouve la Légende et ouvre le Portail !

Les voiles mugirent. L'Homme Os-de-Corde s'étira et hocha brièvement la tête en serrant les cordages. Les pirat's foncèrent dans les gréements et vérifièrent la solidité de tous les nœuds.

Le *Kraken* prit de la vitesse et fila vers l'espace étroit entre les falaises qui marquaient la limite du Désert de l'Ombre Cristal. Faute d'échappatoire, le Torrent bouillonnait devant eux dans un flot d'écume, là où le gel rencontrait l'eau, et formait une boue de neige fondue.

Une vague de panique gagna Marrill alors qu'elle comptait mentalement les fragments de la Carte. *La Rose des vents, la Face, la Bordure, la Légende. Il reste...*

– Comment avez-vous su qu'il avait l'Échelle ? demanda-t-elle.

Ardent se figea, scrutant des yeux le gréement.

– C'est la trahison de Rose qui me l'a fait comprendre. J'aurais dû le deviner dès la première fois qu'il nous a rattrapés.

Il s'humecta les lèvres. Ses mains s'étaient remises à charrier l'air avec détermination tandis que le vent gonflait les voiles.

— Rose a pour objectif de réunir la Carte, expliqua-t-il. Si elle nous a abandonnés et a pris *notre* fragment, c'était forcément parce que Serth était plus près que nous de compléter la Carte. Il avait donc davantage que la Bordure! Il fallait qu'il ait deux fragments quand nous n'en avions qu'un, si l'on excepte Rose elle-même, qui, *apparemment*, est libre d'aller où bon lui semble.

Il regarda Marrill bien en face. Sa barbe était durcie par le gel.

— Avec l'Échelle, il contrôle les dimensions et la distance. Ce qui explique certainement qu'il puisse se déplacer aussi vite. Mais nous allons la récupérer, n'aie crainte.

Ses paroles se voulaient rassurantes, mais sa voix était chargée de doute.

Troublée, Marrill contempla les lettres gelées éparpillées sur le pont, fragments de conversations qu'elle avait eues récemment avec Finn. C'était absurde que ses paroles soient encore là, piégées par la glace, alors que lui — et le souvenir que les autres en avaient — n'y était plus.

Ses pensées furent interrompues par l'avertissement de Coll:

— Feriez mieux de vous accrocher!

Marrill se précipita sur un plat-bord et le saisit à bras-le-corps. Le bateau gîta fortement, à deux doigts de chavirer. Devant eux, les hautes falaises de glace marquant la fin du Désert de l'Ombre Cristal s'effondraient l'une vers l'autre, l'espace qui les séparait se réduisant à chaque seconde.

– On ne va jamais y arriver ! cria Marrill.
– Oh, balivernes ! la réprimanda Ardent.

Il tendit la main vers l'une des saillies de glace qui se dressaient dans leur dos. Dans un fracas assourdissant, un bloc qui faisait au moins quatre fois la taille du *Kraken* s'en arracha et fonça vers le Torrent à demi gelé.

Avec un *PLOUF !* gigantesque, il s'écrasa dans la boue, derrière le bateau. Le choc fit alors naître une énorme vague, plus haute que le plus haut mât du *Kraken*, qui se précipita sur eux en rugissant, menaçant de les engloutir.

Marrill hurla. Mais Coll se tenait prêt. Il tourna furieusement la roue vers la gauche et ordonna de mettre toutes voiles dehors. Le *Kraken* bondit en avant et fila juste devant la vague.

Puis le bateau se mit soudain à planer sur l'eau, plus vite qu'il n'était jamais allé auparavant. Les lettres gelées glissaient sur le pont.

À l'instant où les falaises s'effondraient l'une sur l'autre, le *Kraken* fut propulsé à travers le passage étroit, et ses flancs éraflèrent les parois de glace. Il jaillit alors à l'autre bout, et le mouvement de la vague le projeta un peu plus loin sur le Torrent comme une pierre qui ferait des ricochets sur un lac.

Mais Marrill n'eut pas le temps d'éprouver le moindre soulagement. Parce que, devant eux, se profilait la tempête à laquelle ils avaient échappé un peu plus tôt, la même, peut-être, que celle qu'ils esquivaient depuis son arrivée sur le Torrent. Et, aussi implacable qu'était cette tempête, il n'était pas question, cette fois, d'y couper.

Des nuages noirs mordaient le ciel. Des éclairs lançaient leurs zigzags de feu vers la surface du Torrent. Et, tout au bord, se dirigeant vers le cœur de la tempête, voguait le *Dragon noir*.

Ils étaient assez près pour que Marrill distingue des silhouettes qui s'agitaient sur le pont. Serth était facile à repérer, à l'avant du navire, sa toge noire tourbillonnant autour de lui. Le Rabat-joie n'était pas beaucoup plus difficile à voir : c'était la grosse masse bleue prisonnière d'un filet que l'on hissait dans les haubans.

Mais il lui fallut un moment pour distinguer la silhouette plus petite, celle qui se tenait devant Serth, encadrée par une foule de pirates armés.

Finn !

Le ventre de Marrill se contracta.

– Il est toujours en vie – on doit le sauver ! cria-t-elle.

Ardent scruta l'autre côté du Torrent.

– On dirait bien qu'ils l'ont enfermé dans une espèce de filet.

– Pas le Rabat-joie, corrigea-t-elle, même si on peut le sauver aussi. Coll, tu peux les rattraper ? demanda-t-elle, ressentant des picotements sur sa peau.

Les rafales de vent s'intensifiaient furieusement alors que le capitaine évaluait la distance entre les deux bateaux.

– Ça va être dur...

Il fut interrompu par un éclair qui toucha leur mât et projeta dans le ciel une pluie lumineuse d'étincelles multicolores. Marrill sursauta, et son cœur rata un battement avant de tambouriner contre sa poitrine. Au-dessus de leurs têtes, les nuages noirs évoquaient les mâchoires d'une bête gigantesque qui s'ouvraient pour les engloutir tout entiers.

– Cet éclair était rouge, avertit Coll.

Le regard qu'il adressa à Ardent n'échappa pas à Marrill, qui remarqua aussi le pli soucieux que la nouvelle creusait sur le front du magicien.

– Le Vaisseau de Fer, souffla Marill.

Elle se rappela les tremblements qui avaient saisi leur capitaine, la dernière fois qu'ils étaient passés tout près de la tempête. Si Coll avait peur du Vaisseau de Fer, cela signifiait qu'elle n'avait plus qu'à être terrifiée.

– Eh bien, on sait au moins que Serth en a peur, ajouta-t-elle.

La réponse de Coll fut brève autant que brusque :

– Ça montre qu'il est avisé.

Marrill avala sa salive avec peine. L'inquiétude lui nouait l'estomac. Elle avait vu Coll affronter une tempête, une tornade et, là, un instant auparavant, un raz de marée, sans paraître préoccupé outre mesure. Et voilà qu'à présent, il serrait les lèvres et crispait la mâchoire.

Soudain, il tendit l'index.

– Le voilà, fut tout ce qu'il dit.

Marrill suivit son doigt. Un autre navire arrivait par bâbord, un navire qui ne ressemblait à aucun autre. Il était bas sur l'eau, et fonçait droit sur eux. Ses voiles étaient grises, cotte de mailles presque invisible sur fond d'orage. Sa coque, profonde, était noire et cernée d'un trait vermeil juste au-dessus de la ligne de flottaison, comme s'il s'agissait du sang répandu par des blessures infligées en fendant les flots.

À cette distance, les hommes visibles le long du bastingage n'étaient que des taches sombres contre un bloc de métal. Ils grouillaient sur le bateau, telle une armée d'ombres. Tous sauf un homme, seul à la proue du navire. Le Maître.

Le Maître du Vaisseau de Fer. Il se tenait jambes écartées pour lutter contre le mouvement des vagues. Il était revêtu de la tête aux pieds d'une armure métallique d'un noir terne aux contours rutilants. À sa seule vue, Marrill se mit à trembler de peur.

Un nouvel éclair écarlate déchira le ciel, si proche qu'elle en sentit pratiquement le goût dans sa bouche, métallique, comme lorsqu'on vient de se mordre la joue. Le goût se mua en terreur, qui lui descendit dans la gorge.

– On dirait qu'ils essayent de nous isoler, avertit Marrill.

– Ou de nous éperonner, rétorqua Coll. Ardent, appela-t-il, un peu d'aide ?

Le magicien s'avança et lança les mains en direction du Vaisseau de Fer.

– Voyons ce qu'il donne sans voiles.

À l'instant où il prononçait ces mots, les voiles du navire de fer explosèrent en une pluie de confettis. Le bateau se mit à patauger. Ardent se retourna vers eux.

– Ça a bien fonctionné, non ?

Il ne vit pas, dans son dos, les confettis se soulever et former un tourbillon. En un clin d'œil, la cotte de mailles bien serrée des voiles s'était reformée, et le Vaisseau de Fer fit un bond en avant, plus vif et plus rapide encore qu'auparavant.

Un halo rouge commençait à luire à la proue, entre les mains tendues du Maître. La tempête tourbillonnait autour de lui, les nuages noirs bouillonnaient et rugissaient. Une odeur se fit sentir, comme lorsqu'on frotte une allumette, juste avant que surgisse la flamme. Marrill sentit la brusque décharge d'énergie qui s'en dégageait.

– Euh, Ardent ? appela-t-elle en désignant le navire derrière lui.

Le sourire d'Ardent mourut sur ses lèvres. Avec un claquement tonitruant, le Maître concentra la lumière en une boule solide qu'il lança vers le ciel.

Un éclair rouge décrivit un arc de cercle dans les airs et enflamma les nuages d'orage. Des flammes dansèrent dans le ciel, faisant pleuvoir des braises au lieu de gouttes de pluie.

Les étincelles tournoyèrent dans le vent et mirent le feu au hunier du *Kraken*. Marrill poussa un cri et eut l'impression que son cœur remontait dans sa gorge. Ardent se précipita en écartant largement les bras. Sa barbe battait au vent et le bas de sa robe ondulait comme une masse liquide. Il libéra une vague d'énergie qui les enveloppa tous et transforma chaque braise en une bouffée de vapeur.

À peine Marrill eut-elle poussé un soupir de soulagement que deux rayons de lumière blanche gelée jaillirent du bout des doigts du magicien. Une grande entaille déchira l'eau alors que la lumière fendait la tempête en direction du Vaisseau de Fer. Elle paraissait assez puissante pour tout griller sur son passage. Mais, lorsqu'elle frappa le Maître, elle ne provoqua qu'une gerbe d'étincelles.

— Parez à virer ! cria Coll, une nuance d'urgence dans la voix.

L'Homme Os-de-Corde borda les écoutes et changea l'amure des voiles. Le bateau vira à tribord, prenant les vagues de plus en plus grosses par le travers. Ils abandonnaient la poursuite du *Dragon*.

— Qu'est-ce qui se passe ? hurla Marrill par-dessus le vacarme assourdissant de l'orage et de tout le mouvement déployé.

Coll agrippa la barre et dut bander tous les muscles de ses bras pour maintenir le cap. Le *Kraken* était ébranlé à chaque fois qu'Ardent parait un coup du Maître, le pont ruait et se dérobait sous leurs pieds. Marrill s'accrocha à la rambarde pour ne pas tomber.

— Il arrive trop vite ! lança Coll, contraint de hurler pour se faire entendre. On doit garder la distance... et espérer qu'Ardent sera vainqueur.

— Mais Finn..., murmura Marrill en regardant le *Dragon* s'éloigner.

Une tache noire tourbillonnait au-dessus de ses mâts, presque invisible dans les ténèbres de la tempête. Rose. L'oiseau saisit un courant descendant et plaqua ses ailes griffonnées contre son corps pour planer à quelques centimètres au-dessus du Torrent en direction du *Kraken*. Lorsqu'elle fut toute proche, elle monta brusquement en flèche pour traverser le pont et les gréements, effectuant un virage si serré qu'elle accrocha la manche du manteau de voleur de Finn suspendu au mât d'artimon. Le vêtement tomba en tas sur le pont.

Furieuse, Marrill prit dans sa poche l'un des glands qu'elle avait ramassés à la Jacasseraie et le lança sur l'oiseau, qui passait à proximité.

— Traîtresse ! cria-t-elle, les yeux embués de larmes brûlantes.

Elle ramassa le manteau de Finn et le serra contre elle.

Mais ses sanglots étouffés se muèrent bientôt en rire quand ses doigts sentirent une cordelette qui sortait d'une de ses manches. Bien sûr !

Craignant de changer d'avis si elle réfléchissait trop, elle se débarrassa de son propre manteau de laine et enfila celui de son ami.

– Je vais chercher Finn ! lança-t-elle en sautant sur le gaillard d'avant pour se précipiter vers la proue du navire.

Dès qu'elle atteignit la rambarde, Marrill passa par-dessus sans cesser de courir pour prendre de la vitesse, et bondit sur le mât de beaupré. Juste avant d'arriver au bout, elle tira sur les cordelettes pour libérer les voiles du manteau et se jeta de toutes ses forces dans le vide.

Les vagues avides du Torrent Pirate cherchèrent aussitôt à la happer dans un bouillonnement d'écume. La pluie lui plaqua les cheveux sur les joues, et l'orage rugit à ses oreilles. Pendant un moment, elle se sentit trop lourde, trop maladroite. Elle n'arrivait pas à décoller ! Des images de tous les objets qu'ils avaient jetés dans le Torrent défilèrent dans sa tête comme une série de petits films, chacun d'eux se transformant, se désintégrant ou explosant dans les flammes.

Puis une rafale de vent la souleva et l'emporta au-dessus des flots. Elle lança un cri d'excitation et de peur mêlées. Elle volait ! Elle volait vraiment cette fois, pas comme lorsqu'elle avait été emportée par le vent des Quais Létemank. Elle avait des ailes ! C'était carrément *dingue* !

Évidemment, elle prit rapidement conscience qu'elle ne savait pas manœuvrer. Un rideau de pluie la fit dévier de sa trajectoire et l'envoya tournoyer en perdant de l'altitude. Elle se redressa et vira brusquement vers le *Dragon*, serrant le vent comme elle avait vu Finn le faire. Le bateau de Serth était dans sa ligne de mire, mais Marrill descendait rapidement. Si elle continuait ainsi, elle allait s'écraser contre son flanc !

À la dernière minute, elle se contorsionna et évita de justesse la rambarde. Elle débarqua sur le pont du *Dragon*, qu'elle traversa en une série de lourdes culbutes.

Lorsqu'elle s'immobilisa enfin, elle était à quatre pattes, juste devant une toge noire dont le motif évoquait un ciel étoilé. Un chagrin profond et douloureux s'enfonça alors dans sa poitrine et lui coupa le souffle, lui donnant soudain l'impression d'avoir les bras et les jambes en coton.

Lentement, luttant contre la tristesse qui l'accablait, elle releva la tête. L'homme qui se dressait devant elle pleurait, et ses larmes noires creusaient de profonds sillons sur ses joues.

– Bonjour, Marrill, commença Serth, le magicien de l'ombre. Tu n'imagines pas depuis combien de temps je t'attends.

37

La Carte pour montrer la voie

Finn bondit vers Marrill. Mais les pirates furent plus rapides. Des mains s'emparèrent de lui sans ménagement et il sentit le froid de l'acier sur son dos. Se débattre ne ferait qu'empirer les choses. Ces voyous n'étaient pas des meurtriers, il le savait. Mais cela ne signifiait pas qu'ils renonceraient à se servir de leurs coutelas s'il les y forçait.

À quelques pas, Marrill se tenait recroquevillée dans l'ombre de Serth. Les larmes lui gonflaient les yeux et menaçaient de jaillir. Elle cligna les paupières quand un éclair fendit le ciel. L'orage se refermait sur eux. Finn scruta le Torrent, cherchant des traces du *Kraken*. Mais il eut beau regarder tout autour de lui, les flots étaient déserts.

Ils étaient résolument seuls.

Pendant une fraction de seconde, la muraille d'espoir qu'il avait dressée contre le chagrin écrasant de Serth se fendilla. Une infinie tristesse s'immisça en lui, et il serra les dents pour la repousser.

– Une fille avec des ailes, reprit Serth, qui pencha la tête pour examiner Marrill.

Elle voulut s'écarter, mais l'un des pirates la souleva et pressa un couteau contre sa gorge.

– Laissez-la tranquille ! s'écria Finn.

– Ma Clef, répliqua Serth en tendant la main.

Marrill se tortilla entre les bras du bandit, et la dague appuya plus fort contre sa peau. Finn réfléchissait à toute vitesse tout en serrant son sac de voleur contre lui.

– D'accord ! dit-il enfin. D'accord, mais laissez-la partir !

Avec un soupir, il lança le sac à Serth, qui le rattrapa d'une main. Le pirate laissa retomber son couteau et poussa Marrill vers Finn. L'épaule de son amie heurta la sienne, et il sentit quelque chose d'étrange tirer sur sa main. Il lui fallut un instant pour comprendre que Marrill avait glissé ses doigts entre les siens. Elle le tenait par la main ! Personne n'avait jamais fait cela auparavant !

– Merci, souffla-t-elle.

Une grande onde de réconfort et de confiance envahit Finn et repoussa le chagrin.

– Ne t'en fais pas, assura-t-il. Il lui faut encore la Légende avant de pouvoir utiliser la Carte.

– On parle aussi de clef pour la légende d'une carte, petit génie, intervint le Rabat-joie, toujours suspendu dans son filet. Beau boulot quand même.

Finn en resta bouche bée. Il regarda Marrill. Son visage affichait, il n'en doutait pas, la même expression de stupeur que le sien. Si la Clef et la Légende ne faisaient qu'un, Serth avait en sa possession tout ce qu'il lui fallait pour détruire le monde !

Le sombre magicien les dominait de toute sa taille, un sourire vibrant aux lèvres.

– Et maintenant toutes les pièces sont enfin en place, déclara-t-il.

Des plis de sa toge noire, il sortit un rouleau de parchemin.

Finn le reconnut et poussa une exclamation.

– La Face, chuchota Marrill.

Finn se débattit, mais les pirates qui le retenaient pressèrent leur coutelas contre son dos. Il ne put que regarder avec horreur Serth tendre la Face devant lui et la dérouler d'un coup.

– La Carte pour montrer la voie ! s'écria le magicien. La Clef pour ouvrir le Portail ! Le Soleil perdu de Dzannin se lèvera à nouveau !

Des continents et des îles s'animèrent à la surface du parchemin, tel un puits d'encre se répandant sur le monde.

– Que les limites s'installent ! clama Serth avant que quoi que ce soit puisse sortir de la page.

Il retira de son poignet ce qui ressemblait à un élastique, qu'il accrocha aux quatre coins de la Face.

La page blanche s'illumina. Lorsque la clarté s'estompa, la Face, soigneusement entourée de l'épaisse

Bordure noire, resta en suspens dans les airs. Avec un croassement aigu et sonore, Rose traversa les nuages noirs de la tempête.

On aurait presque dit qu'elle criait.

– Il faut arrêter ça, pressa Finn. Il a tous les fragments... Il va rassembler la Carte et découvrir où se trouve le Portail !

– Je sais ! rétorqua Marrill, aussi paniquée que lui. Mais qu'est-ce qu'on peut faire ?

Finn se mordit les lèvres, le cœur serré.

Soit Serth ne les entendait pas, soit il s'en moquait. Il tira le compas ouvragé de sa toge et le brandit bien haut.

– Que les dimensions soient justes ! lança-t-il en portant les extrémités du compas sur deux des coins de la Face, qui s'illumina de nouveau.

La Carte se tordit, se métamorphosa et s'agrandit au point de devenir deux fois plus large que les bras ouverts de Serth et trois fois plus haute. De nouveaux mondes s'épanouissaient sans discontinuer à sa surface, puis crevaient comme des bulles dans une casserole d'eau en train de bouillir.

Marrill saisit Finn par le bras.

– Ça doit être l'Échelle. Il ne reste plus que Rose et la Clef !

Finn examina rapidement la situation.

– Bon, ça a l'air mal parti. Mais il faut encore qu'il aille jusqu'à l'endroit en question, non ? Si on arrive à déterminer où c'est, on pourra peut-être le battre là-bas !

Serth leva les bras vers le ciel. Un éclair rouge déchira les nuages noirs.

– Que viennent les repères ! commanda-t-il.

Rose poussa un cri perçant. Ses ailes griffonnées luttaient contre les rafales de la tempête. Elle tourna deux fois au-dessus du *Dragon*, puis plongea droit sur la Carte sans ralentir un instant.

– Rose, non ! s'exclama Marrill.

En dépit de sa trahison, Finn eut peur pour elle. Il espérait malgré tout que, quoi qu'il arrive, Rose s'en sortirait.

L'oiseau heurta la Carte dans une explosion de lumière aveuglante. Tous furent ébranlés comme lors d'un tremblement de terre, et les pirates reculèrent. Lorsque les taches blanches se furent dissipées des yeux de Finn, Rose avait disparu.

Le garçon repoussa les émotions qui l'assaillaient et tira Marrill hors de portée des pirates hébétés. Mais il n'y avait nulle part où se réfugier. En effet, à l'endroit où s'était tenue la Carte se dressait à présent un portail imposant. La double porte palpitait et rougeoyait, bourdonnant presque d'énergie contenue. Finn trébucha, et la main de Marrill lui échappa.

– C'est terminé ! hurla Serth, les yeux embués de larmes noires. Le temps est venu !

Des éclairs éclataient à la proue du navire. La pluie jaillit des nuages et les aspergea de rafales glaciales.

– Oh non ! s'écria Marrill par-dessus l'orage.

Le désespoir se lisait dans ses yeux malgré la pluie.

– La Carte ne montre pas à Serth comment trouver le Portail..., reprit-elle avant que sa voix se brise.

Les épaules de Finn s'affaissèrent. Il venait de comprendre ce qu'il voyait.

– La Carte *est* le Portail, termina-t-il à sa place.

C'était comme si le monde entier se dérobait sous ses pieds. Serth avait trouvé le Portail. La situation était bien plus alarmante que le garçon ne l'avait soupçonné.

– Ah ben, il vous en faut, du temps, les mioches ! lança le Rabat-joie au-dessus d'eux. L'apocalypse imminente et moi, on a que ça à faire, de devenir super potes.

Finn secoua la tête pour s'éclaircir les idées.

– On va bientôt vous descendre de là ! promit-il au Rabat-joie.

Parce que ce n'était pas fini. Un bon voleur avait *toujours* un plan B, après tout.

– Préviens-moi quand tu te décideras, grogna la créature. J'ai une journée de dingue devant moi, à rester accroché ici pour attendre la mort.

Marrill lança un regard interrogateur à son ami.

– Fais-moi confiance, lui répondit-il.

Puis, sans attendre sa réaction, il s'avança d'un pas.

– Ohé, Serth ! appela-t-il.

Un sourire éclaira son visage lorsqu'il fouilla sa poche et en sortit la Clef de rubis. Elle brillait sous le ciel d'orage, absorbant la lumière rougeoyante des éclairs.

– Vous cherchez ça ?

Les voleurs reculèrent et émirent des murmures impressionnés. Marrill poussa une exclamation et Finn lui adressa un clin d'œil.

– L'avantage, avec les sacs de voleur, lui dit-il, c'est qu'on peut en sortir des trucs *vraiment* très vite.

Serth tourna lentement et avec raideur la tête vers eux. Ses yeux se fixèrent sur la Clef de rubis. Finn n'aurait pu déterminer quelles émotions affichait le visage du magicien fou, mais une chose était claire : ce n'était pas de la joie.

Le dément traversa le pont, se dirigeant droit sur eux. Finn se sentit parcouru par un vif chagrin, mais il garda son calme. À côté de lui, Marrill poussa un gémissement. Finn serra la Clef plus fort et passa la main par-dessus la rambarde du bateau.

Serth s'arrêta. Ses doigts voletaient, et ses lèvres remuaient sans bruit, comme s'il parlait à quelqu'un d'invisible.

– Oui, dit-il enfin. Tu as raison, bien sûr. Regarde-moi, qui saute les étapes. Nous n'en sommes pas encore là, si ? Pas tout à fait. On ne peut pas sauter les étapes. On ne peut pas.

– Il est *grave* cinglé, souffla Marrill.

Finn acquiesça d'un hochement de tête. Il était parfaitement d'accord. Le garçon tendit le bras vers le Torrent.

Serth poussa un cri haut perché.

– C'est comme ça que tu veux en finir ? aboya-t-il. C'est ça, l'acte téméraire qui mettra fin à tout ? Non, non, je ne crois pas, Finn. Je ne crois pas.

Finn prit une profonde inspiration. Pour empêcher Serth d'ouvrir le Portail, il devait détruire la Clef. Mais il savait maintenant que la Clef *était* la Légende, qu'elle faisait partie intégrante de la Carte. Donc, s'il la détruisait, il ne pourrait jamais utiliser la Carte. Il ne pourrait jamais retrouver sa mère. Sa main trembla pendant qu'il se débattait avec ce dilemme.

Puis il lui vint à l'esprit que Marrill renoncerait encore à beaucoup, beaucoup plus. Il se tourna vers elle.

– Marrill, appela-t-il, ce choix te concerne au moins autant que moi. Je ne peux pas prendre cette décision tout seul.

38

La Clef pour ouvrir le Portail

Marrill avait les yeux rivés sur la Clef de rubis ; l'objet semblait bourdonner d'une énergie étrange. Si Finn le lâchait, il tomberait dans le Torrent Pirate. La Clef serait à tout jamais détruite. Et emporterait avec elle le seul moyen de rentrer en Arizona.

Marrill ferma les yeux et se représenta ses parents. Elle imagina ce que ce serait de les revoir, de sentir leurs bras autour d'elle. Elle voulait croire qu'une telle chose était encore possible. Elle avait *besoin* d'y croire.

Elle respira profondément et rouvrit les yeux.

— Je ne sais pas, dit-elle enfin, le menton tremblant. Je ne sais pas ce qu'il faut faire !

À son expression, elle comprit que Finn ne le savait pas non plus.

— Eh bien, garde-la, suggéra Serth d'une voix pour une fois très atone. Cette Clef ouvre mon coffre préféré.

– Quoi ? s'écrièrent à la fois Finn et Marrill.

Serth souleva le sac de voleur de Finn et, les lèvres tordues par un odieux sourire, plongea la main à l'intérieur. Il en tira une étoile de cristal grosse comme la paume d'une main et dont la forme évoquait un soleil stylisé. Marrill la reconnut : c'était la même que celle brandie par la figure de proue de l'étrange navire qui était en train de couler lorsqu'ils étaient arrivés dans le port des Quais Létemank.

– La Clef pour ouvrir le Portail ! s'écria Serth.

– Ohhh, vent de bulle ! grogna Finn à côté de Marrill. C'est la poignée du coffre.

Avec un grondement de frustration, il jeta la Clef de rubis sur le pont.

– Mais qu'est-ce que tu fais ? demanda Marrill.

– « *Forcez* le coffre pour trouver la Clef. » C'est ce que Serth avait écrit dans sa lettre. J'ai donc arraché cette poignée au coffre, sur le bateau méressien, et c'est à ce moment-là que tout a commencé à couler. J'ai juste *supposé* que c'était parce que j'avais pris la Clef de rubis...

Marrill reçut comme un poids sur les épaules.

– Alors que la Clef était en fait la poignée, termina-t-elle.

– Gros plantage sur ce coup-là, gamin, commenta le Rabat-joie depuis son filet.

Et, pour une fois, Marrill n'était pas certaine qu'il cherchait à être sarcastique.

Serth jeta le sac de voleur et brandit l'étoile de cristal.

– Tiens ! cria-t-il au ciel.

Un éclair rouge fendit les nuages. Marrill avait tellement mal à la poitrine qu'elle respirait difficilement. Tout autour d'eux, les pirates tombaient à genoux en gémissant et en sanglotant.

– La Carte pour montrer la voie ! poursuivit Serth. La Clef pour ouvrir le Portail !

Il se tourna vers le Portail rougeoyant en tenant fermement la Clef dans sa main.

– Le Soleil perdu de Dzannin brillera ! clama-t-il. Aujourd'hui même !

– Est-ce que j'ai déjà dit « vent de bulle » ? lâcha Finn, la gorge serrée.

Assaillie par des vagues d'angoisse, Marrill lui prit la main. Une image de sa mère lui apparut, puis de son père. Karnelius et les frères Hatch, Ardent et Coll, tout le monde, partout – même cet imbécile de Rabat-joie.

Tout cela allait prendre fin.

Serth s'avança vers les portes et introduisit la Clef en forme de soleil dans la serrure. Ses rayons étincelants s'allongèrent pour former des poignées. Il les saisit et tira.

Un grondement retentit, plus fort que le tonnerre, évoquant le frottement de la pierre contre une roche bien plus massive encore. Puis le Portail – la Carte – s'entrouvrit.

— Regardez ! hurla Serth, qui tirait de toutes ses forces sur le Portail, écartant la pierre centimètre par centimètre. Le Soleil perdu de Dzannin brillera de nouveau !

Des rais de lumière brûlante jaillirent par l'interstice, enflammant l'air et détruisant tout sur leur passage. L'un d'eux frappa le grand mât du *Dragon* et le pulvérisa. Un autre perça un trou dans la coque tandis qu'un troisième cisaillait la rambarde bâbord du navire.

Le vaisseau fut violemment secoué. Les débris pleuvaient sur le pont. Marrill baissa la tête et courut vers l'arrière en se protégeant de son bras.

— Il met le navire en pièces ! cria-t-elle.

À côté d'elle, Finn bondissait d'un côté puis de l'autre, pour échapper aux rayons dévastateurs.

Serth se tenait au milieu de la scène, la lumière formant un halo autour de lui. Mais, si elle l'affectait d'une quelconque façon, soit il ne le remarquait pas, soit il n'en avait rien à faire.

— Voyez les premières lueurs de l'aube ! hurla-t-il d'une voix perçante. Voyez les dernières lueurs de la nuit !

Marrill scrutait désespérément le Torrent en quête d'Ardent. Elle voulait croire qu'il surgirait à la dernière minute pour sauver le monde. Mais il n'était nulle part en vue. Peut-être le Vaisseau de Fer s'était-il emparé du *Kraken* et l'avait-il coulé. Quoi qu'il se soit passé, Ardent ne venait pas les sauver.

– Il faut l'arrêter ! s'écria-t-elle. On doit bien pouvoir faire quelque chose !

Elle fouilla les poches du manteau de Finn et en tira un lance-pierre, trois montres de gousset et un entrelacs de fils de fer. Énervée, elle ôta le vêtement et le lui jeta.

– Tu n'aurais pas pu voler quelque chose d'utile ?

Finn rattrapa le manteau et enfila les manches.

– J'aurais dû penser à dérober le kit « battre un sorcier maléfique » dans la tour du Rabat-joie, rétorqua-t-il.

À l'autre bout du bateau, Serth gémissait et suppliait le Portail de s'ouvrir davantage.

– Il y a forcément quelque chose ! insista Marrill en passant des poches de Finn aux siennes.

Une poignée des glands qu'elle avait ramassés dans la Jacasseraie roula sur le pont. Exaspérée, elle donna un coup de pied dedans.

– Rien que des saletés.

– Attention ! cria Finn en l'écartant de la trajectoire d'un rayon de lumière brûlante.

Elle trébucha en arrière. Quelque chose s'accrocha à sa cheville, et l'envoya valser sur le pont.

Le choc la laissa étourdie. Désorientée, elle baissa les yeux et découvrit une mince vrille verte qui s'accrochait à sa jambe, avec des feuilles en forme d'oreille qui se déployaient sur toute sa longueur. Une liane à rumeurs venait de germer sur le pont.

Une liane à rumeurs, pensa-t-elle. *Désorientée.* Cela lui rappela Ardent qui titubait dans la Jacasseraie, trop embrouillé par les lianes à rumeurs pour faire apparaître autre chose qu'une poignée de flocons de neige. Si seulement elles pouvaient avoir le même effet sur Serth...

Mais oui !

– Finn, s'écria Marrill. Les rumeurs ! Elles plongent les gens dans un embrouilli... un embrillu... Enfin bref, elles embrouillent les magiciens !

Finn releva la tête. Puis un sourire naquit sur ses lèvres lorsqu'il comprit ce qu'elle voulait dire.

– Et ces glands sont des graines de lianes à rumeurs ! Marrill, tu es un génie ! s'exclama-t-il. Vite, passe-les !

Il ramassa le lance-pierre et attrapa au vol les glands qu'elle lui lançait.

– Je vais attirer l'attention de Serth. Trouve comment récupérer la Carte !

Marrill prit une grande inspiration pour se donner du courage. Serth tirait sur le Portail, à l'avant du *Dragon*, et le pont qui le séparait de la fillette était peuplé de pirates qui hurlaient et pleuraient pendant que les rayons du Soleil perdu flamboyaient. Ce serait difficile ne serait-ce que de s'approcher sans être grillée. Mais il fallait essayer.

– Vas-y, dit-elle. Mais sois prudent, ajouta-t-elle alors que Finn levait son lance-pierre et insérait un gland dans l'élastique.

– Toi aussi, répondit-il avec un hochement de tête.

Finn lança la première graine. Celle-ci heurta la toge du sorcier maléfique et resta un instant figée en l'air avant de tomber sur le pont. Marrill s'étrangla, comme paralysée en pleine course. Serth ne parut rien remarquer.

Puis la coque gelée du gland se fendit. L'extrémité d'une liane en sortit et se planta dans le bois du pont, la tige s'accrochant à la toge de Serth sans paraître incommodée par le gel. De toute évidence, les graines de la Jacasseraie ne se montraient pas très exigeantes sur l'endroit où elles germaient ; une bonne rumeur semblait pouvoir se développer n'importe où.

– Ça marche – vas-y ! cria Finn en expédiant coup sur coup trois autres glands.

L'un d'eux toucha un rayon de lumière et s'évanouit en fumée, mais les deux autres arrivèrent à bon port et poussèrent aussitôt.

C'était le signal que Marrill attendait. Elle traversa le pont, courbée en deux pour se faufiler entre les rayons destructeurs et les pirates paniqués. Devant elle, le sorcier maléfique donnait des coups de pied dans la végétation qui s'épanouissait autour de lui, mais refusait toujours de lâcher le Portail.

Pas dans l'ordre, songea Marrill. *Il se trouble quand les choses ne sont pas dans l'ordre.* Elle se glissa derrière un mât et mit ses mains en porte-voix.

– Hé ! appela-t-elle. J'ai entendu dire que le Soleil perdu brillerait, qu'*ensuite*, le Portail s'ouvrirait et qu'il y aurait un incendie à la Jacasseraie, mais qu'*avant* ça, Finn et moi serions venus ici en volant !

Les lianes ne mirent pas longtemps à susurrer les phrases en chœur :

soleilensuiteportailfeujacasseraievenusicienvolant

– Non ! hurla Serth. Les scènes doivent se dérouler dans le bon ordre ! Les enfants, le Portail, la Jacasseraie... Non, la Jacasseraie, le Portail, les enfants... non ! Non !

L'Oracle enrageait alors qu'un flot de murmures enflait autour de lui.

– Silence ! J'ai besoin de silence !

Lâchant la Clef, il saisit les lianes et recula d'un pas mal assuré.

Sans Serth pour le retenir, le Portail commença à se refermer, occultant quelques rayons mortels. Finn suivit l'exemple de Marrill et tira d'autres glands en clamant :

– Serth, l'histoire *commence* quand je te donne la Clef, n'est-ce pas ?

La pluie tombait à verse sur le pont et s'évaporait en vapeur dès qu'elle touchait les rayons du Soleil perdu.

Marrill savait reconnaître une bonne occasion quand elle en voyait une. Elle quitta l'abri du mât et fonça vers la proue. Mais plus elle se rapprochait de Serth, plus la situation lui paraissait sans espoir. C'était impossible. Elle ne pourrait jamais le vaincre, pas ici. Elle n'arriverait jamais à refermer le Portail toute seule.

– Le Soleil perdu de Dzannin brillera ! vociférait le sorcier maléfique en tirant sur les lianes qui l'étouffaient. Les scènes seront toutes remises dans le bon ordre !

Une tristesse intense et douloureuse s'empara de Marrill, si profonde qu'elle semblait prête à lui déchirer la poitrine. La fillette chancela et tomba à genoux. Elle s'agrippa au pont détrempé. Elle devait y arriver. Il le fallait. Mais il était tellement, tellement difficile de lutter...

– Hé, petite ! fit une voix rude dans son dos.

Se retourner exigea de Marrill un énorme effort de volonté. Elle y parvint juste à temps pour voir le Rabat-joie se balancer dans son filet, puis lancer quelque chose en l'air d'un mouvement du poignet.

Un cristal bleu vif culbuta dans l'air saturé de pluie et s'écrasa sur le pont, juste à côté d'elle. La chaleur l'envahit instantanément et dissipa ses doutes.

– Me remercie pas, grogna le Rabat-joie. Et dépêche-toi de tout faire pour que je m'en sorte, pigé ?

– C'est compris ! assura Marrill en se relevant d'un bond tandis que la chaleur chargée d'énergie positive lui redonnait des forces.

Le Portail s'était pratiquement refermé, mais il palpitait encore d'énergie et émettait un étrange bourdonnement que Marrill sentit vibrer jusque dans ses dents lorsqu'elle tendit la main pour saisir la poignée en forme de soleil. Dès qu'elle la toucha, la Clef lui brûla la peau et s'imprima dans sa paume. Marrill entendait résonner dans sa tête la voix de sa mère qui lui répétait d'être courageuse. Qui lui assurait qu'elle pouvait y arriver.

Elle cala son pied contre le Portail, qu'elle referma d'un coup, et tira de toutes ses forces sur le cristal. Les panneaux palpitaient devant elle alors que mouraient les derniers rais de lumière. De loin, elle entendit Finn l'appeler d'une voix pressante.

Mais il était trop tard. Elle fut transpercée par un froid insupportable qui lui vrilla le dos jusque dans la colonne vertébrale. C'était comme le froid du Désert de l'Ombre Cristal concentré dans l'étreinte d'une main blême.

– Lâche la Clef, ordonna Serth d'une voix sifflante en lui serrant l'épaule.

Les quelques lianes qui s'accrochaient encore à sa toge répétèrent toutes :

lâchelacleflâchelaclef

Un frémissement naquit tout au fond de Marrill et enfla brusquement. Elle sentit la vague de chagrin la submerger. Il pleuvait de plus en plus fort et le tonnerre rugissait.

Finn l'appela, mais il était trop loin.

Elle ne pouvait pas bouger. Ne pouvait pas réclamer de l'aide. Ne pouvait que rester debout, impuissante, tandis que son corps s'engourdissait. D'abord les lèvres. Puis les épaules. Les bras, les poignets. Ses doigts tremblaient tant le simple fait de tenir la Clef lui réclamait d'efforts. Marrill la sentait déjà lui échapper.

– Lâche, petite, chuchota Serth en la retournant vers lui.

Ses lèvres rouges se détachaient contre sa peau blanche. Ses yeux fous brillaient de fièvre. Des larmes noires comme de l'encre suivaient la ligne de sa mâchoire.

Du coin de l'œil, Marrill aperçut Finn se débattant entre les mains d'une bande de pirates, qui lui avaient arraché son lance-pierre. Il s'était fait prendre. *Elle* s'était fait prendre.

Rien de ce qu'ils pourraient tenter n'arrêterait Serth. Elle le savait à présent. La prophétie s'accomplirait. Il ouvrirait le Portail. Ce serait la fin du monde. La tristesse béait en elle, tel un gouffre de malheur, et elle ne pouvait faire autrement que de le contempler.

À l'instant où elle était près d'abandonner, quelque chose derrière l'épaule de Serth attira son attention. Quelque chose de grand et de sombre qui fendait la tempête : un bateau !

Le *Kraken* surgit au sommet d'une vague couronnée d'écume. Sa proue surplombait le *Dragon*, si près que Marrill aurait pu compter sur sa coque les bernacles qui agitèrent leurs petites plumes en la voyant.

Le vaisseau allait leur rentrer dedans.

Et là, tout au bout du beaupré, se tenait tapi un chat roux qui agitait la queue en se préparant à bondir. Sous l'effet de la panique, Marrill écarquilla les yeux et en oublia le chagrin de Serth.

Non! articula-t-elle silencieusement.

À la toute dernière seconde, le *Kraken* vira de bord, n'évitant le *Dragon* que de quelques centimètres. C'est le moment que choisit Karnelius pour s'élancer.

Personne n'avait jamais décrit Karnelius comme une créature gracieuse. Mais, cette fois, c'est avec l'élégance d'un oiseau en vol qu'il sauta du beaupré, toutes griffes dehors. Et qu'il atterrit sur ses quatre pattes, en plein sur la tête de Serth.

Le sorcier rugit et gesticula pour se débarrasser de l'animal furieux. La glace durcit dans le pelage de Karny et s'accrocha à son poil épais. Ses griffes ratissèrent le crâne du sorcier maléfique.

Délivrée de l'emprise glaciale de Serth, Marrill aspira l'air à grandes goulées.

– Karny! s'écria-t-elle.

Elle n'eut pas le temps d'ajouter quoi que ce soit. Au même instant, le Vaisseau de Fer surgit à toute vitesse, et, contrairement au *Kraken*, continua sur sa lancée.

Marrill savait ce qu'elle avait à faire.

Le temps parut soudain ralentir, presque comme sous l'emprise d'un sortilège. Elle avait particulièrement conscience de sa propre respiration et sentait l'air entrer et sortir de ses poumons.

Elle fit volte-face pour prendre la Clef.

Inspire.

Elle glissa les doigts entre chaque rayon du soleil de cristal.

Expire.

Serth vociférait, mais sa voix semblait venir de très, très loin.

Inspire.

Le Portail devant elle commença à se modifier et à se déformer en se repliant sur lui-même. Quelque part derrière elle, des pirates hurlaient et des pièces de bois tressautaient. Le Vaisseau de Fer heurtait le *Dragon*.

Une spirale d'encre s'envola du parchemin blanc de la Carte. Marrill tira de toutes ses forces. L'encre se mua en une suite de chiffres qui se répétaient encore et encore, et dévalaient la page.

Expire.

Rassemblant toute sa volonté, Marrill tourna la Clef et l'arracha. Il y eut un craquement assourdissant, comme si le monde se déchirait, et elle se sentit propulsée dans les airs. Puis ce fut l'obscurité.

39

Ce qui était prédit

Des mains rudes s'emparèrent de Finn par tous les côtés. C'était fini. Les pirates le tenaient. Mais, une seconde plus tard, le Vaisseau de Fer heurta le *Dragon*.

Le bois vola en éclats. Le métal hurla. Partout, des pirates tombaient à la renverse en poussant des cris. Finn fut projeté à genoux. Le pont se souleva sous ses jambes et l'envoya glisser en arrière pour se cogner sans ménagement contre l'un des mâts. Tout ce qui n'était pas arrimé s'envolait, et le garçon n'eut que le temps d'attraper son sac de voleur au passage.

Il roula de côté avec un grognement et chercha la source de la collision. Le Vaisseau de Fer avait fendu le *Dragon* par l'arrière, le coupant presque en deux. Les deux navires étaient à présent désespérément imbriqués l'un dans l'autre, et le *Dragon* gîtait de plus en plus à mesure qu'il prenait l'eau.

Les marins de l'ombre se déversaient en nombre du Vaisseau de Fer pour envahir le pont du *Dragon*.

Ils brandissaient des épées, des haches et des massues de ténèbres. Leur cri de guerre évoquait le sifflement d'un cobra dans le bourdonnement d'un essaim d'abeilles. Les pirates se regroupèrent pour les affronter.

En un instant, le pont du *Dragon* ne fut plus qu'un champ de bataille. À l'arrière de la scène, une silhouette en armure lançait des éclairs de lumière rouge depuis la proue du Vaisseau de Fer. Ils se heurtaient à des éclairs blancs lancés avec la même violence par Ardent, qui, depuis le *Kraken*, gardait le Maître occupé.

Finn se redressa sur les genoux et chercha Marrill à travers le chaos. Son ventre se serra lorsqu'il l'aperçut enfin. Elle était effondrée, inanimée, contre la rambarde à l'avant du navire, les yeux clos et la tête qui pendait de côté. Karny se frottait contre son corps inerte. À côté d'eux, la Clef esquissait un cercle lent et vacillant.

Finn appela son amie, mais elle ne réagit pas.

La collision avait fait tomber Serth sur le pont, mais il se relevait déjà avec peine et arrachait les dernières lianes qui s'accrochaient encore à lui. D'une main, il tenait la Carte roulée sur elle-même. Et il se dirigeait droit sur la Clef.

Un flot de pirates et d'ombres soldats séparait Finn de Marrill, mais peu lui importait. Son amie avait besoin de lui. Et il n'était pas devenu le maître-voleur des Quais Létemank sans avoir appris à se sortir de situations particulièrement délicates.

Il s'avança, un coutelas dans chaque main. Stavik surgit devant lui, les yeux étincelants de larmes alors qu'il levait sa dague. Finn déglutit avec peine.

Mais, avant qu'il puisse esquisser un geste, un « J'arrive ! » sonore retentit au-dessus d'eux, et une grosse masse tomba sur le roi des pirates, l'aplatissant contre le pont.

– J'ai dit « J'arrive ». T'es sourd ou quoi ? se moqua le Rabat-joie.

Il se baissa, s'empara de la dague de Stavik et s'en servit pour se libérer des restes de filet.

– Merci, dit Finn. Et merci pour l'appui !

Il bondit alors sur l'épaule du Rabat-joie, s'en servant comme d'une rampe de lancement pour décoller. Des ombres soldats cherchèrent à l'attraper, mais il n'eut aucun mal à les esquiver.

Il atterrit durement sur le pont, et ses pieds dérapèrent sur le bois trempé par la pluie.

– Marrill, tiens bon ! lança-t-il sans même savoir si elle pouvait l'entendre.

Il se trouvait encore trop loin. Serth était à deux doigts de récupérer la Clef. L'Oracle maléfique poussa un cri de triomphe alors qu'il se baissait pour la saisir.

Mais Karnelius fut plus rapide. Véritable fusée orange, il surgit de derrière les jambes de Marrill pour fondre sur l'étoile de cristal. C'était un chat lancé à la poursuite d'une souris, déterminé à attraper sa proie, et qui lui donnait des coups de patte sans ralentir sa course.

Serth poussa une plainte perçante qui fit à Finn l'effet d'un coup de poignard glacé. Les pirates gémirent à leur tour, le désespoir balayant la surface du navire.

La Clef rutilait, lumineuse malgré la pluie et le vent, lumineuse comme un cristal d'espoir enflammé. Aussi lumineuse que les eaux du Torrent. Elle survola le pont et ricocha sur les flaques de pluie, Karnelius juste derrière.

Finn plongea, main tendue. Il retomba avec dureté sur la hanche et glissa, aveuglé par les gerbes d'eau, sur les planches déformées par la collision. Il parvint de justesse à agripper du bout des doigts l'un des rayons du soleil et ramena la Clef tout entière dans sa main.

– Beau boulot, Karny, dit Finn en gratifiant le chat mouillé d'une tape sur la tête.

Karnelius cracha et tenta de lui donner un coup de patte tout en remuant furieusement la queue.

Le garçon se leva d'un bond et brandit la Clef en signe de victoire.

– D'accord, cette fois, je *sais* que c'est ça que tu cherches, lança-t-il à Serth.

Mais son sourire s'évanouit aussitôt. Parce que l'Oracle, debout bien droit à l'extrémité de la proue, serrait Marrill contre lui. Elle grelottait, son visage était déjà d'une pâleur mortelle, et ses lèvres avaient pris une teinte bleue effrayante.

La bouche du sorcier se fendit d'un horrible sourire alors que la pluie s'effaçait autour d'eux. Ses longs ongles noirs brillaient contre la joue livide de Marrill. Partout sur le pont, les cris de la bataille résonnaient sur fond de tempête.

— Bien ssssûr, siffla Serth. *Ceci* est ton dernier combat, Finn. *La Clef contre la fille.* Pas d'autre issue que le Portail. C'est le destin. Tu ne peux y échapper.

Marrill se tortillait entre les mains de l'Oracle, et elle faisait non de la tête en gardant les yeux rivés sur Finn.

— Ne lui donne pas la Clef, supplia-t-elle entre ses dents qui s'entrechoquaient. Emporte-la, vas-y !

Mais Finn n'avait pas l'intention de l'abandonner. Du givre apparaissait sur le tissu de la chemise de son amie, là où celle-ci était en contact avec le sorcier. Sans les couches de vêtements qu'elle avait superposées dans le Désert de l'Ombre Cristal, elle serait sûrement déjà morte.

— Tout cela s'arrêtera dès que tu auras renoncé à la Clef, mon garçon, grogna Serth.

Les traînées noires séchaient sur son visage blanc. Il ne restait plus qu'une petite larme qui pointait au coin de son œil.

— Et tu y renonceras. Tout comme tu as renoncé à chercher ta mère pendant toutes ces années.

Un frisson d'incertitude glaça l'échine de Finn.

— Je n'ai pas renoncé, protesta-t-il. Je la cherche encore aujourd'hui ! Et c'est bien pour ça que je suis allé récupérer votre sale Clef au départ !

— Oh, vraiment ? rétorqua Serth. Et c'est pour ça que tu n'avais jamais quitté les Quais Létemank auparavant ? C'est pour ça que tu n'avais jamais cherché sur le Torrent ? Tout au fond de toi, Finn, poursuivit l'Oracle en secouant la tête, tu sais déjà ce que je sais. Tu sais que je suis venu t'apporter la *vérité*. Et la vérité, c'est que ta mère ne reviendra jamais te chercher. Elle t'a *oublié*.

Finn eut du mal à déglutir. Le chagrin écrasant du sorcier l'enserrait et pesait sur ses épaules. Mais le pire n'était pas les mots ni la magie de l'Oracle. Le pire, c'était ce qui filtrait à travers les yeux déments de Serth : la sympathie. Une sympathie sincère et véritable.

— Affronte la vérité, Finn. Nos chemins sont tracés et nous ne pouvons nous y opposer.

Il tendit une main, paume ouverte, pour réclamer ce qui lui revenait de plein droit.

— Personne ne se souvient de toi, dit l'Oracle — et Finn sut qu'il ne mentait pas. Parce que *tu n'es personne*.

Finn sentait ses jambes chanceler sous lui. Serth avait raison : il ne méritait même pas qu'on se souvienne de lui. Il ne pouvait qu'être oublié. De tous et à tout jamais.

Sa main, celle qui brandissait la Clef, se mit à trembler.

— Ne l'écoute pas ! cria Marrill, la voix brisée par le froid.

Mais les paroles de Serth s'insinuaient déjà en lui et abattaient les barrières qu'il avait dressées contre le chagrin, emportant jusqu'à son envie de résister. Finn tomba à genoux. Une douleur lui vrillait la poitrine, tout au fond, dans ce vide qu'il portait en lui depuis si longtemps.

Marrill se débattait pour se libérer de l'étreinte de Serth, mais il la tenait fermement.

– Il ment ! s'écria-t-elle. Tu n'es pas personne ! *Je* me souviens de toi. Tu es quelqu'un pour *moi* !

– Oh, bien sûr, Marrill, intervint Serth. Parce qu'il te faut quelqu'un à qui te raccrocher. Tu as, comme toujours, besoin de quelqu'un qui te serve de béquille. Même si ce quelqu'un n'est en réalité personne du tout.

– Tu sais quoi ? aboya Marrill. Il a raison. J'ai besoin de toi, Finn. Et je n'ai pas seulement besoin que tu m'aides. J'ai besoin que tu passes du temps avec moi. J'ai besoin que tu inventes un langage des signes avec moi. J'ai besoin que tu jettes des choses dans le Torrent pour les regarder exploser et que tu combattes avec moi les monstres qui peuvent en sortir. J'ai besoin que tu sois mon ami.

Les mots s'immiscèrent peu à peu dans le nuage noir et confus qu'était devenu l'esprit de Finn. Pendant un instant, rien qu'un instant, les choses s'éclairèrent.

– Vraiment ?

Un sourire illumina le visage de Marrill, comme s'ils ne se trouvaient pas sur un bateau en train de couler, encerclés de pirates et d'ombres, à la merci d'un sorcier maléfique bien décidé à détruire le monde. Comme s'ils n'étaient que deux amis heureux d'être ensemble.

Serth poussa un rugissement de frustration et plaqua une main glaçante sur la bouche de son otage. Mais, alors qu'une larme gelait sur la joue de Marrill, celle-ci pressa le pouce contre sa poitrine. Le signe qu'ils avaient choisi pour le mot « ami ».

Finn se sentit envahi par une chaleur soudaine. Marrill avait raison – il n'était pas personne. Elle se souvenait de lui. Le fait même que *Serth* se souvienne de lui prouvait déjà qu'il était *quelqu'un*.

Serth se trompait. Rien n'était inévitable. Et, pour le moment, Marrill avait besoin de son aide.

– Si je te donne la Clef, tu la laisseras partir ? lança-t-il à Serth.

Marrill émit une protestation étouffée, mais Finn croisa son annulaire sur son pouce, et d'un geste bref de la main elle lui répondit qu'elle avait compris.

– Ma parole de prophète, assura Serth. C'est déjà fait.

Impatient de recevoir la Clef, il tendit ses doigts avides.

Finn se releva et brandit le cristal en forme de soleil.

– Alors, prends-la ! cria-t-il.

Et il leva sa main libre vers la Clef, ce qui était, pour Marrill, le signal convenu. Alors il la lança de toutes ses forces en hauteur en direction de Serth.

L'Oracle lâcha la fillette et s'apprêta à bondir vers l'étoile étincelante. Au même instant, Marrill lui donna un grand coup de coude dans l'estomac. Le timing n'aurait pu être plus parfait. Serth chancela, manqua sa réception et lâcha le reste de la Carte.

– Nooooooooon, rugit-il alors que le cristal passait au-dessus de lui et de la proue du bateau. La prophétie !

Avant que Finn puisse se rendre compte de ce qui se passait, l'Oracle se jeta par-dessus la rambarde juste derrière la Clef. Il poussa un cri perçant pendant que ses bras battaient l'air.

Finn et Marrill se précipitèrent à la rambarde. Ils arrivèrent juste à temps pour voir Serth plonger tête la première dans le Torrent Pirate. L'eau explosa en un volcan de flammes tandis qu'un hurlement évoquant la mort d'un million de diables déchirait l'air. Des flammes rouges dansèrent sur les vagues et soulevèrent de petits tourbillons

Finn détourna les yeux, l'estomac révulsé. Lorsqu'il reporta le regard sur le Torrent, les eaux houleuses frappaient goulûment la coque.

Il ne restait plus trace de Serth.

Près de lui, Marrill soupira. Elle leva le reste de la Carte. La page était blanche, inutile. Finn donna un coup d'épaule contre celle de son amie.

– On a quand même eu notre explosion, dit-il en guise de consolation.

– Ouaip, et maintenant que t'as tout réglé, on est sauvés, grommela une voix bourrue à leurs côtés.

Le Rabat-joie les avait rejoints à la rambarde, un Karnelius satisfait, quoique un peu mouillé, niché au creux d'un de ses bras.

– Enfin, à part si tu comptes l'armée de la mort plantée là.

Il désignait un point dans leur dos. Marrill et Finn se retournèrent comme un seul homme. Les pirates s'étaient rassemblés, les larmes asséchées sur leurs joues et le sabre au clair. Ils faisaient face à l'armée des ombres postée au milieu du navire, prête à attaquer.

Juste derrière eux, le Maître se tenait à la proue du Vaisseau de Fer, indifférent aux eaux rougeoyantes du Torrent Pirate qui montaient autour de lui alors que son navire sombrait. À portée de bras, Ardent se dressait à la poupe du *Kraken* cependant que Coll amenait son navire assez près pour lancer une passerelle sur le pont du *Dragon*. Les deux magiciens semblaient presque soudés par un courant d'énergie qui craquait et brûlait furieusement entre eux deux.

La seule issue, semblait-il, était de franchir l'armée des ombres.

Marrill laissa échapper un profond soupir.

– Merci bien, lâcha-t-elle.

40

La Carte
des mille mondes

Marrill se rapprocha de Finn.
— J'imagine que ça ne suffisait pas de vaincre Serth ?

Finn, pour sa part, ne paraissait pas très inquiet.

— Oh, j'ai ce truc-là, lui dit-il.

Il sortit alors de la poche de son manteau un bocal plein de créatures bourdonnantes. Avec un cri de guerre, il le fracassa contre le pont.

Le verre se brisa en mille morceaux, et un essaim d'insectes prit son envol. Marrill recula d'un bond. Un bourdonnement s'éleva tandis que les bestioles fondaient sur les ombres soldats.

— Elles ont l'air d'avoir faim, tu ne trouves pas ? commenta Finn.

Marrill regarda les petites bêtes se précipiter, telle une tornade, sur les ombres et passer à travers.

— Qu'est-ce que c'est ?

– Des luminopaillettes, expliqua Finn comme si c'étaient les créatures les plus ordinaires du monde. Elles mangent l'obscurité.

– Drôlement utiles à avoir sous la main, répliqua Marrill en riant. Mais, reprit-elle après un silence, tu avais vraiment besoin de casser le bocal ?

– Elles auraient mis trop de temps à sauter, sinon, je t'assure, répondit-il avec un haussement d'épaules.

Ardent les appela depuis le pont du *Kraken*.

– Dépêchez-vous ! Je ne pourrai pas le maîtriser très longtemps !

Un courant de lumière jaillit de ses doigts en direction du Maître. Celui-ci agita un bras et projeta lui aussi un éclair d'énergie sur Ardent. Les deux courants se rencontrèrent au milieu, formant un entrelacs bouillonnant de magie incandescente.

Serrant le chat roux dans ses bras protecteurs, le Rabat-joie chargea, tel un bélier, dans le trou ménagé par les luminopaillettes.

– À tout de suite sur le bateau ! cria-t-il, s'arrêtant pour ramasser au passage quelques babioles abandonnées.

– Allez, les frangins, tout le monde sur le *Kraken* ! lança Finn, que Marrill suivait de près.

Le Rabat-joie s'immobilisa à l'extrémité de la passerelle pour faire passer les pirates.

– Pas tous à la fois, un par un, grommela-t-il. Un peu de politesse. On ne pousse pas.

Marrill posa le pied sur le *Kraken* avec un profond soupir de soulagement et se détendit en retrouvant le pont familier. C'est avec un réel plaisir qu'elle entendit l'Homme Os-de-Corde tirer sur les gréements, qu'elle vit les voiles se gonfler au vent, et même qu'elle remarqua l'éclat des lettres de glace en provenance du Désert de l'Ombre Cristal encore éparpillées sur le pont et qui fondaient en une bouillasse sonore.

À son poste, sur la dunette, Coll ne perdit pas de temps. Il fit tourner l'énorme roue et lança des ordres aux pirat's. Le *Kraken* s'écarta, les voiles gonflées par la bourrasque, au moment même où les eaux du Torrent submergeaient la proue du *Dragon*. Ardent parvint alors à se grandir et à devenir plus imposant que Marrill l'aurait cru possible compte tenu de sa frêle stature. Puis un terrible jet de flammes orange jaillit de ses doigts et fit vaciller le Maître du Vaisseau de Fer.

Ils eurent tôt fait de distancer le *Dragon*, et les deux enfants gagnèrent l'arrière du navire. Ils regardèrent côte à côte le Torrent Pirate engloutir le *Dragon noir*. Le Vaisseau de Fer, inexorablement imbriqué dans le bateau de Stavik, coulait lentement avec lui.

Toujours debout à l'arrière de son vaisseau, le Maître regarda d'un œil glacial le *Kraken* s'éloigner. Il ne cilla pas une seule fois alors même que l'eau du Torrent montait autour de lui.

– C'était qui ? demanda Marrill d'une voix étranglée lorsque Ardent les eut rejoints

Le vieux magicien baissa la tête pour la regarder dans les yeux. Il paraissait fatigué, plus que Marrill l'avait jamais vu. Mais son visage était empreint de sagesse – de sagesse et de sérénité, comme il sied à un magicien.

– Un sorcier qui a été, de toute évidence, très puissant. Mais je crois qu'il n'est plus à présent que ce que la légende en dit : un spectre du Torrent, sorti des ténèbres pour chercher des âmes.

Il secoua la tête.

Marrill aurait voulu lui poser d'autres questions, mais elle sentait qu'Ardent ne lui en dirait pas plus. L'orage gronda au-dessus d'eux, sa fureur apaisée. Sous leurs yeux, le Vaisseau de Fer, qui se trouvait à présent loin derrière eux, disparut sous les vagues.

– Est-ce que c'est fini ?

Marrill trouva sa propre voix toute timide à ses oreilles. Elle frotta son pouce contre la paume de son autre main, là où la peau avait pris un ton rouge vif quand elle avait arraché la Clef du Portail.

Ardent tira sur sa barbe et en fit tomber des gouttes d'eau sur sa tunique violette.

– Je le pense, oui.

Elle s'affaissa, désespérée de devoir renoncer à revoir un jour ses parents. Mais heureuse tout de même que son sacrifice n'ait pas été inutile.

– Tant mieux.

Finn se tourna vers elle, le front creusé par l'incompréhension.

– Attends, ça ne peut pas être fini. Pas déjà – on doit encore te ramener chez toi.

Elle essaya de sourire, esquissa un haussement d'épaules, tenta de faire comme si tout allait bien.

– Pas sans la Clef, j'imagine, répondit-elle en montrant les restes de la Carte. Ça ne sert plus à rien, sans la Clef.

L'inquiétude rembrunit les traits de Finn.

– Mais tu l'as touchée, quand on était sur le bateau de Serth, protesta-t-il sur un ton proche du désespoir. Il m'a semblé qu'elle te montrait quelque chose – j'ai cru que c'était peut-être…

– Non, souffla-t-elle à voix basse. Je n'ai vu que du charabia.

Son menton se mit à trembler.

Finn croisa les bras, puis les décroisa et s'agita d'un pied sur l'autre. Il se mit à marcher et shoota dans les lettres gelées. Marrill lui adressa le sourire le plus chaleureux dont elle fut capable, consciente que ce n'était pas très réussi.

– Ça va, assura-t-elle. Tu étais obligé de jeter la Clef. C'était ce qu'il fallait faire. C'était la *seule* solution. On a dû tous les deux renoncer à quelque chose, ajouta-t-elle d'une voix qui se brisa. Tu as renoncé à retrouver ta mère, murmura-t-elle. Et je sais à quel point c'est dur pour toi.

– Mais…

Elle posa la main sur son bras.

— Tu as sauvé le Torrent Pirate, Finn. C'était indispensable.

Il passa la main dans ses cheveux rebelles.

— Il y a peut-être encore un moyen...

— Bien sûr, qu'il y a un moyen, intervint Ardent.

Ils se tournèrent d'un seul mouvement vers le magicien.

— Qu'est-ce que vous voulez dire ? questionna Marrill, pas encore prête à laisser l'espoir renaître.

— On aurait pu croire que tu l'aurais compris, à l'heure qu'il est, répliqua-t-il avec un bon sourire de grand-père. Souviens-toi que la Carte des mille mondes n'est pas une carte ordinaire. Qu'est-ce que je t'ai dit, la première fois que nous en avons parlé ?

— Qu'elle me ramènerait chez moi, dit Marrill en s'efforçant de ne pas penser à ses parents, qui l'attendraient à tout jamais.

— J'ai dit, corrigea Ardent, qu'elle te conduirait là où tu devais te rendre. Et n'est-ce pas ce qu'elle a fait ?

— Non ! s'écria la fillette en jetant la Carte inutile sur le pont.

Elle se sentait épuisée, et la cruauté de sa situation s'abattait sur elle comme les vagues du Torrent au-dessous d'eux. Tout ce qu'elle voulait, c'était pleurer jusqu'à ce qu'elle s'endorme. Elle ferma les yeux et repoussa les larmes.

Dans le silence qui s'ensuivit, le tonnerre roula, et les pirates grognèrent. Le vent gonfla les dernières voiles alors que le *Kraken* fendait les flots magiques.

Finn brisa le silence.

— Mais *si*, elle nous a emmenés là où nous devions nous rendre !

Il ramassa la Carte et examina le rouleau de parchemin avec une expression émerveillée.

— Comment ça ? s'enquit Marrill en croisant les bras et en haussant les sourcils.

— Qu'est-ce qui t'a amenée au Torrent Pirate ? demanda-t-il, la voix chargée d'excitation.

Marrill respira à fond pour tenter de se calmer. Elle n'en pouvait plus, de tout ça.

— J'étais sortie promener mon chat après avoir appris que ma mère allait peut-être *mourir*.

Elle cracha les derniers mots, les lançant comme des couteaux sur une cible. Mais la seule personne qu'elle parvint à blesser, ce fut elle-même. Elle ne parvenait à penser qu'aux derniers moments qu'elle avait passés avec sa mère, à se plaindre d'être condamnée à une vie sans aventures.

Honteuse, elle courba la tête.

Finn se rapprocha et lui posa la main sur le bras.

— Mais il y avait quelque chose d'autre, non ?

Marrill détourna le regard. Elle ne comprenait pas pourquoi elle se sentait si furieuse contre lui ; peut-être était-ce simplement parce que la colère était plus supportable que la souffrance.

– Tu veux dire, *autre* chose que ce gros bateau débile qui a débarqué sur le parking ? Pouah, ça ne serait jamais arrivé si Karny n'avait pas commencé par pourchasser ce bout de papi...

Elle s'étrangla. Si Karny n'avait pas pourchassé ce bout de papier. Ce bout de papier, qui les avait conduits sur le parking. Le parking, où elle était tombée sur le *Kraken*. Le *Kraken*, qui était à la recherche d'un bout de papier.

Elle pressa les doigts sur ses lèvres, l'esprit en ébullition.

– Oh, c'était Rose ! Ce bout de papier, c'était elle !

– Et comment on s'est rencontrés ? insista Finn.

L'image des Quais Létemank, de la *nouveauté* étourdissante qui s'en dégageait, lui revint.

– J'ai vu la Rose des vents et je me suis lancée à sa poursuite. Mais, à l'instant où j'allais l'attraper, le vent m'a soulevée...

– Et t'a jetée dans mes pattes ! acheva-t-il, souriant. Pile au moment où je devais échapper à Serth !

Le cœur de Marrill s'emballa. Elle commençait à comprendre, tandis qu'elle suivait le cours de leurs aventures.

– Et puis, dans la Jacasseraie, Rose a tout fait pour que je ramasse ces glands, dit-elle. Et j'ai cru qu'elle avait juste faim !

Finn débordait soudain d'énergie.

– Et c'est grâce à *Rose* que j'ai pris ce lance-pierre dans la tour du Rabat-joie. Elle s'est posée pile dessus ! se rappela-t-il, secouant la tête comme s'il avait lui-même du mal à y croire. Tu ne vois pas, Marrill ? La Carte nous a conduits où nous devions nous rendre. Elle nous préparait à vaincre Serth !

Marrill en resta bouche bée. Forcément ! Mais, alors, une autre pensée lui vint à l'esprit.

– Oui, mais elle a aussi volé le reste de la Carte pour le porter à Serth ! Elle l'a laissé assembler les morceaux. Si on ne l'en avait pas empêché, il aurait ouvert le Portail et anéanti le monde !

– Bien vu, commenta Finn en fronçant les sourcils.

Il se tourna vers Ardent.

Le magicien se frottait pensivement la barbe.

– Peut-être que la Carte aspirait à être entière, comme n'importe quoi – ou n'importe qui – d'autre, avança-t-il en coulant un regard vers Finn. Peut-être qu'elle voulait être rassemblée, mais sans détruire le monde, dit-il avec un mouvement fataliste. Ou peut-être pas. Qui peut le dire ?

– Quoi qu'il en soit, elle ne m'a pas conduite chez moi, constata Marrill, découragée.

– Attends un peu, conseilla Ardent, le visage radouci. Tu as quand même vu *quelque chose*, quand tu as arraché la Clef, non ?

Marrill hocha la tête.

– Eh bien, quoi qu'elle ait pu te montrer, c'est ce que tu devais voir ! annonça-t-il en frappant dans ses mains. Et maintenant, qu'as-tu vu exactement ?

– Rien que des nombres, répondit la fillette avec un haussement d'épaules.

Elle ferma les yeux et se remémora la suite incohérente de nombres. Elle se les rappelait parfaitement, comme s'ils étaient gravés dans son cerveau. Elle les récita tout haut.

– Mais ça n'a aucun sens...

Elle fut interrompue par un éclat de rire. Elle se retourna et découvrit Coll, qui la regardait avec un petit sourire diabolique, négligemment appuyé contre le plus petit mât.

– N'importe quel marin pourrait te dire ce que c'est, assura-t-il. Ce sont des coordonnées – une façon de t'indiquer de quels affluents du Torrent tu as besoin pour arriver à la destination désirée.

Marrill n'était pas tout à fait sûre d'avoir compris ce qu'il venait de dire, mais elle avait l'impression que son cœur ne se remettrait jamais à battre.

– Tu veux dire que tu pourrais me ramener chez moi ?

En temps normal, Coll ne se comportait jamais comme quelqu'un de son âge. À tel point que Marrill le considérait comme un adulte malgré son physique d'adolescent. Mais le sourire qui éclaira soudain son visage lui redonna un air juvénile.

– À ton avis ? répliqua-t-il, plus gamin que jamais.

41

Un aperçu des choses à venir

Pendant que Marrill et Coll parlaient de directions et de coordonnées, Finn se laissa distraire par les lettres gelées éparpillées sur le pont du *Kraken*. La plupart d'entre elles avaient fondu, mais ils étaient encore assez près du Désert de l'Ombre Cristal pour que quelques-unes restent solides.

Ce qui troublait Finn était qu'il s'agissait toujours des cinq mêmes lettres N, I, F, C et L. Elles étaient de formes et de tailles différentes, et chacune était parsemée de points sombres, comme si on les avait aspergées d'encre et tachées en surface.

Ou comme si l'on avait versé des larmes d'encre en marmonnant les mots.

Mal à l'aise, Finn avala difficilement sa salive. Quand il se trouvait dans la tour du Rabat-joie, il avait vu Serth se tenir près du *Kraken*. Il n'aurait pas été difficile pour l'Oracle de monter à bord pour fouiller le bateau. Et, si cela avait été le cas, il n'aurait pas manqué de laisser quelques traces derrière lui.

Mais, encore une fois, le fait que c'étaient ces cinq lettres répétées inlassablement... ne pouvait pas être un hasard. Pour n'importe qui d'autre, ce chemin de lettres tachées de larmes serait passé inaperçu. Ces lettres ne pouvaient avoir de sens que pour Finn.

Et Serth, bien sûr, le savait. C'était tout de même un oracle.

Finn se rendit à la cabine principale et ouvrit la porte. Il y avait un *F* sur la première marche, un *I* sur celle d'en dessous, suivi par un *L*. Comme il l'avait craint, les lettres gelées conduisaient dans les entrailles du navire. Il regarda par-dessus son épaule le reste de l'équipage. Le Rabat-joie menait les pirates vers le gaillard d'avant tandis que Marrill désignait un point dans le lointain, avec un sourire aussi lumineux que les eaux du Torrent. Coll cria à Ardent de border les voiles, et vira au cramoisi en voyant le magicien garnir d'un geste de la main le bord des voiles d'une bande de fourrure. Finn sentit l'ombre d'un sourire chercher à s'immiscer sur ses lèvres.

Mais cela ne suffit pas à adoucir la douleur qui lui martelait la poitrine. Une partie de lui-même avait envie de claquer la porte et de rejoindre les autres en laissant les lettres fondre en une boue de propos interrompus et de larmes d'encre. Mais il ne le pouvait pas. Parce qu'au fond de lui, il savait qu'il ne ferait jamais partie intégrante du *Kraken* – il aurait beau essayer, personne d'autre que Marrill ne se souviendrait de lui.

Et elle allait retourner dans son monde, où elle l'oublierait probablement elle aussi. Une fois de plus, Finn serait absolument seul.

À moins qu'il retrouve sa mère.

Prudemment, il entreprit de descendre l'escalier en colimaçon. Il faisait encore froid dans les ponts inférieurs, mais la glace qui tapissait la rambarde fondait doucement. Il foula un *L* élégant et l'envoya d'un coup de pied rejoindre les autres lettres du côté du Porte-à-Porte. Elles étaient toutes de polices et de formes différentes, certaines ayant été criées, d'autres chuchotées, mais une chose restait immuable, l'ordre des lettres :

ꜰɪɴɴCꜰɪʟɪɴCꜰɪʟɪɴC

Finn Linc. Son propre nom, tel qu'il figurait sur le formulaire de la Réserve d'Orphelins : Fil. Inc. Filiation Inconnue. Le nom même de ses parents avait été oublié.

Finn frissonna, et ses cheveux se dressèrent sur sa nuque. Le Porte-à-Porte lui parut plus long et plus étroit que dans son souvenir. Que ce soit sur les murs, le sol ou le plafond, toutes les portes étaient fermées. On n'entendait pas même le trottinement d'un pirat'.

Il continua de suivre le chapelet de lettres jusqu'au bout du couloir, où il s'arrêtait devant la porte de la Salle des Cartes. Il plissa les yeux et examina le visage du heurtoir. De minces sillons creusaient ses joues de laiton, et on aurait dit qu'il avait pleuré.

Avant de poser la main sur la poignée, Finn se retourna pour regarder derrière lui, alors qu'il savait pertinemment qu'il n'avait pas été suivi. *La force de l'habitude*, songea-t-il. *Ou la paranoïa. Quand on fait quelque chose de mal, il y a toujours une ombre qui rôde juste derrière vous.*

Mais aucune ombre ne se dissimulait parmi les heurtoirs et les encadrements sculptés. Aucune forme redoutable ne surgit d'une porte ni ne se glissa par une serrure. Lentement, le garçon poussa la porte de la Salle des Cartes. Il frissonna en sentant un courant d'air glacé l'accueillir.

À l'intérieur, le gel s'accrochait encore aux cloisons, et les lettres gelées éparpillées sur le sol n'avaient pas commencé à fondre. Finn eut l'impression de pénétrer dans un tombeau. Serth ayant été englouti par le Torrent, c'étaient là les dernières paroles d'un défunt. Mais au premier coup d'œil Finn n'y décela aucune cohérence. Les lettres formaient de petits tas, certains agglutinés en congères le long des parois, là où les mouvements continuels du bateau les avaient repoussés.

Combien de temps lui faudrait-il pour trier tout cela ? Finn regarda le Porte-à-Porte par-dessus son épaule. Il ne savait pas quand le bateau atteindrait le monde de Marrill. Son amie ne tarderait sûrement pas à le chercher.

Mais, avant qu'elle le trouve, il devait s'occuper de quelque chose de plus important que les paroles d'un mort.

Il referma la porte derrière lui, écarta du pied quelques lettres gelées et s'approcha de la grande table à dessin au centre de la pièce. Puis il respira profondément et sortit la Carte de sa poche arrière.

Il la déroula et examina le parchemin blanc. Malgré toute la magie qui l'avait naguère animée, la Carte semblait à présent inutilisable. En tout cas, il lui manquait son dernier fragment. Finn plongea la main dans sa chemise et en tira un morceau de cristal en forme de soleil, qui brillait doucement.

La Clef. La *vraie* Clef.

C'était drôle, songea-t-il avec un sourire, de voir à quel point ce cristal ressemblait au tentalo presque mûr qu'il avait gardé dans son sac de voleur depuis qu'il l'avait soutiré à l'éventaire de fruits et légumes de Jenny Bigleuse, aux Quais Létemank. Assez pour tromper un oracle, apparemment.

Il n'avait pas eu trop de mal à échanger les deux à la dernière seconde avant de jeter la prétendue clef dans le torrent. Un tour d'escamotage classique, à la portée de n'importe quel pickpocket ou prestidigitateur des rues. Il lui avait suffi de prendre le fruit dans le sac (en enfonçant un cristal d'espoir dedans pour lui donner plus d'éclat), de permuter les deux d'un mouvement rapide et de cacher la vraie Clef pendant qu'ils regardaient tous la fausse voler vers le Torrent.

Un simple tour de passe-passe, et personne n'avait rien soupçonné.

Il saisit la Clef et respira un grand coup. L'anxiété lui agitait les orteils. Lui irritait la peau. Ça y était. Il avait enfin ce dont il avait besoin.

À l'instant où il plaça la Clef au-dessus de la Carte, celle-ci s'anima, plans d'eau et rapides, îles et bancs de sable, tours, cavernes et tout le reste jaillissant des profondeurs. L'ensemble se mit en place en tourbillonnant, soigneusement délimité par la Bordure, proportionné par l'Échelle et orienté, supposa Finn, dans le bon sens par rapport à sa position, grâce à Rose – ou plutôt la Rose des Vents.

La Carte des mille mondes était complète.

Finn prit une grande inspiration, toucha la Carte avec la Clef et murmura les paroles qu'il attendait depuis si longtemps de prononcer :

– Montre-moi ma mère.

Les images tourbillonnèrent et s'enfuirent. Les paysages, les volcans, les forteresses et les océans défilèrent si rapidement qu'il en fut étourdi. Puis il s'enfonça de plus en plus vite dans de petits affluents tortueux du Torrent Pirate, franchit des rapides, traversa des lacs et des marais. Il dut fermer les yeux pour ne pas avoir la nausée.

Lorsqu'il osa les rouvrir, la Carte lui montrait à nouveau une vaste étendue d'eau. Il reconnut la mer aux vagues qui la parcouraient, mais celles-ci n'avaient rien à voir avec la houle de tempête qui se fracassait à présent contre le *Kraken*. C'étaient des vagues douces et paisibles, de celles que soulevait un vent porteur d'été. De celles qui invitaient à se baigner.

Un grand vaisseau apparut soudain, qui voguait vers lui. C'était un beau galion, ou un navire de guerre, du genre qui pourrait conduire une armada ou être le vaisseau amiral d'un roi. Une femme se tenait plantée sur la proue.

Finn en eut le souffle coupé. Il la reconnaissait. Elle avait les traits un peu plus accusés que dans son souvenir, et ses yeux sombres étaient moins doux, mais c'était bien elle. C'était la femme qui lui avait donné une étoile pour veiller sur lui. Celle qui l'avait amené aux Quais.

Sa mère.

La gorge de Finn se serra. Sa vue se brouilla.

La femme se détourna et posa la main sur l'épaule d'un garçon, debout derrière elle. Ils se rendirent ensemble à l'arrière du bateau, tête penchée pour discuter. Ils portaient tous les deux des vêtements simples aux couleurs vives, coupés dans une belle étoffe. Finn ne voyait le garçon que de dos, mais ses cheveux noir de jais et sa peau olivâtre n'étaient que trop familiers. C'étaient les mêmes que les siens.

Finn s'étrangla. Avait-il donc un frère ? Était-ce possible ? Et s'il y avait toute une famille qui l'attendait là-bas ? Il ressentit un frémissement dans sa poitrine. La joie bondit de ses orteils vers le sommet de son crâne puis repartit dans l'autre sens. Il avait trouvé ce qu'il cherchait! Enfin, après cette longue quête sans espoir, il avait trouvé sa famille!

À cet instant, le *Kraken* s'inclina brusquement sous l'effet d'une vague particulièrement violente. La Carte se referma d'un coup, et, quand Finn se retint à la table pour garder l'équilibre, la Clef tomba sur le sol. À l'instant où il s'agenouillait pour la ramasser, ses yeux se posèrent sur trois mots rejetés là par le roulis: «Maître Cher Voleur».

Cher maître-voleur. Comme dans la lettre de Serth qu'il avait reçue aux Quais Létemank. Le cœur de Finn battit plus vite. Le garçon lança un nouveau regard vers la porte, se demandant combien de temps il lui restait. Assez, avec un peu de chance. Il rangea la Carte et la Clef, et rassembla rapidement tous les mots, dont les lettres étaient soudées par des larmes noires gelées:

Une si UNE dragon *perdu*, la Clef LA VOIE MÊME SI
cela pas
le dos LA CARTE LE SERRURE Mais SERA du *Soleil*
ne se VÉRITÉ
LA CLEF Sur se rappelle d'un a LA lieu prophétie fait
l'avènement MONTRERA la serrure À TOUT
JAMAIS OUBLIE

Quand ce fut fait, il remit les mots en ligne en fonction des caractères utilisés, puis il recommença jusqu'au moment où une sorte de sens apparut:

Une prophétie
UNE VÉRITÉ LE SERA À TOUT JAMAIS
la Clef se rappelle la serrure
MÊME SI LA SERRURE OUBLIE LA CLEF
Sur le dos d'un dragon a lieu l'avènement du
Soleil perdu
Mais si cela ne se fait pas
LA CARTE MONTRERA LA VOIE

C'était comme si les entrailles de Finn s'étaient soudain pétrifiées. La joie qu'il avait éprouvée en voyant sa mère s'évanouit. Si elle était sur un bateau, cela signifiait qu'elle se déplaçait constamment. Ce qui impliquait que pour la trouver, il devrait utiliser constamment la Carte.

Or, le message de Serth indiquait que l'avènement du Soleil perdu aurait lieu, même s'il ne se levait pas sur le *Dragon*. La Carte était donc toujours aussi dangereuse. Si elle se retrouvait avec sa Clef entre les mains de la mauvaise personne, elle pourrait encore ouvrir le Portail. Elle pourrait encore libérer le Soleil perdu de Dzannin et détruire le Torrent Pirate. Finn souffrait d'un désir qui lui comprimait affreusement la poitrine. Mais fallait-il, pour retrouver sa mère, mettre l'univers entier en péril ?

Ses pensées furent interrompues par un cri étouffé qui filtra par le hublot ouvert. « Terre ! » De petits piaillements résonnèrent autour de lui alors que des portes minuscules ménagées le long des parois s'ouvraient à la volée et que les pirat's se précipitaient à leurs postes.

Cela signifiait forcément qu'ils étaient arrivés dans le monde de Marrill. Finn n'avait plus le temps. Il devait aller dire au revoir à son amie.

Et il devait décider quoi faire de la Carte.

Il se dirigeait vers la porte lorsqu'un terrible frottement fit vibrer le *Kraken* tout entier. Le vaisseau stoppa si soudainement que Finn fut projeté en avant. Il entendit derrière lui les lettres gelées soigneusement disposées s'éparpiller sur le sol. Le bateau immobilisé s'inclina légèrement de côté et un grondement terrible se répercuta dans toute la coque.

Finn fourra la Carte dans sa poche arrière et la Clef dans son sac de voleur avant de se diriger vers l'escalier. Même d'en bas, il entendait des cris en provenance du pont supérieur. Il se passait quelque chose !

42

Là où tu dois te rendre

Marrill venait à peine d'apercevoir son monde quand le *Kraken* s'immobilisa brutalement. Elle fut projetée contre la rambarde, avec une telle brutalité qu'elle en eut le souffle coupé. Elle ne fut pas la seule à perdre l'équilibre – des tas de pirates jonchaient le pont, grommelant et jurant alors qu'ils essayaient de se redresser.

– Le Torrent n'a plus de fond ! s'écria Coll en se relevant.

Son expression s'assombrit encore lorsqu'il s'arc-bouta contre le gouvernail. Lentement, et avec un grondement terrible, le *Kraken* se mit à pencher de côté.

Marrill se mit debout avec peine et scruta le Torrent. La chaleur faisait miroiter l'air juste devant eux, comme cela se passait à terre. À travers ce voile lumineux, Marrill n'aurait su déterminer où se terminait l'eau ni où commençait l'asphalte, mais les contours familiers du parking et des bâtiments du centre commercial désaffecté lui indiquaient qu'elle était presque arrivée. Ses parents étaient tout proches. Cependant, elle ne pouvait toujours pas les rejoindre. La portion du Torrent qui la séparait du rivage était encore trop large.

— Ardent, borde les voiles ! ordonna Coll.

Le magicien approcha la main du bord de la grand-voile, et Coll s'empressa de hurler :

— Attends ! Pas de couture ! Je veux juste que tu les tendes !

Ardent fit donc ce qu'on lui demandait, mais le bateau continua d'osciller.

Finn surgit soudain à côté de Marrill.

— Qu'est-ce qui se passe ? s'enquit-il, hors d'haleine.

— Je ne sais pas, répondit Marrill à qui la panique donnait mal au ventre. Tout allait bien, et puis...

— Le bateau s'échoue, expliqua Coll, qui faisait visiblement ce qu'il pouvait pour reprendre le contrôle du navire.

Les voiles claquaient et se tordaient au-dessus d'eux.

— Calme le vent, ou il va déchirer la toile ! lança-t-il à Ardent.

Mais le magicien avait beau se démener, le vent soufflait toujours aussi fort, et chaque rafale couchait un peu plus le navire sur le flanc.

— Air, je te maudis ! vociféra le magicien en brandissant le poing.

— Il nous faut davantage de tirant d'eau, expliqua Coll. Parez à virer !

L'Homme Os-de-Corde se tendit au-dessus d'eux, ses écoutes et poulies crissant alors que les pirat's se démenaient autour des mâts pour défaire des nœuds et en refaire d'autres. Le bateau protesta, puis recula tout doucement.

Un autre frémissement ébranla le *Kraken*, et le parking s'éloigna.

— Attendez ! cria Marrill.

Ils prenaient la mauvaise direction – retournaient vers le large. Ils s'éloignaient de chez elle !

Lentement, le bateau se redressa, et Coll l'orienta face au vent, afin que les voiles se vident et puissent battre en toute liberté.

— Je regrette, dit-il à Marrill sur un ton désolé. Je ne peux pas aller plus loin. Le Torrent n'a pas assez de fond au-delà de ce point.

— Mais, la dernière fois, tu es allé jusqu'à la rive ! protesta-t-elle.

Il regarda par-dessus son épaule, vers la masse de nuages noirs qui se dissipaient à l'horizon.

— La tempête avait dû faire monter le niveau de l'eau. Ça renforce les marées.

Il se tourna vers Ardent.

— C'est logique quand on y réfléchit. La première fois qu'on est venus ici, on a essuyé un grain. Et, là, le vent souffle fort aussi. Sauf que la tempête n'est pas assez puissante pour nous emmener jusqu'au bout.

On peut rester un petit moment à cette profondeur, mais..., ajouta-t-il avec un geste d'impuissance, pas longtemps.

Marrill contempla la distance qui la séparait du parking.

– Et si je nageais ? demanda-t-elle, pleine d'espoir.

Ardent ramassa un bout de corde usé et le jeta par-dessus bord. Dès que la corde toucha l'eau, elle se tordit, s'emmêla et se transforma en un récipient.

– J'ai bien peur que ce soit impossible, répondit-il.

Il tira sur sa barbe et ajouta :

– Comme tu peux le constater, l'eau charrie encore trop de magie à cette distance. Je suis désolé, dit-il en lui posant la main sur l'épaule.

Elle se mordit la lèvre et scruta le navire, en quête de quelque chose qui lui permette d'atteindre le rivage. Mais il n'y avait rien que la magie ne puisse détruire.

– Je *dois* rentrer chez moi, murmura-t-elle, le cœur serré.

Finn s'éclaircit la gorge et retira son manteau de voleur.

– Vole, dit-il simplement en le lui lançant.

Quelque chose passa dans son regard, et il détourna les yeux.

Marrill regarda le manteau, puis le garçon. L'espoir renaissait en elle. Voyant qu'elle hésitait, il reprit :

– Ce n'est pas si loin. Et tu t'en es très bien sortie, dans la tempête, la dernière fois. Tu vas y arriver.

— Merci, chuchota-t-elle.

Puis elle l'attrapa par les épaules et le serra très fort dans ses bras. Il lui rendit tant bien que mal son étreinte.

Marrill comprit alors ce que cela signifiait. Rentrer chez elle impliquait de l'abandonner. De les abandonner tous. Elle ne pourrait pas emmener Ardent avec elle pour guérir sa mère. Elle respira un bon coup. Tout irait bien, se dit-elle. Sa mère avait déjà guéri sans magie. Avec un peu de chance, elle guérirait encore.

Marrill serra de nouveau Finn contre elle, et il fit de même.

— Je ne veux pas te dire adieu, murmura-t-elle d'une voix étouffée contre son épaule.

Puis elle recula et parcourut le pont du regard. Pendant un bref instant, elle se demanda ce qui se passerait si elle restait avec eux. Elle pensa à toutes les aventures qu'elle pourrait encore vivre avec Finn, Coll et Ardent. À ce que ce serait de découvrir chaque matin un nouveau monde débordant de possibilités. Mais elle savait au fond de son cœur qu'elle devait rentrer chez elle et se tenir auprès de sa mère pendant sa convalescence.

Mais peut-être que ce n'était pas définitif.

— Est-ce que je vous reverrai ? demanda-t-elle.

— J'ai bien peur que non, répondit Ardent d'une voix chargée de regret.

Marrill sentit les larmes lui monter aux yeux.

– Ton monde est l'un des plus achevés, peut-être *le* plus achevé, que j'aie jamais vus, dit-il. Souviens-toi de ce que je t'ai expliqué la première fois que nous nous sommes rencontrés, Marrill. La magie n'est que le potentiel de la création. Elle ne suit aucune règle et les brise toutes. Un monde aussi complexe que le tien et si bien défini par ses propres règles ne peut pas vraiment entrer en contact avec quelque chose d'aussi primitif.

« Si le Fleuve de la Création est un cours d'eau lent et profond, et que le Torrent Pirate est un rapide agité et tumultueux, ton monde est comme un moulin au bord d'une rivière paisible. C'est un mécanisme beau et complexe construit avec une grande précision pour tourner et moudre grâce aux eaux tranquilles de la rivière. Or, si la roue se retrouve plongée trop longtemps dans des flots rapides, elle sera bien vite mise en pièces.

Coll croisa les bras.

– Je crois que j'ai compris, lui assura Marrill. La magie ne suit pas de règles établies, alors que mon monde, si. Du coup, si on introduisait de la magie pure dans mon monde, ça déréglerait tout et...

– Ça le ferait voler en éclats, conclut le magicien. Crois-moi, le Torrent touchera de nouveau ton monde à un moment et à un endroit quelconques. C'est pour ça que j'étais sûr que nous pourrions te ramener. Mais c'est exceptionnel. Et, franchement, si le Torrent est assez proche pour que tu retombes un jour dessus, c'est que les choses vont vraiment très, très mal.

Un frisson parcourut l'échine de Marrill. Elle ravala les larmes qui lui brûlaient la gorge. Elle n'était pas certaine de comprendre tout ce qu'Ardent lui avait expliqué, mais elle en avait saisi assez pour savoir que c'était un adieu.

– Alors c'est fini ? demanda Finn, faisant écho aux pensées de son amie. Personne du Torrent ne pourra plus jamais aller dans le monde de Marrill ?

Il plissa le front, comme s'il réfléchissait à ce que cela signifiait réellement.

– J'en ai bien peur, répliqua Ardent.

Avec un profond soupir, Finn sortit le rouleau de parchemin de sa poche.

– Alors tu devrais prendre la Carte, dit-il en la tendant à Marrill.

– Pourquoi ? fit-elle en fronçant les sourcils. Elle ne sert à rien sans la Clef.

– Pour qu'elle ne soit plus dans le Torrent, répondit Ardent à la place de Finn. Coll et moi en avons déjà discuté. Je ne peux pas dire que cela me réjouisse, mais la Carte sera plus en sécurité dans ton monde, où aucun habitant du Torrent ne pourra l'atteindre.

Finn étira un coin de sa bouche en un sourire forcé, mais évita de la regarder.

– Deux précautions valent mieux qu'une, non ?

Marrill acquiesça, prit la Carte et la fourra dans une des nombreuses poches du manteau de voleur de

Finn. Elle dut se racler la gorge à plusieurs reprises avant de pouvoir parler.

– Je crois que c'est le moment de se dire adieu.

– Je suis désolé, assura Ardent à mi-voix.

Il s'accroupit et ouvrit les bras. La fillette s'y précipita et ferma les yeux pendant qu'il la serrait contre lui.

– J'ai peur, chuchota-t-elle.

Elle n'avait pas besoin de dire tout haut de quoi elle avait peur : de rentrer chez elle, de les quitter, de la maladie de sa mère, de vivre dans un monde ordinaire en sachant qu'il existait tant de choses prodigieuses.

– Crois en toi, lui conseilla Ardent. Tu es plus forte que tu ne le penses – tu l'as toujours été.

Il la serra plus fort.

– Tu me manqueras beaucoup plus que la plupart.

Marrill hocha la tête et s'efforça d'appliquer son conseil. Le magicien se leva et Coll prit sa place. Il déposa une liasse de feuilles soigneusement reliées dans la main de la petite.

– Mes dessins ! s'écria Marrill, qui les reconnut instantanément.

– J'ai demandé aux pirat's de les rassembler, dit-il. La couverture est en véritable peau d'escampette. Je sais ce que c'est de quitter un endroit qu'on aime et de ne jamais pouvoir y retourner, ajouta-t-il après un silence.

Il suivit du pouce le contour du tatouage noué autour de son bras, comme si le fait de partager une information aussi personnelle le mettait mal à l'aise.

— Bref, reprit-il après un toussotement. Garde bien le vent dans ton dos, et surtout ne serre pas les genoux.

— D'accord, assura-t-elle avant de glisser le fascicule dans son manteau.

Elle l'embrassa très fort, et, aussi contraire à son caractère que cela puisse paraître, il l'embrassa à son tour.

Il ne resta plus alors que Marrill et Finn. Celui-ci toussa nerveusement.

— Tiens, dit-il en lui mettant une fiole de cristal dans la main. Je l'ai prise dans le coffre où se trouvait la Clef, sur le Vaisseau Temple méressien. Je voudrais que tu l'aies. C'est pour que tu te souviennes de moi, dit-il timidement.

Les larmes affluèrent aux yeux de Marrill.

— Oh, Finn, je ne pourrais jamais t'oublier ! J'ai quelque chose pour toi aussi, ajouta-t-elle en fouillant dans ses poches. Ça fait un moment que je prépare ça.

Elle lui tendit deux morceaux de toile à voile. Sur chacun d'eux, elle avait dessiné un garçon aux cheveux noirs et au teint olivâtre. Finn.

Et sous les portraits, en caractères gras, elle avait écrit :

Vous connaissez ce garçon. Il s'appelle Finn.
C'est votre passager clandestin et votre ami,
et il a aidé à sauver le Torrent.

Il cherche sa mère. N'oubliez pas !
Marrill

– C'est pour Coll et Ardent, expliqua-t-elle. Pour qu'ils se souviennent. Je voulais en faire un troisième pour le Rabat-joie, ajouta-t-elle à voix basse, mais je n'étais pas sûre que tu voudrais qu'il se souvienne de toi.

Finn se mit à rire, mais il avait la gorge serrée.

Puis le bateau sous leurs pieds eut un nouveau sursaut, alors que la marée de tempête se retirait un peu plus.

– Si tu dois partir, c'est le moment ! suggéra Coll.

Le Rabat-joie se tenait à proximité, un gros chat roux pelotonné au creux de deux de ses bras. Il se servit de ses deux autres mains pour chatouiller les oreilles de Karnelius et lui gratouiller le dos. Le chat ronronnait avec vigueur, son œil unique mi-clos de bonheur.

– Je ne pige pas ce qu'on reproche à cet animal, grommela le Rabat-joie. Il m'a l'air satisfait. Bien plus facile à contenter que les humains, ajouta-t-il en le tendant à contrecœur à Marrill.

Avec un sourire de remerciement vacillant, Marrill prit Karnelius et le fourra dans le manteau de Finn, qu'elle ferma soigneusement pour que le chat ne s'échappe pas. Le Rabat-joie grogna et se détourna, mais pas avant que Marrill ait repéré ce qui ressemblait fort à une larme.

Finn aida son amie à monter sur le bastingage. Il dit d'une voix tremblante :

– Tu sais comment virer pour prendre le vent ?

Elle fit oui de la tête.

– Ne le prends surtout pas de front, d'accord ?

Elle acquiesça de nouveau.

– Hé, Marrill ?

Il lui prit la main et la serra. Mais tout ce qu'il put faire fut de la regarder et de s'agiter avec gaucherie.

– Je sais, murmura-t-elle. Tu vas me manquer, toi aussi. Tu es mon meilleur ami, Finn.

Le garçon hocha la tête, la gorge serrée. Il n'arrivait pas à proférer un mot, mais Marrill savait ce qu'il aurait voulu dire. Et cela signifiait beaucoup pour elle.

Elle jeta un dernier regard sur l'équipage, derrière elle. Il lui paraissait inconcevable qu'ils aient tous été des étrangers les uns pour les autres quelques jours à peine auparavant. Ils formaient une famille à présent. Et elle les abandonnait.

Ardent se dressait sur le pont.

– Je te la confie, Air ! lança-t-il vers le ciel. Je te demande de prendre soin d'elle, et je te promets de ne plus jamais te donner d'ordres !

Elle l'entendit d'abord : le vent traversa le Torrent comme un troupeau de chevaux lancés au galop. Puis il frappa les gréements, fit battre les voiles et gonfla la toile. Cela lui rappela la fois où sa mère lui avait appris à surfer sur les vagues, à la plage d'Oahu. Ce qui importait le plus, c'était le timing.

Le premier souffle de la rafale souleva ses cheveux autour de son visage. Karnelius s'aplatit contre son abdomen, s'enfonçant tout au fond du manteau de Finn. Lorsque le vent la cueillit à pleine force, Marrill ne céda pas à la panique comme les fois précédentes. Elle se laissa simplement aller, plongea du bastingage et fut portée vers la terre.

La dernière chose qu'elle vit tandis que les eaux dorées du Torrent Pirate défilaient sous elle fut Finn qui pressait le pouce contre sa poitrine, leur signe muet pour le mot « ami ».

43

Là où tu dois être

Marrill toucha le sol au pas de course. Le soleil cuisant d'Arizona dardait ses rayons sur le parking abandonné et lui brûlait la peau. Elle ignora le chat énervé collé contre sa poitrine et, les yeux embués de larmes, prit le chemin de sa maison.

Cela faisait trop mal de penser à ce qu'elle laissait derrière elle, et, maintenant qu'elle était si près de sa mère, elle choisit de ne plus se concentrer que sur leurs retrouvailles.

– Je vous en prie, faites qu'elle aille bien, souffla-t-elle.

Au moment de quitter le parking du centre commercial, elle regarda derrière elle. Là où, quelques instants plus tôt, un lac doré s'étirait jusqu'à l'horizon, il n'y avait plus qu'une grande surface d'asphalte au-dessus de laquelle luisaient des vagues de chaleur. Toute trace du Torrent Pirate ou du *Hardi Kraken* avait disparu.

Cette absence la heurta comme un coup à l'estomac.

– Ça va aller, se répéta-t-elle en courant.

Elle espérait de toutes ses forces que ce serait la vérité.

Elle était à bout de souffle et trempée de sueur lorsqu'elle arriva enfin dans son quartier. Elle avait un point de côté, mais elle ne ralentit pas. Pas maintenant qu'elle touchait presque au but.

Plus que trois rues.

Plus que deux rues.

Plus qu'une rue.

Par habitude, ses yeux se portèrent là où s'était trouvée la pancarte À VENDRE. Elle n'y serait plus, évidemment, se dit-elle.

Mais il y avait mieux à la place.

– Maman ! s'écria-t-elle.

Sa mère se tenait près de la boîte aux lettres ouverte, le regard perdu dans le vide. À l'instant où elle entendit la voix de Marrill, elle redressa la tête et écarquilla les yeux.

– Marrill ? Marrill, mon cœur !

Les larmes coulèrent, et Marrill ne put parler. Elle parcourut les derniers mètres au pas de course, se jeta dans les bras de sa mère, et s'accrocha à son cou. Des enveloppes et des journaux volèrent en tous sens au moment où sa mère les lâcha pour la serrer contre elle.

– Mon bébé, sanglota-t-elle, se cramponnant à sa fille de ses mains tremblantes.

Elles tombèrent à genoux, et Marrill pressa son visage contre l'épaule de sa mère.

Chez elle, elle était chez elle.

Elle avait réussi.

Quelque chose se débattit entre elles et poussa un *miaou* assourdi. Marrill recula et laissa un Karnelius ébouriffé se dégager et sauter à terre. Avec un *humpf* bien perceptible, il se dirigea vers la porte d'entrée comme s'ils n'étaient jamais partis.

Marrill en profita pour regarder sa mère attentivement. Elle paraissait plus mince et avait de gros cernes sous les yeux.

– Est-ce que ça va, maman ? s'enquit-elle, terrifiée à l'idée de ce que pourrait être la réponse.

Sa mère éclata de rire, mais on aurait tout aussi bien pu croire qu'elle pleurait.

– Ça ne serait pas plutôt à moi de te poser la question ?

Elle posa ses doigts tremblants sur les joues de Marrill.

À cet instant, une voiture s'immobilisa dans un crissement de freins devant la maison. Son père ouvrit la portière à la volée et jaillit du véhicule sans même prendre le temps de couper le moteur.

– Marrill ! cria-t-il en fonçant vers elle. Tu es rentrée !

Il se jeta à genoux, l'embrassa et la serra si fort contre lui qu'elle eut l'impression de se retrouver coincée dans la ruelle de TouceWanda. Marrill ne put s'empêcher de rire tant la joie d'avoir retrouvé sa famille la submergeait.

– Où tu étais ? Que s'est-il passé ? lui demanda son père.

Marrill avait horreur de leur mentir, mais il était impossible de leur dire la vérité. Elle leur raconta donc l'histoire qu'elle avait concoctée en chemin.

– Je me suis perdue dans le désert, admit-elle timidement.

Ce n'était pas *complètement* faux.

– Oh, mon pétale, fit sa mère en lui prenant le visage dans ses mains pour mieux chercher la vérité au fond de ses yeux. Nous étions si inquiets !

Marrill sourit.

– Je vais bien, maman, assura-t-elle.

Et, en prononçant ces mots, elle sentit au plus profond de son cœur à quel point ils étaient vrais. Sa mère était toujours malade, ils étaient toujours coincés à Phoenix et, dans quelques semaines, elle entrerait dans un collège normal, comme une enfant ordinaire.

Mais elle ne s'en porterait pas plus mal.

Une partie d'elle-même regretterait toujours le Torrent Pirate, où rien d'ordinaire n'arrivait jamais. Mais sa mère avait sans doute raison, et vivre une vie normale serait peut-être une sorte d'aventure en soi.

44

Le signe du mot « ami »

— Un, deux, trois, poussez ! cria Finn.

Le Rabat-joie laissa échapper un beuglement. Finn tendit les bras. La lourde trappe se referma.

— Oh, allez, les frangins ! s'écria la voix de Stavik, en dessous.

Le Rabat-joie se frotta les quatre mains et s'appuya contre une paroi. Ils entendaient les pirates enfermés avec Stavik dans la cale du *Kraken* s'agiter et grommeler. Finn s'agenouilla devant l'ouverture munie de barreaux de la trappe.

— Promis, vieux, c'est pour votre bien, assura-t-il. Vous étiez sur le point de vous mutiner pour prendre le bateau, vous le savez tous aussi bien que moi.

— Oui, mais on est des *pirates* ! répliqua Stavik. C'est pas comme si ça voulait dire qu'on est des ingrats !

Finn secoua la tête.

— J'ai un marché à vous proposer, dit-il en se penchant vers la lucarne afin que le roi des pirates puisse voir clairement son visage. Dites mon nom et on vous libère.

Les yeux de Stavik cherchaient de tous côtés, et une lueur de panique commençait à s'y insinuer.

– Je... hum... bon...

Il tira la langue sous l'effet de la concentration.

– Ta tête me dit vaguement quelque chose...

– C'est bien ce que je pensais, lança Finn en riant.

Il se redressa et commença à s'éloigner. Le Rabat-joie, qui l'avait visiblement déjà oublié, avançait d'un pas lourd devant lui.

– Ça serait pas Bob ? lança Stavik. Ou Bricolo ? Louis-Joseph ? Taille la Route ?

Finn secoua la tête en remontant l'escalier, le sourire encore aux lèvres.

– Allez ! insista Stavik, dont la voix se perdait. C'est des noms de pirate très courants.

Une fois sur le pont, Finn respira l'air salin qui lui ébouriffait les cheveux. Les nuages d'orage se dispersaient, laissant place à une trouée de ciel bleu. Le Rabat-joie s'agitait et marmonnait des paroles désagréables. Coll s'accrochait à une corde, un pied coincé contre le mât d'artimon pour se retenir de tomber. Ardent, tout près, s'entretenait avec lui. Le magicien semblait fatigué et remuait à peine les mains en parlant.

Lorsque Finn s'approcha d'eux, Ardent leva les bras.

– Rabat-joie ! appela-t-il. Pirate sur le pont !

Finn poussa un soupir et montra à Ardent sa propre manche. Le magicien parut offusqué jusqu'à ce qu'il repère le bout de toile épinglé dessus. Il dut se tordre le cou de côté pour réussir à lire.

– Il s'appelle Finn, il a aidé à sauver le monde et c'est un passager clandestin, marmonna-t-il.

Il examina tour à tour Finn et le dessin, afin de comparer les deux, puis son visage s'éclaira une fois qu'il fut satisfait.

– Bien sûr ! s'exclama-t-il. Mille excuses, Finn. Ça fait plaisir de te voir, ce que j'ai sûrement déjà dit des tas de fois. Comment avancent... (il jeta de nouveau un coup d'œil à sa manche)... tes recherches pour retrouver ta mère ? En fait, ça paraît une bonne idée. Coll, on devrait l'aider à la chercher !

– D'accord, répliqua Coll d'une voix traînante. Parce que ce n'est pas comme si on avait d'autres projets, maintenant qu'il n'y a plus de Carte ni rien.

Ardent regarda avec insistance la corde tatouée autour du bras de Coll.

– La Carte des mille mondes n'est pas le seul moyen de trouver ce que tu cherches.

Coll émit un rire bref et fit courir son pouce sur l'encre de la corde baladeuse.

– Non, mais ça aurait pu aider, soupira-t-il. J'imagine qu'il faudra que je fasse avec ce que j'ai. Ce n'est pas comme si je manquais de temps pour chercher.

– Oui, mon ami, rétorqua Ardent. Tu auras certainement tout le temps qu'il te faudra.

Finn scruta le visage de l'un et de l'autre, la figure toute ridée du magicien et celle, jeune et lisse, du marin. Pendant un instant, il lut la même sagesse – la sagesse de l'âge – dans les yeux de ses deux compagnons. Il se demanda une fois encore quel âge pouvait avoir Coll en réalité.

– Allons, lâcha le marin en se raclant la gorge, qu'est-ce qu'une chose de plus à ajouter à la liste de tout ce qu'on cherche déjà ?

– Exactement ! répliqua Ardent, visiblement rasséréné.

Puis il fronça les sourcils et demanda :

– C'est quoi, déjà, qu'on doit ajouter à la liste ?

– Ma mère ! intervint vivement Finn.

– Oh, fit Ardent en le dévisageant. Et vous êtes qui ?

Il y avait dans cette question quelque chose de si familier que cela ne dérangea même pas le garçon.

– Finn, leur rappela-t-il en lui montrant sa manche.

– C'est vrai, convint Ardent d'un air peu convaincu.

Coll sauta sur le pont, juste devant Finn, et le considéra de haut en bas.

– Tu as déjà l'expérience de ce genre de bateau ?

Finn embrassa du regard le navire, de la poupe à la proue, notant au passage l'Homme Os-de-Corde dans les gréements, qui ajustait des drisses et réglait des voiles ; les pirat's, qui trottinaient le long des vergues, leur collerette étincelant au soleil. Finn sentait le roulis des vagues sous ses pieds, et il gardait les jambes écartées et les genoux bien souples afin d'épouser les mouvements du navire.

Il se sentait davantage à sa place sur le *Kraken* qu'il l'avait jamais été dans son vieux grenier. Ce qui, supposait-il, faisait d'Ardent, de Coll et du Rabat-joie sa nouvelle famille.

Enfin, peut-être pas le Rabat-joie.

– Oui, mon capitaine. En fait, je viens juste de servir sur un bateau en tous points pareil à celui-ci, assura Finn, rayonnant de fierté.

– Très bien, alors, répliqua Coll avec un hochement de tête. Bienvenue dans cet équipage, matelot.

– Merci ! répondit Finn, le cœur léger. Ça signifie beaucoup plus pour moi que vous ne pourriez le croire.

*
* *

À l'avant du *Kraken*, Finn contemplait les flots dorés du Torrent Pirate. Il se sentait apaisé malgré toutes les questions qu'il se posait. Une infinité de mondes, une infinité de possibles l'attendait. Une infinité d'endroits où trouver sa mère. Où trouver ce que cherchait Ardent. Et Coll.

Même si Ardent et Coll se souvenaient à présent de lui, ou à peu près, il regrettait la présence de Marrill. Ils étaient vraiment super, mais aucun d'eux ne le *connaissait* vraiment.

Le soleil de l'après-midi avait sombré vers l'horizon. Les étoiles apparaissaient déjà dans le ciel limpide. Son regard se posa sur l'une d'elles en particulier – son étoile – qui commençait à briller.

Un nouvel espoir l'envahit alors, si puissant qu'il vérifia si le Rabat-joie n'avait pas brisé un cristal d'espoir. Mais non, cela n'avait rien à voir avec la magie. C'était réel. Il n'était peut-être personne, mais ce *personne* avait une mission.

Il ravala cette pensée avec un sourire. *Pas personne.* Même si Marrill n'était plus là, elle *s'était* souvenue de lui. Elle se souvenait *encore* de lui quelque part. Et avant elle, Mme Parsnickle, même si celle-ci avait fini par l'oublier.

La promesse de sa mère était bien réelle ; Finn n'en doutait plus. Quelqu'un se souvenait de lui. On *pouvait* se souvenir de lui. Il était donc quelqu'un. Et, quelque part au loin, il manquait à quelqu'un. Il le savait, puisque l'étoile brillait toujours pour lui.

Une présence imposante surgit près de lui. Le Rabat-joie posait une ligne afin de pêcher des probacrabes pour le dîner. Le vieux lézard faillit lui rentrer dedans.

– Hein, grogna le Rabat-joie. Qui t'es, toi ?

Finn ne put s'empêcher de rigoler. Cela le prit par surprise et commença par un petit gloussement. Puis, sans même qu'il s'en rende compte, il se retrouva plié en deux, en proie à un vrai fou rire. Le Rabat-joie regarda autour de lui, comme pour voir si on ne lui faisait pas une blague.

Finn essuya ses larmes et attendit que son rire se calme. Il ne savait pas d'où il venait ni pourquoi il était comme il était, pas plus que lorsqu'il vivait aux Quais Létemank. Mais il s'était mis en route. Et maintenant il avait des amis, de vrais amis, qui allaient l'aider.

– Bonne question, répondit-il en donnant une claque sur l'une des épaules du Rabat-joie. Je n'en sais rien pour le moment, mais je vais le découvrir.

Épilogue

Un ciel bleu dégagé s'étendait à l'infini au-dessus des eaux dorées du Torrent Pirate. De rapides embarcations traçaient joyeusement leur route à travers ses baies et ses affluents, naviguant sous le soleil, le long des lacs, rivières, océans et collecteurs d'eau d'un millier de mondes. Les grands navires confiaient leurs voiles à un vent régulier sans être violent, et, des Côtes d'Ojurdwi à la Cité Rouillée, capitaines, sorcières et météorologues respiraient tous l'air frais et annonçaient que la belle saison arrivait enfin.

Mais, au large, un nuage noir subsistait encore. Il était là depuis des jours, planant au-dessus du site d'une grande bataille. Aucun navire ne s'en était approché. Pas depuis que le galion aux multiples mâts s'était précipité dans la tempête, un magicien à la barre et une ancre en forme de calmar lui battant le flanc.

La houle s'était à présent calmée, et la tempête dissipée. Un par un, les nuages noirs avaient viré au blanc mousseux puis avaient disparu jusqu'à ce qu'il n'en reste plus qu'un. Et il était encore là, violacé contre le ciel lumineux, semblable à une pierre tombale dans un champ de fleurs sauvages.

Et voilà que, sans avertissement, cet unique nuage noir se mit à gronder et à bouillonner. Il enfla, se ramassa sur lui-même et s'assombrit encore. L'eau tranquille en dessous se souleva en vagues, et les vagues se couronnèrent d'écume. S'il y avait eu quelqu'un pour le voir, cette personne en aurait eu la chair de poule et aurait senti ses cheveux se dresser sur sa tête. Elle aurait perçu une odeur de brûlé.

Lorsque la houle atteignit son comble, le nuage devint plus noir qu'une nuit sans lune. Au cœur de ses ténèbres, un unique éclair de lumière rouge sang l'illumina. Des flammes dansèrent sur l'eau. Une cacophonie de fin du monde éclata soudain.

Là où les flammes avaient jailli, le Torrent se mua en métal en fusion. Et de ce métal surgit une main, une main de fonte tendue vers le ciel. Elle saisit l'air comme un cavalier tirant sur ses rênes, et la proue d'un navire émergea à sa suite, le métal fondu prenant instantanément forme.

Des flots de pure magie se déversèrent par-dessus les plats-bords de fer glacé. Sur le pont, des ombres prirent vie et s'activèrent, hissant les voiles en cotte de mailles, bordant les écoutes en fil de fer barbelé, redressant le gouvernail qui fendait, tel un rasoir, les eaux du Torrent Pirate.

Quelques instants plus tard, le Vaisseau de Fer naviguait à nouveau.

Son Maître se tenait à la barre, tranquille, le bras levé. L'eau du Torrent dégoulinait sur tout son corps. N'importe quel homme normal aurait à sa place été transformé en insecte ou aurait déclenché une explosion, ou un nuage de gaz qui aurait eu la forme d'un trois et un goût de piment et de ver de terre mêlés. Mais, si le pouvoir du Torrent l'affectait en une quelconque façon, il n'en montrait rien.

Le métal le recouvrait de la tête aux pieds. Les seuls signes qui indiquaient qu'il vivait encore étaient les yeux bleus et glacés derrière le masque d'acier poli, et l'épaisse barbe blanche qui s'en échappait sous son menton.

Tandis que les ombres s'agitaient sur le Vaisseau de Fer, son regard s'abaissa sur le pont, devant lui, où une silhouette se tenait agenouillée, tête baissée. Une eau brillante dévalait une sphère invisible autour d'elle, une sphère qui semblait correspondre aux doigts déployés de la main tendue du Maître.

La silhouette toussa, s'étrangla puis toussa encore. Le Maître du Vaisseau de Fer l'examina froidement, sans la moindre émotion. Lorsque les dernières gouttes d'eau du Torrent Pirate se furent écrasées sur le pont, il baissa la main. Aussitôt, l'homme aspira de l'air et pressa les bras contre sa poitrine.

– Tu m'as sauvé, dit-il entre deux quintes de toux.

Sa toge parsemée d'étoiles brillantes se déploya autour de lui. Il avait le teint aussi pâle que la mort à la lueur obscure de la tempête grandissante.

– Je savais que tu le ferais.

Le Maître du Vaisseau de Fer ne prononça pas un mot. Le tonnerre traversa le ciel, les voiles se gonflèrent au vent. Le navire fendit les flots.

– Je savais que tu viendrais me chercher, reprit l'homme.

Il leva son visage blême. Des larmes noires affluaient au bord de ses yeux, mais sa voix était étrangement calme.

– Je l'avais *vu*.

Les ombres travaillaient silencieusement autour d'eux. Les vagues battaient furieusement la coque. La tempête s'intensifiait au-dessus de leurs têtes, et les éclairs teintaient le ciel d'un rouge sanglant.

Serth se leva sans quitter un instant des yeux le cruel visage métallique de son sauveur.

– Cela fait longtemps, mon vieil ami, dit-il.

Remerciements

Comme n'importe quel bon capitaine vous le dira, qu'on le veuille ou non, on ne navigue pas tout seul sur le Torrent Pirate. Heureusement pour nous, les créatures sauvages et magiques que nous avons croisées durant notre voyage nous ont toutes aidés à réaliser notre rêve, et, en fait, très peu d'entre elles ont cherché à nous dévorer.

Notre agent, Merrilee Heifetz, a commencé par trouver les fragments de la Carte des mille mondes, et, sans ses conseils et ceux de son assistante, Sarah Nagel, nous n'aurions jamais pu les assembler. Les pirates trop classe de l'équipe de Writers House – en particulier Cecilia de la Campa, Angharad Kowal et Chelsey Heller – ont contribué à porter ce récit dans le monde entier, et nous avons du mal à croire dans quels endroits incroyables elles nous ont emmenés.

Kate Sullivan, formidable éditrice, a été le capitaine idéal ; c'est une véritable autochtone du Torrent, un rêve devenu réalité. Bon voyage, *Hardi Kraken* !

Et, comme il se produit des prodiges sur le Torrent, nous avons eu la chance extraordinaire de rencontrer un deuxième timonier formidable en la personne de notre éditrice britannique, Amber Caraveo. Avec l'aide de leurs parfaites assistantes, Leslie Shumate et Robin Stevens, nous avons pu naviguer en eaux troubles sans encombre.

Évidemment, un navire n'est rien sans son équipage, et nous sommes reconnaissants à toute l'équipe talentueuse et passionnée de Little, Brown Books for Young Readers d'avoir réglé les gréements avec autant de soin et de savoir-faire: Sasha Illingworth, Christine Ma, Deborah Dwyer, Victoria Stapleton, Andrew Smith, Megan Tingley, Melanie Chang, Adrian Palacios, Ann Dye et Kristina Aven. Et à notre cartographe en chef, Todd Harris, de nous avoir montré le Torrent avec une imagination infinie qui fut pour le moins source d'inspiration.

Cette liste serait terriblement incomplète sans des remerciements particuliers à la truculente « génialitude » de Deirdre Jones, qui est intervenue à la dernière minute, le sabre entre les dents, pour mener ce vaisseau à bon port. À l'instant où nous pensions être à court de miracles, elle a surgi avec son sac et a mis le cap vers de nouveaux horizons.

Il y a ensuite tous les amis qui nous ont aidés en chemin, à écoper le fond de cale pendant les tempêtes et à balayer les piranhas chauves-souris qui encombraient le pont. Un énorme merci à Melissa

Marr, Holly Black, Sarah MacLean, Ally Carter, Alan Gratz, Kristin Tubb (et tous les *Bat cavers*), Beth Revis, Margie Stohl, Kami Garcia, Natalie Parker, Nancy Kreml et Philip Lewis. Mille mercis aussi à Victoria Schwab pour son conseil fondamental qui est arrivé pile au bon moment ; aux Debs pour leur indéfectible soutien, à Diana Peterfreund pour avoir été un premier matelot digne de confiance ; à Shveta Thakrat, Ken Schneyer et Gary Cuba pour leurs constants encouragements ; et à l'hospitalité de Red@28th, la meilleure auberge des Quais Létemank, où a été écrite une grande partie de ce livre.

Évidemment, nous n'aurions ni l'un ni l'autre pu faire ce voyage et en revenir sans l'amour et le soutien sans faille de nos familles. Des paroles de gratitude ne sauraient tout simplement pas convenir pour tout ce que vous avez fait pour nous ! Merci à Tony Ryan et Sally Green ; Bobby Kidd ; Chris et Andrew Warnick et leurs enfants ; Ryan, Jamie et Audrey, pour avoir été nos premiers lecteurs ; Jenny et Jeff Sell et leurs enfants, Corey, Robbie et surtout Alex, jeune lecteur de *La Carte des mille mondes*, pour avoir dérobé le manuscrit aussi adroitement que l'aurait fait Finn durant les derniers jours des vacances afin d'en terminer la lecture avant de partir. Merci à John et Jane Davis, qui se sont coltiné un travail énorme pendant leurs vacances et ont toujours été prêts à apporter leur aide, et à Jason Davis, qui a fait souffler le vent dans la bonne direction pour que ce voyage puisse commencer, et à son adorable femme, Sarah, qui a fait en sorte que le vent ne faiblisse pas.

Et merci enfin aux lecteurs d'embarquer avec nous. Écrire *La Carte des mille mondes* s'est révélé une aventure formidable, et nous ne vous remercierons jamais assez de la partager avec nous !

Cet ouvrage a été mis en pages
par DV Arts Graphiques à La Rochelle

Imprimé par Black print CPI (Barcelona)
en février 2016
pour le compte des Éditions Bayard

Imprimé en Espagne